倒流水

Dao Liushui

郝秀琴　著

中国文史出版社

图书在版编目（CIP）数据

倒流水／郝秀琴著. —北京：中国文史出版社，
2019.12

ISBN 978-7-5205-1395-1

Ⅰ. ①倒… Ⅱ. ①郝… Ⅲ. ①长篇小说–中国–当代
Ⅳ. ①I247.5

中国版本图书馆 CIP 数据核字（2019）第 245334 号

责任编辑：方云虎
封面设计：三味書屋

出版发行：中国文史出版社
社　　　址：北京市海淀区西八里庄路 69 号　　　邮编：100412
电　　　话：010-81136630
传　　　真：010-81136666
印　　　装：廊坊市海涛印刷有限公司
经　　　销：全国新华书店
开　　　本：710 毫米×1000 毫米　　　1/16
印　　　张：25
字　　　数：288 千字
版　　　次：2020 年 1 月北京第 1 版
印　　　次：2020 年 1 月第 1 次印刷
定　　　价：68.00 元

目

录

1

第一章
十山九无头
河水倒着流

马尔达兴冲冲地走进兵器坊，把一块钢坯递到弘铁匠手里。弘铁匠停下手里的活儿，眯着眼仔细端详着钢坯，好久才吐出几个字："好钢啊!"马尔达眼里射出诡异的神光，他想起爷爷的话。这块钢是用无数沾满鲜血的长矛刀剑炼制成的，这如同所罗门的魔瓶，巫师在钢的底端打了印记，无论再过多少年，这些死者的灵魂永远不会出笼，切记不能再回炉冶炼，一旦再锻成刀剑，就会用人血去祭奠那些被冶炼进钢坯里的无数亡灵。马尔达不大相信爷爷的话，何况现在爷爷也死了，这话更是无稽之谈。他看不出这块钢有什么特殊的地方，总领把周边村里所有的铁器都集中到兵器坊，说要打造一大批刀剑，究竟派什么用场，他不知道，只是感觉似乎有一场恶战要开始，从打造兵器的紧张状态中，可以看出这场恶战迫在眉睫。于是，他拿出了爷爷保存下来的这块钢坯，让手艺最好的弘铁匠给锻打一把刀。弘铁匠正要把这块钢扔进炉灶，他父亲老铁匠过来了："这钢锻不得兵器。"

"为什么?"马尔达反问道。

老铁匠锻打了一辈子兵器，他一眼就能识别出各种性能的钢材："这是一块龙钢。"

"龙钢?"

"你难道没听说，三斤毛铁半斤钢，用优质铁砂冶炼成熟铁，经过千锤百炼才能炼制成龙钢。要想再锻打一把好刀剑，还需要经过

锻、铲、锉、刻、淬、磨等工序……"老铁匠的话还没有说完，只见炉灶里冒出一股红光，这光冲破兵器坊，直达半空。弘铁匠吓得双腿酥软，他们虽然锻打过各种各样的兵器，冶炼过大大小小的钢坯铁块，还没有见过能冒出火光的钢。马尔达也傻愣愣地望着那道冲出屋顶的火光，这是怎回事？难道爷爷的话真的应验了吗？再看炉里的那块钢，已经在大火中渐渐变红、变成金黄色。弘铁匠没有听父亲的阻拦，他用长钳把钢夹出来，放在铁砧上，二铁匠膀臂一挥，大锤在空中划出了一圈又一圈弧线，钢的颜色渐渐变成绛紫色的时候，弘铁匠的小锤敲打几下铁砧，大锤停止了。弘铁匠又把钢扔进火里，只见又是一股冲天的火光，比刚才那团火光还来得猛烈，火光之后，弘铁匠用一把长钳又把这块烧红的钢从炉火里夹出来放在铁砧上，二铁匠再次双臂抡起大锤，稳准狠地落在铁砧上，那块钢宛如一块软溜溜的面，拉长再拉长，红色变成紫色、变成黑色。于是，弘铁匠就再次把钢扔进炉火里，继续烧红，这块钢坯就这样被烧红打黑反复多次，终于，一把刀的雏形成了。弘铁匠把打好的大刀在冷水里淬火，盛满水的石槽里顿时冒起一股白气，随着哗哗的响声，钢刀由红变黑。马尔达从弘铁匠手里接过这把淬过火的钢刀，用力在铁砧上砍了几下，声音清脆，火星四溅，再看刀刃完好无缺，他满意地点点头，上去拍了拍二铁匠那结实的肩膀："不错，开了刃一定是一把好刀。"

他掏出一块银圆递给弘铁匠："这是我给你的赏钱，工钱明天总领会统一付给你们。"

弘铁匠兄弟俩十六七岁就继承祖业，他们家三辈子就是铁匠出身，在山西洪洞一带说起灵剑铁匠坊的弘铁匠，远近闻名。据说弘铁匠的父亲就是给清朝御林军打造兵器的，后来，手艺传给了三个儿子，没想到大儿子英年早逝，铁匠这行道苦太重，他还没活到二十岁就吐血猝死了，二儿子掌钳，三儿子打锤。抡大锤也是技术活儿，必须和掌钳人配合得非常默契，他们兄弟俩做兵器活儿也不是头一回，御林军手里拿的刀剑矛盾，都打着灵剑铁匠坊的印记，他们祖上三代都靠铁匠手艺走江湖。三个月前，老铁匠带着两个儿子赶着一辆牛板车，车上拉着铁匠炉、大风箱还有铁砧、铁锤、钳子等工具。这辆车也是从爷爷手里传下来的，那头拉车的老牛死后，它生下的小牛就开始继承拉车，如今，小牛也老了，走起路来摇摇晃晃。他们被请到陕西这个偏僻的山沟里，开始打造兵器。自从进了这个兵器作坊，他们也从来没有打听过这里是什么地方，因为做兵器活儿和其他那些笨铁匠是有区别的，大凡请他们做活儿的，来头都神神秘秘，从来不告诉这活儿是给哪里打造的，他们只要按照货主的要求按时交货就行了。至于这些兵器派什么用场，不是他们该过问的。这次请来的铁匠很多，每天，听着那些叮叮咣咣的大锤小锤声音，弘铁匠就能预测出至少有几十个铁匠都聚到了这里，他们各自守着自己的炉灶，谁也不打听谁打造什么兵器。弘铁匠只打造长矛、大刀、利剑，监工马尔达日夜不离催着他们赶造兵器。弘家父子三人天天汗流浃背、火星四溅，那抡起的大锤和掌钳人敲打的小锤声音此起彼伏，叮叮当当。弘铁匠把最后一块钢坯反复烧火，捶打，成型，淬火，打磨……经过无数次捶打冷锻的工艺，这把刀的韧性与硬度终于达到最佳。他用大拇指试试刀面光滑、刀口锋利的大刀，酱红色的脸上露出满意的笑容。

那天夜里，弘铁匠美美地做了一个梦，梦中他娶了村里最漂亮的姑娘梅梅，洞房花烛夜，他正要撩起梅梅的红盖头，一泡尿把他憋醒了。他拉起裤子推门出去，只见兵器坊一片火海，不好，怎么起火了？他推开窑门，一把揪起弟弟，推醒了父亲，父亲不顾一切向兵器坊冲去："咱们的铁匠炉和所有的家具都不能丢啊。"他们尾随父亲正要冲进兵器坊，突然，黑暗中一只大手拽住了他和弟弟的胳膊，指了指身后那条小路："赶快逃命。"这是马尔达的声音。弘铁匠和弟弟顺着马尔达指的小路跑去，一伙人追出来，他们手里都拿着铁匠们给打造的大刀长矛，弘铁匠和弟弟不顾一切逃命，直到听不见后面追赶的脚步声了，才瘫倒在一道沟壑边。这是怎么回事啊？回头眺望，只见兵器坊已经变成一片火海。"爹……"他们声嘶力竭地喊起来，爹爹和那盘铁匠炉，都葬身在了兵器坊。弟兄俩被追杀得蒙头转向，二铁匠问哥哥："咱们犯了什么王法？"

"不知道。"弘铁匠摇了摇头。他确实被这一场无缘无故的追杀搞蒙了头。

"啥都没有了。"

"留得青山在，不怕没柴烧。那些打铁的家具慢慢再置办。"

"打了那么多兵器，总是要派上用场的。"

"看来，这天下不会太平了。"

一颗流星从夜幕划过，突然，天上闪出一道白光，这道光越来越亮。弘铁匠被这奇异的天象惊呆了："是北降！"弟弟还不明白是怎么回事，弘铁匠说："东降出来，西降雨，南降出来卖儿女，北降出来扛大刀。这是天下要大乱的预兆。"北降冲淡了夜色，在苍穹中划了一个大大的圆弧，天地寂静，他们两人目不转睛地凝望着被白光照亮的夜空，直到这道白弧隐匿在浓浓的云层后面。

两人疲惫不堪地走在一片荒草湿地，走着走着，突然看见远处出现了一座高大宏伟的城门，一行人骑着骆驼走进了城门。"哥哥，你看那座城门，好气派啊。"弘铁匠抬头眺望那呈现在眼前的驼队和城门，顿时有了精神，他拉起弟弟的手，朝着城门跑去，但两人刚刚跑了几步，那座城门却瞬间消失得无影无踪。弟兄两人揉了揉眼睛，面面相觑，这是怎么回事？眼前除了漫无边际的荒草，什么也没有，难道是我们看花了眼？那些拉骆驼的人难道是鬼吗？就算他们是鬼，那座城门呢？怎么会一下子消失呢？两人越想越纳闷。旷野一片寂寥，他俩疲惫不堪地朝着勺把星指的方向，一路向北行走。有一天，天快黑的时候，隐约看见前面有一片灯火，有灯火的地方一定有人家，两人加快步伐朝着亮灯的地方走去。一顶灰白色的羊毡帐篷渐渐呈现在眼前，一扇木门虚掩着，他们轻轻敲了敲门，没有回应，于是，就慢慢将门推开一道缝，里面没有人，地中央，刚刚浇灭的牛粪火还冒着淡淡的青烟，一块羊毡上放着一个漆皮脱落的小方木桌，木桌上两碗奶茶还冒着热气，干硬的奶渣和炒米撒落在桌角。弟兄俩饿极了，等不及主人回来，就不顾一切端起碗咕噜咕噜一口气把奶茶喝干了。用舌头一点一点舔着撒在桌上的炒米，肚子饱了，顿觉浑身有了精神，弘铁匠从贴身衣袋里掏出马尔达给的那块银圆，放在了桌角。然后，安静地躺在羊毡上，想着连日来发生的事，怎么也想不出个头绪。他们也不知道自己走了多少路，究竟到了哪里，只好等主人回来问个明白，这样想着想着就迷迷糊糊地睡着了。

天刚拂晓，一声响雷把他们从梦中惊醒，弘铁匠揉揉惺忪的睡眼从地上爬起来，发现自己躺在一片荒野草地。不对呀，昨晚明明是躺在一顶帐篷里啊，怎么四周什么也没有？这不可能，难道昨晚是做了一个梦？他赶快推醒弟弟，两人同时拍拍鼓鼓的肚子，再拍拍脑袋，捏捏自己的胳膊和双腿，很疼。眼前，在一片没膝的荒草中，竖着一块一人高的石碑，石碑上的字迹模模糊糊，石碑下面放着那块闪闪发亮的银圆，自己昨晚是放在桌角的啊，这是怎么回事？纳闷、惊讶、害怕，两个人像被施了定身法，一动不动地站在那里。一个炸雷当空响起，在闪电的亮光中，两人终于看清了，这是一座非常讲究的坟冢，他们抱头撒开腿就跑。不知跑了多久，跑累了，跑乏了，跑到一条河边，再也跑不动了。河水清澈，河面上映出两个人影，蓬头垢面，衣衫褴褛，两人如同看见了鬼，老天爷呀，这是怎么啦？我弘铁匠祖宗三代是手艺人，没坑人、没害人，怎就招来这杀身之祸？他们哭够了，把头伸到河水里，哗啦啦地洗起来，洗完头，才看见自己的人模样，然后，用双手捧着河水，大口大口地喝起来，喝足了，又把脚伸到水里，兄弟俩人就这样洗着、想着、哭着。突然，二铁匠问哥哥："我记得咱们一直是朝北走啊。"

"对呀，是一直向北走啊。"

"不对呀，我们是向南走。"

"向北啊，没有错，是朝着那勺把星的方向走的。"

"是向南走的。"

"明明是向北，怎么会向南呢。"

"你看这河水，是向南流啊。"

"奇怪了，我们怎敢再往南走呢。"

"河水向南流，应该不会错吧？"

兄弟俩人望着这条河，看着那静静缓流的清波，慢慢梳理着混乱的思绪。

一个放羊人走过来，兄弟俩人起身施礼问道："请问下大人，这是什么地方？"

"你们是从哪里过来的，怎么连这个地方也不知道，这是有名的隆盛庄啊。"

弘铁匠问："就是口外那个隆盛庄吗？"

老人哈哈一笑："能有几个隆盛庄，你们是怎么跑到这里的？"

兄弟俩人同时回答："我们从口里逃荒，迷了路，明明向北走，怎么变成向南了呢？"

"哈哈，你们是向北走呢？"

"可这河水看着是向南流啊？"

"这里的河水是向北流。"

老人边走边挥动着手里的羊鞭子，口里念念有词："十山九无头，河水向北流，富贵无三辈，做官不到头。"他身穿藏蓝色长布衫，头罩白毛巾，银须飘飘，两眼炯炯有神，走路脚步如云，一群雪白的羊宛如片片白云，在他长鞭的挥动下，在绿草地上飘来飘去。弘铁匠揉了揉眼睛，疑似仙人降临，刚刚从死亡魔窟逃出来的他，也如入仙境。突然又想到昨夜和弟弟睡的那顶帐篷，那热乎乎的奶茶、香喷喷的炒米，难道是做梦吗？许多疑问他自己都无法解答，眼前迷雾一团啊。

老人又抬手向东边指了指："山无头水倒流，这地方风水硬啊。"兄弟俩人举目眺望，一座接一座山峰像丘陵一样，没有明显挺拔的山尖，都是"山无头"。太阳从山根后面慢慢爬出来，天空湛蓝湛蓝的，云朵绚丽多彩，阳光沐浴下的河水，显得温馨而安静。河岸上绿草地泛着淡淡的光，闪着波光的河水，宛如一条地上银河，在白云、羊群、绿草的相伴下，变成了一幅天然的水墨画。

"过了河再往前走，就看见隆盛庄的南门了。"老人赶着羊群，沿着弯弯的河道缓缓行走。他的话把弘铁匠从昨天的噩梦中拉回来，并向老人作揖谢恩："老人家，在这里能找点营生做吗？"弘铁匠又问老人。

"到了隆盛庄，就别怕饿死，没听说'张皋隆盛庄，爬场好地方'。"

弟兄俩谢过老人，慢慢向隆盛庄南门走去。

第二章
奔命逃亡路
妻女遭狼袭

黎明时分，天色仍然漆黑一团。村庄静悄悄的，一只狗突然汪汪地狂叫着追过来，全村的狗一下都叫了起来。马尔达满身鲜血，跌跌撞撞推开了家门，他一把拉起了正在睡梦中的妻子凤娇："赶快跑，清兵追来了。"

凤娇还弄不清是怎么回事，就被丈夫从被窝里拉起来，一床破被、几件衣服是他们带出来的所有东西，还有那把没有离身的大刀。

清兵已经开始向陕西一带进发，逃难的人们，白天选择密林山谷行走，夜晚看着北斗星，向北慢慢移动。凤娇有了身孕，眼看就要临产了，她想问丈夫，要去哪里。但马尔达一直没有回答，其实他也不知道应该去哪里。直觉告诉他，走得越远越安全，山高皇帝远，到深山老林、荒野草地，应该不会再有清兵的追赶。马尔达携带着妻子，深一步浅一步行走在崎岖的山路上。凤娇的一双小脚没有走多远，鞋子已经磨破了，裹脚布也磨碎了，脚趾都露在外面，每走一步都钻心地疼，眼看就要临产的她，怎能受得了这样的折腾，实在走不了啦，就两只手着地，后来，手掌也变得血肉模糊："尔达，我不行了，你走吧。我不能拖累你。"她疲惫无力地倒在丈夫的怀里。

马尔达扯下袍子的一角，给凤娇裹好手脚，又摘下腰间挂着的瓢葫芦，把里面仅有的一点水喂给妻子："说好了，咱们三人一起走。"他摸了摸妻子鼓起的肚子，"为了这个孩子，我们也要活下去。"只

要活着，就要和妻子在一起。他一把将凤娇背起来，艰难地一步一步向前行走。荒野茫茫，天色灰暗，许多奄奄一息的逃难人艰难地向北行走。

突然，眼前出现了一座城池，高高的城门、青砖垒就的城墙，城门敞开着，几个穿着朝廷兵服的人把守着城门。这是哪里啊，是不是到了鬼城？听爷爷讲过，人只要进了鬼城，就没有一个能活着出来，看见那高楼大门千万不能进去。城门开着，逃难人一拥而进，但就在这时候，城门关闭了，四周什么也没有了。鬼城，马尔达马上向后退，只见旷野里只有他和凤娇，她痛苦地皱着眉，告诉马尔达，要生孩子了。

马尔达把凤娇抱到一个避风的山洼，凤娇先是疼痛地呻吟着，接着是撕裂肺腑的叫声，一阵紧似一阵的疼痛让她在地上翻滚，汗水顺着发根流下来，湿透了浑身的衣衫。这时候，慌了手脚的马尔达只是用双手把妻子抱在怀里，喃喃地祈祷着："真主啊，真主，求你拿去凤娇的痛苦，让孩儿顺利降生……"天地静怡，群星闪烁，一颗闪亮的星从天上滑落，随之，是一声响亮的啼哭声……

一个女婴出生在旷野。马尔达用那把大刀给妻子割断了脐带，然后，小心翼翼地把孩子包裹在一块破棉被里。"咱们的女儿，就叫哈琳吧。"凤娇把孩子抱在怀里，仔细端详着："马尔达，你看，孩子的耳朵？"

"耳朵怎么啦？"

"耳根后面有一片黑啊。"

"那是胎记，这孩子命长，不是来哄我们的。"

凤娇口渴得厉害，只想喝口热水。马尔达抱着孩子，背着女人，在一个陡峭的崖下，挖了一个洞穴，又在洞里铺了一些荒草，把女人和孩子放进洞里。他开始砍柴生火，他不住打击着手里的两块火石，点燃了枯枝，洞里马上感觉暖和了许多。浩瀚苍穹，繁星点点，响亮的啼哭划破了寂静的长夜，这孩子来的也不是时候，但无论怎样，是真主赐予的一个生命，这对于马尔达来说，也是头一桩喜事。但想到眼下的处境，他真不知道怎样办、向哪里走，厄运的到来，让他无法控制自己的命运，他只能听天由命。

他摸了摸腰间挎的那把大刀，心里似乎有了活下去的勇气，他要保护这个新生命。于是，他开始在旷野砍柴，还打来一只野兔，他用几根树枝支起一个三脚架，把野兔的皮剥掉，肠肚掏空了，开始用火烤，给凤娇吃了肉食，才有奶水。把女人和孩子安顿好，他去找水去。哪怕能找到一滴水，也能活着走出去。

突然，一条黑影跃上了沟壑，诱人的肉味把它引了过来。狼，敏捷地扑向熄灭的火堆旁，随即，是一声凄厉的尖叫，还有孩子的哭声……

马尔达取水回来的时候，凤娇已经奄奄一息，她的脖颈被狼咬断了，此刻，瞪着一双眼睛什么话也说不出来。孩子呢？马尔达抱着凤娇发疯地狂喊，凤娇的身体渐渐变凉，微弱的心脉停止了跳动。马尔达挥着手里的大刀："凤娇……"喊声震颤了满天繁星，震醒了沉睡的黎明。马尔达用那把刀就地挖了一个土坑，轻轻把凤娇放进坑里，然后，又把土一点点撒在她身上，天亮了，他砍了一根柳枝，栽在了坟头，凤娇，我会回来看你的。他走了，后面清兵仍然在追着，不容他停留。

第三章
旷野拾狼孩
蒙汉结同心

　　一队人马在草地上蜿蜒进行。他们是去五台山朝拜的蒙古人，每年这个季节，他们都把最好的奶油、炒米、干羊肉作为朝拜的供品，进贡了五台山的文殊菩萨。这个汉藏合一的佛教圣地，是蒙古人年年必须要去朝拜的，尤其是香火最旺的五爷庙，更是人们朝山礼佛的必去场所。斯琴格日在这里许下美好的愿望，让文殊菩萨赐给她一个孩子。只要怀了孕，明年一定再来还愿，报答神恩。此刻，她满脸喜气，偎依在丈夫的怀里，马车在丁零的声响中，缓缓前行，她悄悄告诉丈夫，昨天夜里做了一个梦，梦见一只长颈鹿在草地上奔跑，后面是追赶它的猎人，小花鹿惊慌失措，一头撞开了她的家门，卧在她身边……

　　"梦见鹿是喜事要临门了，小花鹿莫不是苍天送给你的孩子？"

　　斯琴格日笑了，她说如果生个儿子就叫巴特，生个女儿就叫山丹。

　　茫茫的草原一眼望不到边，头顶上几只苍鹰在盘旋。坐在车上的斯琴格日，第一次感觉天好高、好蓝啊！而且是那种能让人屏息陶醉的蓝，远方天际间还稀稀落落地飘荡着几朵薄如轻纱的白云，仿佛仙女幽怨的飘舞。在这秋日里难得的艳阳天中，荡在耳际的空气虽然冷飕飕的，却相当清新。野兔在草丛里蹿来蹿去，成群结队的黄羊从眼前掠过……她想起了初嫁时候唱的那首歌：

草低头躲秋凉，

云雾缭绕草原上；

含泪告别众乡亲，

今日再嫁到他乡。

突然，他们听到一声孩子的啼哭，哈斯停住了马车，跟在后面的猎狗也竖起了耳朵。哈斯跳下车，顺着哭声走去，那是一个洞穴，四周杂草丛生。哈斯慢慢走过去，拨开草丛，只见一个婴儿裸躺在那里，手脚蠕动、啼哭不止，这旷野草地中怎么会有一个孩子呢，难道是文殊菩萨赐给自己的？他拨开草丛走进洞穴，把孩子抱了起来。随即大声喊道："有人吗？"一阵风吹过，荒草微动，渺无人烟，茫茫旷野中只有婴儿的哭声，声音越来越微弱，抱走吧，一个声音似乎在耳边响起。对呀，他和斯琴格日，不是专程去五台山求文殊菩萨赐给一个孩子吗？文殊菩萨真是显灵了。他不顾一切，抱起孩子就走。

"斯琴格日，斯琴格日，你看这个孩子，是长生天赐给我们的孩子啊。"哈斯边喊边快步跑到妻子面前。

斯琴格日抱过孩子暖在怀里，她仔细端详着，这是一个女孩，只见她的两只小手不停乱抓，小嘴在蠕动，大概是饿了。斯琴格日把一块奶豆腐在嘴里嚼碎，嘴对嘴喂给孩子，孩子不哭了。斯琴格日又把蒙古袍的底襟撕下一块，把孩子包裹起来。谁家的孩子啊，怎么扔到了荒原？

哈斯赶着车子继续往前走，他已经看见了那条蜿蜒起伏的边墙，还有高耸的台墩，马上就要进隆盛庄了，这里是蒙古人朝拜的必经之地，也是他们打尖住店的好去处。每年他们赶着牛羊，坐着勒勒车，车上拉着朝拜的供品和他们一路吃喝的食物，从五台山返回来的时候，车子空了，牛羊都进贡了，走到隆盛庄还得购买一路的食物。眼看就要进庄了，但就在这时候，跟在车后的猎狗汪汪汪地大声叫起来，只见一头狼尾随而来，一声声嗥叫，由远而近。

走在车队前面的老蒙古听到狼嗥，骑马朝他们奔过来，大声质问："是不是你们惹怒了长生天？"

"没有啊，我们只是捡了一个孩子。"

哈斯两眼盯着那头狼，夜色里，只见远远近近、闪闪烁烁的绿光向他们包围过来。

"把这孩子丢掉。不然，狼会一直紧追我们不放的。"老蒙古完全是命令的口气。

斯琴格日抱紧了孩子："这是长生天给我的。"

"长生天既然把这个孩子赐给了狼，你就不能和它抢夺口中的食物。"

"阿爸，我在五台山庙里是和长生天祈求要他给我一个孩子。长生天显灵了。不然，这荒山野岭怎么会有一个孩子呢？"

"你们触犯了狼神，这个孩子会给我们草原带来灾难的。"老蒙古丢下这句话，双腿夹了一下马肚子，马儿奋蹄疾飞。

老蒙古带着一队人马，在夜色里前行。

旷野中，只留下哈斯的勒勒车，还有一只猎狗。孩子安逸地睡在斯琴格日怀里。

闪闪烁烁的绿光，一点点逼近，一声接一声嗥叫在旷野中回荡，猎狗一动不动和那只头狼对峙。斯琴格日看清了，那是一只母狼，她看见了那两只胀大的乳房，哈斯明白了，他们是夺走了母狼的孩子，但这是一个人孩啊。

哈斯点燃了一堆火，只要火亮着，狼就不敢靠近……

哈斯心里明白，越是这种情况，越不能随意乱动，如果自己慌乱了，狼群马上就会扑过来，只要冷静应对，狼也不敢轻易过来。生性狡诈的狼，任何动物都不是它的对手，尽管每年草原上许多羊都要被狼叼走，但他们仍然把它当狼神供着。他们也从来不去从狼嘴里抢夺那些被叼走的羊，只当是给狼神预备的一份供品。天色完全暗了下来，孩子在斯琴格日的长袍里睡得很安然，老狼依然一声接一声哀嗥，那声音让人毛骨悚然。孩子醒了，一声啼哭划破夜空，猎狗和头狼厮咬，在这千钧一发的时刻，从边墙下面飞过一队人马，为首的骑着一头高大的白马，身穿黑袍，头戴黑帽，他手里举着松香火把，一跃身从马上飞下来，然后，就大声喊着同行的人："击马镫！"

在闪闪烁烁的松香灯火中，一阵震耳欲聋的马镫敲击声响彻寂静的田野。这种非自然的钢铁声响，要比自然中的惊雷声更可怕，这也正是狼最畏惧的捕兽钢夹所发出的声音。

一声长长的哀嚎，绿光渐渐隐去。

哈斯向这队人马走去，他用蒙古语喊道："依贺白亿日啦……依贺白亿日啦。"

对方也在用蒙古语回答："哈芒郭。"

两人开始用蒙古语交谈，哈斯告诉对方自己是去五台山敬香回来的，对方也告诉他是从草地返回来的。

王闻虎走到哈斯的勒勒车旁边，他从马上跳下来，爽快地做了一个自我介绍："我叫王闻虎，隆盛庄人。"

"多亏大人相救，谢恩了。"哈斯又给王闻虎深深地鞠了一躬。

"不必客气，我们在草原上遇了难，也常常得到蒙古兄弟的相救。"王闻虎望着车上的斯琴格日说，"其实，在路上遇到狼并不可怕，最可怕的是比狼更狠毒的土匪。近日，各路土匪在隆盛庄周边抢劫猖狂，你们怎么敢单人独马行走呢？"

哈斯说："因为这个孩子，我们惹怒了狼神，老蒙古一生气带着车队先走了。"

孩子在斯琴格日怀里哭了起来。她把孩子抱起来："您救了我们，也救了这个孩子。恩人，给孩子留个名字吧。"

拉骆驼人沉思片刻："既然是从狼窝里捡来的，她的命是长生天给的，那就叫天女吧。"

"您是天女的救命恩人，让天女认您为义父吧。"哈斯再次单腿叩拜。

这人从斯琴格日手里接过孩子，又从自己脖子上摘下一串银项链，挂在天女的颈项上。"好，我做天女的义父，这孩子大难不死必有后福。"

孩子睁开了眼睛，两只手从襁褓里伸出来，哈斯把剩余的奶茶和奶豆腐都拿出来，要送给救命恩人。他摆摆手："你们留着路上吃吧。我们马上就要进庄了。你们也该进庄补充一些路上的食物，隆盛

庄距离白音淖尔至少还有三天的路程。到了隆盛庄就是回了家，好好休息几日，等着五台山返回来的人多了，再结伴上路。"

哈斯夫妇不胜感激："白音淖尔也是隆盛庄人走草地的必经之路，以后，需要我们帮忙的时候，尽管说话。"

太阳从双台山后面渐渐升起，一道道金色的光洒满大地，古老的台墩在霞光中更显得肃穆、静怡。这条古往今来通向大京的驿道，川流不息的车马向隆盛庄走去。高大威严的东门耸立在霞光中，东阁上守护的团丁在巡视着城里城外。驼队走到城门下，王闻虎和门口的护卫打过了招呼，一行浩浩荡荡的车马向庄里走去。

第四章

危难遇贵人
重整铁匠炉

弘铁匠弟兄俩走到了隆盛庄的南城门下，突然，双腿像施了定身法站在原地不动了，四目同时望着这座城门楼，惊讶地面孔失色。这不是他们在旷野里看见的那座城门吗？是啊，就是那座城门。你看那高耸厚实的灰砖城墙，再看那两扇敞开的圆拱大门、碗口大的蘑菇门钉、铁锈色的狮头门闩，是真是假？似梦如幻，两人不敢往前迈步了。再看圆拱门外是一片田园风光，湛蓝的晴空，阵阵凉风吹来，一眼望不到边的庄稼地，一条碧波激滟的水流淙淙的小河……兄弟两人就这样东张西望地慢慢挪动着脚步，一辆花轱辘车从他们身边经过，赶车的把手里的鞭子扬得高高的，"达儿球，达儿球……"车轱辘从城门洞碾过，一阵轰隆隆的声音，直达耳膜。弘铁匠望着这辆飞驰而过的车辆，眼睛盯着车轱辘上那一个个等距的蘑菇铁钉，长鞭劈头盖脸抽打过来，他一躲闪，伸手握住了鞭鞘，轻轻一拽，哪知，铁匠的手劲儿有功夫啊，车夫就从车辕上被他拽了下来。轿车停住了，一位身穿黑色长袍，头戴青缎瓜壳的男人挑起布帘，一看是两个叫花子挡道，就从身上掏出几枚铜钱，扔在弘铁匠面前。弘铁匠没有去捡钱，而是高声说："老爷，您车上那道加固连接车轴的铁皮箍松动了，走不了多远车轱辘就会脱轴的。"

那男人脸上挂着一丝不屑一顾的冷笑，向车夫挥了挥手，顺手放下了布帘。车夫狠狠地甩了一个响鞭，马儿疾蹄向前奔跑。

"您最好把车子修好了再远行。"弘铁匠又大声喊着，他不在乎那人对他的蔑视，自己也是见过世面的人，很小就跟着父亲进出皇宫，啥人没有见过啊，"老爷，您切不可远行。"

"哈哈哈……"随着一阵大笑，车上又扔下几枚铜钱，"吃饱了肚子再口出妄言。"车夫把长鞭甩得叭叭响，车轱辘碾过青石条铺就的路，向西河湾方向走去。

弘铁匠和弟弟弯腰捡起地上这几枚铜钱，慢慢向庄里走去。他俩当务之急是找个吃饭的地方。吃什么呢？牛二馅饼店、李三过油肉馆、高四荞面馆……还有杂碎、粉条、麻叶、蜜酥，各种吃喝太多了，花花绿绿的幌子在眼前飘荡，春庆元、东饭馆、西饭馆、第一楼、吉义园……两人在这些饭馆前转来转去，最后，走进了一个不起眼的荞面饸饹馆，面馆门脸不大，白麻纸裱糊的小眼儿外跨窗户，被一根木棍支起来，褐色的门框上那副对联吸引弘铁匠驻足，"宝地迎贵宾，餐馆接达人"，横联，"三和生财"。门顶上挂着一个红色的大灯笼，还有用黄色布幔做成的幌子。

跑堂的店小二肩膀上搭一块白毛巾，招呼他们里面坐，并询问他们要什么饭菜。弘铁匠掏出两枚铜钱："两碗素荞面饸饹。"

小二收起铜钱，说了声："稍等。"随后，就朝着屏风后的厨房高声喊起来："素荞面饸饹两大碗。"

"伙计，能不能给两碗面汤？"弘铁匠弟兄俩都有点口渴难忍。

店小二仍然满脸堆笑地点了点头，随后他穿过屏风，端出两大碗热乎乎的面汤。

弟兄俩也不拿捏，端起碗，扬起脖子，咕噜咕噜一口气喝干。

两枚铜钱换来了两碗荞面饸饹。两人吃得狼吞虎咽。二铁匠边吃边问哥哥："这地方的荞面饸饹真好吃，咱们走南闯北多少年，还没有喝过这么香的饸饹。"

"咱们是饿了，你没听说，康熙爷到民间私访，饿得吃糠窝窝都感觉香甜酥软。后来，回到皇宫后，把那个老婆婆请来给他专门做糠窝窝，结果怎么也吃不出那个到口酥的香甜味道。"

"康熙爷当年也来我们馆子里喝过荞面饸饹。"收拾碗筷的店小二在旁边接起了话茬。

"那康熙爷没请你们的大师傅到皇宫去做荞面饸饹?"弘铁匠反问店小二。

"康熙爷吃了饸饹,还在水牌上写了几个字呢。"

"应该是乾隆爷吧?康熙爷在世的时候这里大概还没有人烟,怎么能有你们的荞面饸饹馆呢?"

"这水牌是我们掌柜的爷爷的爷爷流传下来的,也许是乾隆爷。"

弟兄俩听了这话,更是惊讶不已,他们半信半疑地问店小二乾隆爷给写了什么字,店小二指着馆子门脸上那块牌匾说:"三和生财。"

这是真迹吗?他们还是不大相信,这事不由使他们联想起当年乾隆爷赐给灵剑铁匠坊的封号,想起了丧命于大火中的老父亲,祖传的灵剑铁匠坊将断送在他们手中,一阵悲伤又涌上心头。

他们又问:"这地方有没有不花钱住宿的地方。"

"有啊,北庙就是叫花子的家,随便住,德隆行的稀粥馆子、公记的粉浆稀粥都是为庄里的穷人开的,一分钱不花天天去喝都行。来了这里,就不要怕饿死,就是被拉到西河湾枪崩刀砍的犯人,上刑场之前也要给吃饱喝足。"

两人谢过跑堂的小二,起身刚迈出门槛,就与刚才那个车夫撞了个满怀。车夫焦急地说:"哎呀,总算找到你们了。"

弘铁匠愣住了,不知道这车夫找他们有何事。他纳闷地问:"怎么啦,咋咋呼呼的?"

"我家老爷请你们过去。"

"你家老爷是做什么官的?"

"你问问这位小二,街上的讨吃要饭的,哪个不知道我家老爷,你再看看隆盛庄那座小洋楼、那花大门,哪家不是我老爷的。"

"这么有钱有势的大财东,请我们两个叫花子干吗?"

"那是老爷的事,我只管请人。"

弘铁匠和二铁匠抬手擦抹了一下嘴,站起身跟着车夫向外走去。

吃饱了肚子,才有心情四下观看。这是一个不大的庄子,从北向南大约有二里长的一条商铺,铺面都是清一色砖瓦结构,虽然门脸都

不是很高大，但南北大街的东西两面，都是青砖灰瓦的商铺，一间一间栉比鳞次的门脸房排列得错落有致，那飞檐翘角造型奇特、青色石条铺成三级台阶，迈过高高的木头门槛，只见那敞开的木铺板里面，是一道厚实的木拦柜，上面陈列着绸缎、布匹、毛皮、服装、笔墨文具、中药材及日用小商品……不知从哪里还不时飘来浓烈的酒香和酸酸的米醋味道。许多老字号都集中在这条街上，他们慢慢数算了一下，仅钱庄就有十几家，再看那铺面上横挂的各种招牌：义盛源、恒丰瑞、万义恒、庆春元、源丰永、广巨兴、庆德元、义顺恒、义聚恒、德胜公、德聚公、德隆郁……令人眼花缭乱啊。

"这地方，钱庄怎么这么多啊?"二铁匠懵懵懂懂地左顾右盼。

"有钱地方才有钱庄啊。"弘铁匠也感觉这庄里所到之处都很神秘。

"早年这一带是一片荒野草地，后来，听老辈人说，有一天，一股龙卷风直旋到隆盛庄上空，突然当空一声巨响，掉下一条龙……"车夫一边走一边给他们讲起隆盛庄的来由。

弘铁匠打断他的话："你是在讲故事吧?"

"是真的，龙就掉在了恒隆店巷口。"车夫用手指着前面一条巷子说道。

"那条龙呢?"弘铁匠有点打破砂锅问到底。

"这条龙趴在恒隆店巷口，干蠕动不能起飞。人们就把家里的炕席拿出来，给它盖在身上，然后，全庄人都跪倒在地上，祈求天神来救它。人们的诚心感动了老天爷，一会儿，只见黑云漫天卷来，大雨瓢泼而下，云过雨过后，龙不见了，从此，隆盛庄就祭奠这条龙，把庄子冠名叫龙庄。后来，庄子的人一天比一天富裕，发财发户的人也越来越多，干脆把龙庄改成隆盛庄了。"车夫讲得有声有色。

"你这故事讲得还有根有叶，不像个赶车人。"弘铁匠开始刮目相看这个车夫了。

"这地方的人，大大小小、老老少少的人都会讲故事。你没看见，街面上叩书的场子还好几摊子呢。我给你们说的这些只是乌鸦学舌。"车夫话音里含着几分沾沾自喜。他领着他们穿过街心，一直向东走去。走到一个大水坑旁边，又向南转弯，进了一条深深的巷子。这是一扇古老的圆形拱门，门楼很高大，门楼两边是厚实的灰砖墙垛头。两扇古老的木质门紧闭着，车夫抬手拍了拍门上两个狮头大铁门闩，从猫道里露出一张脸。如果是黑夜叫门，人们一定会以为是钟馗的妹妹来了，歪到脸上的嘴巴，一只耳朵，一双眼睛也是斜着的。脖颈上一道大疤直通到后脑勺。车官大声喊着："大疤姑姑，开门呀。"

沉重的木门栓被取了下去，紧接着，门吱的一声开了一道缝儿："你大白天还把大门关这么紧，难道还怕狼进来。"

"听说这几天赖小子又反了，双台山出了个肖天龙，红寺沟出了个孤飞侠，他们都是飞毛腿，能夜行百里、飞檐走壁。"

"那你关上大门顶个屁。"车夫不满地斜视了她一眼。

随后，又领上弘铁匠朝巷子深处走去。

弘铁匠返头看了一眼那个奇丑无比的女人，心里好生纳闷。怎么让这样一个人看大门？把小孩子还吓丢了魂。

"狼扯疤，小时候让狼叼走了，是人们把她从狼嘴里抢下来的。后来就变成这样。"

"可怜的女人，这地方这么繁华，也有狼出入？"

"没有修城墙的时候，城外的狼会悄悄蹿进庄里。叼个孩子、叼只羊是常有的事。"

说话间，弘铁匠兄弟俩人尾随车夫走进一座圆拱大门。穿过照壁只见一座青砖灰瓦的四合套院，套院外面是两排东西房，清一色的雕花门窗，窗前都有灰砖砌起的花池，灰砖花栏墙，灰砖月亮门，把大院分割成两个里外小套院。里院的亭子房梁柱飞燕，猫头滴水，踏青石台阶上去，是一个长方形凉亭，亭内放着藤椅和八仙方桌，大概是主人饭后纳凉品茶的地方，穿过凉亭，车夫直接把弘铁匠弟兄俩请到正房。一进门，车夫弯腰请安："老爷，他们来了。"

"进来吧。"

家中砖满地、大红柜、中堂画，花瓶饰件让人目不暇接。铺着雪白大毡的炕上，放着一张红木小方桌，张忠德躺在炕上，身边坐着一

位看上去像郎中的接骨匠，他从一个牛皮褡裢里取出几包药，放在小桌上，"老爷，这药用米脂沫搅起来，再用两个红枣当药引子，每人早晚喝两顿，一顿各一包。虽然没伤了骨头，但筋骨疼痛也得保养一百天。"他把老爷那缠了白纱布的胳膊放在一块木板上，再把一条白布条吊在老爷的脖颈上，将木板托起，老爷的胳膊吊在了胸前。

"你走吧，这点皮肉之痛，没那么严重。"随后，他招呼身边的丫鬟揭起连二红柜的柜盖，取出一个红木梳头匣子。他拉开匣盖，两个指头捏起一块大洋递给接骨匠。

"谢谢老爷，我三天后再给您送药来。"接骨匠走后，张忠德吩咐车夫："锁子，到外院下西房让他们洗漱一下。"

两人也不敢多言，跟着车夫走过月亮门，推开一间房门，这间房大概是专门供下人洗漱的地方，放着几个铜盆，还有几把铜壶，弟兄俩倒了水洗漱完毕，又把车夫拿来的衣服换上，两人顿时变了模样，结实的身板、黝黑的脸颊、闪着英气的眼睛，一对相貌堂堂的汉子。

"老爷找我们有事吗？"弘铁匠走到老爷面前，先开口说话了。

"我车子坏了，找你们给修理一下。"张忠德用另一只手招呼他们坐下。

"老爷，我们只是一个穷叫花子，哪懂得修车的手艺？"

"你不是说我的车轱辘要飞了？莫不是诅咒我？"

"老爷，我与您素不相识，远无仇近无怨，何必要诅咒您呢？"

"把你们的手伸出来。"张忠德的眼睛瞪着弟兄俩人的脸。

这是一双长满老茧的手，肌肉隆起的双臂，一看就不是田间劳作的庄稼人。"你们如何知道我的车子要出事？"

"我只是听车轱辘转动的声音，就知道哈芒郭轴心两头的铁皮箍松动了。"

"哈哈，你们的耳朵好厉害啊，我也不打听你们的来路，既然来了隆盛庄，我就当客人招待。这地方的人就是这么豪爽大方。"

"老爷，我们已经是走投无路了。实话相说，我们是死里逃生懵里懵懂逃到这里的。"弘铁匠讲了自己平白无故被谋杀，又怎样连夜逃亡的过程。

"老爷，我们祖宗三代都是凭铁匠的手艺维持生计，灵剑铁匠坊在山西洪洞县一带也是很有名气啊。"

"洪洞县，那我们是老乡了，我的祖爷爷是洪洞县大槐树的移民。你们的第五个脚趾，指甲如果是两半的，那就都是从洪洞县走出来的。"

弘铁匠和二铁匠不由得低下头，看着自己的一双大脚丫，唉声叹气地说："我们什么也没有了，再也见不到那棵大槐树了。"

"你们年轻又有手艺，只要勤快，来隆盛庄还怕吃不开饭吗?"张忠德也想起自己的祖爷爷逃荒来到隆盛庄的情景。那时候正是清乾隆二十八年，他的箩筐里一头挑着仅有的家当，一头挑着他的爷爷，他的祖奶奶跟在祖爷爷身后，一步一步从口里走出来。走到四美庄的时候，正赶上清朝皇帝在塞外诏令 500 铜钱放地，当他们看到隆盛庄大片大片土地的时候，就再也舍不得走了。从此，夫妻俩开荒种地。后来，有了粮食也有了许多来垦荒的人，再后来有了一个庄子，那个庄叫四美庄。他在四美庄长大，四美庄让他忘不掉的是巴总府，这个地方在他的心里一直很神秘，那高大的围墙里都居住着什么人? 小时候，常常爬到树上，想看看里面都有什么，但始终没有机会进去过。后来，长大了才知道，巴总府原来是明朝期间北方战犯的监狱，许多军官犯了错误就被遣送到巴总府管制。时隔多年后，当他再回到四美庄的时候巴总府突然被拆掉了，拆得不剩一块砖。那时候，他们家已经是拥有百顷土地的财主了，全家也从四美庄搬到了隆盛庄。父亲说，无论做什么，不能失去土地，土地是他们生存的命根子，也是他们发家的根子，土地不能丢，于是，他把所有的土地都租出去，开始做起了生意。就这样，一个从农民家里走出来的商人，在隆盛庄这块土地上打下了雄厚的根基。

"你们有铁匠手艺，先在庄子里开一家铁匠铺怎样?"张忠德说，"说实话，隆盛庄的铁匠炉很多，能数得起来的就有长胜炉、德丰炉、永福炉、德福炉、德庆炉、同盛炉等，就长胜炉铁匠来说，据说从新石器时代进化到铁的时代就开始了，黄河以北的铁匠都是从庙子沟走出去的，或许，你的祖宗还是庙子沟的呢。"张忠德扳着指头慢

慢数算着。弘铁匠也不关心自己的祖宗是从哪里走出来的，他只是想摆脱现在的困境。于是，摇摇头说："老爷，我们身无分文，哪有本钱开铁匠铺啊。"

"本钱你们需要多少尽管说话，什么时候挣了再还给我。如果你们想要走草地，等到明年开春，我领你们见王领房。跟随他的房子到库伦去。"

弘铁匠弟兄俩当下叩头谢恩："承蒙老爷看重，我俩一定尽犬马之劳，把铁匠铺开好。"真是人有好心，天有感应。大难不死必有后福啊。

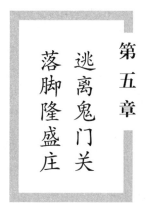

第五章
逃离鬼门关
落脚隆盛庄

弘铁匠和弟弟二铁匠怎么也没想到一无所有的他们还能在隆盛庄开铁匠铺，悲喜交集之时，不由得又想起了惨死的父亲。那天夜里，父亲冲进了兵器坊，再也没有出来。父亲才是灵剑的真正传人，他和弟弟只是一个普通的铁匠，正如父亲所说，手艺到了炉火纯青的地步才是一个真正的匠人。他曾经问过父亲什么样的火色才是炉火纯青。父亲指着炉子里那束从红色转成纯青色的火苗，眼睛里总是闪射着一种让人捉摸不透的神光，他说，这是最好的火候。这闪闪蓝光总是撩拨着弘铁匠的眼睛，他常常想在炉里捕捉那团蓝光，但蓝光却再也没有出现，就像父亲那双眼睛一样，永远消失在黑暗的夜里，消失在万籁俱寂的星空。

所有的铁匠家具都是张忠德给置办的。兄弟俩自然非常感谢这位恩人。张忠德却摆摆手说，不必谢，解他人之难举手之劳啊，你们只要把铁匠炉开好，能在隆盛庄打出个名气就行了。

铁匠坊重新开炉，最讲究的是铁匠炉，他们必须再造一台新炉。张忠德说，隆盛庄有一些别的铁匠遗弃的炉，不知道能不能用。弘铁匠摇摇头，这炉我们必须自己亲手造，这铁匠炉看外表是个粗糙的活儿，其实，内壁结构非常讲究，炉壁的黏土达不到纯度，容易导致炉壁崩塌，小则功夫白费房屋尽毁，大则烧死人命。但怎样造这个炉，用什么材料，他们开始在隆盛庄四周选耐高温的土，铁器淬火时必不

23

可少的水是深井水。因为水质也直接影响钢和铁淬火的硬度和成色。

张忠德告诉他们，过了西河湾就有一家砖瓦窑，你们去访查一下那砖瓦窑的土质能不能达到耐火的程度。铁匠铺的后院，有一口井，深三丈左右，一般人都不去那口井打水。据说井里的水是专门供地下金牛喝的，要是打了那口井的水，惊动了金牛，它一旦醒了翻个身，就会山摇地陷，眨眨眼，房子就会微微颤动，每逢初一十五，人们就去井边烧香敬纸，祷告许愿，让金牛长眠不醒。张忠德又叮嘱他们，去井里打水的时候，一定要在半夜子时，错过这个时辰就千万不能再去打水了。

弘铁匠和二铁匠，两人都是从鬼门关逃出来的人，年轻气盛，他们开始照张忠德说的话张罗着去找耐火土。

在西窑瓦窑前，兄弟两人拜访了烧窑老师傅，他银须白发，凝神静气半闭双目，坐在那八字形的窑门前，瞅着那座马蹄窑里冒出的袅袅青烟，那神态宛如炼丹的太上老君。他的徒弟们正在用双脚踩着一堆刚刚和好的黄胶泥，他们一个个光着膀子，下身穿一条粗布大裆裤，裤腿挽过膝盖，腿肚子隆起的肌肉像一个小拳头。他们一边踩泥，一边亮着嗓门高声唱："头一回眊妹妹，你不在，让你妈打了我两锅盖……"

另一个踩泥人也附和着："村东头吃水，村西头担，就为眊妹妹，我绕了一个大把弯……"

粗犷的歌声回荡在西河湾的上空。弘铁匠听着听着，突然想起了梅梅，那个和他一起玩泥巴长大的女孩，常常站在铁匠铺前看他打铁，有时候还会偏着头问：火星子怎么烫不着你们呢。弘铁匠总是和她开玩笑，我们的身子骨是铁打的，不信你摸摸，他伸出胳膊让梅梅摸他那结实的、黝黑发亮的膀臂，二铁匠也帮腔着哥哥，我们是火眼金睛、铁臂铜头的孙悟空，太上老君的炼丹炉都奈何不了啊。你要不信，就摸摸我的头。梅梅咯咯地笑着跑开了。他们今生估计不会再见到梅梅了，想到这里，弘铁匠不由得又是一阵难过。二铁匠抓起一把地上的泥土说："有石灰石、耐火黏土和沙粒，自造一个铁匠炉的材料就足够了。"弘铁匠点点头应和着弟弟的话："这地方，遍地都是宝啊，你看这土层，黄色的、褐色的、白色的、红色的，层层都有取之不尽的矿石……"兄弟俩人沿着连绵起伏的山脉走过西梁头，呈现在眼前的是一道曲曲弯弯的土长城，这道长城从西梁头一直通到东门外的台墩前，把整个庄子围了起来，形成一道结实高耸的边墙。两人站在边墙上，举目环视隐匿在云层后面的双台山，只见那条通向大京的古道上，尘土飞扬，车马川流不息，牛羊骆驼成群结队。这一幅繁华的景象顿时让他们的心胸豁然开朗，一股再创业的热血又开始沸腾了。

铁匠炉的作坊选在了大北街靠近一里路的地段，工具都备齐了，铁砧、铁锤、钳子……开张的时候，张忠德还给铁匠炉做了一个幌子，红色的布条上写着"红运铁匠炉"几个大字。开炉后火焰熊熊，大锤小锤叮当叮当，隆盛庄人都知道这是张忠德的铁匠炉，自然都来捧场了，张忠德把庄上有头有脸的老板都请了过来，让他们来观摩弘铁匠兄弟俩人的手艺，同行的铁匠也来打探观看，这弟兄俩到底有什么道行，能傍着里长这棵大树开铁匠炉，大家都想亲眼看看。俗话说，外行看热闹，内行看门道，永福炉、德福炉、德庆炉的铁匠们被弘铁匠弟兄打铁的架势镇住了，他们一个个看得目瞪口呆、眼花缭乱，那烧红的宛如一块面似的铁块，在弟兄俩叮叮当当的锤声中，立刻变成了一把铁刀，然后，弘铁匠又把刀夹进了冷水槽里，一缕白烟升起，随着嗤嗤的响声，弘铁匠把淬火的刀从水里夹出来，大家一片喝彩声。张忠德拍拍弘铁匠的肩膀，说："眼下，走草地的人还没有回来，庄上的活儿也不多，只是打一些民用家具，火铲、菜刀、铁勺、镂犁耙锄，再备用一些马镫、马掌、打草刀、狼夹子，这些活儿，对于你们兄弟俩人是易如反掌啊。等到了冬天，走草地的人回来了，你们就该大显身手了。"铁匠铺门前，那个拴马的木桩上，挂起一串串鞭炮，"噼噼啪啪"的响声，叮叮当当的锤声，一声接着一声的喝彩声，回荡在上空。

突然一个小伙子拨开人群，匆匆忙忙走进铁匠铺，他走到正在掌钳的弘铁匠面前，在他的膀子上使劲拍了一把："大哥，真没想到，我们又在这里见面了。"

"你……"锤声止住了。弘铁匠目光炯炯盯着来人。

"大哥，我是马尔达。"

弘铁匠仍然摇摇头，嘴巴蠕动着，却没有吐出一个字。

"那你看这把刀。"那人从腰间挎着的刀鞘里抽出了刀，然后，双手把刀举过头顶，扑通一下跪倒在弘铁匠面前："恩人，是这把刀救了我的命。"

一看这把刀，兄弟俩顿时泪流不止。弘铁匠走上前，紧紧握住刀柄，嘴里一直在呼喊着父亲："爹，这是你锻打的最后一把刀，也是唯一打着灵剑印记的一把刀。"

"你们为什么要火烧兵器坊，为什么要把我们这些铁匠赶尽杀绝？"弘铁匠的目光灼灼逼人，他在质问着小伙子。

"实不相瞒，我也不知道这是一场蓄谋已久的反清起义。"一席话解除了他们之间的误会。

"你是救了我们的命，但也葬送了我父亲的性命。"弘铁匠摸着刀柄，眼前马上又浮现出他们在兵器坊昼夜打铁的情景，他仿佛又听到父亲的声音："那是咱们灵剑祖传的铁匠炉，我在炉就不能丢。"但父亲冲进火海却再也没有出来。那天夜里仓皇出逃的时候，是马尔达给他们指出那条逃生的路，此时，死里逃生的弟兄俩不由得悲喜交加："你怎么也来到了隆盛庄？"

"唉——"马尔达长长叹口气说，"说起来一言难尽啊。"

"马尔达，你还欠我爹爹锻打这把刀的工钱啊。"弘铁匠抡起手掌，拍拍他的肩膀，"看来，命中注定我们是拆不散的好兄弟。"

"我欠你的何止工钱，也欠你们的命啊，如果你不嫌弃，我给你们拉大风箱吧，我没有什么手艺，但我有的是力气。"他满脸愧色，口气里充满了无限的诚意。

晚上，他们三人一起走进了北庙，北庙是一座关帝庙，也是为亡人超度灵魂的五道庙。庙宇里有一排西房，白天是烧香敬佛的人来念经的地方，夜晚就成了无家可归的流浪人的栖息之地。地板上横七竖八已经躺了许多人，他们三人挨着墙挤在一起，各自述说着坎坷和不幸。月亮上来了，安静的庙宇让他们的唉声叹气搅碎了，院里，那棵高大的老榆树发出沙沙的声响，树梢上，鸟儿已经归巢，他们三个人却无家可归。

三人翻来覆去睡不着，索性坐起来，推门走出去。他们从庙前的广场走过，轻轻走进大雄宝殿，不由自主跪拜在关羽老爷的塑像前。关老爷的胡须似乎在微微飘动，两道剑眉下的眼睛里，射出慈悲的目光，供桌前香烛忽忽闪闪，三人突然感觉到，似乎有一双温热的大手从他们头顶拂过，他们不由得双手合一，含泪默默地祈祷。

第六章
青砖四合院
拱门聚财主

老财巷不知道从哪年哪月开始，巷子里陆续住进张王李赵四家老财。四家老财都是镇里有名气的买卖人，经营京货绸缎布料的、开粮行的、开水果店的，四家老财同时在巷子里盖起了高大恢宏的四合院，青砖拱门，一家比一家的拱门漂亮气派。方圆百里，谁都知道隆盛庄有条老财巷，四大老财也是赫赫有名。说来也奇怪，老财巷，坐北向南住的都是大老财，坐南向北住的都是小老财，一条土路好比一条分界线。大老财们对那些小街门居住的人，都不屑一顾，但小街门里有几家财主也瞧不起圆拱门的老财们，尤其是开粮行的陈德隆，他并不比高楼大门的老财们寒酸。他宁愿把钱变成一亩又一亩土地，也不想花钱去装修豪华的住宅和庭院。他的吝啬在巷子里是出了名的，常年四季吃的是稀粥伴炒面，穿一件马褂，戴一顶青缎瓜壳帽，一双家做千层底黑布鞋。四大老财家里都有花轱辘轿车，但他仍然是一辆破旧的牛板车，巷子里的人背后都说，陈掌柜连个儿子也没有，那么大的家业也不知道好过了哪个有福的人。他心里不硬气就是没有儿子，陈氏一口气生了五个女孩，这在隆盛庄也算头一份有能耐的女人。陈氏唯一在人前面抬不起头的就是没有给陈家生出个儿子，陈德隆也着急了，也责怪老婆，怎么连个带把儿的也养不出来。老婆陈氏白了他一眼，有气无力地说："种上芝麻还能长出豌豆？"陈德隆长叹一口气："看来，我陈家命该断后了。"

隆盛庄做粮食生意的很多，开粮店的大大小小有十几家，广丰店、德丰店、德泰店、永泰店、丰裕店、义合店、德源店、吉胜店、万胜店、隆盛店、聚和店、万义店、懋盛店、义丰店……德隆行的粮店虽然不是很大，但买卖做得风生水起，与其他粮店的不同之处，就是他自己有土地，他的祖父从垦荒年代开始，就在大东营、十四号、十三号一带垦荒种地。一眼望不到头的万亩良田全部是他们陈家的，到了他这一代，已经形成了种植、加工、销售一条龙的生意链接。陈德隆还搞代加工，淘炒莜麦、麦子，也加工炒面、榨油、酿酒。他在自家酒坊的门前，还专门开了一家稀粥馆子，一个简易席棚，一条条长长的宽板凳，吸引着四路八下的人。被烟火熏黑的土坯炉灶上，常年支着一口出勺大铁锅，一个头戴瓜壳小帽、身穿对门白粗布衬衫的后生，手拿一把长柄大勺，不停搅动着锅里翻滚的米粒，那放了土碱的、不稠不稀的、黄澄澄的稀粥，散发出浓浓的香气。褐色的高桌上放着一摞又一摞粗瓷大海碗，还有一大瓷盆用黄萝卜、圆白菜边叶腌制的烂腌菜。街面上，那些讨吃要饭的、无儿无女的，无论严冬还是盛夏，都会早早地排着长队，来稀粥馆子喝一碗热乎乎的稀粥，那些抽洋烟的爬场鬼饿了就去陈德隆粮店买半斤炒面，再盛上一碗稀粥，也能吃个肚子圆。

吃饱喝足后，有钱了给扔上两个铜板，没钱了，擦擦嘴走人。因为这个稀粥馆子，陈德隆在隆盛庄赢得了一个好名声，都说他行善积德，得一雅号"陈善人"。他也天天念佛吃素食，但最终还是没有修来个儿子，这成了他的心病。他常常扪心自问：我陈德隆难道是损了阴？祖坟上没了德？他叫来镇里的二阴阳给算了一卦，二阴阳看着他摇的铜钱卦卦象，口里念念有词，说他冲犯了天上的九女星，必须生九个女孩，才能见了儿子。他问二阴阳，自己干了什么事就惹了这天神，二阴阳说："九月不迁徙，不浣绺被褥，恐犯九女星，则育女多，不宜男矣。"

"照你这么说，昙芸妈还得生四个女儿，才能生出儿子来。"

二阴阳又说："自古以来，多米多面，没听说多儿多女，天上王母娘娘不是也生了十二个女儿吗，你生九个也不多，说不定还是九仙

女下凡呢。"

陈氏生孩子也顺溜，就像拉屎一样痛快。头一个孩子陈德隆还给叫个接生婆，后来，索性连接生婆也不叫了，感觉肚子一疼，就自己张罗着把席子拉起来，把事先用箩子箩过的细灰倒在土炕上，她就像拉屎一样蹲在尿盆上，几个女儿就是这样养在尿盆里。她自己又把剪刀在油灯上烤烤，然后，就断脐带。陈德隆每逢听到生出的是女儿，就会一赌气搬上行李卷到粮店睡觉，什么时候老婆出了月子了，他感觉又能和她行房事了，才回到家里。当陈德隆知道第五个还是女孩时，就当机立断把娃儿放进了一个柳条筐里，孩子大概是生在尿盆里跌昏了，一声也没有哭喊。他看也没看五女儿一眼，高声喊长工："把这个箩筐提到东门外去。"长工点点头，伸手去提箩筐，突然，一声哇的啼哭，把他吓得又将箩筐扔在地上："掌柜的，这孩子还活着。"

陈德隆嘴里含着长长的水烟杆儿，用尽气力吸了一口，水烟咕噜咕噜响着，他屏住气息用力一吹，把烟灰吹到地上，然后，又把那个磨得亮亮的铜烟锅，在一个黑不溜秋的烟袋里不停地挖着挖着……

"孩子她爹，咱扫扫粮店的角角落落，也够孩子吃喝啊。"

"我开粮店还缺个吃吗？"

屋里，传来陈氏的哭声，很凄惨： "孩子投胎转世也不容易啊……"

陈德隆又从烟袋里挖出一锅烟，用火纸对准烟锅，他那吸水烟的咕噜声音好响亮，箩筐里孩子的哭声更响亮，他终于向长工三娃摆摆手，示意他出去。

孩子重新被裹在一块蓝色的粗布里。她安然地躺在妈妈的怀里。

昙芸、紫芸、蓝芸、祥芸、锦芸，五个女儿一个比一个大两岁。一个比一个高半个头顶，陈氏想儿子心切，于是，把最小的锦芸打扮成男孩子的模样，四个姐姐也把她当男孩子。陈德隆被这生孩子的事搞得筋疲力尽，自从五女儿出生后，就再也没回家和陈氏做那些生孩子的事了，一个人睡在粮店里，一门心思经营他的买卖。陈氏还不到三十岁，让五个女儿已经吸干了全身的精血，两个奶像被抽空的面口袋，但她仍然不甘心，还是想继续生下去，能生出女儿就一定能生出儿子，人常说：粗布破衣裹珍珠，再说，家里也不缺粮食，还怕孩子长不大。

　　陈氏每天的营生就是做饭、洗衣服，缝缝补补，把家里家外收拾得干净利索。她做得好茶饭，莜面鱼鱼[1]一手四根，搓得又细又均匀，窝窝[2]也推得不高不低，横竖成行；饨饨[3]擀得又薄又小，蒸莜面的笼屉洗得干干净净，笼布白生生的。看好吃香，就凭这干干净净的锅灶，就知道陈氏干活有多么利落了。家里顺山大炕上摆着黄檀木炕柜，地上摆着连二大红柜，柜上是几个古色花瓶，瓶里插着一把鸡毛掸子，每天洗刷完锅，她先用白土水把锅台刷一遍，刷完锅台，就刷炕沿，大红柜的脚踢帘下面，几个大黑坛的边边沿沿，都要用刷子蘸着白土水，仔仔细细刷一遍，再把铜壶、柜上的铜饰件，炕柜上的铜饰件都蘸着细灰擦得铮光闪亮。五个女儿过时过节总是穿得整整齐齐。每年昙芸穿小了的衣服给紫芸，紫芸穿小了给蓝芸，实在烂得不能穿了，她就剪碎了当铺衬或者裱做鞋用的衬纸。每年，五个姑娘五套新衣服是要做的，夜里，几个孩子叽叽喳喳就像一窝小鸟，她现在最愁的是给昙芸、蓝芸、紫芸裹脚，这三个孩子都大了，今年冬天腊八的时候，一定要给她们裹脚，不然，年龄再大了脚就很难裹小了。

　　注释：
　　[1]莜面鱼鱼；[2]窝窝；[3]饨饨：内蒙古名吃。

第七章
正月破五日
家家扫穷土

正月的隆盛庄，1910 年的春天，依然是冰寒料峭。破五这天，太阳还没有露头，茹梅就早早起来，她先是撩起炕席，用笤帚轻轻打扫着炕沿边的尘土，然后，又用扫帚把家里的角角落落清扫了一遍。她把尘土倒进铁簸箕里，开始叫喊熟睡中的儿子："金旺，金旺……"

金旺揉着惺忪的眼睛，慢慢腾腾地从奶奶的房间里走了出来："干啥?"

"快给妈倒穷土去，倒得越远越好。再把家里那挂鞭炮响了，放炮崩穷啊。"

一听说响鞭炮，金旺马上有了精神，他大声喊着："银旺、海旺、来旺，快起床了。妈妈让我们响鞭炮了。"

院子里顿时热闹起来，几个孩子都围在金旺身边，一人手里拿一根点燃的香，等着他给分鞭炮。

"金旺，把这几个纸人拿上，到巷子里和孩子们换换。"奶奶在房间里喊他，"早点回来吃扁食，今天是破五，千万不能到远处玩耍，破五不出门，一年平安无事情。"

老奶奶挪着小脚，推开了西房门："闻虎媳妇儿，你打点白面浆糊，把破了的窗户都裱糊一下，千万不要留下穷窟窿。"

茹梅"嗯嗯"地答应着婆婆，从橱柜里挖了半碗白面，在炉子上打好浆糊。她先去给婆婆的西房裱糊窗户，推门进去，只见婆婆坐在炕沿边捻线，见媳妇儿进来，放下手里的拨吊，说："今儿要忌针啊，初五不忌针，扎开穷窟窿。再当紧的针线活儿也不能在正月去做了。"

茹梅巴不得一个正月都忌针，她能过几天不动针线的消停日子。

老太太把一团棉花递给媳妇儿："忌针了就捻线，铺柜里还有个拨吊。"

茹梅心里不痛快，也不敢反驳，她原本想去妹妹家串个门子，看来，又不能出门了。

孩子们在院子里点燃了鞭炮，清脆的声音惊醒了沉睡的早晨，紧接着，镇子里的炮声此起彼伏，空气里到处弥漫着浓烈的火药味。

银旺乐颠颠地跑进奶奶的房间："奶奶，我也要纸人。"

"好，把这个穷媳妇换出去，给奶奶换个有福的媳妇回来。"他又吩咐王闻虎，"今天破五，把院子里的角角落落都打扫一下，在土堆上放个炮，把穷土轰走了。"

海旺也跑出来了，三个孩子手里都拿了纸人和一挂鞭炮，向巷子里跑去，"噼噼啪啪"的鞭炮声把巷子里的小孩都召唤出来。昙芸、蓝芸、紫芸、祥芸一个个打扮得花枝招展，她们也是给妈妈出来送穷土的。

"送穷土了，送穷土了……"孩子们在巷子里欢快地喊着，过了一个年，他们一个个好像一下子都长大了。

金旺跑到昙芸面前，把一个纸人送给她："昙芸。"昙芸也从衣兜里掏出纸人送给金旺。金旺高兴地大喊："我换了个有福的媳妇。"

昙芸欢喜地接过纸人，指着胳膊上的小竹篮和金旺说："我妈让把穷土送到东门外。"

"太远了吧，咱们就倒在巷子的水道里吧。"金旺边说边把昙芸胳膊上的小竹篮子夺下来，把篮里的土倒进水道。

"金旺，你是不是过了二月二就真的要走了？"昙芸低声问。

"我都十二岁了，爹让我和他一起走草地。"

"我要是个男孩就好啦，和你一块走草地。"

"女孩也能走呀，我长大了就领你到大库伦转转。"

"我妈说，今年的腊八节就要给我裹脚了，裹了脚，哪里也不能去了。"

"你裹了脚，走不动我背着你走。"

"咯咯咯……"昙芸快活地笑起来，"你要真背我，我就裹脚。我妈说了，不裹脚，下了花轿，人们都要喊'圈猪了，圈猪了'。"

"哈哈哈……"金旺笑着喊起来，"圈猪了，圈猪了……"金旺一边喊一边和昙芸嬉笑追打着。

紫芸拉着银旺的手："走，咱们一起到马桥看红火去。"

马桥街，今天格外热闹，买卖字号的门前都挂着红灯笼，玩意儿队一班接一班从南庙出来。他们先是给每家商铺拜年，拜完年就开始在马桥街表演，高跷队、车车灯、船灯、秧歌队、锣鼓喧天，张灯结彩，一伙孩子在人群里挤来挤去。他们的脸冻得通红，鼻子上挂着清鼻涕，捡地上那些没有响过的小鞭炮，要不就围到卖糖人的摊子前，用一个铜板的压岁钱买个黑不溜秋的糖人，和薛三买一包五香大豆。玩得开心了，就忘记了回家，巷子里传来大人们的呼喊声，还有家家户户飘出炸油糕、羊肉饺子的香味……

王闻虎早早起来，洗过脸，又对着镜子穿起那件深灰色的粗布棉袍。媳妇茹梅知道他又要出门，就赶快从帽盒里取出那顶青缎瓜壳帽，他脱下了靰鞡，穿上茹梅亲手给做的那双黑崇福妮棉鞋，把瓜壳帽端端正正戴在头上。这身打扮和走草地时候的他判若两人，更显得相貌堂堂、英武威风。每年，只有过年回家的时候，他才能这样干干净净地打扮自己一回。

王闻虎和陈德隆虽然是连襟，两人除了在生意上有往来，平时很少走串。他走进这所大院，那一定是有生意可做。院子很大，迎街的几间门脸铺面专门卖米面、胡油成品粮食，粮店前面搭起的简易棚子是稀粥馆子，紧挨着粮店是酒坊，酒坊旁边是一个能并排进两辆马车的大门，只有到了秋天，需要大量运输粮食的时候，大门才敞开着。平时，行人就从酒坊里穿行。王闻虎推开酒坊的门，直接向院内走去。

前院是停靠马车的地方，一排马圈，马圈里面有喂牲口草料的食槽、拴牲口的石桩，两条拴在石桩上的大狗朝着王闻虎"汪汪汪汪……"地吼叫起来。中院住着陈德隆和账房先生，后生、伙计们也居住在这。后院就是加工厂了，刚过破五，磨坊就开始加工生产了，大磨盘的滚动声，骡子踩着碾道的吧嗒声，磨倌粗犷的吆喝声，榨油师傅抡着大锤打榨油的号子声，脚蹬箩嘎噔嘎噔有节奏的响声，一派新春后热火朝天、生意兴隆的气象。

"陈掌柜，过年发财！"

"发财，发财，今天刮的什么风把你吹来了？"陈德隆一边应声一边从桌子前站起来，开门迎接。

"哈哈，从草地回来，我一直没顾上来看你。早应该给你拜年了。"

"你应酬多，在家里待的时候又短，和老婆还亲热不够呢，哪有工夫来看望我。"陈德隆和连襟寒暄着，"是不是又快动身了？"

"过了二月二，天气稍稍暖和一点就得走。"王闻虎也不拿捏，盘腿坐在炕上。

陈德隆让伙计给沏上了茶，并吩咐他："从缸坊舀一碗刚酿出的酒，让王老板尝尝这酒的力度。"

"一进你家门我就闻到酒香了，真是醉倒驴的酒啊。"

"我这酒不仅是醉倒驴，还是壮胆的好酒啊。你没听说，前几天逮住一个土匪，五花大绑拉到西河湾砍头的时候，土匪吓得都尿了裤子，双腿酥软得站不起来。两个自卫队的人架着他胳膊路过我酒坊的时候，我给他舀了满满一瓢葫芦烧酒，他扬起脖子一口气喝下去，喝完酒，就从地上站起来，挺胸阔步唱着走到西河湾：'杀人不过头点地，十八年后又转生。砍头不过碗大个疤，烧酒一碗上路程。'"

"哈哈，这酒够厉害的，今年我出草地的时候，也得带一大坛。狼群和土匪来了我就不会蛋颤了。"

说起狼了，陈德隆赶快把一只喝水的茶碗倒扣在桌上："狼是鬼神仙，前几天，北阁儿外面的五福屯桥头跑来一狼，它跟在窜梁耗子王老四的身后，也学着他站起来走路。窜梁耗子正好偷了一些玉器到庄里典当去，他腰间挎着褡裢，一个小酒壶，一边走一边喝酒，嘴里

还哼着小调。突然发现身后跟着一个人，他正要返头和这人说话，肩膀上却搭过两只毛茸茸的爪子，他知道是狼爬在背上了，但窜梁耗子真不愧是贼心贼胆，不吭声也不回头，镇定自如地背着狼走，狼始终不敢下口咬他，就这样背着狼走到五福屯大桥的时候，趁狼不备，双手抓住狼的两只前蹄，猛地向前一摔，狼被狠狠地摔在地上，还没等狼爬起来，他就骑在了狼背上。这次该狼背他了，狼是直脖颈，也不能返头，发怒了又咬不住他，于是就驮着他奔跑起来，一直从五福屯大桥跑到隆盛庄，人们以为窜梁耗子骑着一只狗，都跑出来看稀罕，但一看那直竖的耳朵和灰白色的皮毛，就知道原来是只狼。于是，就吓得关紧了铺面的门，那狼绕着马桥街跑了无数圈，最后，口吐白沫倒地猝死。"陈德隆抿了口酒，"你说这窜梁耗子厉害不厉害。"

"厉害，厉害！"王闻虎附和着。

"不是他厉害，而是那酒壶里的酒厉害，那天，他要不喝我这闷倒驴的酒，也没有那胆儿。"

"你这是讲故事叨西游吧？"

"这你就孤陋寡闻了，窜梁耗子骑狼的故事，隆盛庄的小孩子都知道啊。"

"后来那只狼呢？"

"口吐白沫累死后，窜梁耗子就用一根麻绳拴住狼后腿，把它吊在当街的拴马桩上，隆盛庄的老老少少都跑到街头看这只狼。窜梁耗子就拿一把刀先把狼皮剥掉，然后，又把狼开膛剖肚，掏出一颗狼心，就那么大口大口吞下了肚子里，那些人看他吃得那么香，就一个人割了一大块，把这个狼大卸八块瓜分着吃了。窜梁耗子又把狼皮给了黑皮匠锁子，让他做了一顶狼皮帽子。"

"窜梁耗子骑着狼，路过你的酒坊，你没有给那头狼喝一瓢烧酒？给它壮壮胆，把那窜梁耗子咬死了，喝了他的血，吃了他的骨头，庄子里的老财们还能睡个安稳觉。"

"看来，你是让窜梁耗子偷怕了，他其实是个义贼。专门偷有钱人家的金银财宝，然后散发给穷人。他现在是狼心贼胆，能飞檐走壁，还有缩骨功夫，衙门都几次贴出告示，捉拿他，但他来无影去无踪，很难看到他的真容。"

"我家倒是没有被他偷过，是张忠德的房子后墙挖了一个圐圙，这个圐圙挖开了，人们才知道张忠德家的秘密。窜梁耗子要是没有缩骨功，那天就被封死在洞里了，他刚钻进墙壁，断墙的顶端就突然飞出一根根铁柱，把圐圙封死了，窜梁耗子沿着这条墙壁爬啊爬啊，爬了很久，好不容易找到一个小豁口，他一缩骨，才从洞里爬出来，你知道，他爬到哪里了？"

"难道还爬到张忠德家里了？"

"哈哈，也真不愧是窜梁的耗子，他爬出来一看，正是东门外的台墩。"

"这是一条暗道啊。"

"是啊，这就是张忠德的精明之处，镇子里一旦发生什么事，他们全家就会安然无恙地逃出城外。"

"张忠德要是逮住窜梁耗子，真能把他剁了，秘密让他给戳穿了，这暗道也不成暗道了。"

陈德隆和王闻虎两人讲得津津有味，直到茶碗里的酒喝干了，才收住话题。

王闻虎从棉袍里掏出一张麻纸，递给陈掌柜："这是今年要带的炒米、炒面、烧酒，炒面不要炒得太老了。烟叶一定要干好，不然，到了草地会发霉的。"

"放心吧，我这里的烟叶都是上等货，不行你先抽抽这烟叶子，看看味道怎样？只要烟叶在草地卖得好，我今年打算再多种几十亩。"

"隆盛庄许多庄户人都把烟叶地变成洋烟地了。"

"种洋烟再挣钱，我也不会像赵恒顺那样钻头不顾身去害人。"

"那就说定了，我让其他走草地的领房也来订购你的烟叶和烟丝。"王闻虎又把一块用褐色牛皮纸包的方方正正的黑茶，放在八仙桌上，"这是苏州的杨老板给带来的。"

陈掌柜慢慢打开褐色包装纸，把这块黑茶放在鼻子下闻闻："这茶叶是不是只有苏州那边能出产？咱们这边种不了这茶树？"

"我也是和你商量这事，你在双台山不是有许多叶青地，要是能试着栽种一些茶树，咱们以后就不用到苏州进货了。"

"咱隆盛庄水土好，果树都能栽得活，难道这茶树活不了？"

"你不妨试试，我让杨老板来的时候，带一些黑茶树苗。让他传授些制作茶的技术，以后，往草地带的茶叶，就直接从咱们这里接货。"

陈掌柜叫了一声伙计："按这个单子备货。说给上西房炒莜麦的伙计，炒面不要炒过火了。"

陈掌柜安排完活儿，就把那块黑茶用刀砍了一块，伙计用铜壶给烧了开水，沏上茶，两人边喝茶边聊。

王闻虎说："你要是把这茶树种活了，一亩茶树的利润要比一亩莜麦翻好几倍。"

"世上没有做不成的事，就像这走草地，大家走的一样的路，可你就走出了名堂。种地也一样，人勤地不懒，我今年先少种几亩看看。"

"要是能栽活了，以后咱就不用去苏州带黑茶了。"

"我也是不想折腾了，日子越过越没后劲儿。"陈德隆喝着浓浓的茶水，一丝苦味儿留在舌尖。

王闻虎知道他的心病，但他也是个知趣的人，两人虽然是连襟，也不敢口无遮拦，戳人家的短处。

倒是陈德隆先捅破这个心结："不孝无后为大啊。"

"陈兄，弟妹还年轻，还能生育啊。"

"罢了，罢了，你不看昙芸妈，身体就像个空心萝卜，血气都补不起来了。调养上几年再生吧。"

"你家昙芸几岁了？"

"虚十岁。"

"咱们结亲家吧。"

"你家金旺多大？"陈德隆抿了一口酒反问道。

"比昙芸大两岁，你倒忘记了，那年昙芸出生的时候，还是金旺妈给开的奶。人常说，热奶浇心呢，但我看昙芸这孩子，从小文文静静，没像了她姨姨。"

"哈哈哈……你家银旺还是昙芸妈给开的奶呢，我只记得银旺和紫芸是同年同月。后来，昙芸妈年年生孩子，我也记不住孩子的生日了。"陈德隆抬起右手，用大拇指掐着四个指头的关节，低着头，好久没有说话。

"怎么，怕我家金旺配不上你的女儿？"

"哪里哪里，只是从命相上看，两人在一道杆上。"

"改日我让阴阳先生给择个日子，咱们就给孩子把婚定了。"

陈德隆敷衍了几句。他虽然从心眼里羡慕王闻虎，几个儿子一个比一个结实，但让自己的女儿嫁给他儿子，他还没有想过。他不想让女儿嫁一个走草地的汉子，一年四季不在家，让女儿年轻轻地守活寡。他宁愿给女儿找一个种地的庄户人家或者买卖人，也不能嫁给走草地的。但他嘴里什么也没有说出来，只是说和昙芸妈商量商量，就算你王闻虎家有钱财万贯，我也不盘桓。

伙计到隔壁饭馆给端来一个炒过油肉、几张馅饼，两人又相互斟满了杯子，一边吃一边又开始推杯换盏地喝起来。那酒确实有后劲儿，王闻虎浑身冒热气，话匣子打开就信口开河了，话题又扯到昙芸和金旺的婚事了："你和茹仙要是没啥意见，咱们两家就结亲家吧。"

酒精催得陈德隆也兴奋起来，舌头一打弯儿，就答应了这门亲事。

第八章

人间美秀女

梦里俊郎君

忙碌了一年的女人正月是最消闲的时候，从初一开始忌针，一直忌到过了二月二。不能拿针线，她们也闲不住手脚，就开始捻线。隆盛庄的女人都会捻线，刚进正月，茹仙就从柜子里把拨吊拿出来，这是一个磨得明光锃亮的羊腿梆梆，中间用火筷烫穿了一个眼儿，把一根铁丝棍儿从眼儿里穿过去，再把铁丝棍儿的上端弯一个勾，很简单的一个捻线工具。这个拨吊还是茹仙从娘家带过来的，她嫁给陈德隆以后，只要到了每年正月忌针的时候，就开始捻线。她盘着腿坐在炕沿边，手掌心攥着一团棉花，随着拨吊的旋转，棉花就变成细细的白线，从她的掌心里流出来，渐渐拉长，当拨吊快要落地的时候，她又娴熟地把那根细细的白线缠绕在拨吊上。她的捻线手艺是妈妈传授给的，很小时候，妈妈就说，女孩子锅头灶脑的活儿都得会，还要学会捻线、绣花、缝连补绽，她自然也要把这些手艺都教给女儿："今天你们不要出去满世界疯跑了，都过来跟我学捻线。"一个正月，也是女儿们最开心的时候，她们一个个都穿戴得体体面面。昙芸正在给紫芸梳头发，她给妹妹的两根辫子上扎了红色的丝头绳。紫芸正在美滋滋地照着镜子，听到妈妈叫她们学捻线，她扫兴地噘起了嘴巴："我一会儿要出去看红火。"昙芸也不大情愿，茹仙把筷子插进一个圆圆的山药蛋里，给女儿做成一个简易捻线陀："我们小时候缝衣服、纳鞋底的线，都是你姥姥没日没夜捻出来的。你姥姥无论去哪里，兜里总要揣一团棉花，就是走亲串戚，也是边聊家常边捻线。"直到母亲去世的时候，手里还没有放下那个捻线陀。昙芸心灵手巧，捻线陀在她手里很快就能转动了，但捻出的线粗细不均匀。

"这线还能用吗？粗的连针眼儿也穿不过去。"昙芸不吭声，仍然低头听妈妈说教，"不会捻线，以后嫁了人，婆家会说我没把你传教好。人常说：'看了妈妈的脚后跟，就知道女儿的八二分。'"昙芸重新仿照妈妈教给的动作，不住地转着捻线陀，在她心里做个好媳妇似乎很难，就像妈妈这样，一口气拉扯五个女儿都没有叫过一声苦。紫芸却把捻线陀扔给妈妈，"我不嫁人，也不学捻线。"说罢，她一甩门，向外走去："懒老婆怕做活儿，手里拿个捻线陀儿……"

"紫芸……紫芸……"茹仙跳下炕，扭动着腰肢追出去。

大门"哐当"一声关上了，紫芸早就一溜风跑得无影无踪。

正月十五是隆盛庄最红火热闹的节日，尽管一场大雪把整个庄子都覆盖了，但仍然挡不住人们喜庆节日的欢乐气氛。这天，柏宝庄的龙灯要来隆盛庄，孩子们都早早地上了小二楼。他们都趴在木栏杆上，盼着舞龙表演。小二楼主人张忠德的儿子张章，也来到了楼上。自从他在北京念了书，就很少回隆盛庄，这个从京都回来的洋学生，身穿一件深色立领中山装，颈上围一垂于腰间、淡雅色毛线织成的长围脖儿，脚上穿一双黑色皮鞋，风流倜傥、玉树临风。此刻，正在专心致志地摆弄着手里的胶片傻瓜照相机，镜头正对准他的母亲和姥爷，姥爷令子虚身穿黑色棉袍，棉袍外又罩了一件崭新的阴丹士林面料的大褂，手里拄着一根文明棍儿，灰色的呢子礼帽，一条长长的辫子搭在脑后，是标准的绅士风度。他坐在一把太师椅子上，眼睛看着张章手里举着的那个黑匣子。

这是什么东西呀？孩子们都围在张章的身边，一个个瞪着一双惊讶的眼睛。张章说："这是照相机。"说话间，只听得"咔嚓"一声，一股青烟从匣子里冒出来，孩子们哇地大叫起来，"人都被抓进匣子里了吗？""匣子里怎么会冒烟呢？"张章告诉孩子们："那是闪光灯。"他又把镜头对准街心的玩意儿队，孩子们不顾看玩意儿了，而是看这个奇怪的匣子。紫芸也挤过去，目不转睛地盯着这个黑匣子，

不住地和张章问这问那："能不能把我的魂儿也抓进匣子里？"

"哈哈哈……"她的话逗得张章大笑起来，"这是照相，不是抓魂。"说罢，他又把匣子对准了这群孩子："你们都看我这里。""咔嚓"一声，青烟一股，孩子们围着他快乐地大叫着。正当孩子们兴奋之际，不知谁喊了一声，"四脚龙来了，快去看呀。"大家才一起爬在栏杆上，好气派的舞龙队伍，在阵阵鼓点声中，八卦连环的布阵再现了龙腾飞跃的气势。银旺拉着紫芸的手跑下小洋楼，在人群里穿来穿去，他们跟着玩意儿队，看那踩高跷的人，看那些车车灯、鱼船灯，还有那跑毛驴、拉旱船的……

元宵节的夜晚更壮观。镇子里的头面人们几乎都聚集在紫云阁楼上，大家聊天、喝茶、看焰火。张忠德和黄金柱连襟两人都陪着老丈人喝茶，令子虚看着天空那些燃烧的焰火，不无感叹地说："就是在北京也看不到这些奇特的焰火景观啊。你看那喜鹊登梅、铁树开花、猴子尿尿、鹅下蛋……栩栩如生、活灵活现啊。"

"这些焰火都是咱们隆盛庄五福屯的匠人自制的，还有那些鞭炮、满地红、大地红、大纸炮、富贵满堂……也都是他们自己做的。"黄金柱讨好老丈人，"就是在北京故宫的上空放一把，也会惊呆慈禧太后的眼睛。"

"惊呆慈禧太后算啥？乾隆爷都来过咱们隆盛庄住着不想走呢。你知道咱们隆盛庄的庙里，为什么要敬拜关羽的神位？"张忠德突然问黄金柱。

这倒把他问住了，他是个粗人，只知道天天给关公烧香磕头，也只知道关公是个武财神。

令子虚见女婿答不出来，就替他解围："关公是武财神，也是人们心中的火神。盛世时代，天下太平、五谷丰登，但地上的人终日所思所想的尽都是恶，玉皇大帝决定要将地上的人和走兽、昆虫及空中的飞鸟，都从地上除灭。他命令火神关公去烧毁人间。关公心底宽厚，不忍下手毁灭人间。于是就想出一妙计，让人们在正月十五晚上家家挂红灯、点旺火、放鞭炮、燃焰火，穿着五颜六色的衣服在旺火前载歌载舞，玉帝站在南天门观看，人间一片火海，以为关公执行了他的旨意。从此人间免了一劫难。正月十五闹红火也就流传下来。"

令子虚讲得绘声绘色，张章说："姥爷，把您刚才讲的那一段故事，都记载到您写的那本隆盛庄的年历中，也好让后人知道正月十五的由来啊。"

说话间，楼下锣鼓喧天，四美庄的四脚龙是开场重头戏。紧接着是八大行演出的拉油车、跑毛驴、高跷、车车灯、船鱼灯……锣鼓喧天，唢呐悠扬，各家买卖字号的门前都燃起了大旺火，人们不住地把锯末面和松香撒在旺火上，火苗越烧越旺，整条街如同白昼。舞龙人踩着铿锵的鼓点，龙在烟雾中翻腾起舞，欢呼喝彩声漫过整个隆盛庄的夜空。一群孩子挤到人群前面，紫芸拉拉银旺的手，惊讶地说："你看，龙原来也有脚。"

"这有啥奇怪的，龙没脚怎么行走？"

"我妈说，那年从天上掉到恒隆店的那条龙，就没有脚。"

"没有脚龙怎么走？"金旺也插话了。

"龙会飞啊。不信，我们去问问子虚爷爷，龙到底有没有脚？"

孩子们又一起挤到了小二楼，紫芸悄悄揪了揪令子虚的辫子。令子虚返头一看，是小紫芸，他故意绷着脸："你们这些孩子，叽叽喳喳地吵闹啥？"

紫芸说："姥爷，我爹说您是咱庄里最有学问的人。"

"你这个小机灵鬼，又想问姥爷啥问题了？"

"龙到底有没有脚啊？"

"哈哈哈……这孩子，就你能想出这些奇离古怪的问题。"令子虚摸摸紫芸的头，"姥爷的学堂开了，我和你爹说说，怎么也得收你这个学生。"

"姥爷，我也要念书去，我爹说了，让金旺去走草地，我和海旺念书。"

"你爹也知道该让孩子们念书了？"令子虚又摸摸银旺的脑袋。

"我们也都要像张章哥哥一样，到京城去念书。"

"你们小小年纪，都有志气啊。姥爷，您的学堂什么时候能办起来啊？"张章也从人堆里挤了过来。

"章哥，龙到底有没有脚啊？"紫芸还在追根问底，"我妈说，那年一条龙从天上掉到了恒隆店，就是因为没有脚，走不了啦。"

"哈哈，傻孩子，"令子虚说话了，"龙是神灵，怎么能缺胳膊少腿呢，没有脚龙就变成蛇了。因为那条掉到恒隆店的龙没脚走不了啦，所以，咱们隆盛庄人又给龙加了四条腿和龙爪。"

孩子们听了子虚姥爷的话，一个个乐了，他们又相互打闹嬉戏着挤到人堆里，看那满天的焰火。

当玩意儿队在街上热闹完，就开始查灯。玩意儿队绕过大东街，来到老财巷，先走进了张忠德的院内，欢快的唢呐声，伴着咚咚嚓嚓的鼓点声，回荡在巷内的角角落落。大人小孩又一起涌到了大院里，只见张忠德和夫人美女，坐在亭子的凉台前；令子虚也正襟危坐在太师椅上，看玩意儿队在院里表演；几个下人站在红彤彤的旺火前，不断往火里撒锯末浇煤油，张章手捧托盘，把整条的哈德门、大前门香烟和花花绿绿的包纸糖块分发给大家。孩子们围着张章抢糖块，大人们都拿到了香烟、点心和茶食。玩意儿队从张忠德家出来又走进了王闻虎院内，茹梅自然也是一个喜欢把钱花到桌面上的女人，她给查灯人的除了草地带回来的酸奶渣、奶豆腐、小包黑砖茶，还有铜板，玩意儿队的人扭得更欢快了，金旺、银旺和海旺几个孩子手里提着大红灯笼，在旺火边跑来跑去，真是旺气冲天，喜气满院，玩意儿队从王闻虎院里出来，赵恒顺、樊老财的大门都紧闭着，玩意儿队在门口敲锣打鼓，也没有人出来应承。于是，他们就在巷子里扭起来，这是对整个巷子里人的慰问，全巷子每家每户都要拿出一些纸烟、茶食和糖果来慰劳玩意儿队。查灯接近尾声的时候，子时已过。街上，传来打更人的梆子声，这时候，天空突然异象显现，只见一条红彤彤的四脚龙从南阁腾空飞出，在台墩上空腾飞片刻，然后，向着四美庄的方向飞去。查灯的玩意儿队一个个都被这异象惊呆了，顿时都倒地跪拜……"真龙显现了，真龙显现了……"人们望着夜空呼喊着，真龙拖着长长的龙尾，穿过夜空，隐匿在无际无涯的天边。

第九章

金旺走草地

马桥别亲娘

二月二刚过，王闻虎已经把走草地的人马都备齐了，一百多辆车马浩浩荡荡地从三合店出来。隆盛庄的男女老少都站在马桥街目送他们的亲人远行，女人们都依依不舍地站在自己男人面前，说不完的叮嘱的话。一辆车是一顶房子，一顶房子里都是自愿组合在一起的匠人，有铁匠、木匠、白皮匠、黑皮匠，也有银匠、石匠、泥瓦匠、麻绳匠，阵容浩大，真是前面看不到头，后面看不见尾。送行的人也跟着车队，一直送到出了北阁。这时候的王闻虎最威风，他头戴狐帽，脚蹬靰鞡，身穿皮袄，一根蓝色的腰带系在腰间，骑着一匹褐色的高头大马。他是领房，百十辆车，几百号人都交托在他的手上。走哪条路，哪条路比较安全，他胸有成竹。路上除了遇到天灾人祸，更难预料的是土匪，几乎沿路都必须防范，王闻虎势力大，沿路的小毛贼不敢惹他，大的土匪王闻虎自然要拿出一些买路钱，打点他们了。许多人都愿意和他一起走，但天灾人祸是王闻虎不可预测的，有时候六月天就刮起了白毛风。他要把这些人带出去，让他们一个个都挣了钱，还得把他们一个个再带回来。路途遥远，路上不免要出现许多意想不到的事，每辆车上都装了足够的粮食，还有砖茶、烟叶、酒水。

金旺过了年，刚满十二岁，王闻虎决定把他带到草地。临走的时候，儿子拽着妈妈的衣襟死活不放，茹梅也是满含眼泪地："孩子他爹，你不能这样啊，不能啊，金旺还小啊。"

"我又不是送他上杀场。咱王家的祖业全凭他来继承啊。"

茹梅知道，丈夫一旦决定了的事九头牛也拉不回来。就是最亲孙子的奶奶出面，也没有说动王闻虎的心。

马桥上，人山人海，茹梅手里提着一个大竹篮，拨开人群，急匆匆地走到王闻虎面前："孩子他爹，这是一篮子月饼和干货，路上给孩子吃。"

"昨天你不是已经给拿了月饼，我都已经打捆在车上了。"王闻虎大声说。

"这篮里的蜜酥、月饼和麻叶是我刚从'隆兴元'干货店买的现出炉的。你尝尝。"茹梅从篮子里取出一个月饼掰开了，"你看看这飞毛利刃的饼碴，再尝尝这香甜酥软的味道，到了草地你是吃不上的。"

王闻虎不能拂了女人的一片真心，他拿起半个月饼大大地咬了一口："好，明年走草地的时候，我多带一些'隆兴元'字号的包馅月饼和混糖月饼。"

茹梅深情地望着王闻虎那贪婪的吃相，脸上呈现出甜蜜的微笑。她是一个有心的女人，每年都是把八月十五打好的月饼，放进两个大瓮里，瓮里放一小碗白酒，然后，用麻纸把瓮口裱糊好，上面再加盖了瓮盖。这两瓮月饼留着王闻虎回来吃，潮湿酥软的月饼也是她给王闻虎走草地带的唯一的干粮。炒面、月饼、炒米是他们必带的食物。她把竹篮放在车上，一只手又抓住车辕，另一只手再次摸摸儿子的脸："金旺……金旺……"

金旺是个懂事的孩子，他揉了揉眼睛，不让眼泪掉下来。

"秋凉了就早点返回来，妈妈想你啊。"

茹仙领着女儿昙芸，也挤到车前："姐姐，金旺还小啊，怎么能让他走草地呢？"茹仙的话音里充满了对姐姐的责备。

"你也知道，我在这个家里做不了主啊。"茹梅又撩起袄大襟擦眼泪。

昙芸把一块草纸糕递到金旺手里："你真的要走吗？"

金旺点点头，恋恋不舍地望着昙芸。

"等你回来了，咱们一起再到西河湾捏泥人，玩过家家。"昙芸低头细声细气地说。

金旺抬手揉了揉有点湿润的眼睛，从衣袋里掏出一个小泥人，递给昙芸，随即，他背过脸，将瘦小的身体裹在一件肥大的皮袄里。昙芸手里攥着金旺送她的那个泥人，一句话也说不出来。

王闻虎领着儿子走草地，在镇里也是一件稀罕事。马桥上男男女女都围在马车周围，巷子里和他玩耍的小伙伴也都从人群里挤进来大声喊着："金旺，金旺……"金旺索性把头缩进皮袄里，不理睬伙伴们的喊叫。车后面跟着爹爹从后草地带回来的笨狗，这条狗随着车队已经走了好几年草地了，金旺叫它"愣虎"，其实，它一点也不愣，多次为这支走草地的队伍立下了汗马功劳。它跳上车，伸出舌头舔舔金旺的手，眼睛骨碌碌地瞅着那个竹篮，它闻见了蜜酥的香味。金旺从篮子里掏出一个蜜酥，扔给它，愣虎没有吃，把蜜酥含在嘴里，好像要说什么。

"是不是也想你儿子了？"金旺摸摸它的头。

愣狗哼哼吱吱叫着。腊月，它是带着怀了小狗的身子回来的。到家不到十天，就生下三只小狗。临走的时候，王闻虎把小狗全部留在了家里，等来年长大了再带它们走草地。

"吃吧，是想你儿子吗？"愣虎望着金旺，眼睛泪汪汪的。

金旺解开了系在它脖翘上的铁链子，它抖了抖脖颈的毛，飞速窜过人群，向家里跑去。大约一袋烟工夫，它身后跟着三只小狗汪汪汪地叫着跑来了。

王闻虎牵着马过来，看到愣虎身后的几只小狗，用鞭子猛地抽打它："我是怕路上冻死它们呢，你倒好，都领上了。路上死了别怨恨我。给家里留一只看门。"说话间，他给一只小狗的脖颈上套了狗翘，把铁链子交给茹梅，"好好喂养这只狗，院子里有了它也有个响动。"

"汪汪汪……"小狗叫着不想和妈妈分开，愣狗用舌头舔着小狗的眼睛。

"儿子都让你领走了，给我留只狗有啥用？"茹梅没好气地白了他一眼。

王闻虎嘿嘿一笑，脸贴着她的耳朵说："我带走了金旺，不是又

给你留下一个吗？"

茹梅的脸上泛起了红晕，她羞答答地推了丈夫一把，低声说："早点回来，别忘了给孩子过满月。"

"记着呢，我还要回来吃翻车糕呢。这个孩子是咱们王家的老根儿啊。"他那宽厚的手掌一下按在了茹梅的肩膀上，"家里的事，辛苦你多操持了。"

茹梅又依依不舍地瞄了丈夫一眼。王闻虎虽然是五尺男子汉，但和茹梅的每一次分手都让他难舍难离，他长叹一声说："这草地不能不走，咱们在隆盛庄也是大户人家，不走草地吃啥喝啥？"

"庄里那些不走草地的人难道人家都饿死了？"

"隆盛庄人要是都不走草地，那些南来北往的商贾谁还会来这里做生意？"王闻虎是一个有远谋的人，他明白，走草地是他们王家发财致富的唯一渠道，不仅仅是他走，他的儿子也得走。

车队缓缓走出了北门。在乍暖还寒的风中，那干燥的春天的空气里，蜿蜒的土路沙尘飞扬，望不到头的牛板车不紧不慢地向北行走，叮咚叮咚的铃声回荡在空旷的原野中。不时，有马儿扬天嗷嗷嘶叫，老牛也会哞哞地附和几声，大雁排成一队"人"字飞过蓝天，不知道是谁扯开嗓子唱了起来：

> 穿上皮袄，套起车，
> 我狠狠心来把你舍，
> 一对对大雁天上飞，
> 我双眼望穿瞭妹妹。
> ……
> 泪蛋蛋把妹妹的毛眼眼迷，
> 什么人遗留下个走草地，
> 麻叶甜来，月饼酥，
> 我咬一口呀难忘妹妹你。

沙哑而略带凄楚的声音伴着叮咚叮咚的铃声、吱扭吱扭的车轱辘声，渐行渐远。

第十章

孩童儿戏言

酿成半生缘

　　春天的西河湾，水暖暖的，风柔柔的，一丛丛吐了芽的小草，像一块绿茸茸的地毯，平展展地铺在河岸两边，这里是隆盛庄女人们的天下。到河里洗衣服，已经成了庄里女人们的习惯。茹仙把全家人冬天穿过的衣服、盖过的被褥、枕头全部拆了，她背上背着一个大大的衣服包包，领着女儿们来到了西河湾。她把衣服放在河沿上，拿了一把小笤帚，轻轻地扫着草坪上那层白花花的土碱。然后，又让紫芸用石头拦起一道小河坝，一会儿，一洼清波汇聚在河坝内。茹仙把脏衣服都浸泡在水里，双膝跪在河沿上，把衣服铺在一块青石板上，撒一把土碱，开始轻轻地搓洗，搓洗一阵，再用棒槌不住捶打，"梆梆梆……"有节奏的棒槌声音，萦绕在西河湾的上空。

　　茹梅也在河边洗衣服，这姊妹俩虽然住的门对门，但很少串门子。她们一年四季都在家里有忙不完的营生，粗活雇了长工短汉去做，细致的缝连补绽的活儿，还得自己亲自动手。尤其是到了拆洗棉衣和被褥的季节，河边是她们开心放松的地方，河边也是女人们聊天啦家常的地方。

　　"茹仙，茹仙……"茹梅一边槌衣服一边在喊妹妹。

　　陈氏不答话，还在低头哗啦啦地洗衣服。

　　"茹仙，你聋了？"哦，陈氏猛地抬起头，"叫我啊，嘻嘻……"她抬手擦擦脸上的汗珠，朝姐姐微微一笑，"多少年了，都没有人喊

这个名字啊，我自己都忘记了。"自从嫁给陈德隆以后，很少有人喊她的乳名了，现在"昙芸妈""陈氏"是她的名字。

"把昙芸嫁给金旺吧。"

"你家金旺回来再说吧。"茹仙不大情愿，"金旺在庄里干啥不行，非要让他走草地？"

"这是你姐夫的主意，他想让金旺出去闯荡闯荡。"

"姐姐，嫁个走草地的男人，我可不想让女儿一辈子守空房啊。"

"我不也一样有四个儿子吗？他们难道是从地缝里钻出来的？"茹梅嘻嘻地笑起来，她不想让妹妹看出内心那种独守空房、饱受相思之苦的日子，"男人不在家的日子是难熬，但你看看，咱隆盛庄凡是走草地的人家，哪个女人不是又当男人又当女人，日子不是一样过得很滋润吗？"她边说边不由得低下头，看着那渐渐凸起的肚子，她盼望这回能生个姑娘。

"还滋润呢？你想男人了怎么办？"茹仙又反问姐姐。

"我搂着娃儿睡觉就啥也不想了。"茹梅用力拍打衣服，不想让妹妹看出她内心的隐痛，"再说，我一天忙得晕头转向，哪有闲空想男人啊。"茹梅是没有和妹妹说真心话。怎么能不想呢，每年二月二过后，男人走了，家里就变得空荡荡的。人常说，男人是把火，家里有男人才有火色，男人一走，她也变得六神无主，但婆婆是个老寡妇，七十多岁的人了，耳不聋眼不花，看见媳妇一副哭丧脸，就硬声硬气地说："上炕认得老婆，下炕认得鞋，那还叫男人吗？""把男人拴在裤腰带上，那还叫过日子的女人？"婆婆这么一说，她就不敢再流露一点点思念男人的情绪了。只有到了晚上，她实在熬不住了，她和几个娃儿睡在一起，满脑子想着和男人缠绵在一起的每一个动作，她一遍又一遍想着，直到想得浑身颤抖，泪流满面，她紧紧抱着娃儿，心里默默地喊着男人的名字。

妹妹的话不由得勾起她的心思，她望着那条长长的向北流淌的河水，太多的思念从她的眼前慢慢流过，她嘴里不由得哼起走西口小调："哥哥你走西口，小妹妹也难留……"

西河水哗啦啦流着，小鸟叽叽喳喳叫着，小树小草发芽吐青，小花儿也争芳斗艳，钱串串、蒲公英、河篦梳、喇叭花、金盏盏，连那狗尾巴花都不甘示弱，摇头晃尾地吐丝开花。草坪上，几个孩子在玩过家家。银旺从河里挖了一大块红胶泥，捏了许多泥娃娃。昙芸拔了许多花儿，给紫芸编了一个花环戴在头上。银旺把一个泥娃娃捧在手里，乐颠颠地说："紫芸，这个是你，像不像？"

"不像，我不喜欢小脚。"

"女人都是小脚啊。那这个泥人给昙芸了。"

银旺把泥人给了昙芸，她低头不语，大概又想起了金旺。

"我要是大脚呢。"紫芸趴在草丛里，两只小手支撑着下巴，小脚板不住拍打着草地。

"我喜欢大脚，紫芸，你就嫁给我。我给你重新捏一个大脚紫芸。"

"你要喜欢大脚，我就嫁给你。今年腊八节我妈就是打死我，也不去缠脚了。"紫芸又把鞋袜脱掉，跳进水里，她总是害怕有一天自己的脚也变成小脚。妈妈说，女孩子都得缠脚，年龄越小缠的脚就越小，受的疼痛也越少。妈妈说今年腊八的时候，就要给她和姐姐缠脚了，她不由得倒吸一口凉气。她总是喜欢和妈妈一起到西河湾洗衣服，她常常把两只白白嫩嫩的小脚丫泡进水里，清凌凌的水淹住了脚脖，那双清澈明亮的大眼睛望着流向远方的河流，幻想着天外那个美丽的世界。她的两条辫子每天都是姐姐给她梳得光光滑滑，不留一根刘海的宽宽的额头，宛如一轮月亮，总是让银旺神思遐想。

"那我们说好了，这辈子你就做我的媳妇。"银旺坐在草坪上，把两只沾满泥的手在裤子上来回擦擦。

紫芸双脚踩着水花，溅起的水点打湿了银旺的衣服。

"嘻嘻嘻……"紫芸笑得前俯后仰，银旺也跳到水里，两个孩子在水里追打着，水花四溅，两个人的头发、衣服都湿透了。他们从河里上来，快乐地躺在草坪上，看天上游来荡去的白云和草丛里飞来飞去的蝴蝶。

"我们一起玩割狼尾巴。"紫芸总是最活跃，她大声说。

"我当狼。"银旺自告奋勇。

"我当头羊。"紫芸也乐了，一骨碌从地上爬起来，十几个孩子

都跟在紫芸身后，在草地上转圈跑起来。昙芸从河里捡了几粒一样大的小石子，一个人呆呆地坐在草坪上玩抓籽籽。祥芸趴在她背上，锦芸坐在她腿上，她像一个"小妈妈"似的一边呵护着妹妹，一边把石子攥在手心，然后，又向上抛起，当石子落下来的时候，她用手背去巧妙地把石头接住。她玩得很投入，两个妹妹也看得眼花缭乱，都和她抢籽籽。太阳出来了，她一边不停地抓着那些石头子，一边在心里默默地念叨着金旺，抬眼远眺天上那朵远去的白云，想着金旺离开的那一刻。她也希望有一天金旺带她到很远的地方……

咯咯咯……银铃般的笑声响彻西河湾的上空。响亮的笑声，清脆的槌衣声，孩子们无拘无束的嬉闹声，让这条河充满了活力和朝气。在草坪上跑着跳着，玩累了就一起躺在草丛里。银旺又在摆弄刚才这几个泥人："你看这泥娃娃像谁？"紫芸格格大笑起来，"像昙芸。"

"昙芸以后就是我嫂子了。"

昙芸羞红了脸："银旺，不许你瞎说。"

"是我妈说的。"银旺认真地说："金旺娶了昙芸，我就娶你做媳妇。"银旺边说边把一个大脚泥人递给紫芸，"我们一起来玩过家家。"银旺和海旺把胳膊交叉着拉起小手，搭成一座花轿，昙芸坐在花轿上，两个孩子抬着昙芸，在草地上走了一圈又一圈，海旺扮演鼓匠瞎红利，闭着眼睛，小嘴巴"都哇都哇"地叫起来。"新人下轿贵人搀，一下搀到个八宝龙凤湾……"

紫芸狠狠推了银旺一把："你不是要娶我吗？"银旺和海旺把昙芸放在地上，又开始娶紫芸，鼓匠吹得好欢快。

金旺要娶昙芸，银旺要娶紫芸，这是孩子们玩的过家家，但茹仙和茹梅却真的放在了心上。茹梅一边洗衣服一边和妹妹说："你得把昙芸的脚缠小啊，不然，娶个大脚媳妇过门，隆盛庄人会笑话死的。"

茹仙笑着说："那还用你吩咐，给女儿裹脚是我这个当妈的责任，我保证让你娶一个小脚妙手的媳妇过门。但说好了，今年年底，金旺回来了，就不能再走了。"

茹仙也愿意和姐姐结亲家。姨姨做婆婆，亲搭亲，女儿嫁过去，至少不会受委屈。

第十一章
脸丑不由人
脚大不忍疼

"妈妈，玻璃上又开满了花。"早晨，钻在被窝里的昙芸从梦中醒来，第一眼看见的是那一朵一朵晶莹剔透的冰花。

腊八，在冰花绽开的季节悄然来临。又是一个寒冷的冬，一个冻得让人们不敢出门的冬。"头九二九冰上行走，三九四九呀门叫狗。"北风呼呼吹过，屋檐下的燕巢早已成空，院子里，偶尔落几只寻食的麻雀。腊八的清晨，冰花满窗，外面天很蓝，太阳格外红，但却冷得出奇。

腊八，家家户户要吃红粥。天刚麻麻亮，茹仙就开始淘米、生火、拉风箱。她用炉钩捅着小火炉，微弱的火星一点点亮起来，逐渐变得通红。风匣啪嗒啪嗒地响着，灶火忽闪忽闪地蹿着。锅里放多少水、下多少米、什么时候把大火变成小火，这些细节她总是做得非常认真。锅里的水开了，她就把灶火用炭灰埋起来，铁锅里热气升腾，扑鼻的米香飘满了屋子，满窗冰花慢慢开始凋谢……

"孩子们，起床穿衣服吃红粥了，阳婆婆出来后，再吃红粥就会变成红眼儿的。"

妈妈的一声呼喊，五个女儿就一起从被子里爬出来，叽叽喳喳地吵嚷着："穿衣服，吃红粥了。"

粥焖熟了，倒一点化开的糖精水，开始用铁勺在锅里使劲搅来搅去，搅得又筋又软了，才把粥盛到瓷花碗里，双手轻轻地摇晃着小

碗，霎时间，碗里的粥就变成一个光光溜溜的椭圆形状。五个小碗里都已盛满了粥。

女儿们梳洗完毕，就围坐在小方桌前，茹仙给每个孩子都盛了一小碗。她又用铁勺盛出一大海碗，让昙芸放进碗柜里："这碗粥给你爹留着。"

孩子们一个个狼吞虎咽地吃起来。锦云哭着爬到妈妈身上，要吃奶水，茹仙撩起袄大襟，把奶头塞到锦芸嘴里。祥云也爬过来，小嘴哼哼呀呀地说："我也要吃奶奶。"茹仙把另一只奶头塞到祥芸嘴里。两个孩子只差一岁，茹仙大概是急着想生养一个儿子，生了祥芸之后，刚出了满月就又怀上了锦芸，祥芸早早就没有了奶水。陈德隆让给祥芸雇个奶妈，但茹仙始终没答应，蓝芸雇了奶妈，断奶后回到家里，就和她生疏了。她宁愿自己多受点劳累，也要亲手把女儿喂大，于是，她硬是用白面糊糊、玉米面糊糊把祥芸喂到一个生日，直到生下锦芸，她有了奶水，祥芸才又含上奶头，但该吃奶的时候吃不上，胳膊腿瘦的像麻秆秆，三天两头有病，茹仙担心这个孩子活不了，但手心手背都是自己的肉，十个指头伤了哪个也心疼，她的两个奶头被两个女儿含着，她左腿上放着祥芸，右腿上放着锦芸，一边奶孩子，一边还不住招呼着其他几个女儿："粥多着呢，千万不要让红枣核卡了嗓子。"

蓝芸端着碗不吃，茹仙看了她一眼，没好气地说："又是哪股筋扭住了，吃呀，日头出来了，不吃粥就变成红眼儿了。"

孩子们听了妈妈的话，都抢着让妈妈再给盛一碗，蓝芸还是不吃。

"你咋啦？"

"我要给奶妈送粥去。"

"你奶妈也算没白给你吃奶。"茹仙嘟囔着，"送去吧。这孩子小小年纪懂得疼人。"茹仙边说边盛了一大碗红粥，用一块白色的笼布包起来："快去快回。"

蓝芸穿好棉衣，戴着一双白皮毛袖套，推门向官才巷走去。

腊月初八，正当三九天，地硬如铁，奶妈家在官才巷租赁的一间西房。她一进门，正好和刚刚从西河湾刨冰回来的奶哥西月撞了个满怀，西月比蓝芸大两岁，蓝芸回到奶妈家，才感觉这里是自己的家。她把红粥放在炕上，就开始和奶哥玩，奶妈和奶爹也亲这个奶姑娘，但孩子最终是人家陈德隆的女儿，断奶了就得给送回去。好在住得不远，蓝芸还是天天往奶爹家里跑，她也喜欢和奶哥一起玩。此刻，奶哥把大块的冰放到一个干净的盆里，奶妈用刀背把冰敲碎，放到院子的角角落落。井房、茅房、东西南北房的窗台上，都摆放了冰块和红粥。"来年庄稼收不收，先看腊八冰和粥。"蓝芸和奶哥用冻红的双手捧着一块如白玉似水晶的冰块，吸溜吸溜舔着，舔得不过瘾，干脆放到嘴里，嘎巴嘎巴嚼碎了往肚子里咽，奶妈担心他们吃多了，就把剩余的冰块都放进水缸里："一时半会儿融化不了，留着慢慢吃。"蓝芸和奶哥却抢着说："腊八的冰，吃了不肚疼。"

"腊七腊八，冻断胳膊""腊七腊八，冻死叫花"。吃了冰，她就和奶哥一起到西河湾玩。这是腊月最冷的天气。孩子们出来玩耍，奶妈给她手上戴个用碎皮子拼对起来的毛袖套，耳朵上戴个毛耳套，手里拿着自己制造的小冰车。冰车和冰鞋也是奶哥自己动手做的，找一些木板和铁丝，去垃圾堆里捡一些废钉子，自己设计样式。冰鞋也非常简单，一块木板上钉两根粗铁丝，旁边用火筷烫两个眼儿，把细麻绳穿进去，双脚踏在木板上，用麻绳把脚和木板牢牢捆绑在一起。男孩子穿冰鞋，女孩子坐冰车，整个西河湾都是孩子们的世界。一个个都不怕冷，一块晶莹剔透的冰放在冻得通红的小手上，迎着西北风，用舌尖一点点地舔着，不住气地吸溜吸溜地、嘎巴嘎巴地啃着冰。

冬天的故乡百草枯黄，树木都变得憔悴消瘦，光秃秃的双台山，孤零零的台墩。朔风吹过横无际涯的黄褐色的土地，满地落叶如丢了魂似的在冰上转来转去，白花花、平展展的冰面就像一块硕大的玻璃板。蓝芸和奶哥玩够了，也累了，他们要回去了。走到西巷口，蓝芸走不动，奶哥弯下腰："过来，我背你回去。"蓝芸趴在奶哥的背上，就这样，他背着妹妹穿过大街，小孩子跟在他们后面大声喊着："猪八戒背媳妇了。"蓝芸挣脱奶哥的手，弯腰捡起路边的土坷垃去追打那些孩子："你们才是猪八戒。"孩子们嘻嘻哈哈大笑着："快跑啊，

假小子来了。"

蓝芸要回家了，奶爹说："给你妈拿块豆腐。腊八不吃豆腐，冻了屁股。"奶爹是磨豆腐的，从早晨到现在已经卖掉了两锅豆腐，还有人不断上门。巧莲婶婶也忙着卖豆腐。她给蓝芸从水缸里捞了一块豆腐，放进竹篮里："明天来的时候，记得把竹篮给捎回来。"

蓝芸提着篮子，乐颠颠地向家里走去。

蓝芸刚刚推开门，就听到两个姐姐尖声细气的哭叫声，她吓得躲在窗台下不敢进家。

茹仙把昙芸抱到炕沿上，又从大红柜里取出一大卷崭新的白裹脚布和马连带子："今天是腊八，你该缠脚了。你没听说腊八裹脚，才能裹成个小辣椒。"

"妈妈，我不裹脚。"

"不缠脚以后嫁不出去，没有人会娶一个大脚女人做媳妇。"

"妈妈，我也不缠脚。"紫芸也开始央求妈妈说，"没人娶我，我就嫁给银旺。"

母亲生气了："小孩子过家家的话你也当真。"

"姐姐能嫁给金旺，我怎就不能嫁给银旺？"

茹仙不搭理女儿的问话，此时，让她最愁的事就是给这几个女儿缠脚，她们的哭喊，让她这个当妈的心疼，但哪个女人不是这样过来的，缠脚、生孩子，那种疼痛是每个女人必须要忍受的。昙芸的哭声也吓坏了四个妹妹，锦芸趴在炕上哇哇大哭，祥芸用被子蒙住头，浑身筛糠似的抖动，蓝芸始终躲在院里不敢进家。紫芸瞪着一双惊恐的眼睛问妈妈女人为什么要缠小脚呢，妈妈一边整理裹脚布，一边说："从前苏护送女到朝廷，路上遇到一个鸡精，鸡精附在苏护女儿姐己身上，但她的鸡爪没有变成人脚，于是，就用白布把鸡爪缠起来，见到纣王的时候，纣王第一眼就看上了姐己的小脚，从此后，纣王就下了一道诏令，全天下的女人必须缠脚。"

"这个纣王也太坏了，反正我不缠脚。"紫芸大声说。

"妖精也是受女娲娘娘的支配，让她去坏了纣王的江山，是这个纣王昏君无道，惹了天神，所以，才遭天谴。女人缠脚是上古留下来的，咱们不能违背。"茹仙反反复复给女儿们讲着这个传说故事："脸丑不由人脚大不忍疼，大脚女人难嫁人，只能找个庄户人。小脚女人才能嫁个买卖人。"

昙芸大哭大喊："我不嫁人。"

"傻姑娘，女人不嫁汉，谁养活你，嫁汉嫁汉，穿衣吃饭。"

"我嫁一个地上的庄户人。"

"庄户人，你就一辈子在田间劳动。"

"我宁愿劳动，也不缠脚。"

"你姨姨可不娶一个大脚媳妇过门。再说，我拉扯这么一个大脚闺女，隆盛庄人会笑话死我的，你不怕丢人我还怕呢。"茹仙生气了，一把拉过女儿的双脚，把长长的白布条在女儿的脚上用力缠绕，她用足气力，使劲儿把昙芸的五个脚趾头往脚心挤压，压一下昙芸尖叫一声。妈妈说："女人出嫁的时候，从花轿里往出一伸脚，脚大了，人们就会喊，圈猪了，圈猪了，你说羞不羞啊。"

昙芸渐渐停止了哭叫，两只脚已经从疼痛变得麻木了。她想到嫁给金旺的那一天，多少人赞美她的那双小脚，她马上就顺从地任母亲折腾。

昙芸的脚裹好以后，妈妈又在她双脚上放了一块方方正正的槌衣石，几十斤重的石板压在脚上，又是一阵撕心裂肺的疼痛，昙芸"哇"地尖叫起来。茹仙把昙芸的双脚压在槌衣石下，又开始给紫芸裹脚，母亲硬是把她抱在炕上，紫芸猛地跳下地，挣脱母亲的手，一边往外跑，一边大声哭喊着："我不裹脚。"陈氏追出去："由了你还想反天呢，你看看，哪有女人不裹脚的？"紫芸在前面跑，陈氏在后面追，在院里转了几圈，紫芸躲进了井房里，一甩手关住了井房的门。

"你赶快出来，我怎么养了你这么一个不省心的女儿。不裹脚，今天晚上就不要吃饭。"茹仙追到井房，敲打着门板。

"再逼我缠脚，我就跳到井里。"紫芸躲在井房里，把那块盖井盖的石板顶在门上，她不再吭声也不出来。

腊月的天，滴水成冰，井房里更是寒气逼人，井沿上冻结了一层

厚厚的冰。紫芸的手脚冻僵了，她不哭也不叫，背靠着井房的那扇木板门，就这样坐着。

茹仙不敢再逼了，她长长地叹了一口气，一转身，看见了躲在窗外的蓝芸，就上去一把揪住她："你要不缠脚，以后就不要再回来。"

蓝芸挣脱妈妈的手，在院子里跑来跑去，茹仙扭动着腰，两只小脚迈着碎步，就是抓不住女儿。她回到屋里独自生气，恨自己生了这么多女孩，如果是男孩何用这样劳心费劲儿啊，她越想心里越难过，不由得暗自神伤。

陈德隆回来了，今天是腊八，他给孩子们从上三元干货铺买回了蜜酥和油麻叶。走进院里，他看见蹲在窗根儿下的蓝芸，一把拉起她发红的小手，推开家门。他看见媳妇儿坐在炕沿上流眼泪："怎么啦？谁又惹你了？"

"你看看这几个孩子，一个一个的都不听话。"

"又是为她们缠脚的事，孩子还小，大一点懂事了再给她们缠。"

"年龄大了，脚还能缠小吗？我六岁的时候，我妈就开始给我缠脚了，如今，昙芸都十岁了，紫芸、美云也都七八岁了。"

"慢慢来，心急吃不了热豆腐。"他挨个摸了摸孩子的头，让她们都坐在炕上。平时，孩子们很少和他亲近，他把糖麻叶递给孩子。

女儿们一个个像惊弓之鸟，都不敢往前面站，昙芸的双脚是压在槌衣石下，疼得死去活来哭喊着："爹爹，疼死我啦……"陈德隆上前把槌衣石从女儿脚上搬开，"昙芸妈，这刑法也太重了吧，咱们的女儿还小啊。"

"我是孩子们的妈，她们是我身上掉下的肉，她们的脚疼，我是心疼，但我不能姑息她们，姑息她们就是一辈子害了她们。哪一个男人愿意找个大脚女人做老婆，当初，你找我的时候，还不是看上我这双脚。"

茹仙的一席话说得陈德隆无言对答，他抚摸着女儿们的头发，突然发现紫芸不住屋里，大声问茹仙："紫芸呢？"

"在井房里。"

"大腊月，跑井房干吗？"

"她不缠脚。"茹仙气狠狠地说。

"不缠就不缠吧,这孩子有主见,不要硬强求。"

"你看看隆盛庄哪家的女儿不缠脚?我姐姐都说了,她不娶大脚媳妇。"

"各人有各人的福气。这孩子聪明伶俐,我叫她念几天书吧,说不定以后还能有个出息。"

"她毕竟是个女孩子啊。"

"也许是她投错了胎。"

陈德隆又披上大氅推门出来,他走到井房前,大声喊着:"芸儿,出来吃饭,你妈不给你缠脚了。"

房门开了,紫芸一下扑在爹爹的怀里:"我不缠脚,爹爹,我不缠脚……"

陈德隆抱着紫芸走进屋里,昙芸的双脚还在槌衣石下面压着,她疼得什么也吃不下去,只是眼泪汪汪地望着父亲。父亲摸摸她的头:"你是咱家的长女,听妈妈的话,给妹妹们做个样子看。"昙芸不停地流眼泪,想说什么,但什么话也没有说出来。

这天是腊八,镇里最热闹的地方是北庙了,和尚们都给庙里的无边大师过生日。吃过腊八粥,陈德隆说想带孩子们去北庙看冰山,昙芸脚疼得不能走,只有紫芸、蓝芸和祥芸和他一起去北庙。

刚走出街门,紫芸就看见了银旺,她挣脱爹爹的手,向银旺跑过去。银旺把嘴里含的冰,吐出来放在手心上,才和紫芸说话:"你吃冰了没有?"

紫芸摇摇头,满眼委屈的泪水:"我妈今天要给我缠脚。"

"你要是缠了脚,我就不娶你了。"

"我妈就是怕我嫁不出去,才给缠脚的。"紫芸用袖头擦擦眼睛,"银旺,你要是真心娶我,我就不裹脚了。"

银旺拉起紫芸的手,两人的小指头勾在一起:"拉钩上吊,一百年不许变。"

"哈哈哈……"陈德隆听到两个孩子的对话,不由得放声大笑,他摸摸银旺的脑袋,"开了春,你和紫芸都去私塾房念书吧。"

"姨夫，我陪紫芸一起去念书。"

紫芸笑了。银旺也笑着说："明年，咱们两人一起去私塾房上学，然后，一起去省厅读书。你看人家张忠德的儿子，每次回家多威风啊，人家是京师大学堂的学生。"

他们虽然不知道京师大学堂在哪里，距离隆盛庄有多远，但就是知道张章是隆盛庄念书最大的人。一想到这些，两个孩子也开始想入非非了。

在北庙的小广场旁边，和尚们雕了一座很大的冰山。冰山上有一个个圆圆的拱门，拱门里摆放着腊八粥、油饼、炸糕……每层冰山上都放着用荞面捏的灯盏里面倒满了胡油，点燃的白线捻子泡在油里，灯光闪闪烁烁。和尚们的衣服黄得耀眼，他们手里举着香火，绕着冰山不住念经，谦和慈悲的声音，常常让那些来听道的人满眼泪光闪闪。整个北庙木鱼声声，香烟袅袅，冰山皑皑，气氛是那么冷峻肃穆。紫芸不由得心生敬畏，她仿佛看见，冥冥之中有一个至高的造物主，他在主宰人间的一切。她拉着银旺的手，绕着冰山转来转去，偷偷地把小手伸进冰洞里，摘一条融化了的冰柱，银旺拿在手里，两人轮着用舌头舔着。

两人又偷偷溜到伙房，只见几个帮工的人正在另一口大锅前忙着炸糕和油饼，捞糕的笊篱就像一个小箩筐，炸好的糕和油饼放在一个大蒲箩里，银旺和紫芸一人悄悄拿了一个糕，大口大口吞咽着，一个和尚过来揪住银旺的耳朵："小家伙，先给佛爷供了才能吃。"银旺噎住了，瞪着眼睛说不出话，紫芸问："佛爷在哪里？也来和我们一起吃饭吗？"

"是啊，这饭也是佛爷赐给众生的，先要懂得谢恩。"紫芸点点头，拉着银旺的手，两双小手在胸前合一，向佛爷谢恩。

人群里，蓝芸又看见了奶哥西月和奶弟对月，她向西月和对月走过去。只有祥芸还拽着父亲的衣角，在人群里转来转去。

大家看完了冰山都去听和尚诵经。这天，无论是来敬香的还是看热闹的人，庙里都给大家吃一顿饭。伙房里，满满一大出勺锅烩菜，香气四溢，油炸糕、油饼、大烩菜、粉条、豆腐、圆白菜、山药，人们吃了一碗又盛一碗，那些讨吃要饭的也都来庙里吃饭。

"陈掌柜，快进禅房吧。"庙里的住持走过来，施礼迎接。

陈德隆也不客气，走进住持的诵经房。

住持九岁就皈依佛门，来到北庙已经整整七十年了，一个人七十年能守在一个地方，这恐怕不是一件容易做到的事，但他却把一生的时间在这里度过。他是隆盛庄人敬仰的和尚，他出生于清末一个破落业主家庭，后来，家道中落，他被送到大同华严寺，从小就研读佛经，十六岁，当隆盛庄北庙刚刚建起不久，他就来这里当了住持。几十年过去了，北庙的香火一直很旺，五道庙、城隍庙、奶奶庙，三家庙宇套在一起，每年，从正月十五开始，就香火不断。腊八这天是佛主成道的日子，也是祈求来年丰收的节日。

住持和陈德隆很熟悉，庙里和尚们吃喝的米面都是从陈德隆粮店购买，陈德隆做买卖随和，也不会给他陈粮旧谷。两人在一起的时候，谈金刚经，谈因果报应，谈轮回转世，他还送给陈德隆一幅十八层地狱轮回图。陈德隆每年过大年在家里供祖先牌位的时候，才把这幅画挂出来，从第一层到第十八层。他也常常看着这幅画对照自己，那十八层地狱的惩罚让人惊心动魄啊，那年自己好在没有把那个小女儿锦芸遗弃了，否则，他还得下十一层石压地狱：他心里一直记着图中告诫的那段话："若在世之人，产下一婴儿，无论是何原因，如婴儿天生呆傻、残疾，或是因重男轻女等原因，将婴儿溺死、抛弃，这种人死后打入石压地狱。为一方形大石池（槽），上用绳索吊一与之大小相同的巨石，将人放入池中，用斧砍断绳索……"他很珍惜住持送他的这幅画，他是经营粮食的，所以，他知道浪费粮食将打入舂臼地狱，放入臼内舂杀。住持说他前世和佛有缘，也有慧根，陈德隆现在也开始天天早晨念佛，闲暇时间就来庙里听和尚讲经，时不时给庙里也添一些香火。那些常住在庙里的讨吃要饭的，也都是他稀粥馆子的常客。

陈德隆从禅房出来，突然和赵恒顺走了个迎面。赵恒顺领着他的小老婆银娥也在逛庙会。陈德隆不想和他搭话，正要低头走过去，哪知道，赵恒顺却亲热地主动问他："陈掌柜，别来无恙。"陈德隆虽

然和赵恒顺住在一条巷里，但很少有往来，见面也只是点个头，他的稀粥馆子和赵恒顺的烟馆门对门，但陈德隆从来没有登过烟馆的门，赵恒顺也没有喝过他的稀粥，两人井水不犯河水，各做各的生意。今天这个阴人是怎么啦，竟然主动和他打招呼："陈掌柜，我改天去你柜上，咱俩好好喝一杯。"陈德隆更是感觉莫名其妙了，他脸上浮现出一丝干笑，尴尬地点了点头。银娥上前摸摸祥芸的头发："多乖巧的女儿，陈掌柜有福气，女儿一个赛一个漂亮。"几句恭维的话，却让陈德隆浑身不自在，真是哪壶不开提哪壶。陈德隆没儿子的心病又被戳疼了，他哼呀哈呀应承几句，就领着女儿走出北庙，心里一直在琢磨这阴人究竟打的什么主意？

第十二章

紫芸进学堂

大脚蹚书路

　　令子虚是世代书香门第出身，他的父亲在朝廷手里犯了事，被流放到了边关。后来，又来到了隆盛庄，到了令子虚这一代，家道中落，但他父亲仍然不放弃供他读书，他也争气，从秀才一直考取了优贡进士。军阀混战时期，他在北京师范学校任教，但他深恋故土，隆盛庄一直是他心里的世外桃源，这里山美水美，风景秀美。于是，民国初年，他辞去了在北京师范学校任教的职业，不假思索带着老伴离开了京城。令子虚在隆盛庄是学位最高的人，他家里那个连二大红柜、炕柜里，全部放满了书，他一回到镇上，就在商务会做文秘工作。有公文就给抄抄写写，没事了就在家里沏一壶茶，翻阅那一摞又一摞的书籍。他要整理一部有关中国文字的起源与发展的书籍，他从甲骨文开始研究，除了研究这些文字，他还决定要办一座公立小学，那时候，隆盛庄私塾很多，有钱的老财家几乎都给孩子请了先生，但这么大的庄，没有一座像样的公立学校，总是形不成一个有规模的教育。在隆盛庄办一所学校，成了令子虚的一桩心事，那时候，丰镇县城已经成立了一所第一高等小学校，隆盛庄为什么就不能成立一所高等小学校呢？隆盛庄的老财们知道他想办学校的事，自然都鼎力支持。一者，自己的孩子都能接受良好的教育；二者，隆盛庄有了一所公立学堂，就不用再送孩子到大同、丰镇、绥远去读书了。这事酝酿多日后，他就把两个女婿叫来商量办学校这件大事。

"隆盛庄如果有了一座像样的公立学校，没钱人家的孩子也活得有个指望，不然，不是当铁匠就是当木匠。你没听说，村里人有钱没钱家家养口猪，隆盛庄的人有钱没钱都得供孩子念书。"

四个城门是庄里庄外的分界线，一堵城墙两个天地，墙里人称呼墙外人是"地上的人"，墙外人称呼墙里人是"街上的人"。地上的人和街上的人衣着、打扮风俗习惯截然不同。街上的人往往用一种居高临下的眼光看地上的人。街上的孩子都能念书，地上的孩子只会搂柴拾粪。于是，这种城里城外的分界线，把人拉开了距离。令子虚执意要办一所学校，也就是让更多的城里城外的孩子都能读得起书。

"办一所公立学校，毕竟和私塾不一样，至少要有个宽敞的地方。咱隆盛庄就这么几条街、几条巷，您老看哪里做学校更合适？"

"南庙大院怎样？那里安静，后院地方也宽敞，以后，可以逐年扩建教室。"令子虚滔滔不绝地说，"眼下学生不多，就利用庙里的闲置房就够了，等到明年春暖花开了，再盖一排教室。后门傍着西河湾，那是最好的天然操场。课间课外学生都能在草地上活动。空气清新，眼界开阔，冬天有天然的滑冰场，夏天，是最好的运动场地。"

令子虚的一席话，把两个女婿都说动了心。黄金柱说："钱的问题您不要发愁，咱隆盛庄人一听说办学，老财们都愿意出钱捐助。您也知道，隆盛庄人过日子都习惯了省吃俭用，但供孩子们上学，还是舍得花钱。"

张忠德沉思了片刻说："丰镇县已经成立了第一高等小学校，咱们隆盛庄自然也能办一所第二高等小学。只是教师从哪里聘请？"

令子虚接起话茬："教师你就不用愁了，隆盛庄这几年私塾堂也培育出许多人才，有清末的秀才全玉美、李请、李德仁、李成章……这些人都是名流，他们也都愿意为发展家乡的教育事业做一些贡献。"令子虚口气里充满了自信。也许，他天生就是一个教育家，说起教书育人就满面春风、口若悬河。

张忠德没有说话，他在考虑，南庙的住持三和尚会不会答应？

"我们临时占用一下，你和县里申请办学的事，等有了资金咱们就可以盖一所正规的学校。"

"好，你先筹划吧，我去和三和尚谈谈。看他是啥意思，办学校是咱们镇子上的头等大事，关系到后辈儿孙的前途问题。"

张忠德办事向来干脆果断，雷厉风行，他直接到南庙找住持。

南庙盖起来也没有几年，人们都说，是拆了四美庄的巴总府才盖起个南庙。从南庙盖起来那年起，三和尚就是庙里的住持，他今年六十多岁，据说十三岁的时候就到五台山出家当了和尚。他一生未娶妻，一直守着这座庙度过许多年。南庙里，逢年过节、初一、十五香客多，特别是到了四月八、六月二十四，这几个大庙会，那简直是人山人海，平时人虽然少了一些，但也天天香烟不断。张忠德走进庙里，一阵清脆的木鱼声伴着悠长的诵经声从禅房传来，他从大雄宝殿穿过，直接到了三和尚禅房。挑帘进门，正在诵经的三和尚停止了木鱼的敲打，睁眼一看是张忠德，急忙起身迎接。张忠德也不客气，坐在了他的对面。

"不好意思，有失远迎。"三和尚对这位德高望重的里长还是非常尊敬，每年六月二十四的庙会，张忠德总是亲自出面筹划，搞得有声有色，赶庙会的人多了，他这个住持的脸上也光彩。大凡一座庙，讲究的是个香火，香火旺这方土也是人丁兴旺、国泰民安。三和尚停止了诵经，起身吩咐小和尚给沏茶倒水。

张忠德对佛教心存一种敬畏之心，心善为本，善行天下，这是他做人做事的根本，也是他当里长热心为大家办事的一把尺。

三和尚先开口问："里长近来别来无恙？"

"托观音菩萨的福，我只是公务繁忙，不能常来庙里进香。"

"心静则清，心清则明，心明则灵，心灵则慧，心中有佛，不来庙里一样与佛同在。"

"谢谢长老明示，心灵是一个人的生命气场，怎样为更多的人营造美妙的生命气场，也是我等今天该做的一件善事。"

"里长有需要老者做的事，尽管开口。"三和尚修行多年，凡事都能洞彻一二，他知道张忠德今天毕竟有要事和他商谈，于是，先开口询问。

"隆盛庄远近闻名，但到今没有一所公立小学，镇子里私塾堂是

有许多，但毕竟是私塾。有许多贫家出身的孩子还是念不起私塾。"

"里长是不是想办学堂？"

"是我老岳父的心愿，他从北京回来后，就一直谋划着想在隆盛庄办一所学校。"

"他满腹经纶，从京城回来，能为咱们隆盛庄办学，这是功在千秋的大事。隆盛庄要想代代兴旺，那就要代代人有文化。"三和尚站起来，恭恭敬敬给里长鞠了一躬，"请受老生一拜，为民办学，功德无量。这可是关系到隆盛庄兴衰的千年大计。"

"不敢不敢，我只是受人之托，成全这件事。"张忠德也站起来，双手将和尚扶起，"自强首在储才，储才必先兴学，文化是咱隆盛庄兴旺发达的根，这根扎得越深，树才能长得枝繁叶茂。但眼下办学还有点困难，需要长老帮忙。"

"为隆盛庄做好事，老生愿尽犬马之劳。"

"想暂时占用南庙这块宝地，你看怎样？等来年开春，我再选择地方，盖一所像样的学校。"

三和尚没有想到张忠德会提出这个让他出乎意料的问题，他沉思片刻说："行啊，你看哪间房合适就占用吧。诵经、读书一样是人生道德的修炼。我义不容辞要配合你们做好这件事。"

"就占用这间。"镇长抬手指了指禅房。

三和尚也是个爽快人，他站起来，又给张忠德倒了一杯热茶："我明天就让徒弟们搬东西。"

"那我就和大家商量一下，定个好日子，举行一个开学典礼。"

张忠德兴致勃勃地从南庙出来，夕阳已经西沉，他顺着大南街步行向老财巷走去，直接去了老岳父家里。

他要去告诉老岳父，办学校的地址已经有了，但聘请教师、开设的课程、举办开学典礼，细碎的事情还很多，而且都需要资金，这部分钱从哪里筹备？老师的工资从哪里支出？一连串的问题在脑海里旋转。

张忠德推开门，还没等令子虚开口问，就说："老住持答应先占用他的禅房，但这终究不是长久的办法，我们要赶紧盖校舍。我和黄金柱商量一下，看他能不能从商务会给筹划一部分资金。"

令子虚一听女婿的话，顿时眉开眼笑："商务会的钱都用在镇里几个庙会、灯会上了，别看隆盛庄买卖人多，有钱人多，但他们都把目光盯在买卖交易上。"

"您老先做个预算，一共需要多少钱。这笔钱我想办法来筹划。"张忠德停顿了片刻，"商务会有一笔钱原打算用在加固城墙上，现在看来，用在教育办学上更有意义。中国的万里长城，都没有抵挡住八国联军的侵略。我们加固个城墙又有何用？我和黄金柱再商量一下，八大行的掌柜们要是都没意见，就把这笔款挪用过来。"

"文化是国家的灵魂啊。"令子虚深有所感地说，"《辛丑条约》签订后，所谓的庚子赔款，清朝政府分三十九年赔款四亿五千万两白银，但你没听美国罗斯福总统说，中国发生义和团事件，就是因为中国接受的教育太少了，中国人民最缺的是教育。所以，美国人就是用这笔庚子赔款在中国建起了清华学堂、协和医院。英国人也用庚子赔款在太原建起了山西大学，咱们隆盛庄的段世英、班廷献、孟儒珍、张世廉都是从那所大学走出来的人才啊。"

"我老了，也不能为隆盛庄再做什么事、出什么力了。钱再多如粪土，能给隆盛庄把文化振兴起来，也算我为家乡尽了一点犬马之力。"令子虚一番肺腑之言不禁让张忠德再次对他肃然起敬。儿子能在京师大学堂读书，与老岳父的苦心培养是分不开的。

南庙腾出一排西房做了教室，桌椅板凳都是八大行的鲁班社给捐助的。来报名上学的学生真多，这是令子虚没有想到的。怎么办？令子虚当机立断，决定以公平的考试来录取第一批学生。想进这所正规的公立学校念书，必须参加考试，及格了才能入学。学费每月交50个铜钱，没钱的就交五升小米，连小米也交不起的，免费来读书。令子虚说，办这个学校不是为了挣钱，只是为了给隆盛庄多培养一些有文化的人。

银旺和紫芸从私塾房放学后，一边走一边念叨着："到公立小学去读书，都要参加考试啊，也不知道要考什么？"

银旺说："你要考上了，我考不上，或者我考上了，你没考上，

怎么办？"

"我考上了，你没考上，你就继续念私塾；我要考不上，你一定也考不上。"

"那咱们两人一块念私塾。"银旺高兴了，嘿嘿笑起来。

凡是念私塾的孩子们，全部来南庙参加考试。监考老师除了令子虚都是陌生面孔，原来，他们都是从山西大学、绥远师范毕业的高材生。一个个都自愿回家乡做教书先生，为隆盛庄培养有文化的后代。

紫芸和银旺都考进了隆盛庄第二高等小学。

紫芸是学校里唯一的女孩子，她在学校里引起许多男孩子的好奇和注目，也引起隆盛庄许多足不出户的女孩子的羡慕。庄里的人都在议论紫芸念书的事，但陈德隆却不以为然，他宠爱二姑娘，自己没有儿子，总也得有个有出息的姑娘。紫芸没有缠脚，这也成了隆盛庄人品头论足的焦点，哪有女孩子不缠足的？但陈德隆却说，现在是新派年代了，在北京男人开始剪辫子，女人放小脚已经成为潮流。

学校里老师们的穿戴打扮都是新派服饰。男老师穿的是黑色中山服，留着大分头。唯有令子虚还是穿着那件长袍，留着长长的辫子，和那些新派风格打扮的老师们，有点格格不入。

看见他这条辫子，人们总是说，现在都开始剪辫子了，您还留着干吗？每逢听到这些话，他就摸摸自己那条吊在脑后的辫子，爱惜地理来理去。他的辫子很长，但细的像一根马尾巴，走起路来，辫子在背后晃来晃去。老伴每天给他梳头发的时候也格外小心，用梳子蘸一些刨花水慢慢地梳，哪怕掉下一根头发，他都心疼得了不得。

他也常常和跑北京做生意的女婿张忠德打听，是不是京城还在剪辫子？女婿说，您也知道，自从辛亥革命后，南京临时政府颁布了剪辫令，几年里全国男子绝大部分都剪掉了辫子，他一听这话，就抚摸着辫子唉声叹气，他无法接受剪辫子这一事实。幸亏，这股风没有刮到隆盛庄，在隆盛庄居住他再也不会担心自己的辫子会被剪掉了。有人说，他回到隆盛庄居住，也是为了保住他那条辫子。

紫芸是个淘气的女孩，有时候，会悄悄躲到先生的背后，用手摸一下先生的辫梢；有时候，还从花池里摘一朵花儿，悄悄插在辫梢上。孩子们哈哈大笑，先生发现了，那张和善的笑脸会变得更加慈祥，花儿成了这条辫子的点缀。紫芸也时不时给先生的辫梢上换一朵花儿，先生喜欢紫色的五月梅，他借花吟诗："五月梅花开，四诗风雅颂。"孩子们也编了一顺口溜："先生辫子长，吊在脑门上，辫梢开了花，脑门亮堂堂。"

令子虚给孩子们任国语课，天天教孩子们认方块字，识至千字左右后，就教千字文、百家姓、三字经……紫芸记性好，其实，这些方块字她在私塾房就学过了，先生教一遍，她就记住了。

令子虚每日除读书习字例行功课外，常常带着孩子们出外散步，在西河湾草坪上开展各种孩子们喜欢的游戏，上西梁头静观隆盛庄全景。令子虚虽然留着辫子、穿着袍子，仪表神态一直保留清朝时代的模样，但教育孩子的一些方法并不守旧。在学校里开设了语文、数学课，之外还有音乐、文体、美术、劳动、手工等课程。他有一个远大梦想，愿意把自己毕生学到的知识都传授给隆盛庄的下一代，常言道："长圣人短艺人。"手艺人有种说法是教会徒弟饿死师傅，但教书先生却恨不能把满肚子的知识都传授给学生。他不大赞成把年幼的学生终日关在书房里读书，尽量使学生了解人生实际生活。紫芸的想象力特别丰富，对着那条长流不息的西河湾，她会问先生："您不是常常说，人往高处走，水往低处流，为什么这条河水却向高处流？"先生说，这就是隆盛庄独特的地理位置，他给孩子们画了一张地形图，从东八号海一直画到黄旗海，讲了这个水为什么倒流的缘由。隆盛庄那条美丽的西河湾，那西下的夕阳、威严肃穆的台墩，还有那高大的城门楼，都是孩子们常常去郊游的地方，也常常令紫芸悠然神往。

令子虚还教孩子们经书。他先教学生熟读背诵，然后再逐句讲解。除读书背诵外，还有习字课，从教师扶手润字开始，描红，写映本，进而临帖。"四书"读完后，就读"五经"，兼读古文，如《东莱博议》《古文观止》等，并开始学习作文。孩子们尽管对《论语》《孟子》《左传》这些书不大懂，多数都是死记硬背，紫芸都能背下来。每一次背诵，紫芸都是第一个站起来，令子虚夸紫芸是个聪明的女孩，以后要推荐她到北京女子附中去念书。银旺听说先生要推荐紫

芸去北京念书，也争抢着问令子虚说："我也要到北京念书。"

"只要你们好好学习，我都送你们到京城读书。"

令子虚让女婿从北京订购了一些小学教材，有上海文明书局新出版的史地动植物各种小学教科书，这些书籍开拓了孩子们的眼界，紫芸知道外面还有一个美好的世界，于是，学习更加努力了。妈妈给紫芸缝了一个花书包。书包里装着几本白连史纸线装本子，还有麻纸、毛笔、砚台。每天下学后，她和银旺一起从大南街走到大北街，总要进德隆行和爹爹打个招呼，陈德隆也会问女儿，今天学了什么新知识，女儿顺口就会背几句："人之初性本善……"

陈德隆哈哈大笑："这些爹爹就是不上学堂也知道。"

紫芸就把头一偏，小嘴一�‌，出口就是几句："温故而知新，可以为师矣。君子周而不比，小人比而不周。学而不思则罔，思而不学则殆，诲女知之乎！知之为知之，不知为不知，是知也。"陈德隆满意地笑了。他说再过几年，就送紫芸到北京念书，张忠德的儿子能在北京京师大学堂念书，我的女儿也一样能去北京。令子虚为了办好这所学校，呕心沥血，到了民国初年的夏天，他接连不断送孩子们到外地读书，有到大同的、北京的、张家口的，他们都是隆盛庄有头有脸的老财家的孩子。这批学生也是隆盛庄高等小学校培养出来的第一批文化人。

第十三章
落难寄篱下
祈天释相思

卢百运带着驼队，马不停蹄从苏州城赶来，他要把带来的这批茶叶和几千斤食盐，按时交给隆盛庄的赵恒顺。这次他还带了苏州的丝绸布匹和安华最好的黑茶。卢百运骑在那高大的骆驼上，头戴一顶草帽，他一边走一边高声唱着：

> 一根扁担颤悠悠，
> 担着黄米下苏州，
> 苏州爱我的好黄米，
> 我爱苏州的好姑娘。

这次从苏州回来，他真的带来了苏州的好姑娘，在北方，永远也见不到这样小巧玲珑、肤色白嫩的女人。第一次在茶会堂遇到她，就被她的容颜倾倒，于是，离开苏州的时候，他用五十两白银换来了一个如花似玉的女人。她的名字叫荭猇，是一位与众不同的风尘女子。第一次见到卢百运，荭猇就感觉对方是自己这辈子要寻找的男人。那天，苏州城一个八旗子弟来到会堂，要荭猇陪他上床，荭猇说，只卖艺不卖身，这家伙把所有的银子扔在桌上，横眉竖眼地说："需要多少钱，开个价。"老鸨子害怕了，她惹不起这个八旗子弟，但也不敢得罪卢百运，眼看两个人就要打起来了，这时候，卢百运说要把荭猇从会堂赎出去。荭猇也说愿意和他一起走。老鸨子也看出卢百运不是等闲之辈。八旗子弟想撒野，哪知道，让卢百运几拳打得趴在地上。他交付了老鸨子足够的赎银，就领着荭猍离开了会堂。路有多远，荭猍不计较，只要能和卢百运在一起哪怕走到天边也不后悔。于是，她跟着卢百运的驼队上路了。

驼队已经过了大境门，又走两天的路程，马上就到了隆盛庄，他计划着，做完这次生意，就在隆盛庄买一套四合院，让荭猍给自己生儿育女，他也不再拉骆驼，只想和荭猍一起安安稳稳地过日子。想到这些，他不由自主地骑着骆驼绕到轿车前，弯下身子撩起车帘，端详着正在小憩的荭猍，那是一个多么让人迷恋的睡美人啊，高高的发髻，一枚纯色玉簪插在发间，齐眉的刘海，嫩白的肤色，弯弯的柳眉，他越看越不忍离开。在轿车的颠簸中，荭猍终于睁开了那双丹凤眼，她看到卢百运，一颦而笑，娇滴滴地说："我想喝水。"卢百运把腰间的水壶递给他，她轻轻抿了一口，"这是到了哪里？"

"隆盛庄。"卢百运回答。

荭猍第一次听说这个地名："我还以为你把我领到天边了。"

"这里是小苏州啊，进了庄你就不想再离开了。"

"这里有酸杏子吗？我好想吃啊。"

"荭儿，你看那一片一片的杏林子，杏花开始落叶了，还能没有酸杏，秋天，那八台沟、饮马沟满山遍野都长满了酸溜溜、酸梅子、油瓶瓶、奶瓜瓜的，你想吃什么我就给采撷去。"

"我现在就想吃酸杏子。"

"怎么突然想起吃酸杏？是不是有喜了？"

荭猍含羞而笑。

"酸儿子辣女儿。"卢百运顿时喜上眉梢，"太好了，我让驼队停下来，给你到树上摘酸杏子。"

卢百运嘴里大声喊着："稍稍……稍稍……"高大的骆驼慢慢卧倒在地上，他翻身下来，伸了伸僵直的双腿，正要向一片杏树林走去。车夫和几个拉骆驼人都围过来："卢头儿，不能再耽误时间了，上灯之前咱们必须进庄，迟了城门一关，今晚就进不去了。"

"进不去就在城外露宿。"

"这一带不安全啊，土匪和捻子经常在这里拦路抢劫。"

"你们手里拿的刀枪难道是烧火棍，我卢百运拉骆驼多年了，啥样的土匪没见过，还害怕几个小毛贼？"他头也不回向杏树林走去。他要亲手给茌狄摘酸杏子吃。

驼队只好原地休息，大家吃干粮喝水。

卢百运走进杏树林，此时，正是杏花凋零的季节，满地白花花的花瓣，树上挂满了指头肚大的绿杏子。卢百运伸手摘了一大把，又装满了褡裢，他尝了一颗杏子，酸得直皱眉头："能吃吗？"但茌狄想要东西，他总是想方设法去满足。从林子里返回，天色已晚，西沉的太阳渐渐向隆盛庄西梁头隐去，嫣红的余晖给台墩披上了一层金黄色。他站在高高的山梁上，鸟瞰那沐浴在晚霞中的隆盛庄，想着日后和茌狄在一起的日子，脸上挂满了幸福的微笑。

茌狄从轿车里出来，她被卢百运搀扶着坐到地上，他把酸杏子一颗一颗递到她手里。茌狄吃了一颗，小嘴一抿，说："这地方的杏子真好吃。"她顺手把一颗杏子塞到卢百运嘴里，卢百运酸得直皱眉头，但嘴里仍然不停地说："这杏子就是好吃。"

"咯咯咯……"茌狄笑着拉住卢百运的手，放在自己的肚子上，"这杏子是专门给他吃的。"

卢百运又是一阵惊喜："我卢百运也快当爸爸了。"

天色越来越暗，东门外那个高大的土台墩渐渐隐匿在夜色里。突然，远处传来一声接一声的唢呐声和高高低低的号啕声，随即，一行身穿白衣的人走来，前面是鼓匠在吹奏一曲悲悲切切的长调，后面是披麻戴孝的男人，白色的小灯笼在风中忽忽闪闪，原来是给亡灵报庙招魂的。

卢百运望着这队人马，皱起了眉头，不对呀，报庙应该去隆盛庄的五道庙，怎么会到东门外报庙呢？这队人的来路有点蹊跷，他顿时警觉起来，马上招呼驼队的人："大家赶紧出发，从东门进去到永和店再歇鞍吃饭。"卢百运把茌狄扶到车上，把轿车帘子放下来，又吩咐轿夫，"赶快启程。"

卢百运仍然在前面开路，轿车跟在他身后，轿车后面是十几头骆

驼。唢呐声音越来越近，距离卢百运越来越近，一条狭窄的土路，坑坑洼洼。这些人也真不开眼，转眼工夫，他们就走到驼队面前，一个个都戴着白色的孝帽，帽子遮住了整个面孔，只露着一双眼睛，每个人手里都提着一个白色的灯笼，灯火若明若暗，靠近驼队的时候，他们不住摇晃手里的灯笼，嘴里念念有词。一阵香气扑鼻而来，卢百运突然有一种昏眩的感觉，眼睛出现了一片白光，骆驼也慢慢在倾倒，就这样他倒在驼背上睡熟了。当再醒来的时候，已经是后半夜的子时，他发现自己躺在一片坟地，四周除了一个又一个坟墓和石碑，就是杂草丛生的丘陵，这是哪里？他的驼队呢？茶叶、食盐和绸缎呢？他怎么也想不起来，昨夜发生了什么事，清凉的晨风吹过，当大脑彻底清醒的时候，他疯狂地朝着旷野大声呼喊："茊猍……茊猍……"

"完了，一切全完了……"真没有想到，卢百运这么一条走南闯北的汉子，竟然被一群幽灵似的人洗劫一空。一夜之间，卢百运变成了一个穷光蛋，他走进隆盛庄的时候，已经身无分文。

赵恒顺住在老财巷的尽头，距离东门也不到一百米。东门外都是他的洋烟地。他最初来隆盛庄的时候，是一个到处化缘的道人，后来，听人们传说，他的父亲是天津在理教积善堂公所的承办。咸丰、光绪年间，在全国各地建立公所，清末的时候，在理教已经发展成为遍布南北的大教派。他父亲去世后，他接替了承办的职务，完全把他父亲推行提倡的戒烟、戒酒、戒鸦片的在理教的主旨和教义废弃了，他传教来到隆盛庄后，用他父亲留下的钱，在隆盛庄北阁旁边买下了一套砖瓦四合院，并在门上挂出了在理公所的牌匾。最初，人们只以为他是一个循规蹈矩的在理教传道人，当他在东门外买了一块地种洋烟，隆盛庄人开始对他另眼相看了。那时候，人们还不知道洋烟这东西是什么，更不懂得怎样去割洋烟、卖洋烟、吸洋烟，直到赵老财在隆盛庄开了第一家烟馆，在老财巷买下了一处四合瓦房院，隆盛庄的人才知道种洋烟能发大财。于是，庄里庄外的人也都开始种洋烟、卖洋烟，许多游手好闲的纨绔子弟也学会吸洋烟。每年，洋烟花盛开的时候，那些年年给他割洋烟的人就都来了，赵老财生意做得很大，庄子里给他种洋烟、割洋烟的人很多，还有加工洋烟的，倒卖洋烟的，人们背后骂赵老财挣的是黑心钱、害人的钱，害得庄里多少人因为抽洋烟倾家荡产，迟早要生一个没屁眼孩子。但骂归骂，种还是种。想挣钱发大财的人都投奔在赵老财的名下。衙门里的县官衙役，明知道

他种大烟是伤天害理的生财之道，但赵老财树大根深，没人敢惹他。

卢百运站在赵老财的大门口那两头石狮子旁边，徘徊思量了好久，才举手叩响了狮头门环。好长时间，沉重的大门呀开一道缝儿，一个苗条俏丽的女人呈现在卢百运眼前，她眯着一双杏核眼仔细打量着来人，慢声细气地问：“找谁呀？”

“敲的是赵老财的门，还能找谁？”他的目光停留在女人那道柳叶弯眉上，直到对方不好意思了，举手遮掩着半边脸，他才把目光移开。女人白嫩的脸上泛起一片红晕，露出皓齿轻轻一笑，门缝又呀大了一些，“进来吧。”

卢百运推门进去。女人前面走，他跟在后面，他的目光仍然盯着那双红色的绣花鞋，那芊芊细腰，款款玉步。

这是一处四合瓦房院，院里异常安静。他推开正房的门，只见顺山大炕上，躺着一个面色枯槁的人，一盏洋烟灯忽忽闪闪，他抽足了烟，才睁开眼从炕上爬起来。

“这次你带来了多少生盐？”

“一两也没有带来。”

赵恒顺一个骨碌从炕上坐起来：“后草地的盐贩子都在庄里等着接我的货呢。”

“我的驼队被抢劫了。”

“你说什么？光天化日之下，谁敢动我赵老财要购买的生盐。”

“这事我也觉得蹊跷。”一腔怒火在卢百运的心里窝着。说实在话，他拉骆驼多年，跑隆盛庄这条道也不是第一次了，从来没有失过手。本来打算做完这笔生盐的买卖，就在隆盛庄安居乐业，他很清楚，眼下，生盐买卖不能再做了，和他一起贩卖生盐的几个老板，都被罚了银子，而且衙门开始和盐商征税，西河湾那头石牛，就是给盐商们惩罚的印记。

“看来，你是下决心要断了这条财路。”这是赵老财最后一次留给他的话。

卢百运是个办事果断的人，他不想做的生意，就坚决不会再重复去做。他答应赵恒顺，运完最后一趟盐，就再不去贩卖私盐，他要用这笔钱在隆盛庄买一处四合院，和荭猇一起生儿育女，也可以办一个武术馆，他毕竟是习武之人，但万万没想到，偏偏是最后一趟生意却出了意外。他运的四千斤食盐、十头骆驼，全部被抢劫一空。

"没看清他们的来路吗?"

"这帮人很神秘，脸上被孝帽遮盖得很严实。"

"怕是尽头沟的九宫道。他们的人都非常邪乎，来无踪去无影。你一定是被他们下了迷药。"

"我既没有喝他们的酒，也没有喝他们的水，哪来的迷药?"

"估计是那些燃烧的松香油。听说是他们自制的一种迷药叫龙黄丹，人只要闻了就会被迷倒，因为只有尽头沟有那种喜猫草。"

"喜猫草?"卢百运又追问:"我不大明白。"

"这种草很厉害，就是最凶猛的老虎闻了这个草的味道都会变得像猫儿一样温顺。"

"赵财主和他们有来往吗?"

"哈哈，隆盛庄的各个道门，各路土匪，都需要这东西。就算他们制作迷药，也离不开大麻啊。"他顺手从方桌上端起那个洋烟灯，把一点白色的料面撒在一块锡金纸上，"这些人出入不定，很难找到他们的踪迹。"

"你交不了我的货，反倒让我在许多客商面前失了信誉，我该怎样和他们交代?"赵老财脸上挂着一丝阴笑，双手背在身后，在地上不停踱步。

"我损失了上千大洋，又该怎样说? 我把全部的家底都赌在这把生意上了。"

"这事又不能通报官府，刚刚罚了几个盐贩子，他们被官府罚得很惨痛。你要是通报了知府，还不是自找麻烦。"

卢百运双眉紧锁，他还在极力回想着被抢劫的前前后后，怎么也理不出个头绪，被抢劫了还不能声张，不能报官，真是哑巴吃黄连有苦不能说。

"你遇了难，我不能看着不管，我们毕竟是生意上的老搭档。有福同享，有难同当，有我赵恒顺吃的，你就饿不起。"

　　卢百运心里一直也看不起染上鸦片瘾的赵恒顺，但自己现在是关公夜走麦城，听了他刚才一席话，倒是非常感动，人遇了难，能有个落脚的地方也求之不得。

　　赵恒顺一边让小女人给端来茶水，一边慢腾腾地说："我这里眼下也需要一个打理照外的人。"

　　"我能做点什么事呢？"

　　"你先在我这里落脚住下来，眼下，该做的事也不多，没事了就到在理教会听听讲道，或者到烟馆做一些迎送招呼烟客的营生，到了割洋烟的季节，就要忙乎一阵子，你带着人去地里割洋烟。"

　　"哈哈，烟馆我是不会给你打理的，割洋烟这些活计我也干不了。"卢百运摆摆手，口气里没有商量的余地。

　　"又不用你亲手去割，你每天负责把他们割下的洋烟集中在一起，交给二先生就行了。"赵恒顺起身领着卢百运推开南房的门，顺手从桌子上拿起一个铁皮小罐和一把弯头刀："明天，你到白铁匠那里焊一些铁皮小罐，到铁匠炉打一些弯头小刀……"

　　卢百运心急如焚，他现在满脑子是�和他的驼队。他打断赵恒顺的话，急切地问："你确定是九宫道的人干的吗？"

　　"哈哈哈……"赵恒顺手里拿着那把割洋烟的弯头小刀，慢条斯理地说："是不是九宫道我不能肯定，但隆盛庄这一带，不动一刀一枪就把你的货全部抢走的，不是那些土匪能做到的。"

　　"那依你之见，是谁干的？"卢百运反问赵恒顺。

　　"这事要慢慢查，你一下让我给你搞个水落石出，我赵恒顺也没有那么大的本事。我让你先在我这里住下来，也是看在我们是生意上的老搭档。"赵恒顺停顿了一下，"你要觉得我这里不方便，那就到北庙去住吧，我让你留下，反倒好心做了喂猫食。"

　　话说到这个份上，卢百运眼下只能委曲求全，暂住在赵恒顺这里落下脚。

第十五章
灵剑四兄弟
把酒结金兰

　　清晨，卢百运一个人在隆盛庄马桥街上溜达。这条街他不陌生，拉骆驼多年，许多铺面的掌柜和他都是老相识，自从落难后，身无分文的他，再也不想在街面上抛头露面了，他也不想让更多的人知道自己被洗劫一空的不幸遭遇。在赵恒顺门下暂避一时，他已经了解了九宫道的来龙去脉，他不能再等下去了，无论尽头沟地势多么险峻，哪怕是狼窝虎穴，他也得亲自去打探个究竟，于是，不管赵恒顺如何挽留，他还是决定要离开。但不能赤手空拳到尽头沟，他从大东街走到西巷口，又从西巷口走到大南街，在恒隆店停留片刻，又慢慢向大北街走去，最后，驻足在红运铁匠铺门前。

　　铁匠炉刚刚生着火，弘铁匠用长铁钩捅开火炉，二铁匠开始呱嗒呱嗒拉风箱，白烟袅袅，炉火通红，燃起的火苗映红弘铁匠黝黑的脸膛。卢百运推门进去，两位铁匠抬起头，看着走进来的这位穿戴不凡的陌生男人，停住手里的活计笑脸相迎："请问大人做什么活计？"

　　"锻打一把刀。"

　　弘铁匠顺手指了指地上摆放的那些铁器家具，说："打好的菜刀您随便挑，我给您开刃就行了。"

　　卢百运用一种不屑一顾的眼神瞅着那些犁镂锄耙、铁锹、菜刀、钐镰、羊毛剪子……他摇摇头，眼睛里露出一丝失望的神色。正要转身离开，突然，目光停留在墙上挂的那把大刀上，他走过去，正要抬

手去摘取，弘铁匠却大声说："大人，这把刀不能随便动。"

"你挂的是样品吧？"

弘铁匠摇摇头："是一位朋友寄放在这里的。"

"我只是看看，难道还能把你的刀抢走不成？"

卢百运不顾弘铁匠阻拦，还是一伸手从墙上摘下刀，只听"嚓"的一声，刀出鞘。

他用大拇指在刀刃上试了试，然后，又拔下一根头发，对着刀刃吹过去，断发落地，卢百运大声喝彩："好刀啊。"他又看了刀上的印记"灵剑"，神色顿时肃然起敬，他恭恭敬敬地把刀举在眼前，嘴里念念有词地说："灵剑，灵剑，真的是灵剑吗……"他知道，只有朝廷的御林军才有资格用灵剑的兵器，于是，又把目光盯在两位铁匠的身上，郑重其事地说："给我锻把刀。"话刚出口，他又加重了语气，"要锻得和这把刀一模一样。"

弘铁匠一眼就看出卢百运不是等闲之辈，于是，从头到脚仔细打量着他，客客气气地说："大人，我们是土铁匠，只会锻打铁锹、镢头、钐镰……"

卢百运打断他的话："我让你锻把刀。"

"大人，我们只会锻菜刀。"二铁匠两道粗眉倒竖，声音瓮声瓮气，说罢，双手又抱住风箱拉杆，使劲儿拉起来。

"我又不是杀鸡宰猪，要菜刀干吗？"

"大人，我们是刚刚开张的铁匠铺，手艺粗糙，挣个糊口的饭钱，维持生计。你再到长胜炉铁匠铺转转，他们都是隆盛庄的老字号。"

"既然你只是为了打闹个糊口钱，那我就买定你这把刀了，开价吧。"看得出，卢百运已经对这把刀爱不释手了。

"这刀不是我们的，我们岂敢随意卖掉别人的东西。"

"好刀啊，早年，我父亲在朝廷当御林军的时候，就是用灵剑的兵器。"卢百运不住用手指试着刀刃，"我知道，只有灵剑才能锻打出这样的好刀。"

一句话，猛然勾起了弘铁匠的心思，他长长叹一口气说："真没想到，还有人会记着灵剑的兵器。"

"赫赫有名的大国工匠灵剑的手艺，竟然失传了。可惜啊可惜啊。"这话再次深深地刺疼了弘铁匠的心。

"你开个价，这把刀我买定了。"卢百运口气斩钉截铁。

"不卖，你想买这把刀，先问下刀的主人。"话音刚落，马尔达风风火火地推门进来。他看见卢百运手里握着他的刀，就上前去夺。但还没有靠近卢百运，就被打倒在地。他也是江湖汉子，哪里受得了这般屈辱，马上反扑过去，两人厮打在一起。

"别打了！"弘铁匠大喝一声，"因为一把刀，你们也值得大动干戈吗？"

弘铁匠停住手里的活计儿，上前向卢百运深深地鞠了一躬："真没想到，还有慧眼识珠之人。灵剑的后人如今是'凤凰落家不如鸡'啊，不怕大人您笑话，我们天天锻打这些粗铁活儿，灵剑的祖上也会耻笑我们啊。"

"幸会，幸会，真没想到，能在隆盛庄见到灵剑的后人。不瞒几位长兄，我也是落难之人。"卢百运一口气讲了自己的驼队是怎样被一帮土匪抢劫一空，他的爱人荭猴也是下落不明，生死未卜。

马尔达听了他的讲述，也不由得泪流满面，他想起了十多年前被狼咬死的女人和刚刚出生的女儿，弘铁匠和二铁匠想起了葬身火海的父亲，四个人都在想着自己的心酸事，讲述着自己是怎样流浪到隆盛庄的。这时候，二铁匠出去到德隆行打回二斤闷倒驴白酒，又去西巷口馅饼店，买回一摞馅饼，四个人喝起来。马尔达不喝酒，这是他多年恪守的规矩，也不吃汉人的饭，他自己到三岔口回民馆子端回来一大海碗牛肉水饺。四人举杯结义四兄弟，按照年龄，卢百运为大哥，马尔达是小弟，他以茶代酒先给三位哥哥敬酒，"灵剑四结义"就这样在患难中结成了生死相依的弟兄。马尔达要赠卢百运这把宝刀，弘铁匠兄弟俩人却说："我给大哥再打一把，这样，你们无论走到哪里，见刀如见人。"卢百运举杯再次仰头喝干："无论兄弟遇到什么事，我卢百运一定会拔刀相助。"就这样，灵剑四兄弟，一直喝到太阳偏西。

第十六章
出门运气高
碰见银娥嫂

　　银娥在隆盛庄也是数一数二的漂亮女人，"出门运气高，碰见银娥嫂，出门运气低，骑着骆驼狗咬逼"。银娥嫁给赵恒顺，真是一朵鲜花插在了牛粪上。也有人说，他迟早会戴几天绿帽子的，赵老财本来个子也不高，近几年让洋烟把浑身的精气都吸干了，面目枯槁，虽然刚刚三十出头，看上去就像四五十岁的老头，大老婆翠娥就是因为他执意要娶妹妹银娥，一下气蒙了眼睛，但赵老财宁愿把西门外三十亩洋烟地作为聘礼，硬是把银娥娶了回来。银娥父亲爱财如命，至于女儿愿意不愿意嫁给这个比她整整大十五六岁的男人，从来不去过问。银娥哭哭啼啼上了轿，她压根儿不喜欢姐夫，但姐夫却很早就放出风，一定要娶小姨子做二房，肥水不外流，银娥除了他赵恒顺，谁也娶不走。银娥刚满十五岁，他就等不及了，排排场场的又大办了一场婚事，吹吹打打把银娥娶回了家。翠娥气得说："你谁家的姑娘不能娶，怎么偏偏打我妹妹的主意。"赵恒顺打银娥的主意已经很久了，他第一次上老岳父家吃饭，当银娥还是孩子坐在他怀里的时候，他摸着她的小屁股就爱不释手了。

　　"你连个蝇子也飞不出来，我赵家总不能断子绝孙啊。"

　　"飞不出来个蝇子，难道是我的过吗?"

　　"你是不是又想让我拿擀面杖通一通了?"赵恒顺恶狠狠地说。

　　翠娥不吭声了，自己生不出孩子，成了赵恒顺揭短的话把子。

"这世间的男人是不是都死绝了，非得让我们姊妹两个都嫁给你。"

"我赵恒顺不缺你吃穿，供养着你，你就知足吧。"

翠娥也感觉自己是这个家里多余的人，她恨父亲爱财如命。自己有苦不能说，整天一个人生闷气，眼睛也越来越看不清东西。她说自己看不见了，赵恒顺还说她出洋相，直到她连茅房都不能上了，赵恒顺才叫来黄二，黄二给她捉了脉，又翻开眼睛看看说："这是气蒙眼，主要是肝气不舒、肾脾不足引起的，多吃蔬菜水果，用芹菜、菠菜等煮汤喝，也可以用菊花、丹参、决明子等煎水喝，我给你针灸也无用，你还是请普济来给你看看吧，他是西医大夫，割这眼里的灰皮应该没问题。"赵恒顺又请来了普济大夫。他是河北人，来隆盛庄开诊所也多年了，以前，在阎锡山的部队当军医，他不想再过那种动荡不安的戎马生涯，于是，就主动放弃不菲的待遇，来隆盛庄开了一个门诊医院。普济医术高明，他过来诊断后说，等灰皮长厚了，还是到大医院做手术吧。

翠娥一听普济的话，又是一阵哭泣，她知道，赵恒顺是不会领她到大地方做手术的。这辈子注定不会再看见天日了，瞎了眼也省心，眼不见心不烦。翠娥生活不能自理，赵老财从三道沟给她雇了一个丫鬟伺候。这个女孩是个哑巴，小时候发高烧耳朵失聪，后来就不会说话了，但她心灵手巧，做得一手好茶饭，尤其是做莜面，那窝窝推得像蜂窝，鱼鱼细得像头发，她每天给大老婆端茶倒水，闲余时间就纳鞋垫，在鞋垫上绣各种各样的花。

银娥过门后，赵老财一心一意想让她给生个一男半女，娶回来不到一年，银娥的肚子就鼓起来了。看着她一天一天大起来的肚子，赵恒顺心里踏实了，他这家大业大的财产也总算后继有人。

银娥眼看就要临产，家里人上上下下都在忙着孩子的降生，翠娥也为妹妹高兴，她虽然看不见，也让哑巴给孩子做了荞麦皮褥子和一条小枕头，还有两身小衣服。一切都准备停当，银娥也美滋滋地等着当妈妈，赵老财每天抽足了洋烟，就往北阁儿跑，神神秘秘和一伙人到在理会所聚会，这个会所究竟是干什么的，很少有人知道，那个大

门总是关得严严实实。

早晨，他正要出门，银娥皱着眉头说："姐夫，"她还是这样称呼，"怕是要生了，我肚子有点疼。"

"是不是着凉了，让哑巴给沏一碗红糖水吧。"说完这话，赵老财还是把鸟笼子放在窗台上，不打算出去了。

银娥的肚子一阵紧似一阵地疼起来了，老娘婆提着她的接生包包来了。她是隆盛庄唯一的老娘婆，一个人生活，无儿无女，也没有结过婚，听口音像河北一带的人，隆盛庄人都叫她侉子。有人说她爷爷是清末年间在朝廷执政的一位官员，在朝里犯了事，全家被流贬到千里之外的雁门关外，后来，全家又被发配到四美庄四号地垦荒，父母亲因为积劳成疾，英年早逝。宣统元年，刚刚十岁的她给一家有钱人家做了童养媳妇，男人是让她抱着长大的。小男人还没有长大成人，就患痨病死了。她的婆婆是一位接生婆，看这个童养媳聪明伶俐，就把接生技术传授给她，她也一直没有离开婆婆，直到婆婆死后，一个人才迁居到隆盛庄。她一辈子不结婚，也许是看见因为生孩子死的女人太多了。

她让哑巴烧了一锅开水，然后，就开始给银娥做检查。她的检查也很麻利，把两个指头伸进银娥的阴道："宫开两指了。"

"快生了吗？"银娥肚子的疼痛一阵紧似一阵。

"宫开三指才能生，等着吧。"说罢，她拿出旱烟袋，搬了一个板凳，坐在门外抽起了烟。她抽烟的姿势酷似男人，烟锅在烟袋里狠狠地挖着挖着，她眯着眼，一口接一口地抽烟。屋里，银娥的哭叫一声比一声高，那是一种近似恐怖的绝望的号叫。这种声音老娘婆司空见惯、习以为常，她仿佛在静静地欣赏一曲地狱里吹奏的挽歌，脸上毫无表情。

赵老财急急匆匆走进了万盛祥纸铺，纸铺的后生刚刚打开屏门，正用抹布擦洗拦柜。掌柜的见他进来，就忙着起身点头哈腰迎接："赵老财，别来无恙啊。"

"来几道纸。"

"要麻纸吗？"

"草纸。"他边说边掏出了一张银票递给掌柜的，"月底去陆陈行拨谱结算吧。"

掌柜的先生一愣，片刻后马上满脸堆笑："赵老财，恭喜你啊。"随后，招呼门前的后生，"赶快去作坊取五道头等草纸，给赵老财送到家里。"

后生一边应承着，一边快步向纸坊走去。他把五道草纸打捆好，然后，跟在赵恒顺身后，向老财巷走去。

一伙正在拦柜前面摆小摊的女人，看见扛着草纸的后生走过来，都指着赵恒顺的背影议论起来：

"有钱人啊，女人生孩子还备用那么多草纸。"

"庄里的哪个女人坐月子不都是睡土炕啊，哪有钱买草纸？"

"我生了几个孩子了都是把炕席拉起来，掏一些灶里的炭灰用箩子筛一筛，我生完孩子就躺在那灰里。"

"我生儿子的时候，哪顾上筛灰，拉起席子，掏了灰刚撒在炕上，孩子就生出来了，我就躺在那灰杂里，三天土炕差点硌死我，肚子不疼了，浑身让灰渣硌得疼。"卖菜的小红鞋一边摆弄她篮子里的菜，一边接起话茬。

"你就不能早点筛筛灰？"

"生孩子是风火营生，谁知道是哪一天，整天忙得和那死鬼晒皮子，哪顾上思谋养孩子这事。"她说着说着眼圈就红了，想起了死去的女儿。

赵老财前脚跨进圆拱门，扛草纸的后生后脚进来，他把草纸放在院里的花池上，转身出去。

赵老财胳肢窝夹着草纸还没有跨进正房，就听见银娥的喊叫声，老娘婆也起身走进屋里说："媳妇，忍着点吧，哪有生孩子不肚疼的。世界上，人转世难，自古以来女人生孩子生死在眼前啊。"

赵老财在院子里急得团团转，听着那一声声的叫声，隔着门扇对老娘婆说："给她吃口洋烟，或许能止疼。"

"你是想要她的命了，哪有不肚疼的儿子？"

翠娥手扶着窗台也走了过来，她为妹妹担心，让哑女给熬了稀

粥，并把珍藏的一罐子红糖也拿出来给妹妹喝。

正当午时的时候，孩子终于生出来了，一声啼哭让屋里屋外的人都长长吐了口气。

赵老财着急地问老娘婆："男娃还是女娃？"

"儿子，恭喜赵财主。"老娘婆把孩子在水盆里洗洗，然后用一块花布包起来。她收拾好那些接生的家具，准备离去。赵老财递给她三十个铜板。她拿了铜钱，用一种怪怪的眼神望着赵老财，"孩子我是给接下来了，能不能活下来，就看他的造化了。"

"你这话是什么意思？"赵恒顺不解地问。

老娘婆再次把孩子抱起来，撩开花布的一角："是个男娃，小鸡鸡你看见了吧？"随后，又把孩子面朝下放在炕上，孩子的屁股如同一个小倭瓜，光溜溜的。

赵老财看着这个光溜溜的屁股，拍着炕沿大声说："莫非我赵恒顺真的脏了良心？"

"我走了，孩子您自便。"

"这孩子还能活吗？"

"恭喜老爷，也许是貔貅降生，只吃不拉。我接生大半辈子，第一次亲眼看见这没屁眼的孩子。"老娘婆撂下这话，就提着她的接生包包出了门。

银娥费了九牛二虎之力，经受了死去活来的疼痛，没想到生下一个没屁眼的孩子。她一听这话，一下子昏了过去。赵恒顺慌了手脚，大声喊哑巴："快去叫黄二先生。"正好卢百运从外面回来，他听到喊声，就向上房跑去，一看银娥生孩子发昏，上去揪起她的头发，含了一口冷水，向银娥的脸上喷去。她睁开了眼睛，指了指炕上的孩子，示意赵老财抱给她看。赵老财满脸丧气，他把儿子抱起来，银娥摸着儿子光溜溜的屁股蛋，呜呜咽咽放声大哭："这怎么办呀？好好的儿子，怎么没有屁眼啊……"

赵老财喃喃自语："莫非是我脏了良心？"

赵老财请来庄里的外科医生普济。

"能不能给孩子做一个手术？"赵老财问普济："花多少钱，我不在乎。"

普济是隆盛庄唯一的西医大夫，诊所不大，但疑难杂症都能治疗，尤其是治疗腰疽、瘩背、斩头翁，割一个疙瘩、瘤子，手到病除。他来到赵老财家里，看了看孩子，摇摇头说："医学上属于典型的无肛患者。这类手术我没见过，也没做过。"普济面对这个小生命，不敢轻易手术。手术后婴儿要是活下来皆大欢喜，一旦死了呢，他可惹不起赵恒顺，能揽不如一推啊。

"救救这个孩子吧。"银娥有气无力地央求大夫，"这孩子毕竟是我身上掉下的肉啊。"

赵老财把几块大洋递给普济："你给孩子手术吧，庄里人都说你是神刀大夫。"

普济无奈地摇摇头，"这个世界上，有许多事情不是用钱能办到的。你就是请来神医扁鹊，也不能给孩子安个屁眼。"他背起药箱，头也不回离开了赵恒顺的家。

翠娥轻轻摸了摸孩子的小鸡鸡，是个带把的，可惜咱们赵门家没有这福气，让他走吧，你毕竟是一麻袋籽儿才掉出一颗，以后生养的日子多着呢。

婴儿张大嘴巴，哇哇地啼哭不止，银娥紧紧抱着孩子，她想喂孩子几口奶，但奶水还没有下来。赵恒顺吸了几口料面儿对着婴儿的小嘴喷去，孩子顿时停止了哭声。后来，孩子一哭，他就给喷一口料面儿。这个没屁眼的孩子，看来先天自带洋烟瘾，这都是赵恒顺造的孽啊。三天后，银娥奶水下来后，给孩子饱饱地喂了一回奶，孩子的肚子鼓得像个小皮球，出气渐渐也不均匀了，眼看就要憋死了，这时候，赵老财拿起那把割洋烟刀子，向那个屁股的中间捅去，血和屎流了出来，糊满了小花褥子。孩子连哭的气力都没有了，就这样慢慢死在银娥的怀里。

赵老财生了个没屁眼的孩子，全隆盛庄人都知道了。爱编顺口溜的瞎德子打着竹板，在街头巷尾唱了起来。有一天，赵老财提着鸟笼子从街头走过，只见一伙人围着瞎德子听他唱：

赵老财，真有钱，

圆拱门砖瓦院。

长工短汉种洋烟，

大老婆瞎眼看不见，

小老婆生儿子没屁眼。

他听见瞎德子在编排着口歌子骂他，越听越生气，不由分说，上前狠狠地扇了瞎德子一个响亮的大嘴巴。瞎德子顿时口吐鲜血，一头栽倒在地上。

"再听见你编排我，就把你的舌头割了喂狗。"赵老财又狠狠地在瞎德子身上踢了几脚，然后，扬长而去。

"没屁眼"财主成了赵财主的绰号，银娥感觉实在不光彩，走到哪里人们都会在背后指指画画地说她："这女人白长了一张漂亮的脸蛋，怎么生了个没屁眼的孩子？"

"都是前世没做好事，报应啊。"

"还前世呢，现世他就把良心葬尽了。"

第十七章
阎罗王索命
肛门队恓惶

　　每天清晨露水干了的时候，卢百运领着十几个人就到了洋烟地，来给赵恒顺干活的人，都是行家里手，对割洋烟这活儿也非常娴熟，不用卢百运指挥，自动在洋烟地排列成行，一个个用左手的大拇指压住洋烟果实的顶部，食指和中指紧紧夹住它的茎，铁皮罐口冲上，豁口朝外，挂套在小拇指上。用右手的拇指、食指和中指握刀，每揪住一个果实，从下刀之处，白色的液体很快就渗流出来，用右手的食指将流出来的液体抹在手上，然后刮进左手小拇指上挂着的铁皮罐的豁口里。铁皮罐满了，就倒进卢百运提的大桶里。白色的液体在桶里渐渐变成黑酱似的颜色，每天割满一大桶就收工。

　　满山满谷的罂粟花在风中悠悠地摇曳，薄如蝉翼的花瓣，有一种动人心弦的明艳。望着这满地鲜花，卢百运又想起了荏猄，他把这个美丽的姑娘从苏州带过来，如今死活不知，她和他的驼队如同水蒸气一样，蒸发得没留下一点痕迹。几个月过去了，他连一点音信也没打听到，难道荏猄已经离开了人世？不！每逢想到这里，他就不由得想大声狂喊："不可能！荏猄不会死，不会死，我一定要找到她。"

　　洋烟地里，鲜花朵朵，不知哪位汉子唱起了《种洋烟》：

　　　　青天蓝天紫蓝蓝天，
　　　　什么人留下种洋烟？

道光登基一十三年，
外国人留下种洋烟。
洋烟本是外国生，
带到中国害良民……

听着这凄婉的小调，卢百运百般思念荭猇，思念他们在会堂度过的甜蜜日子。荭猇是个烈性女子，虽然落入红尘，但一直以卖艺不卖身在会堂接待来客。当见到卢百运的时候，两人一见钟情，如今下落不明。卢百运细细数算着，离开荭猇已经五六个月了。她怀了孩子也不知道流落到哪里。他不能再在赵老财家里耽误时间了，必须赶快离开，他要亲自到尽头沟一趟，即使是虎穴也得去，打定主意，决定要离开赵老财家。忙乎了几天，洋烟也总算割完了，吃过早饭，打算和赵老财辞工，他走进下西房，只见赵老财把加工好的洋烟都用蜡纸包裹好，然后用线绳再一圈一圈缠绕起来，缠绕了，外面再裹上铂金纸再打了蜡，一根根五寸长的洋烟棒棒摆在桌子上。

赵老财见卢百运进来，脸上仍然挂着皮笑肉不笑的冷笑："从今天起，你不要去地里了。"

"我也正要和你说一下，我明天去尽头沟。"

赵恒顺突然抬起头，一双眼睛久久地定在卢百运的脸上："尽头沟，那可是个有进无回的险要地方。"

"你不是和九宫道道长有交情吗？"

"嗯嗯……"赵恒顺哼呀吞吐着，好一会儿才说，"从来没有见过进了沟的人再活着走出来。"

"照你这么说，我去那里是必死无疑了。"卢百运在反问他。

"那就看你的造化了，人的命生死由天。"

"我倒是要看看，这沟里到底有什么怪物？"卢百运口气很坚决，"我必须亲自见见这个九宫道的道长。"

赵老财挥了挥手，制止了他的话："既然你决定了，我不强留，你先给我赶一回趟子，回来了立马就走。"

卢百运不解其意，纳闷地望着他，心想，这个赵恒顺实在是阴得很，又做起了赶趟子生意。

"送牛还是送马？"

"是十几个人还有一些烤烟叶。"

啊？卢百运被他的话搞懵懂了，历来赶趟子就是赶上牲口去贩卖，没听说过赶着人送趟子。

"你把他们送到大境门陈老板那里就行了，然后再把他们赶回来。"

卢百运不知道这赵老财又耍什么鬼点子："这些人在你眼里，是一批牲口了？"

"他们比牲口金贵。"随后，又把几块大洋扔在他面前，"算你帮我最后一次忙，这几天，京城国民政府对洋烟查得紧。大烟的生意不能公开倒卖了。这10块大洋，算我提前预付你的酬劳费。"

他究竟送的是什么东西，这酬劳费可不低啊："送趟子我答应你，但你也得告诉我送什么货，这是十几条人命啊，出了意外，我可担当不起。"

"就送这个。"他把几根像婴儿的胳膊那么粗的用蜡纸打包好的洋烟棒棒在卢百运眼前晃了晃，"把这个塞到这些人的屁股里，到了地头再屙出来就行了。"

卢百运顿时恍然大悟了，他望着眼前这张枯槁的脸，摇着头说："我实在不明白，你大张旗鼓地种洋烟，难道还不能公开去卖洋烟？何用这么偷偷摸摸，把洋烟塞进人的肛门里去干这损德的事。"

"哈哈哈……你认为这事损德吗？"赵恒顺大笑起来，"不是我让他们当肛门队，一个个都得饿死街头。在隆盛庄这地方，他们既不会做买卖，也不能弯下腰到地里劳动，瘸胳膊拐腿，穷得家里吃了上顿没下顿，有的都揭不开锅，除了我赵恒顺利用他们的屁股做生意，估计不会再有人雇佣他们。"

"你怎么能想出这样的歪点子？"

"实不相瞒，种洋烟在我的地盘，我吆喝一声地也得震三震，但卖洋烟，要到京城啊，现在又是新政府执政，你没听说，京城开始男人剪辫子，女人放小脚，到处都是戒烟的告示，我这洋烟还能公开贩

卖吗？再说，沿路的土匪眼巴巴地瞅着隆盛庄这块肥肉，一出城门就让人防不胜防啊。你是镖局出身，不也一样栽在土匪的手里？这黑道上的饭不好吃啊。"

银娥端着一个红木条盘走进来，条盘里放着给赵老财预备的洋烟灯和箔金纸。她放下条盘，又给卢百运端过一杯盖碗茶。卢百运的目光盯在她那件漂亮的红夹袄上。银娥也意识到这道目光的炙热，她不由得抬头看了卢百运一眼，朝他嫣然而笑。

卢百运脸上的表情很冷静，心里暗暗想，这人不仅是阴，而是缺德啊，怎么想出这种倒卖洋烟的绝招。而隆盛庄这支被称为肛门队的人，也是空前绝后。这是最辛苦、最危险的活儿，庄子里都是穷得揭不开锅了，才去当肛门队，洋烟融化在肚子里的人很多，死了也就死了，我卢百运堂堂一条汉子，怎么能干这种下三烂的事。赵老财突然把话题一转："这次送趟子回来，你就领着荭猇回苏州吧，我和九宫道的道长说好了。"

"我的茶叶、生盐呢？"

"我出面给你调和这件事，难道还能少了你的货。"

为了荭猇，卢百运还是接了这趟差事，他去送趟子。两辆牛板车，一辆车上坐着十几个人，还拉了一些生烟叶子，当然，这些烟叶子也是为了遮人耳目。在路上颠簸了两天，终于把这伙人送到大境门了，和陈老板接洽后，他就一个人到酒馆要了一壶酒、一碟菜自饮自斟。一边喝酒一边思量着，回去了要赶快离开赵恒顺，这行道是人干的吗？他堂堂男子汉，领着一伙半死不活的人，他十六岁在镖局做事，二十岁自己开始独当一面拉骆驼走茶道，隆盛庄人谁不知道他卢百运是个江湖汉子，现在倒好，凤凰落架不如鸡，赵老财竟然让自己帮他干这种下三烂的事。这帮人也可怜，从肛门里塞进洋烟，一路不能吃不能喝，生怕到不了地头就把洋烟拉出来，但到了地头，又怕拉不出来，这些人什么钱不能挣，偏偏挣这份贴上自己性命的钱。一路上担惊受怕，怕走漏了风声，让土匪把这伙人劫走，又怕这伙人半路死了，还怕新政府的稽查队……他喝着酒，想着荭猇，想着自己以后该怎样重新创业，酒店的门被推开了，肛门队的胡六六慌慌张张地闯进来："卢头儿，不好了，二板头死了。"

卢百运忽地一下从板凳上跳起来："怎回事？"

"洋烟化在肚子里了。"

"操你奶奶！"卢百运也不知道是在骂谁，他丢在桌上几枚铜钱，随胡六六直奔陈老板的客栈。

客栈的院子里，停放着二板头的尸体，陈老板给找来一块破席子，把尸体裹了起来。

一路同来的肛门队人，眼里流着泪，脸上的表情冷如冰霜，也许，他们看到这样的死者太多了，习以为常；也许，说不准哪天自己也是这样死去了。胡六六伏在席子上痛哭流涕："哥呀，你死得好可怜啊，连一顿饱饭也没有吃啊，你留下那没眼的叔叔怎生活呀？"原来，二板头是他的叔伯哥哥，家里还有一个瞎眼的父亲没人养活。卢百运上前掀起席子一看，死者七窍流血，面孔发黑，头发乱蓬蓬像鸡窝，脸上、脖颈都是一道一道深深浅浅的血痕。

陈老板对这惨状视而不见，他正在用清水洗涮着这帮人肚子里屙出来的洋烟棒棒，冲洗干净了，装到一个粗布口袋里。然后，又吩咐柜上的后生，给这伙人吃了一顿饭油炒傀偏，就打发上路。

正是立秋之际，尸体开始发出恶臭。眼看就要生出尸虫，有了尸虫，这尸体就不能往回拉运。胡六六哭着求卢百运，怎么也得给搞副棺材，哪怕用表皮板钉个棺材也行。卢百运又和陈老板商量能不能给买一副棺材，这人已经臭了，怎么往回拉运啊。

陈老板冷冷地说："合约书上可没有定规我给死者买棺材。"

"他们搭上命给你送货，你怎能这样说话？"

"我要的是洋烟，至于怎样送货，那是赵恒顺的事，他把洋烟装在人肚子里，假如这些人都死了呢，难道让我都给他们买棺材？"

卢百运一听这话，气不打一处来："你们的心比洋烟还黑。"随后，掏出了赵老财给他的洋钱，给胡六六拿了三块，"赶快去买棺材，再买一身装穿的衣服。"

胡六六给二板头换了一身新衣服，尸体都硬了，衣服穿不上，只能用剪子把袖子剪开，他又用清水给擦洗了一下脸上的血污，在棺材

里撒了厚厚的一层石灰，然后，把二板头放进去。

天色已晚，上路后，卢百运才感觉头昏眼花，才想起自己一天都没有吃饭了，空肚子喝了几杯酒，浑身酥软无力，眼前又浮现出二板头那流着血的两只眼睛，恶心得直想呕吐。

两辆车行走在夜色里。马头上拴着的那个大咚铃，"叮咚……叮咚……"响个不停，车上这伙人也不住声地悲悲戚戚地长吁短叹，让这漆黑的夜更加恐怖。卢百运想起半年前自己被抢劫的那一幕，不由得心惊胆战，人不怕明抢只怕暗算，突然茌狱的身影又在眼前晃动，他使劲儿眨了眨眼睛，那影子又变成赵老财那张阴沉的脸，一路上就这样胡思乱想着，不觉东方发白，车子已经接近南门。

在城墙下，卢百运用力叩着那个狮子头大铁门栓，守门人睁着一双惺忪的睡眼，推开城门走出来。他看看卢百运，又看看车上的人，正要放他们进去，突然，迎面吹来一股恶臭，顺着臭味，他看见了那白花花的棺材。

"绕西河湾进北门吧。"他顺手将城门关得只留一道缝。

"你给行个方便吧，已经走到门口了。"

"死在外面的人，无论是怎样死的，庄里有规定，一律都进五道庙，那里是祭奠亡灵的。"

卢百运也不想再多言，于是，又顺着城墙向北慢慢行走。

北庙是隆盛庄最古老的庙宇，紧靠北庙，还有一个城隍庙和五道庙。五道庙是专门给亡人预备的，庄里有人故去，死后第三天都要来五道庙里报庙，皆要将其姓名写于纸上，焚于庙前，即视为上报阎王，将此人在生死簿上注销，重入轮回。凡是死在外地的人，尸体拉回来以后，都不能进庄，只能停放在五道庙。五道庙平时很少有人来敬香，除非是几个鬼节日，这里的香火还是很旺。卢百运招呼人把棺材抬到庙里，又赶着马车向老财巷走去。他把车卸了，马拴在圈里，就领着肛门队进了赵老财的圆拱门。

那抽足洋烟的赵恒顺，微睁着一双眼睛，示意他坐在椅子上，然后，招呼窗外站着的这些肛门队人："都去二先生那里把工钱领了。西房厨子已经给你们预备了饭菜，大家随便吃，一路辛苦了。"

肛门队的人一个人领了一块现大洋，然后，就开始狼吞虎咽地吃饭，稀粥山药拌炒面，中午是油炸糕大烩菜，赵老财给肛门队的人大吃喝一天。胡六六领着瞎眼的叔叔推门进来，院里那只大狗汪汪地叫着，二板头的老爹不顾狗咬，一边哭一边直奔赵老财的正房："我那可怜的儿呀，你可死得惨啊，你走了，我怎么活呀……"

赵老财推门出去，直挺挺地站在门口："喂，你儿子是停在五道庙啊，哭也要找个地方。"

"你把我儿子害死了，我就找你要命。"

"我的损失还没有和你算呢，是不是把你儿子的肚子也开了膛，把我那一斤洋烟取出来。"

"他死了，你都不让他落个囫囵尸体。"

"是你来和我要人啊，你看看他和我写的约。不然，你还说我赵老财不仗义呢。"赵恒顺从一个木盒里抽出一张麻纸递给胡六六，"你给他念念，这可是他儿子亲手画押的生死约。再说，他是发霍乱死了，也怨得着我吗？"

"发霍乱，分明是洋烟化在肚里了，要不，他能七窍流血。我的儿子呀，你死得可怜呀。"

二板头的父亲号啕大哭，两行老泪从两个深陷的眼窝里流出来。

胡六六在一边也不住抹眼泪，"赵财主，人是为你送趟子死的，死的就算死了，他活着的瞎眼老爹也得安顿安顿啊。"

赵老财让二先生给取来一吊铜钱，算是给二板头的死亡抚恤金。

家里家外的事都安顿停当了，卢百运帮助赵老财料理这二板头的后事，草草掩埋了尸体，又把他瞎眼的父亲送到陈德隆的稀粥馆子。他把这些该做的事都做完了，再次和赵老财提起茳猍的事，赵老财很爽快地说："你放心，一切都已经办妥了。"那天夜里，赵老财备了一桌好酒菜，专门招待了他。刚刚喝了两杯，哑女就推门进来，比画着说门外有人找老爷。赵老财放下杯子，对银娥说："你陪卢镖主喝一杯，我去去就来。"说罢，他起身向外走去。银娥笑盈盈地过来给卢百运满酒，卢百运的目光霎时集中在银娥手腕上戴的那个玉镯子上。

"这镯子是哪儿来的？"

"是洋烟鬼给的。"

他一把抓住了她的手腕，银娥并不知道这手镯的来历。卢百运把她白嫩的手举在眼前，他仿佛看见了莛貅。他正要上前将她抱住，突然意识到自己走南闯北，算一个江湖的豪爽汉子，爱女人也得堂堂正正，怎么能干这种欺他人之妻的事呢？想到这里，他猛地把银娥推开，银娥一把拽住他，泪眼婆娑地说："你是嫌弃我？"

卢百运摇摇头："你是赵恒顺的女人，我岂敢对你无礼？"

银娥呜呜咽咽哭起来："他可从来没有把我当作他的女人，这辈子估计他连个没屁眼的孩子也不会给我了。"

"为什么？"

"他染上了梅毒。我就算再怀了孩子，生下来也活不了。"

"那你是想和我要个孩子？"卢百运皱着眉头反问。

银娥摇摇头："这辈子，我只想找一个我爱的男人。"

"不，我是一个落难之人，一个人还不知道流浪到哪里。"

"你走到哪里我也愿意跟着你，沿街讨吃要饭我也不嫌弃你。"

卢百运再次看了一眼银娥手腕上的玉镯，突然感觉，赵老财早就知道莛貅的下落，不然，莛貅的手镯怎么到了他的手里呢？他究竟摆的什么阵？属于哪个道上的人？难道自己已经成为他摆布的一枚棋子？想到这里，他迅速推开哭哭啼啼的银娥，起身向外走去。正巧，赵老财推门进来。

"你这是活人眼里捅指头吧，我好吃好喝招待你，把你当亲兄弟，没想到你做出这种事。"

"我还没有你想象的那么龌龊。"卢百运都不想正眼看他，他上前一把抓住银娥的手，在他眼前晃动着，"我只问你一句话，这个手镯是从哪里来的？"

"哈哈，我是从当铺买回来的，这个镯子难道是赃物？"赵恒顺阴着脸反问。

"是不是赃物，你心里应该最清楚。"

"看来，我这好心是做了喂猫食，你走吧。"随后，把一封信交在他手里，"送到尽头沟，道长自然会领你见到莛貅的。"

卢百运头也没回离开赵家大院，身后，传来赵恒顺恶狠狠的怒骂："亏你长了个漂亮的脸蛋，怎么连个男人也勾引不了。老子给你腾开宽宽展展的大炕，甘愿当龟头吃软饭，你都给我放不了他那一股灰水。"

赵恒顺拿起一根细长的擀面杖："把裤子脱了。"

"姐夫，等你的病好啦，我给你生个胖小子。"银娥哭着央求。

赵恒顺黑着脸把擀面杖用力向银娥的阴道里插进去。

"妈呀，疼死我了。"银娥大叫着。

"这个牲口，迟早让天疱疮打了你的鼻子。"翠娥在小正房里大骂。

第十八章
欲行无所忌
爬灰遭雷锥

老财巷第三个圆拱门的主人，叫李汉武，是盂县人，仪表堂堂，一表人才。他在盂县一家大地主家里当长工，后来，和地主的小老婆勾搭在一起，地主发现后，决定要当着全村人的面，割掉他的命根子。李汉武先下手为强，小老婆深夜开门放他进来，他用菜刀砍掉了地主的头，然后，把他家里的金银财宝席卷一空，带着小老婆逃到了口外。他先是在大东营一带开荒种地，几年过后，没有人追查他的杀人之事，就开始在隆盛庄买房置地，他住进老财巷的圆拱门后，就开始过起了地主的生活，他很少和巷子里的人来往，也从来不见有什么亲戚朋友登门。他的邻居赵恒顺，有时候也想窥视一下这两个人的行径，但从来连一句高话都听不到。

小两口在这深宅大院里相安无事地住了不到一年，就不明不白死了，死后无人知晓，直到两具尸体变成了白花花的尸虫，尸虫从家里爬出来，爬到赵恒顺的院子里，爬到大门外，臭气在巷子里蔓延，人们才发现。后来，一个自称是李汉武的侄儿从盂县过来，草草把两具腐尸打发了，门窗用土坯封了，大门上了锁。但这个院子里每天夜里都会传出一声声悲悲戚戚的女人的哭声，天一黑，巷子里的人都不敢从李汉武的门前走过。又过了几个月，这个侄儿又来啦，他在街上找了桥牙侯二虎，委托他给卖掉这套院子。他要的价格便宜得连桥牙都惊讶的不敢相信，但再便宜也没有人敢买，一是院里有两个恶死的鬼，二是这侄儿的身份也来路不明。桥牙子们到处给找买主，多数人都摇摇头。但毕竟有不怕鬼的人，也有瞅便宜的人，黑皮匠憨二就和桥牙搭起了茬儿，憨二拍拍胸口说："活人还怕个鬼，只要有人给中间作保，咱啥也不怕。"桥牙侯二虎也是一个爱占便宜的人，一看两头都能赚点钱，就找来保人，双方写了房约押了手印，交了钱，憨二一家人就搬进了圆拱门。

自从住进了圆拱门，憨二一下感觉自己说话硬气了，走路也把头抬得高高的，但他的财力大家是知道的，一个黑皮匠，耍手艺的，能和那些做商行的买卖人相比吗？但他能买了房子住进圆拱门，隆盛庄人还是对他另眼相看的。憨二就让爹妈住正房，大小老婆住耳房。大老婆不生养，于是，憨二就续了二房，只是想让二老婆给生个一男半女，但二老婆进门也有一年了，肚子仍然瘪瘪的，没一点动静，两个老婆都不生孩子，这要从憨二身上找原因了。憨二的母亲樊氏着急了，娶了媳妇是生儿养女传宗接代的呢，哪知道，是两只不下蛋的母鸡，养个公鸡还会打鸣呢。婆婆天天骂骂咧咧，大老婆是个老实巴交的女人，婆婆骂个什么也不吭声，二老婆妙兰可不是省油的灯，和婆婆三天两天吵得不可开交，你儿子一年四季不在家，没孩子能怨我吗？老公公看着樊氏和小老婆妙兰天天吵闹，就说，今年四月八庙会，到奶奶庙里许个愿，抱一个换生娃娃回来。

四月八庙会那天，从五更到中午，北庙鼓乐喧天、香烟缭绕，隆盛庄三村五里的人都来北庙烧香磕头燃纸，有大人领着孩子来圆十二岁生日的，也有因病许下口愿来还愿的，有摆供跪香的，更有送奶奶真羊活鸡求儿求女的。憨二的母亲樊氏早早就领着两房媳妇来到了庙里，她们先是把一只大红公鸡献了祭，然后就跪拜在殿内奶奶的塑像前。奶奶今天身着红袍，盘腿正坐，她的身边，摆放着许多泥塑的换生娃娃，上首坐着"二姨姨"，下首是"催生娘娘""四女子"，旁边还有肩上挎着"钱褋"的为众人送子的"答儿哥哥"，这个骨瘦如柴的小伙子，"钱褋"里面装着无数个小孩，手里还牵着小孩，他奉奶奶的圣旨给民间千家万户送孩子。樊氏和媳妇烧香许愿，把两根红头绳，拴在两个大胖泥娃娃的脖子上。大媳妇抱了一个女娃，小媳妇

抱了一个男娃。回到家里，她们把两个换生娃娃都摆放在大柜上供起来。就在那天夜里，老公公进了小老婆的房间。

妙兰的腰一天天变粗了，肚子也大起来了。樊氏也知道这个女人怀孕根本不是庙里的奶奶给送来的，她问男人："孩子生下来，该叫你爹还是叫你爷？"

老爷子说："叫爹叫爷都是咱樊家的后代。"

樊氏生性厉害，但她没想到自己家里会出这样的事情，这要是让隆盛庄的人都知道了，还不笑话死了。于是，拿了六尺白布，扔在小媳妇面前，把你那肚子缠上，别让人看出来。男人在后草地还没有回来，你的肚子倒先大起来了，你不嫌丢人现眼，我还有个脸面呢。

妙兰瞪了婆婆一眼，心里暗暗骂道："你还有脸？明知道自己的男人干这事，你怎么不去管？"她想起老公公钻进自己被窝的那一幕，屋里黑着灯，睡梦中突然感觉到一撮山羊胡子在自己脸上磨来蹭去，一双手在她身上摸来摸去，一直摸到大腿骑叉，但她没有拒绝。她完全是出于对婆婆的报复，她要让婆婆知道，自己不是一个不会下蛋的母鸡。她怀了孩子以后逢人便说：庙里的送子观音显灵了，四月八去庙里敬香后才有了这个孩子。

北方的阴历十月，已经是冰天雪地的季节了，走草地的人陆续返回了镇里。黑皮匠憨二回到家，看见小老婆正要临盆生孩子，他已经知道了事情的原委，于是，再没有进小老婆的房间。快过年的时候，小老婆生下一个男孩。樊家总算有了传宗接代的香火，孩子满月那天，憨二请了几个同行皮匠来喝酒，他母亲给炸了糕，还做了满满一桌菜。酒席上，他只字未提小老婆生儿子的事，人们都知道他得了喜有了儿子，但谁也不敢给他道喜。酒过三巡，憨二喝得脸像个红瓦盆，说话舌头也有点打不回弯儿了，他才让妙兰把儿子抱过来，又让他父亲来给大家一一敬酒，这一敬酒，人们就得给孩子掏长命钱，一串一串的铜钱挂在孩子的脖子上，还有一些银耍绳儿、伴娃娃、银锁……大家都送上一句句祝福语："孩子长得福相，天庭饱满吃官饭，地阁方圆掌大权……"不知道谁说的话失口了，冒出一句"好儿子啊，和他爷爷长得一模一样"。憨二一把抱过孩子，第一次正眼端详着："好儿子，是我们樊家的种子。"他端起一大杯酒，扬起脖子一口喝干，然后，把孩子举过头顶，用足力气，向门口扔去。满屋子的人都傻眼了，说时迟那时快，憨二的老爹一跃身，伸手将孩子接住，人们顿时举座哗然，惊出一身冷汗。妙兰哭哭啼啼地抱着孩子离开，喝酒吃饭的人也都讨了个没趣，一个个离桌而去。屋里只剩下憨二和他父亲，父子俩面对面坐着，憨二又给父亲满上了酒，也给自己倒了一杯，他先端起来一口喝干，然后，掏出那把削皮子的刀，撩起身上穿的棉袍，嚓地割下一块底襟，把刀子咔嚓一声插在桌子上，头也不回推门出去。

第二年开春走草地的时候，他带着大老婆，赶着一辆牛板车，离开了家，从此，再没有回过隆盛庄。

妙兰守着那个孩子，和公婆一起过日子，那孩子和公公长得越来越像，樊氏在家里倒成了一个局外人，她对这个小媳妇一点办法也没有，不能休也不能留，怎么办？孩子长大了，明叫爷爷暗叫爹，樊财主心里明白，无论叫什么也是樊家的后代，于是，他对这个儿子格外宠爱。儿子受宠，母亲在家里的地位也自然提高了，樊氏看着媳妇和公公明铺暗盖，气得常常摔盆子打碗，婆媳之间天天吵架，家里不得安宁。小媳妇也不是善茬，仗着公公给撑腰，硬和婆婆顶嘴："樊家的根儿是我给栽下的，你儿子走了，总不能让我一辈子守活寡。"给儿子娶的小老婆反倒成了自己男人的小老婆了，樊氏气得两眼发直，和自己男人说这事，男人反倒说："肥水不外流。"婆婆指着他的那几根山羊胡子，骂道："你这个老骚胡，干这损德事，迟早要遭雷劈的。"这本来是一句骂人的咒语，但却应验了。

一天中午，天色骤变，灰云密布，大雨倾盆而下，震耳的炸雷当空响起，随即，一个大火球钻进了樊老财家的烟囱里，又从家里的灶膛里钻出去。睡在炕头的樊老财被震到了炕尾，正在炕上做针线活儿的樊氏被震到了地上，家中烟雾弥漫，一片狼藉。樊氏揉揉眼睛从地上爬起来，她看见老头子直挺挺地躺在后炕，慌忙上前一摸，鼻子里已经没有了气，"老天爷呀，杀人哪"，她放开嗓子大喊起来。小媳妇听见婆婆的哭喊，从耳房跑过来，一看公公脸色灰白，头发一根一

根竖立着，她吓得瘫倒在门口。大雨如注，樊氏的哭声划破雨声。雨停了，樊氏叫来了二阴阳狗嫌臭给批殃，二阴阳把炸起的头发扒拉开，发现当头顶有一个眼儿，他慢声细气地说："樊老财是被雷锥了。"

樊氏一边呼天喊地大哭，一边给樊老财脱去旧衣服，用毛巾蘸着水把全身擦洗一遍，又给穿了新衣服，给两个袖筒里塞了打狗饼，头前脚后点了两盏长命灯，几个侄儿男女从周边的村里赶来吊孝办丧事。妙兰给公公披麻戴孝，公公的突然死去，她倒有点幸灾乐祸，自己再不用夜夜来伺候这个老骚胡了，再看看年幼的儿子，觉得失去了一个依靠，不免又感觉很失落。

雷锥了樊财主，这事顿时传遍了隆盛庄的大街小巷。人们都三三两两涌到老财巷，樊财主的院子里站满了人，有的人还爬到房顶上，看那个被雷劈掉的烟囱，还有的人挤到家里，看那个红火球炸烂的大铁锅，还有人指着那堵土墙，说有蜈蚣爬行的痕迹，墙上那曲曲弯弯的黑印子，就是蜈蚣那数不清的腿。于是，一个故事马上演绎出来，说樊老财家的烟囱里有一条一尺长的成精蜈蚣，这雷公爷是劈这条蜈蚣，顺便把樊老财也劈了，也有人说，这院子本来就是凶宅，谁住进去都是凶多吉少。樊氏也感觉这院子阴森森的，一到晚上就不敢出门，她总是疑惑那条大蜈蚣突然从一个角落里蹿出来，她常常盯着墙壁上那些黑色的曲曲弯弯的痕迹，越想越害怕。各种传说纷纷扬扬，大院里几乎天天是人满为患，自然，他爬灰这事也成了大家口口相传的焦点话题。怪不得那孩子长得像他爷爷，真是种谷子长不出粟子，要不遭雷劈呢，他干这败坏伦理的事，最终遭天谴啊。樊财主从死了那天起，他的院子里天天挤满了看热闹的人，老财巷子里的人也天天在谈论这件事。瞎德子编的口歌子也流传开了：

> 当空一声响了个雷，
> 樊老财爬灰遭雷锥，
> 烟囱里钻进个火疙瘩，
> 大铁锅炸了个稀巴烂。

出殡这天，樊氏给请来了念经的和尚、跑五方的道士，他们一起来驱魔除鬼，送亡灵顺利上路。樊氏还请了镇子里手艺最好的画匠来给裱画了棺材，做了纸折，童男女、老少人、金银元宝、摇钱树，还做了一处四合院子，院子里窗台上卧着猫，当院拴着狗，玻璃窗户大正房，亮堂堂的。再看那棺材的大头都是用金粉描画出来的，巷子里的人都来看纸折，也看这个和公公睡觉的儿媳妇。

起灵当天的五更，侄儿先到棺材前去醒灵，他用足气力抬了抬棺材小头，大声说："叔叔，你一路走好。"

醒完灵，妙兰手里拿一块白布，开始摸棺材底，她一边摸一边哭，哭得越痛得到的财运越多。樊氏把刚刚炸出的糕端出一小盆放在棺材盖上，这是押材糕。妙兰摸完材底就开始装遗饭钵，她就哭就把骨头、馍馍、糕都装进一个黑色的陶瓷小钵里，哭声惊动了巷子里的人，大家都顾不得睡觉，爬起来看媳妇哭公公。媳妇本来是想走走过场，应付一下这些讲究，哪知道，这一哭却真的动了感情，她想起了远离自己的男人憨二，这个没良心的男人，一走再没有回来。公公是她的唯一依靠，如今，公公走了，她该到哪里去？越想越伤心越哭越痛，离开这个家，自己带个孩子该上哪里去？以后的日子该怎样过？她哭得天昏地暗，直到婆婆过来拉了她一把，她才止住哭声，婆婆恶狠狠地道："你不嫌丢人，我还丢不起人呢。"媳妇也抹了一把鼻涕："还不叫哭我自己呢。他给种下了这个害根，叫我怎么拉扯他？"

给樊老财披麻戴孝的是小儿子，他站在母亲身边，眼珠子盯着奶奶，他是樊老财唯一的孙子，奶奶还给他在孝帽上缝了一个大大的红布坨坨，肩膀上挎的孝也是一块六尺大的红布，孙子虽然小，也跪在了棺材大头前，烧纸磕头，报庙挠坟杆，樊氏让孩子做这些事，也就是向隆盛庄人昭示，我樊家有后人呢。樊老财至少还没脏良心，没有养那没屁眼孩子。她高声硬气地说这话，其实是说给隔壁的赵老财听，赵老财每逢听到樊氏说这句话，恨不得给她几个耳光，但好男不和女斗，他揉揉肠子忍下了这口气。

时辰到了，樊老财就要出殡了，樊氏又教给孙子怎样打教纸盆。樊家的远亲近邻，侄儿男女都来了，他们也给樊老财请了瞎红利的鼓匠，整整吹打了一夜，虽然是死的不太体面，但丧事办得很排场。樊

氏拿着一个厚厚的垫子，盘腿坐在棺材旁边，一把鼻涕一把泪，把一肚子苦水说给亡灵听，也哭那个走草地一直不回来的儿子。她哭了一场又一场，直到哭得那些来看她哭的女人都撩起大襟擦眼泪。

樊氏给走草地的儿子捎了话，但憨二始终没有回来。也许是路途遥远口信没有捎到，也许，他压根就不想回来打发这个爬灰的老爹。

樊氏也算一个刚强的女人，她按照隆盛庄的习俗把樊老财在院子里停放了整整七天。大夏天，再不能多放了，尸虫到处爬，臭味蔓延，不是老画匠的棺材裱得好，尸体早就淋醋了。老画匠裱的是刷灰里子，就是在棺材的内壳，把灶里的灰用箩子过一遍，然后，把这些细灰用猪血搅拌起来，再裱刷在棺材里面。夏天死了人，必须用这种方法来裱棺材，这样，停到棺材里尸体都腐烂成臭肉一堆，那臭水一滴也渗不出来。

棺材抬出去了，在东门外三道边，樊老财活着的时候，就买下了一块坟地，如今是派上用场了。但万万没想到，樊老财做事也欠妥当，他给自己买了一块风水好的坟地，却没有买出路，这四周都是赵老财的洋烟地，也许，他根本没有想到自己那么快就会死去，有没有出路无关紧要。如今死了，拉棺材的车从哪里进？赵老财早就放出话，只要樊老财从他的洋烟地通过，他就把棺材给他翻个底朝上。下葬前，媳妇和侄儿男女前去扫坟，都是从地埂上蹚过。棺材也只能用人抬着走地埂了。但出乎意料，出殡的前一天，赵老财把这条地埂挖了深深一道壕，还雇了隆盛庄一些游手好闲的洋烟鬼，在地头把守着，扬言说只要踩倒一根洋烟苗，赔大洋一块。

隔壁的赵老财抽着洋烟，跷着二郎腿，得意洋洋地哼着《杀楼》里的几句唱词："宋王天子坐汴梁，狼烟滚滚动刀枪……"

墙那边传来："起灵了！"他从炕上坐起来，喊了银娥一声，"给我沏一壶茶。"

他又大声唱起来："只听咔嚓一声响，人头落在地中央。"他顺手比画了一个杀人的手势。

灵棚已经撤了，棺材放到了车上，鼓匠在前面吹打着，小孙子给打了教纸盆，侄儿给扛着坟杆，樊氏坐在灵车上哭哭啼啼，送灵车顺着东门外走去。

走到那条田埂前，没想到一条深深的壕沟出现在眼前。灵车停下了，樊氏坐在地埂上号啕起来："赵恒顺，你这个损阴脏德的东西，这辈子你生个没屁眼的儿子，下辈子你转生也没屁眼，你不得好死，死无葬身之地……"

侄儿上前把她拉起来："哭顶个球用。"他骂骂咧咧，招呼着抬棺材的那些人，"一个一个像个戳丧棒，站着干啥？"他拿起一把铁锹，不管三七二十一，就去铲土往壕里扔，一伙洋烟鬼拥上来，他们还没伸手比画，就被樊家的人，几拳打得趴在地上。

樊氏的侄儿天生带点不机迷，是个出名的凉棒，他双手操起铁锹大喝一声："谁敢过来，我砍了他的狗头。"

洋烟鬼都吓得抱头鼠窜，一个个鼻青脸肿地跑回赵老财家："老爷，不好了，出人命了。"

沉醉在《杀楼》戏曲里的赵恒顺，"叭"的一声，把茶碗狠狠地摔在桌上："哼！敢在太岁头上动土，不使点颜色给他们看看，他们真还不知道赵老财的厉害。"

"老爷，你犯得着动这么大的火气吗？让人一步自然宽，再说，你和一个死人较劲儿犯得着吗？"银娥过来给他捶背。

"那妖婆天天指桑骂槐地骂人，你难道听不见？"赵恒顺半闭着眼睛，咬牙切齿说出这句话。

"三句不还都在她身上呢，你不看，樊老财已经遭雷锥了。那老婆子也可怜，以后的日子还不知道怎过。"

"那是他爬灰的报应。"

银娥心想："你两个人是一对黑老鸦，谁也不要嫌谁黑。"但她根本不清楚，赵老财和樊老财结下的恩怨也是从那片坟地开始的。

那块坟地是赵恒顺心疼的一个结，他早就打算花大价钱买过来，但樊老财却说："坟地是阴阳先生给看过风水的，背靠双台山，脚蹬西河湾，注定他的后辈儿孙要出个当官的大人物。"赵老财也找算卦先生给自己算了命，怎么就生了个没屁眼的孩子，算卦的说，那块坟地吸走了你家的风水。于是，他托人和樊老财说和，想买这块坟地。

价钱给的不低，但樊老财却死活不卖。赵老财一气之下，把他坟地周围的土地全部买了下来。樊老财没想到赵老财会做得这么绝情，连一条出路都没有给自己留，但他表面上显得更加平静，坟地终归是我的，我家一下也不死人，你就不给我出路，我还不走呢。两人就这么僵持下来了。

哪知道，人算不如天算，樊老财没想到早早死了，赵老财还想威逼樊氏把坟地卖给他，所以，就不让他从地里过。哪知道，樊家人也都是厉害茬儿，填了壕，赶着车大摇大摆踩着他的洋烟苗子进了坟地。

当赵老财赶到地里的时候，只见洋烟花满地，洋烟苗东倒西歪，他气得差点背过气。站在地头，望着那根高高竖起的幡树，和刚刚堆起来的坟头，狠狠留下一句话："樊老财，你等着。"

樊老财被打发出去后，送葬的人都离去了，大院里一下显得冷清清、空荡荡的。晚上，婆媳两人第一次守着孤灯坐在了一起。

"你想改嫁就走吧。冬天憨娃回来，我让他写一份休书，只是你不能把狗蛋带走。"

"我要不走呢?"媳妇舍不得这孩子。

"那你就不要再挑三拣四的，嫌弃我日子寒酸，我吃啥给你吃啥，我做啥你也得做。"

从那以后，婆媳两人相安无事。守着这个未成年的孩子过日子。

樊氏知道自己的家底子也不厚，坐吃山空也不是办法，于是，就想经营一个铺子。做什么呢，她和那个在西沟村里当木匠的弟弟商量，就樊老财留下这点钱，能开个什么铺子。

弟弟说："能开个什么? 隆盛庄啥铺子都有，吃的喝的用的，穿的戴的耍的，一条街铺子一家挨一家，你开什么铺子能发个财?"小媳妇也说："还想发财，能把日子维持下来，把儿子供养成人，就行了。"

樊氏说："死鬼走了，隆盛庄人也把这樊家人看瘪了，可我还活着呀，这个孩子好歹也是樊家的一根血脉。为了他也得想办法去挣一点钱。"

弟弟说："这年头活人的钱不好挣啊。"

"那咱们挣死人的钱，遭了年景，死人也会多的。"

"那你想给死人做装穿寿衣?"

"做那些我还用和你商量，我和憨二媳妇就能做。"

"那你到底想做什么?"

"开个棺材铺。"

弟弟的嘴巴张大了，望着姐姐半晌说不出话。

"镇里死了人都是把木匠请回家去割棺材，咱们不妨来卖棺材。"

"姐姐呀，你真能想出来。"

"寡妇人家没人养活，我那儿子就当没有了。他不回来，但我还得活呀。"樊氏一边说，一边又抽抽泣泣地哭起来。

"话好说，事难做，这个棺材铺怎开?"弟弟看到姐姐那恓惶的样子，也唉声叹气地没了主意。

"你是木匠，会割棺材就行。铺面咱们先租个僻静的地方，有个门脸挂个幌子就行了，院子这么大放木料，那些空房子都可以当作坊。先做几个样品，你没听人说，'棺材铺的老板，闲时做了忙时用'，好歹死鬼还给留下一些本钱，够开张。"

弟弟是个村里人，见识没樊氏广，胆识也没有樊氏大。两人就这么商量了，决定在隆盛庄开个棺材铺。

隆盛庄的第一家棺材铺开张了，铺面不大，在五道庙的旁边，就能看见"樊记寿材店"那高挂的招牌。选择这样的地理位置是樊氏的主意，她说，所有死去的人都要来五道庙报庙，他们都会路过自己的店铺，店铺不仅卖棺材，还卖寿衣。死人从头到脚的穿戴她的店铺都出售。她和媳妇在家里做寿衣，弟弟给做棺材，一块一块加工好的棺材板都整整齐齐垛在院里，几个做好的成品排放在铺子里。成套的寿衣鞋帽都挂在墙上。樊氏当起了女掌柜。

俗话说：骂哑巴人，踢寡妇门，踹瘸子大腿挖祖坟，是最损德的。樊老财死后还没过三七，坟墓就被挖了，樊老财的尸体从棺材里拉出来，曝晒在光天化日之下。樊氏坐在墙那边又开始没完没了地哭诉："枪崩刀砍的掘墓贼呀，头上生疮脚底流脓，心坏到底了，

你不得好死，断子绝孙呀，天疱疮打了你的鼻子，辈辈子孙没屁眼呀……"樊氏骂够了就去衙门找里长，张忠德说："只要把盗墓贼逮住了，一定要让他游街示众。你说是赵恒顺，但你没捉住人家，手里没有证据，你让我们怎么惩罚？"

樊氏吞不下这口气，就把那个愣侄儿叫来了。他一听叔叔的坟墓被掘了，气得七窍生烟，半夜跑到赵恒顺的洋烟地，拿铁锹把洋烟苗子砍了半亩大一片，并放出风，要刨赵恒顺的祖坟。

第
十
九
章

樊
记
棺
材
铺

红
运
铁
匠
炉

　　"樊记寿材铺"和"红运铁匠炉"的位置都在大北街，两家铺面门对门，中间隔着一条南北路。一家木匠一家铁匠，"叮当叮当""哧呼哧呼"的声音从早到晚响个不停，大北街不再清静了。人常说：扯大锯、打铁砧、风箱吧嗒、猫叫春，这是最难听的声音，但四邻八坊的人又无法出面干涉，一家是寡妇，一家是光棍，在隆盛庄讨生活也不容易，开个铺子更不容易。日久天长，这声音倒使这条街变得有声有色、有起有落，冷清的街面也热闹起来。两家的幌子都挂在铺沿下，白蓝相映各有特色。没生意的时候，樊氏婆媳就坐在自家门前缝制各种寿衣。弘铁匠似乎一年四季没有闲空，农忙时候，锻打犁、镂、锄、耙，农闲时候，就开始锻打牲畜的马掌钉、马掌、牛掌钉、牛掌。他们把所有的废铁都回炉，锻打成各种不同型号的马掌、牛掌，从草地回来的牛马车，铁匠铺门前每天都会有数不清的车倌牵着牛马来钉掌。门前竖立着两根捆绑马腿的木桩，两根粗壮的木头间隔在两米多的距离之间，在木桩顶端再搭一根横木，这是给牛马钉掌的工具。那"叮当——叮当"清脆而有节奏的声音，如弘铁匠兄弟两人共同演奏的一首打击乐，给寂静的大北街增添了无限的生机。

　　红运铁匠铺的门脸没有什么特别的装修，被烟火熏黑的屏门敞开着，门口放着两条长板凳，没有窗户，昏暗的房内靠墙边放着风箱，风箱外侧连着火炉，地中央一个粗大的木头墩子上摆放着一个铁砧

子，旁边是一个大石水槽。庄子里的一些闲散人或者小孩子，经常去看弘铁匠弟兄俩打铁。看弘铁匠是怎样把一块块坚硬的铁杆变成方的、圆的、长的、扁的、尖的等各种形状的生活用具和生产工具，菜刀、剪刀、锅铲、扁担钩子、犁、耙、锄头、镰刀，无所不能。铁杆从炉膛内抽出锻打时，会溅出很多闪闪发光的火花，弘铁匠光着膀子，脖颈搭一块白羊肚毛巾，腰间围着一块厚厚的帆布，二铁匠抡大锤，穿一条黑不溜秋的大裆裤，系一根蓝色腰带，常年四季裸露着膀臂，他把大锤抡得又稳又准。铁杆在堆满炭火的炉膛内加热时，二铁匠就放下大锤，不紧不慢地、匀速地拉动风箱杆子，身子随着拉杆前倾后仰，在风箱"啪嗒、啪嗒"有节奏的喘气声中，炉膛内橘红色的火焰将铁杆与炭火熔为一色。当铁杆渐渐红透时，弘铁匠迅速从炉膛内抽出铁杆，二铁匠就马上抄起门边的大铁锤开始锻打。"叮当——叮当"的打击声响成一片，铁杆在大锤小锤的锻击打压下火星四溅。弘铁匠一手夹着通红的铁杆，不停地在铁杆和铁砧边上交替打击，他的小锤点到哪里，二铁匠的大锤就打到哪里；当铁杆由红变黄，渐渐发黑时，弘铁匠将小锤在铁砧边连续敲击两下，二铁匠就立刻放下手中的大锤，又开始拉大风箱。

棺材铺樊氏的小孙子狗蛋常常来铁匠铺看打铁，铁匠铺变成他玩耍的场地。有时候，吃饭时辰到了，他妈妈就在棺材铺门前叫喊："狗蛋，快回家啊，看那火星子溅到眼睛里的。"她边喊边挪动着小脚走过去。二铁匠看见她过来，不由得会放慢抡铁锤的节奏，弘铁匠的小锤叮叮当当敲打着砧子，他的目光才从妙兰的身上移开。妙兰也不怕那四溅的火星子，拉着狗蛋的手，迟迟不肯离开。

樊氏在铺子里高声呐喊："狗蛋，狗蛋，你不回家，不怕铁匠铺把你的魂勾走。"

妙兰知道婆婆在喊她，心里暗暗骂道："老泼妇，有本事给我把你儿子叫回来，把那天打五雷轰的老骚头扶起来。"

她领着儿子慢悠悠地回到棺材铺，樊氏沉着脸说："你没把魂丢到铁匠铺。"

妙兰没好气地瞥了婆婆一眼："我好歹还有人来勾魂呢。"言外之意是你连个勾魂的男人也没有了。

"你不想守寡就趁早给我离开这个家，不要又想当婊子，又要立贞节牌坊。"

"天要下雨娘要嫁人，我想走的时候，谁也拦不住。"妙兰手里拿着笤帚，不住扫着身上的衣服。进了门，又对着墙上挂着的那块镜子，前后左右照着，她把头发用箆梳梳得一丝不乱，在脑后挽起一个香蕉形的发髻："你儿子一走不回头，我总不能一辈子守活寡。"妙兰梳理好头发，给儿子盛了一碗油炒块垒，"可怜我的儿子，连个父亲都没有，你长大了怎做人呀？"

"别说长大了，孩子现在也难做人，一出门背后就有人指指点点，你们是造孽啊。"樊氏满腔怨恨，每逢和媳妇吵起来，简直愤怒得不可忍受。

"他造的孽老天爷报应了，早知道他一炝蹶子走了，我还不如把孩子一生下来就扔进三义店的大水坑呢。"

妙兰的话刺疼了樊氏的心，她强势霸道惯了，哪能受得了媳妇的顶撞，顿时火冒三丈，双手拍着店铺里那具白茬子棺材，唾沫星子到处乱溅："我挣钱养活着你，供养你吃喝穿戴，你良心让狗吃了？"

"我天天两手不闲的，忙得头不是头，脚不是脚，也不知道谁在养活谁？樊家的根儿是我栽的，我没功劳也有苦劳。"

两人是针尖对上麦芒，互不相让。

狗蛋藏在妈妈的身后端着碗吃饭，他从小到大，听惯了奶奶和妈妈的争吵。虽然有些话听不明白，但从她们的脸色上看得出来，争吵的根儿在自己身上。但他从来不去拉架，奶奶和妈妈哪怕脑子打成豆腐，他依然照吃不误。吃饱了，把碗摞在窗台上，一撒腿又跑到了铁匠铺。

闲暇时候，二铁匠给狗蛋用薄铁皮做个铁哨哨，用红纸沾个风车车，用狗尾巴毛或者鸡毛，再找几枚铜钱，扎一个毽子，狗蛋玩得很开心，自然和二铁匠很亲近。每逢狗蛋跑到铁匠炉，妙兰总会跟过来，站在门口不是纳鞋底就是拿着拨吊打麻绳捻线。那旋转的拨吊吸引着二铁匠的视线，他抡大锤的节奏乱了。弘铁匠的小锤使劲儿敲打

铁砧，大锤的节奏才重新恢复了正常。

"有啥缝连补绽、洗洗涮涮的活儿，就不要拿心，我帮你们做。"妙兰笑盈盈地望着弘铁匠说。

"谢谢大妹子的关照。"弘铁匠不冷不热地说，他知道这个女人的名声不怎么好听，生怕招惹来是非。二铁匠露出一排白牙，呵呵地笑着点点头。弘铁匠是个细心人，他看出了弟弟的心思，于是，当夜静人定的时候，就直言问弟弟："你是不是看上棺材铺那女人了？"

弟弟也是个老实巴交的人，心里想的事从不掩藏，他点了点头，吞吞吐吐地"嗯"了一声。

"咱们来隆盛庄，一晃就快十几年了。看来，一时半会儿也回不了老家，你也该成个家了。"

"那你呢？"

"我不着急，等有了合适的再说。"弘铁匠把旱烟锅吸得噬噬响，"只是这个女人还带一个孩子……"

"我喜欢狗蛋。虽然这女人是个活人妻，但只要一心一意和咱过日子，我不嫌弃她。"

"那我明天托小红鞋去给你提亲。那点积蓄给你买套房子，操办个婚事还是足够的。"

二铁匠不好意思地望着哥哥："都花了，你怎么办？"

"活人还能让尿憋死，先给你张罗，挣了钱我再张罗着成家也不迟。"弘铁匠话还没有说完，就打着呼噜睡着了。

二铁匠也不知道是兴奋还是思念妙兰，翻来覆去睡不着，他索性坐起来，一锅接一锅地抽起旱烟。

第二十章
成全一桩媒
胜修十座桥

　　小红鞋叫聂凤仙，居住在官才巷。这条巷子不算长，因为巷子的地貌形状酷似棺材，巷头宽巷尾窄，最初叫棺材巷，但这个巷名人们又觉得晦气，再加上巷子里曾经住过一个朝廷派遣到隆盛庄的参将，于是就用官才二字给巷子冠名了。巷子里坐北朝南的房屋后墙，正好朝着老财巷小街门的院落，一堵高墙是两条巷子的分界线。巷子里住的人都是一些下阴的、顶神的、鼓匠、媒婆、接生婆、钉盘碗、钉锅的，也有几家走草地的大户人家。庄子里的人没事都不去官才巷走动。就是白天走进巷里，也会感觉有一股阴风从后脑勺吹过。有人说，半夜里，常常看见许多身穿黄马褂、头戴红缨帽的清朝命官从巷子里走过。也有人说，夜半三更时，这条巷子最热闹，车水马龙、人头攒动，但这种景象每年只有两个时辰能看到，大年三十晚上接神的时候和八月十五月亮升到中天的时候。在这两个时辰里，想看这条巷子景象的人就上房藏在烟囱后面，手里拿着箩子对着巷子去照，如果看到人群里面有自己或亲人的身影，一般活不过来年必死无疑。

　　小红鞋三十出头，前几年死了男人后，一直没有改嫁。她常年四季穿一双红色绣花鞋，一件偏大襟灰毛呢夹袄，一条黑斜纹布裤子，裤脚用半寸宽的黑带子裹得紧紧的，把穿着红鞋的两只小脚露在外面，宛如一对红辣椒。

　　她有一个女儿，但小时候抽风，喂了保龙丸，抽风病好了，但女

儿也愣了，一个寡妇女人拉扯一个愣女儿，也很难改嫁。男人是个皮匠，死后给她留下一处院子，几间正房，还有一排西房，院子很大，院中央有一口水井，井很深，兜绳在辘轳上缠绕十几圈，才能绞上一桶水，院里的空地以前是晒皮子的地方。

　　男人死后，她就把闲置的空地都种满了蔬菜，有小白菜、黄瓜、豆角、圆白菜、葫芦、紫皮蔓菁，豆角、黄瓜的蔓顺着竹根儿爬到了房檐上，房檐下还有一个小花池，花池里种了各种鲜花，五月梅、串串红、步步高、金盏盏……小红鞋除了给人说媒，闲时就在院子里摆弄这些花花草草，她自己从那口井里绞水，一桶一桶倒进石槽里，水顺着垄沟流进菜畦里，小红鞋常常把绿油油的、水灵灵的菜，拿到马桥街去卖，或者挎着一个小竹篮，走街串巷给一些人家把菜送到家里。庄里人都说，她的菜鲜嫩好吃，尤其是那紫皮蔓菁，甜脆水嫩，到了秋天，她的蔓菁都不够卖。菜好吃，主要是那片地肥，皮匠长年晒皮子，那地都用皮子上流出的油滋养出来的，油水大，还有人说小红鞋的父亲聂元就是靠种蔓菁发家的。当年，聂元也是两个肩膀担着一个脑袋走口外，一条扁担，两只箩筐，一头挑着行李，一头挑着零用家具和食物。他风餐露宿，日行几十里，走累了，就选择一个向阳的土坡，挖一个豁口，把扁担横架在豁口两段，然后，拔一些艾蒿或者沙蓬，搭在扁担上，这么一个小洞穴就是他遮风避雨的地方。路途遥远，没吃的就开始一路讨饭，本打算是要去隆盛庄的，但走到南泉子的时候，他又渴又累，怎么也走不动了，瘫软地倒在一片茂盛的草丛里，草丛深处，是一洼清汪汪的泉水，他拿出讨要来的炒面，一口泉水一口炒面，吃饱了，躺在泉边迷迷糊糊睡着了。一只长尾巴喜鹊飞来，喜鹊在河边喝水，于是把嘴里衔的东西吐在草地上，喝饱水，却叽叽喳喳叫着飞走了，他突然醒来，并没有看见喜鹊飞来，低头再仔细看，只见泉边有许多细小的种子，细细回味梦中情景，怎么会有种子呢。他捡起几粒，放在嘴里嚼嚼，一股草香味，奇怪了，难道是天助我吗？他仔细把这一粒一粒种子捡起来。用手挖了几个坑，把种子埋进土里。他想看看，这到底能长出什么苗苗？他决定在这里再搭个临时窝棚住下来。于是，又开始挖坑搭窝。他白天到隆盛庄站在三岔口等着那些来雇佣他干活的人，晚上就回草棚里睡觉。不知过了多久，他发现撒在泉边的种子从地里冒出个小苗苗，嫩嫩绿绿的叶儿，这是什么花草？有一天这植物开花了，金黄色的碎花，清香沁人，他知道，但凡开花的植物一定都会结籽，他不明白这到底是吃的还是看的，回想梦中那只长尾巴喜鹊。

秋天，他终于发现，叶子下面埋藏着一个个大大的果实，他用指头小心翼翼地把这个果实挖出来，在泉水里洗干净，紫色的皮，白嫩的肉，一个个足有拳头大。他迫不及待地咬了一口，又脆又甜，这是什么菜？他喜出望外，第二年春天，他在泉水边，开出了一片平展展的地，把收起的种子重新撒进地里，一个坑一颗籽，整整撒了一畦，他去隆盛庄打工的时候少了，一心一意打理这些菜。浇水施肥，没有太多的粪便，他就在地旁边又挖了一个坑，每天在坑里撒尿拉屎，屎尿积攒多了，他就提着一桶一桶泉水倒进坑里，屎尿搅拌成粪水，然后，再倒进菜地，菜长得快，不到几个月，根部的果实就长得有拳头大了，他挖出来，连着菜缨子在泉水里洗得干干净净，然后，一棵一棵装进箩筐，挑着向隆盛庄走去，他第一次站在马桥街卖菜，人们都围上来问他这是什么菜？是啊，这是什么菜？他急了，突然想起自己是随意把菜籽埋进地里的，那么就叫埋进，因为是紫皮的，后来人们就把这菜叫紫皮蔓菁。他站在马桥，总是先用刀子切开一个紫皮蔓菁，让买菜的人尝尝新鲜，尝好了再买。他的蔓菁卖得最快，后来，小红鞋的父亲就靠种紫皮蔓菁在隆盛庄安居落叶、栽根立后了。

隆盛庄人到了秋天，都到南泉去买他的紫皮蔓菁，家家户户都要腌制一大缸蔓菁菜。聂家的蔓菁、班家的盐，腌制的菜就是放到第二年春天也不会烂。几年以后，聂元在南泉子也算得上一个小地主了，不仅种菜，还种烟叶……后来，他看上了村里一个寡妇女人，两人拜了天地，第二年生下了小红鞋。小红鞋十五岁的时候，父亲就把她许配给隆盛庄的黑皮匠。就在她和皮匠结婚的时候，聂元让土匪请了财神，她母亲把家里的积蓄都拿出来，才把聂元赎回来，但聂元被土匪折磨的已经精神失常，他怀里总是揣着一把菜刀，疯疯癫癫到处跑，腊月天，跑到西梁头冻死在外面。母亲带着她和两个弟弟改嫁了，继

父就是皮匠的父亲。后来，小红鞋嫁给皮匠，日子过得平平安安，但没想到皮匠早早地走了，算卦的说她是铁扫帚命，注定要克夫再嫁，乖背破家。她也认命了，但她再没有改嫁，守着女儿过日子。有些二流子的人也想调戏小红鞋，买菜时候，故意多给她几分钱，在菜摊前转来转去说一些风凉话："好地才能种出这么好的菜。你那片地也不能荒了，我去帮你种地吧。"

"你不怕狗咬了你的命根子就来种吧。"

那些不怀好意的男人嘴里是这么说，但从来不敢翻墙到小红鞋家里，也没有人敢半夜踢她的大门，他们真的害怕那只大黑狗。有人说皮匠的魂附在那狗身上了，那狗比狼还厉害，就专门咬男人的裤裆。

小红鞋给人说媒不骗不坑，有一说一，有二说二，她说为人说媒，只是想积点德。人常说："成全一桩媒，胜修十座桥。"虽然跑得辛苦，但她却心甘情愿。冬天，她就走街串巷给老财人家和买卖字号里的人拆洗衣服，她做得一手好针线活儿，也剪得一手好窗花，腊月刚进，她就到纸铺买了红纸，开始在家里剪窗花，狮子滚绣球、鼠儿闹葡萄、小猫扑蝶、王喜儿卧鱼、喜鹊登梅、年年有余、双鱼戏莲……一幅幅窗花栩栩如生，庄里的人也喜欢买她的窗花。日子过得虽然不富裕，也不恓惶。女儿到了出嫁的年龄，但街上的人都嫌她愣，没办法，小红鞋就给女儿在东山里找了一个男人，这男人的脑子也不大机迷，但能受苦，家里耕种几亩薄地，也够吃喝。愣女儿也是小红鞋的心头肉啊，她给女儿的嫁妆也满满拉了一大马车，吃喝穿戴、被褥家具，虽然自己是寡妇，但她总爱说："过日子要争口气，'不蒸馒头气，也得蒸个糠窝窝气'，不能让庄里的人笑话。"愣女儿嫁出去第二年就怀了孩子，但没想到生孩子时候难产，活活憋死了，从此，小红鞋一个人度日。皮匠的几个弟弟看好了她的那处院子，也想方设法欺负她逼她改嫁，但小红鞋放出话，她要守寡守到底，让他们死了那份心吧。那本家弟弟也没办法，瞅着那处院子得不到手，还是时不时变着法儿找她的碴儿。人常说，寡妇门前是非多，背后免不了人们说长道短，但小红鞋按部就班过自己的日子。天长日久，人们也知道她的为人，也同情她的遭遇。小红鞋在庄里还没有留下坏名声。

有时候，她想女儿了就坐在井沿上，盘起腿放声哭起来，那拉长的哭腔，悲悲切切、凄凄惨惨，哭够了，就开始搅辘轳把，从井里打水浇菜地。有时候，半夜里也突然哭起来，那柔软抑郁、缠绵不绝的呜咽使这条巷子更显得阴森诡异。

瞎德子从西窑村走来，走过西河湾。他把背上的几个脏兮兮的褡裢取下来，然后，将两只黑手伸进河里，河水很凉，他捧起一捧水，咕噜咕噜喝了几口。刚刚吃了一肚子的糕，又喝这西河湾的水，瞎德子也天生修积下个好肚腹，喝饱了，他又把两只黑脚伸进水里。

"喂，你不看我在洗菜吗？"

"我能看见还用得着讨吃吗？"

"看不见难道还听不见？"

"这西河湾又不是你家的，你能洗菜我就不能洗脚？"

小红鞋不吭声了，她犯不着和瞎德子争高低，于是，把没有洗完的菜都收起来，又到上游去再拦一道坝。她几乎天天来西河湾洗菜，河里的水清澈见底，她把洗干净的白菜、黄瓜都装进竹篮里，然后，又对着河水拢拢头发，洗洗脸，收拾干净了，才挎着篮子向街上走去。

一群孩子在河里戏水，他们都光着腚，一首童谣在河水飘荡：

花轱辘车，套白马，

白马不走拿鞭打，

一鞭打到姥姥家，

姥姥叫我上炕头，

姥爷给我个大馒头……

孩子们看见瞎德子在河里洗脚，都哗啦一下把他围住："瞎德子，瞎德子，唱一段讨吃子要糕。"瞎德子翻着白眼珠，嘿嘿笑笑："没大没小的，我怎也是你们的叔叔大爷辈了吧？"

"瞎德子叔叔，唱段'讨吃子要糕'。"

瞎德子用又黑又脏的手捧了一掬清凉的河水，又咕噜咕噜喝了一口，开始唱起讨吃调：

小时候死了爹娘，

讨吃来到隆盛庄，

歪戴帽子趿拉鞋，

走东街来窜西巷。

隆盛庄好地方，

口里关外大名扬，

一条大街南北走，

沿门挨户是商行……

小红鞋挎着菜篮子刚走到家门口，就看见蹲在门口的弘铁匠。

"哎呀呀，我说今早晨听见树上喜鹊叽叽喳喳叫个不停，原来是弘贵人登门。"

弘铁匠不会应承她，只是点点头，那张黝黑的脸膛呈现出憨厚的笑容。他不知道该怎样称呼小红鞋，叫姨有点老，叫姐有点小，称呼人家绰号又没礼貌，干脆不吭声，拘泥地跟着她进了家门。好利索干净的屋子，他眼睛眊着屋里的摆设，站在门口不敢迈步，红彤彤的大红柜黄灿灿的铜饰件，亮得能照见人影，正面墙上挂着中堂山水画，柜上摆着穿衣镜、大花瓶，明光锃亮的玻璃，苍蝇飞上去能滑断腿。小红鞋从门扇后面取下一个布条掸子，在院子里不停地抽打着衣服和鞋子。身上和鞋子上没有一点尘土了，才推门进家。

"进来吧。"她礼让着弘铁匠。

"我这鞋底不干净。"这女人身上似乎有股妖气，让他心跳火燎地不敢抬头看她，说话也吞吞吐吐。

"总不能站在院里说话啊。"小红鞋给他搬过一个烧火板凳，让他坐在门口。他的眼睛再次在屋里扫来扫去。这家好像不动火烟似的，看那锅灶一尘不染，黑油油的锅圈，白生生的锅台，地上那角角落落、边边沿沿，都用白土粉刷得漂白，炕席边用灰菜擦得绿莹莹、光溜溜的。

小红鞋见他半晌也不说话，先开口问："有事吗?"

"我弟弟看上了棺材铺那女人，想让你给提下亲。"

"是樊老财的儿媳妇?"

弘铁匠点点头。

"她是个活人妻,你弟弟看上了她,也算是她今生的福气,只是不知道那樊氏休了她没有?"

"你给保个媒,看女方愿意不愿意?"

"大兄弟,你就放心吧,我今儿就给你问去。"

"她要是愿意,你问下看人家要点啥聘礼。"

"她要是同意了,彩礼钱随行就市。活人妻就按照庄里的规矩和讲究嫁娶就行了。"

小红鞋给弘铁匠递过一杯水,她说:"你弟弟今年多大了?"

"二十八虚岁。"

"哦,来了隆盛庄这么多年了,也没张罗着成家?"

"咱手艺人,逃荒出来家底子薄。"

"人常说,铁匠翻了手,养活十五口。"

"再说,我弟弟也看上了她。"

"两人年龄也合适,看来,是王八看绿豆对上眼了。"小红鞋用一块抹布,翻来覆去地擦着大红柜,又问,"你们来隆盛庄年长了?"

"将近十年了。"

"隆盛庄这地方是养活穷人的,只要勤快,都能发家致富。我那死鬼男人也是个穷手艺人,一辈子没挣下个金攒下个银,临死时候两手攥个空拳头。"

弘铁匠和小红鞋嗯啊地应承了几句,就起身向外走去。小红鞋送他出了街门,又回去把家里家外打扫了一回,把院里的花池、菜畦浇了水,挎着刚刚从西河湾洗干净的白菜、水萝卜、黄瓜,向马桥街走去。

街上买卖字号都打开了屏门,各家字号的后生都开始洒水打扫自家的门前,南来北往的车辆、摩肩接踵的人流、高高低低的吆喝声,构成一个小镇繁华热闹的市井。

"买菜了,新鲜的黄瓜、白菜、水萝卜……大葱辣,白菜嫩,萝卜黄瓜脆生生,二茬韭菜水灵灵……"小红鞋的吆喝声悦耳动听,

人们都被她的声音吸引过来。不到一个时辰，一篮菜就卖完了，她站起来，拍打拍打身上的土，正要向棺材铺走去，突然看见妙兰牵着狗蛋的手在街上转悠。她急忙起身向妙兰走过来。

"大妹子，我有句话，不知当说不当说。"小红鞋边说边把篮子里的半根黄瓜递给狗蛋，"你还打算再嫁不嫁人了？"

"有合适的我自然要嫁了。这日子没熬没盼的，守的也没个尽头。"

"你那婆婆会不会不让你改嫁？"

"她儿子死不回家，难道还让我一辈子守活寡。"

"你看对门那二铁匠怎样？"小红鞋说出这句话之后，开始仔细地察言观色，"你要是看上了他，我给你去撮合一下。"

"二铁匠？"妙兰嘴一撇，眉头一皱，头摇得像个拨浪鼓，"不行，不行，他们哥俩虽然是亲弟兄，但二铁匠和他哥哥相比可差远了。"

"哦，你是不是看上弘铁匠了？"

妙兰脸唰地一下红了，她低着头，眼睛瞅着脚尖，慢声细气地说："弘铁匠要是想娶我，我就嫁给他。"

小红鞋望着妙兰："大妹子，我明白你的心思了。"

当小红鞋把妙兰的话转达给弘铁匠的时候，二铁匠才知道妙兰天天来铁匠炉，原来是看上了哥哥。他很失望，也很沮丧，但静下心想了想，强扭的瓜不甜，她不愿意，自己只是剃头匠的挑子一头热。想到这里，他就很平静地对哥哥说："她想嫁给你，你也能看上她，就娶回来吧，这女人在棺材铺的日子过得也恓惶。再说，你眼看三十出头的人了，总不能一辈子打光棍。只要她实心实意和你过日子，能为咱们弘家生儿育女、栽根立后就行了。你是哥，你先成家是应该的。我不着急，慢慢有合适的再找也不迟。"弟弟说的虽然是肺腑之言，但弘铁匠还是没有答应。

第二天早晨，二铁匠又去找小红鞋，他直截了当地说："你去告诉妙兰吧，我哥哥娶她。"

妙兰要嫁给弘铁匠了，樊氏知道后，手指着妙兰的眼睛破口大骂："你是我樊家的媳妇儿，我儿子还没写休书，你倒想嫁人？我们樊家娶回你，你生是我樊家的人，死是我樊家的鬼。"

"你儿子生不见人，死不见尸，难道让我一辈子在你家当牛做马？我受够你的气了。寡妇要嫁，老天要下，你管不着。"妙兰把自己的衣服都卷包在一起。

"你这个没良心的东西，我养活你多少年，你一尥蹶子说走就走。"她手拍大腿哭起来，"死鬼呀，你走了个痛快呀，种下这害根儿怎么办呀……"

"你有本事，给我把你儿子找回来。"妙兰一边整理东西，一边和婆婆吵嘴。

"樊家的东西，你一根线也别想带走。"

"你就是让我带，我还嫌晦气呢，留着你装老穿吧。"

樊氏知道是那死鬼男人做下的缺德事，伤害了儿子，让儿子无脸面再回隆盛庄。一听媳妇这句话，她一抹眼泪说："好，把狗蛋留下。他好歹也是我樊家的根儿，我不能让他当带墩儿。"

妙兰狠了狠心，决定把狗蛋留给樊氏。她让小红鞋给弘铁匠捎去话，给她预备从里到外、从头到脚的新衣裳。她要展油活水、体体面面走出樊家的门。弘铁匠听了小红鞋传来的话，很痛快地答应了，但有一条不答应，他不能按照娶活人妻的规矩晚上去娶妙兰，自己还是一个没见过女人的后生，娶媳妇怎么也得摆两桌酒席，太阳落山才能娶媳妇，他感觉面子上难看。小红鞋说，妙兰也不是黄花大姑娘，总不能坐着花轿绕大街转吧，隆盛庄人说节多，破了规矩说闲话的人，唾沫点子也能把你淹死。

二铁匠在手心里唾点唾沫，粗壮的胳膊抡起大锤，铁砧上那块姜黄色的铁迸射出无数火星，他粗声硬气地说："听见蝲蝲蛄叫，还不种谷子呢，咱们弟兄死里逃生能在隆盛庄成家立业，也是福大命大。娶媳妇自然不能偷偷摸摸，管她二婚还是活人妻，你愿意娶她愿意嫁就行了，那些规矩关我们屁事，花钱雇一顶大花轿，定一班鼓匠，红红火火地把嫂子娶回来。"二铁匠平时不说话，是个闷葫芦，没想到关键时候还很有主意。

妙兰是身穿新衣服，头顶红盖头，走出了棺材铺。狗蛋从家里追

出来，他拽住妈妈的衣襟，不哭也不闹就是不松手。妙兰哭了，她抱紧狗蛋，摸着他的头，泣不成声："妈妈会常常来看你的。"

"狗蛋，你回来，你可不能再当'带墩儿'……"樊氏扭着一双小脚从棺材铺出来，口里不住喊着孙儿的名字。

狗蛋还不大明白"带墩儿"的意思，但感觉这"带墩儿"是不能当的，一定很不光彩，也很丢人。他狠狠地瞅了妈妈几眼，松开了她的衣襟，撒腿跑回了棺材铺。两只小拳头在地上那具棺材上狠狠撞击着，嗓子里发出几声干号："我不当带墩儿！不当带墩儿……"

在鼓匠吹奏的《抬花轿》乐曲声中，妙兰上了轿，她光光彩彩做了弘铁匠的媳妇。她是隆盛庄活人妻改嫁最排场体面的一个。

妙兰过门没几天，弘铁匠就把铁匠铺搬到了大南街。兄弟俩人继续打铁。第二年，妙兰给弘铁匠生下一个儿子，起名叫贵娃。

第二十一章
无云不下雨
缺媒不成婚

秋天刚过，当走草地的人陆续都回到镇子上的时候，茹梅盼干了眼，等着儿子和男人回来，但是，当一辆一辆牛车、一队一队走草地人回到庄里的时候，仍然不见王闻虎的影子。她开始茶饭不思、魂不守舍了。老太太倒是镇定自若，她坐在窗前，又开始数算那些印在窗户纸上的指头印："一天，两天，三天……"窗户纸上都是她蘸着朱红画上去的印儿，那一空又一空小眼窗上裱糊的白麻纸，宛如一颗颗心，密密麻麻都是指头印儿，一个指头印就是一天。每天，她会面朝窗户数了一遍又一遍，窗户纸都满了指头印，儿子就会回来了。儿子回来后，就开始打扫屋子，粉刷房子，换新的窗户纸，每间房屋都换了窗户纸，贴了窗花，唯独她的这间屋，只用白麻纸裱糊。头几年，茹梅不能理解婆婆的行为，总以为她神神道道的，后来，才知道，这是婆婆的日历，儿子离开一天，她就在窗户纸上点一个指头印儿，那一行一行指头印，在白麻纸上排列得整整齐齐，横竖成行。丈夫走草地的时候开始，她就用这种方法计算已过的日子。那年，窗户纸被红指头印儿盖满了，但丈夫还没有回来，她坐在窗户前，面对那满是指头印的窗户，几天几夜未合眼，两条盘坐的双腿都不能下地走路。她记得清清楚楚，腊月刚刚过完小年，她做了一个梦，梦见房塌了，一根中梁突然折断，她知道丈夫不会回来了。连续几年腊月打扫房子的时候，窗花纸都没有重新裱糊，她面对那些指头印不知道流了多少

泪，直到儿子继承父业开始走草地的时候，她才把那些窗户纸用剪刀顺着窗框慢慢划，把那些陈旧的麻纸从窗上取下来，一块一块方方正正叠放在一起。窗户裱糊了新的白麻纸，儿子走一天，她点一个印，多少年，她就是这样对着窗户熬盼着……后来，媳妇茹梅也开始关心那扇小眼窗了，只要走进婆婆的房间，看见窗上那空白的地方越来越少了，她就知道丈夫快回来了。

茹梅急急匆匆推开婆婆的房门，只见她面朝窗户，手里拿着一串念珠，双目微闭，嘴里念叨着："南无阿弥陀佛……"茹梅不敢惊动婆婆，只是趴在窗前，细细数算着指头印。婆婆开口说话了："你急什么呀，还有两天的路程呢。"茹梅的心一下落肚里了，多少年，她对婆婆不敢有一点点不孝敬。婆婆是她的主心骨，这个家要是失去婆婆，她倒感觉六神无主了。婆婆对她是严厉的，常常会说："你是走草地家的媳妇啊。"言外之意就是不能和普通人家的女人相比，男人不在家，家里家外的事都要撑起来。男人拿回来的钱和物要安排得周周到到、滴水不漏。生下的孩子还要会教养。婆婆虽然没有文化，这个大家出身的女人却识大理。茹梅有时候真的受不了她的教训，但从来不敢反驳。公公一走没有回来，婆婆从来没有在人面前流过一滴泪水。

"南房不是还有一缸小米，让长工给磨了面，都摊了米花儿吧。金旺从小就爱吃冻米花儿，你摊出来，趁热放到瓮里，来年正月给孩子们当干粮。"婆婆的话匣子打开，一下不会关的，媳妇只能耐着性子听："再和上一大瓷盆白面，把供素的枣山、云卷、花糕、面鱼、毛篮篮都蒸出来，枣山供财神，云卷供祖……"

"妈，我知道了。"茹梅打断婆婆的话，"家里正月的吃吃喝喝我都安顿好了，今天就去磨小米面摊花儿。"对于婆婆吩咐的话，茹梅不敢怠慢，她嘴里不停地"嗯嗯"答应着。

从婆婆房间出来，茹梅的心一下踏实了，她开始打扫房间，收拾屋子，拆洗孩子们的衣服。

两天后，王闻虎手里拿着各种奶食、奶酪先到下西房给母亲请安，然后，笑嘻嘻地推开茹梅的房门。意外的惊喜让茹梅不顾一切上前抱住了丈夫，第一句话就问："儿子呢。"

"留草地了。"王闻虎回答得非常干脆。

"啪！"一记响亮的耳光扇在他脸上，"还我儿子。"茹梅怒视着王闻虎，伸手揪住他的衣领，厮打起来。

这一耳光对于王闻虎来说，就如挠痒痒，他倒更喜欢媳妇的泼辣，不由分说，一把将她抱在炕上，剥掉了她的衣服。整整十个月了，没有见过女人，他如饿虎扑食，把茹梅压在身下。炕上，传来小儿子的哭声。他和茹梅做完那事，才想起家里又添了一个儿子。他不顾疲软的身体，爬起来抱起儿子，"又一个儿子，看来咱们王家是人丁兴旺。孩子就叫老根儿吧。"他亲亲儿子的额头，又不由得一阵激动，那东西再次勃起，于是，又把茹梅压在身下，这么折腾了一夜。把体内积蓄的精液全部都给了茹梅，然后才倒头呼呼大睡。

"我儿子呢？"茹梅再次把酣睡的丈夫推醒。

王闻虎疲惫地伸出胳膊，把茹梅搂在怀里："不是我不领他回来，是他自己不想回来。斯琴格日把他当亲儿子看待，他和天女两人玩得开心着哩。"

"斯琴格日是谁？你不会从蒙古给我领个女人回来吧？"

"我给你认了一个干女儿。"

"蒙古女儿？"茹梅反问道。

"也不完全是蒙古女儿？"

"那是你的女儿啦？"

这话越说越离谱，女人哪，吃起醋来也真让人受不了。王闻虎不由自主地摇摇头，故意绷着脸说："我还真喜欢看你那吃醋的酸劲儿。"

茹梅挣脱丈夫的胳膊，一翻身坐起来，一本正经地问："那是谁的女儿。"

"这话一下也说不清，明年我回来的时候，给你把儿子和女儿都带回来就行了。"

"我只是想儿子，他走了已经快两年了，也该回来成家结婚了。"

"明年回来，我就给他把婚事办了，让昙芸过了门，咱们也了结

一场心事。"

"银旺也大了，这几个儿子，都挨着开始和我要媳妇了。"

"你急啥呀，老根儿不是刚刚才一岁吗？"

"银旺和海旺都变成相貌堂堂的大后生了，你倒省心，也不问问这些孩子是怎样长大的。"

"怎么能不知道呢。"说着，王闻虎又把妻子紧紧抱在怀里，"银旺让他好好念书吧，过了年我把海旺也送私塾房去读书。来旺还小，老根儿还吃奶，你着急啥呀。"

王闻虎整整走了十几年草地，终于有了和其他老财一比高低的四合院和圆拱大门。他也连续不断给了茹梅五个儿子，弟兄五个一个比一个大一岁，但他感觉自己还是缺欠一点东西，在张忠德面前，总是自愧不如，想来想去，不是钱这个东西，而是他家里没有出来个能识文断字的人。哪怕出个秀才也算光宗耀祖了，张忠德家的儿子是京师大学堂的学生啊，隆盛庄的人都羡慕得竖大拇指。他王闻虎这辈子斗大的字没识一箩筐，全靠自己聪明的天赋和大胆的魄力走出一条发财的路，但不能让孩子再步自己的后尘。他已经下决心让银旺和海旺读书，不然，他王闻虎再有钱在隆盛庄也只是个土豪。

正月刚过完，王闻虎再出草地的时候，仍然要来陈德隆的粮店，两人喝酒订购各种往草地带的粮食，但他一字不提金旺的事。三樽酒下肚，还是陈德隆先开了口："金旺和昙芸的事，咱们以后就别再提了。"

"你说成什么话？"

"咱们俩一没有媒人，二没有合婚，三没有换帖，四没有过彩礼……"

王闻虎端起酒杯，一口气干了一大杯，打断他的话："我今天来也就是和你商量这事的。我已经请了巷子里的小红鞋给咱们撮合这件婚事。"

"金旺呢，总不能让我女儿和一段木头成亲拜天地吧。"

"连襟，你说成什么话了，我王闻虎也是堂堂有名的大户人家，我不会让你丢失脸面的。俗话说：'天上无云不下雨，地上缺媒不成婚.'鞋大鞋小不能走了样子。今天过来，就是取昙芸的八字，让二阴阳给他们两人合一下婚，只要命相合适，不是下等婚、绝命婚就行。至于换帖的下茶钱咱按照规矩来。你没有儿子，我没有女儿，咱们两家结亲家是最合适不过了，日后，金旺就是你的儿子，昙芸就是我的女儿。"一席话把陈德隆又说得动了心，他也是从小看着金旺长大的，是个老实憨厚的好孩子。但王闻虎把孩子扔到草地，究竟葫芦里卖的什么药，一旦换了帖，这婚事就不可反悔，昙芸生是王家的媳妇，死了是王家的鬼。

王闻虎也看出陈德隆的心思，很爽快地说："孩子订亲的事，我也想排场排场。今年定了亲，明年从草地回来，就让两个孩子成婚，咱们也了结一桩心愿。"

君子一言驷马难追啊。陈德隆举起酒杯，和王闻虎碰了一下，然后，仰头一口喝干。

陈德隆刚刚送走王闻虎，屁股还没沾炕，院里的两条大狗又"汪汪汪……"地叫起来。又是哪位稀客，他正要出去迎接，赵恒顺已经推门进来。

"陈掌柜，过年发财。"赵恒顺双手抱拳，向陈德隆问好。

赵恒顺突然上门，让陈德隆真有点不知所措。今天的太阳是不是从西边出来了？这个阴人突然到来，让他有种黄鼠狼给鸡拜年的感觉，但有理不打上门客，他还是站起来客客气气地沏茶倒水："赵老财过年发财。"随后，又示意账房后生给端来茶食和各种干果。

"不要客气，大家都是隆盛庄人，还住在一条巷里，人不亲土也亲啊。其实，我们也是亲戚。"

"是啊是啊，我们隆盛庄多数人都是从忻州出来的。"

"忻州人大概天生就会做买卖，你看那些做粮食生意的，吉元店、德胜店、义丰店的掌柜，一个赛一个精明能干，能打会算。"赵恒顺停顿了一下，"哦，忘记问你了，我那姨姨还健在吧？"

陈德隆愣了一下，不知道他说的姨姨是谁？

"就是你妈呀，我们不仅仅是忻州人，而且还是两姨弟兄，我祖姥姥和你祖奶奶是亲姊妹，我姥姥和你奶奶又是妯娌……我妈又和你

妈是两姨姊妹，而且又是亲妯娌。"

"没听说过有你这门亲戚。我姓陈，你姓赵，就算是亲戚也八竿子拉不到一起了。"陈德隆不冷不热地附和着他的话。

"是没听说过，光绪十八年的时候，家里饿得养不起，我妈就把我送了人……"

陈德隆被赵恒顺一席五迷三道的话说得昏了头，但他有个老主意，不和他盘桓这个亲套亲的关系："赵老财，你有事就直说吧。"

"没啥事，只是想和你叙叙旧，亲戚越走窜越亲，不走窜也就成了两旁外人。"赵老财慢慢品着茶，"隆盛庄的粮行也越来越多了。你没听说，镇里挂牌匾的商号就有三百多家，做草地庄生意的就有一百多家，经营粮店的就有十二三家，广丰店、德丰店、德泰店、永泰店、丰裕店……这些都是能数得起来的粮行。"

"你的意思是德隆行无法和他们这些大商行相比。"

"话也不能那么说，人走蛇窜，各有各的盘算。我是说粮行多了，竞争也多。"

"竞争多了，买卖生意这才有起色，每个人尽本分把粮行经营好就行了。"

"买卖人都要像陈掌柜这么慈善，就好了。"赵恒顺打住话头，停顿片刻，突然开口问："我听说双台山下，你有几十亩轮歇地。"

"但凡是个庄户人，家家都有轮歇地。"陈德隆手里转着那串念珠，慢慢腾腾地说。

"如果你家人手不够，还不如出高价把这些地卖出去。"

陈德隆终于明白了赵恒顺来拜年的本意了，他还是很客气地说："德隆行现在还没有到变卖土地的穷困地步吧？"

"把土地变成银圆，再用银圆去经营生意，赚钱更快啊。"

"我这榆木疙瘩脑袋，不开窍。我只懂得用土地来变成粮食。一辈子只会经营这个赚钱慢的生意。"

"一亩地我给你这个价？"赵恒顺伸出三个指头，"三十块大洋，怎样？"他终于直截了当说出这句话。

"三百大洋也不卖。"陈德隆果断地回答。

"你会后悔的。"赵恒顺嘿嘿干笑两声。

"我就是年年让地轮歇，也不会卖给你种洋烟来毒害隆盛庄人。"

"陈掌柜这话说得就有点见外了，隆盛庄现在大凡有土地的人家已经都在种洋烟了，是我赵恒顺给他们开了一条生财之道啊。"

"抽洋烟，哈料子，卖房、卖地、卖儿、卖女、卖老婆多得是。"

"白花花的洋钱流进他们的腰包，这也是事实吧？"

"小二，送客。"陈德隆高声吆喝后生小二，并不客气地朝赵恒顺下了逐客令。

"骑驴看唱本咱走着瞧。"赵恒顺撂下这句话，慢腾腾走出大院，两条大狗向他扑去，铁链子哗啦啦一阵响。

第二十二章
两姨姊妹情
终结连理枝

　　王闻虎走进官才巷，轻轻叩着小红鞋的大门。院里的狗"汪汪汪"地叫着。小红鞋听见有人敲门，就急忙往手心里吐了点唾沫，双手搓搓，又往头上抿一抿，把凌乱的头发拢得一丝不乱，顺手拿起笤帚，把浑身上下的衣服扫了一遍，才起身向大门口走去。拉开门闩，一看是王闻虎，就笑着说："闻虎兄弟，稀罕啊。"

　　王闻虎的父亲和小红鞋的父亲是表兄弟，自从两家的父辈都离世后，这门亲戚也不盘桓了。但抓起灰比土热，平时相互有个马高镫短的时候，总比求外人强。

　　他站在院子里说明了来意，小红鞋一听是让她保媒，就满口应承着："你就把这事交给我吧，你先到二阴阳那里给两个孩子合一下婚，合完婚命相不相克，余下的事我来办。"王闻虎说："天上无云不下雨，地上缺媒不成亲，孩子的终身大事，要按照咱们隆盛庄的乡俗去操办。这事成了，我也不能让你白跑腿。"

　　"你说这话就见外了，亲家六人的，谁不用个谁。"

　　王闻虎又说："两姨接亲家，有些话我们当面不好说，劳驾你中间多周旋。"小红鞋不住点头，送王闻虎走出大门。

　　从小红鞋家出来，王闻虎拿了孩子的生辰八字，又去找二阴阳。二阴阳是一个老鳏夫，一直没有结婚成家，人们背地里都说他是个阴阳人，雌雄难辨，他也常和人们说自己刚出生后，他妈说他是个怪胎，要掐死他。他的父亲是一个出名的驯马手，一直驻守在朴池给朝廷驯马。看到夫人生了这么一个雌雄难辨的孩子，就不假思索把他放进箩筐，让仆人扔到东门外，孩子在箩筐里啼哭不止，仆人不忍心把一个活脱脱的孩子扔在荒野，在东门外转了一圈，就把他扔在避风的水道里。孩子的哭声引来了卖香烟的疤三，他卖香烟是拔零根儿，卖一根儿烟能挣一分钱，所以，人们送他一绰号"拔零根儿"。他小时候害天花，满脸大疤套小疤，人们干脆叫他疤零哥。后来演绎得更简练就叫他疤哥，疤哥是出了名的勤快人，脖颈上挎一个烟匣子，天天在大街上吆喝着卖香烟，哈德门、大前门、老刀牌、美丽牌这些家喻户晓的名牌香烟，一盒能挣个毛儿八分。他老婆是个顶神的，整天在家里不是烧香就是烬纸，住在官才巷的尽头。他抱回这个孩子，发现是个阴阳人后，想把他再扔出去，但女人却拦住他说，我顶起神问问先生，看这个孩子该不该收留。一听女人要顶神，疤零根儿就赶快给烧一盆开水，预备一块白毛巾，然后就在香炉里点燃了三炷香。女人盘腿坐在炕中央，先是目不转睛地看着香火头，如果三个香火头燃烧的高低一样整齐，她就知道先生快来了，要是香头不齐，那先生就来不了。她看香火头燃得齐齐的，就把毛巾在水里浸湿后，捂在脸上，一会儿工夫，就开始不停地打哈欠，伸胳膊蹬腿，疤哥知道是胡先生附身了，于是，开始毕恭毕敬地给点烟。女人一根接一根抽烟，疤哥心疼地看着那一盒被抽完的哈德门烟，也不敢吭声，胡先生看出他的心思，白了他一眼，说着侉子话："是不是又心疼你的烟了？"他摇摇头说："先生尽管抽……"先生抽足了烟，喝足了水，才开口说话："你能遇到这个孩子，是你前世和这个孩子有缘分。这是一个一生注定行走阴阳的人，就跟他的身体一样，一半阴，一半阳。他的血也是天生阴阳，有煞气，能祛邪。你女人是半仙之人，能通神，而这个孩子能下阴。你积了三世的德，才能遇到这样的上通神、下达阴的人。你要好好抚养这个孩子。切不可虐待，也要好好服侍你的女人。"听了胡先生一席话，疤零根儿不住点头。疤零根儿知道自己这条命也是老天爷给的，他害天花的时候，整整高烧昏迷了两天两夜，后来，虽然落下一脸疤，但还是活了下来，老天爷让他记住这条命是

上天给的。于是，他活得很从容，衣服干干净净，一条长辫子顺顺溜溜，脖颈挎着一个放纸烟的木匣子，乐呵呵地在街上转悠。镇里人都说他："十疤九俏，没疤气得乱跳。"因为有疤，再加上家里也穷，他娶了一个有残疾的女人，她虽然是个驼背，但会顶神。疤零根儿不嫌弃这个驼背女人，女人也不嫌弃他脸疤，小日子过得很有起色，就是多年来没生孩子。

胡先生说完这些话，女人又一连打了十几个哈欠，瘫软地躺倒在炕上。疤哥知道，这是附身的胡先生走了，但女人又是几天起不来炕。疤哥也不敢慢待，他和女人讲述了胡先生刚才说的话。女人微笑着点点头，看来这个孩子注定是我们的。她用毛巾给孩子洗着全身，又用一块蓝布裹起来。她和疤零根儿说："这个孩子没有让野狗啃了，算他命大，就叫他狗嫌臭吧。"

疤零根儿也点点头："就叫狗嫌臭吧。"

从此，狗嫌臭就在这个特殊的家庭里渐渐长大。他和其他小孩子不大一样，一个人玩耍的时候，总是说一些离奇古怪的话语，好像有许多人在和他一起玩。养母顶起神，胡先生附身后，就教他在沙盘里画符，还教他如何下阴。他常常数算着在阴间看见的庄子里死去的那些人，但一说就头疼，后来他明白了，这些阴间的事是不能随便乱说的，只有他自己心里明白，于是，他变得神神秘秘。长到十八岁的时候，两鬓也没有长出一根胡须，说话也是一副女人腔，但他不想当女人，当了女人就得裹脚，还得生孩子，他不能确定自己能不能生孩子，但绝对不去裹脚，于是，就一直是男儿装。当了男人，他也不想娶老婆，他算出自己这辈子是不能结婚的，也不会有儿女，因为占卦的人是属于泄露天机的人。他说一旦找了女人，就失去了这些和神鬼来往的特异功能，他索性就一个人过日子。他正式出道后，就开始研究阴阳八卦，给死人批殃，给活人算卦，下阴看风水，总之，隆盛庄的许多红白事宴上都少不了他。久而久之，人们都忘记了他叫狗嫌臭，二阴阳的大名倒是三村五里的人们都知道。

王闻虎拿着两个孩子的生辰八字，让二先生合婚，他嘴里念念有词："木生火、火生土、土生金、金生水，这是上等婚啊。火克金、金克木、木克土、土克水、水克火，这是绝命婚啊。"

"那金旺和昙芸是什么婚？"

他嘴里念叨着："青兔黄狗古来有，红马黄羊寿命长，睡熟黄牛两兴旺，青牛黑猪喜洋洋，龙飞鸡舞更久长，这些都可以配婚的。"又念叨，"白马怕青牛，羊鼠一旦休，蛇虎如刀断，龙兔泪交流。金鸡怕玉犬，猪猴不到头……"二先生给合了婚，是再好不过的上等婚姻。

媒人也有了，婚也合了，紧接着就开始换帖。王闻虎给备了一份厚厚的换帖礼物，别人只拿一条羊腿，他却送一只全羊，他让聚义祥的后生给扛来了十几匹颜色鲜艳的绸缎布匹，还蒸了五十二个白腾腾的喜馍，馍馍上都点着红点，盖着两个剪纸大红喜字，大红梳头匣里，放着各种首饰和金银财宝，这样的订亲礼物也算厚重。王闻虎还雇了一班鼓匠，吹吹打打绕大街走了一圈，然后，又转回老财巷，把东西都抬到陈德隆的家里。小街门的女儿能嫁给圆拱门的老财也是一种荣耀，何况又是两姨结亲，换了帖，在王闻虎家四合院，茹梅又请了镇上的厨师，给所有来庆贺订亲喜事的人预备了八八六六的饭菜，八碗热菜、八碗凉菜；六碗热菜、六碗凉菜，菜肴均都用手工粗瓷大碗盛放。

八碗热菜有红烧肉、扒肉条、炖牛肉、清蒸羊、香酥鸡、大烩菜、四喜丸子、八宝粥；八碗凉菜有大粉盘、猪头肉、猪皮冻、酱猪耳、卤猪肝、花生米、海带丝、荞面凉粉；主食是馍馍、油炸糕，这订亲的宴确实给王闻虎挣足了面子。连讨饭的人都走到哪里唱到哪里：

　　　　八碗热八碗凉，

　　　　八八六六饭菜香，

　　　　扒肉条炖牛肉，

　　　　四喜丸子八宝粥……

定了亲，就是铁板钉钉了，两家的关系从连襟变成了亲家。但金旺没有回来，昙芸自然也没有出现在席面上。她在家里，翻看着送来的这些聘礼，想着结婚时候，她头戴凤冠，身穿红绸衣衫，金旺把她抱上花轿的那一刻，她脸上溢满了甜蜜幸福的微笑。

第二十三章
迷津尽头沟
修行九宫道

卢百运背着弘铁匠给锻打的这把刀，走进了尽头沟。临行前，他到红运铁匠铺和弘铁匠兄弟二人告辞。马尔达专门从五福屯赶过来。四人又在铁匠房小聚。一杯清酒、几碟小菜，融进了他们浓浓的情意。酒过三巡，马尔达从墙上取下他的大刀："卢兄，我陪你一起去。尽头沟，有多少人走进去都是生不见人死不见尸。你独自行走，风险太大。"

"有这把刀就行了，灵剑的印记就是一道平安符。"说罢，他从刀鞘里嚓地一下抽出刀，把自己的中指咬破，一滴鲜红的血在刀刃上滚来滚去，突然化作一团红光。弘铁匠又想起父亲给马尔达锻打那把钢刀的情景，马尔达也想起爷爷说的那些话，心里不由打了一个寒战。为锻打这把钢刀，兄弟两人连明昼夜十几天未合眼。打好刀必须要有好钢，他亲自跑遍了隆盛庄的铁匠铺，后来，马尔达在五福屯老回回家里找到一个头盔，老回回用这个头盔熬粥煮羊肉。马尔达用手敲敲钢盔，他一听那清脆的声音，就知道是块好钢，于是，用一个铜锅和老回回交换，老回回不大情愿。他说，成吉思汗远征东欧的时候，就是用这钢盔来煮羊肉吃的，煮出的羊肉味道特别鲜嫩。马尔达又掏出一串铜钱，老回回才把铜锅留下，他拿了钢盔就走。弘铁匠看到这个钢盔，先是一阵惊喜，紧接着就皱起了双眉："这是个宝物啊，看这打造的印记，是元朝年纪的，这东西流传到了隆盛庄，是不是成吉思汗东征西战的时候，也路过了隆盛庄？"

"隆盛庄没有设庄的时候，是一片茫茫草地啊。成吉思汗在自己的领土上来来往往行走，也不是什么稀罕事。关键是这钢盔能不能派上用场？"马尔达着急地问。

"我只是觉得有点可惜。"弘铁匠用小锤不住敲打着钢盔，"当当当……"那声音的清脆，宛如一股清澈的泉水从耳边流过。

"这有什么可惜的，先给大哥锻刀当紧。等有了闲空，我再给你找一个钢盔。"

"你以为这种钢盔能找到吗？尤其这是元朝年代的。"

"元朝年代的有什么稀罕，隆盛庄东门外还有商朝的缸坊，台墩前还有许多汉瓦和陶片呢。"

"听你这么说，找这种钢盔还是很容易的了。"

"这里原本就是一个古战场，说不定还能找到一个汉朝时候的头盔或者刀剑呢。"马尔达说他今天在街上要倒腾一桩其他买卖，他一心看上了桥牙的行道，这时候，也顾不和他们多拉呱，就急匆匆向外走去。

二铁匠又开始拉风箱，当炭火苗冒出蓝色的火焰，弘铁匠一只手里的小锤在砧子上敲打了几下，另一只手捏着一把长钳，翻着渐渐被化软的钢盔。钢盔的颜色由黑变红，由红变黄，弘铁匠的小锤再次当当敲打铁砧的时候，二铁匠就抢起铁锤，朝着那块刚刚从火里捞出来的软溜溜的像黄米糕似的铁团打去，直打得铁团颜色变黑了，小锤再次当当当地响起来，大锤哐哐的声音才停止了。弘铁匠用长钳把钢团夹到火里，二铁匠放下大锤又拉起了风箱……这块钢被烧红打黑，一把刀的形状渐渐在铁砧上显示出来，当最后一道淬火的工序完成后，弘铁匠用拇指试了试刀刃，脸上露出了满意的微笑。

卢百运拿起刀向两位兄弟作揖谢恩。他把刀插进从皮匠那里定制的刀鞘里，真是刀鞘匹配，他提在手里，走出铁匠铺，走过北阁儿，进入原野，消失在一片密林中。

尽头沟地形险要，越往沟里越无路可走。有人说，走进尽头沟，就走到了生命的尽头，许多人想知道这条沟究竟有多长多深，但走进

去的人，一个也没见走出来。尽头沟的传说很多，沟里有鬼打墙，有迷魂阵，有仙人……卢百运曾经问起赵恒顺关于尽头沟的一些事，他脸上挂着诡秘的阴笑，一言未发。这沟里究竟有什么，值得让许多人冒了生命危险来勘探它的秘密？这是一条大峡谷，卢百运攀爬着峭壁，一步一步向下走去，抬头望天空越来越小，他几乎被挤在山崖里，走出狭窄的一线天，又是一片宽阔的天地，一洼清泉，一片绿林，高耸的悬崖下，有几孔窑洞，洞里有泥塑的牌位，牌位上的字迹模糊。"有人吗？"他双手搭在嘴上，成喇叭状，大声喊着。一阵回音在山谷里回荡，随即是一片黑压压的乌鸦从悬崖顶飞过，还有一股尸腐的恶臭随风飘来，他马上拿出准备好的黑色面罩，套在头上，这样，任何气味都不会从他的鼻孔里侵入。吃一堑长一智，他正要起身向前走去，只见几个大汉已经出现在眼前，他们都蒙着脸，手持利刀向他砍过来。卢百运眼疾手快，拔刀对应。他还没有施展功夫，这三个人就被打倒在地，卢百运望着这几个被他点了穴位的蒙面人，轻蔑地冷笑几声，就这点功夫，也敢占山为王。

"好汉饶命啊。"

"你们就在这里，等着喂乌鸦吧。"

"好汉，饶命啊……"

黑压压的乌鸦从蓝天飞过，哇哇哇的噪叫，令人心惊肉跳。卢百运头也不回，提着刀继续向沟底走去："我倒看看这尽头沟都是些什么鸟盘踞在这里。"

一张网从他头顶上盖过来，卢百运跃身飞刀，网破绳断："是好汉就使出你的真刀实枪和我过招，不要用这下三烂的招数恶心人。"

卢百运沿着曲曲弯弯的山道攀缘而上，一块悬崖上刻着"洞天福地"几个大字，山涧潺潺清泉水自上而下川流不息，阵阵山风透过树林，沙沙响声宛如天籁之音。一座由树木搭建的亭阁深藏于枝繁叶茂之间，与四周的山林岩泉融为一体，好一个人间仙境。卢百运的第六感告诉他，一股浓浓的杀气正向他逼来，他警觉地向四周环视，这种杀气是从哪里释放出来的？一扇门虚掩着，卢百运迟疑片刻，还是推门进去。

一位长发道人，正在面壁诵经，听到脚步声，缓缓转过身。他面色白净，双目炯炯："何人敢擅自踏入我道家之地。"

"我要见九宫道道长。"

"我就是本道观道长。"他把中指和食指并拢在一起，慢慢指向上方。然后又慢腾腾地吐出两个字，"在理。"

卢百运不知道他手势的暗语所指的是什么，只是莫名其妙地愣在那里。

"你既不是九宫道，又不是在理教，你是一只碰门羊。既然能走进尽头沟，说明你和我道有缘分，那就安心在这里修身养性吧。"

"道长，我是来领我的女人的。"

"哈哈哈，我们道家之人，从来不近女色，何来的女人？传道练武，复传八卦，是我道家人的本分。"

"你们用迷药掠取了我的女人和驼队。"

"好汉，说话不要信口开河，你凭什么说我们给你下了迷药？"道人手里不停挥动着那把葵扇，"我是修行之人，世上的物质并不能引起我的执贪。"

卢百运拿出赵恒顺的那封信递过去。

李道人撕开信口，马上改变了口气："在理会所的教主，他把你送到尽头沟，我自然不能放你走了。"

"在理会所？"李真人的一席话让卢百运一头雾水。"我执意要离开呢？"卢百运嚓地一下把刀拔出鞘。

"哈哈哈……好汉，既然赵教主把你引荐到尽头沟，我就不能怠慢了你。看面相，你不是等闲之人，但你浑身杀气太重，要静心修炼才能成就一番大业。至于你的驼队和女人，你要和赵教主去讨要。我们九宫道从来不做这些偷鸡摸狗的事。"

卢百运早就听说这个神秘的在理教，但一直不知道教主竟然是赵恒顺。他知道自己自始至终是陷入他的圈套，一步一步被他牵着鼻子向前走，直到走进尽头沟。

"我要杀了他！"卢百运宛如一头被困的野兽，狂怒地大喊起来。

"好汉，这个世界上，靠杀人是不会征服天下，也不会征服哪个

人，就你现在这种样子，还不是赵恒顺的对手。他的在理教势力很大，南自天津，北自绥远，教徒几万，而且都在暗处，让你暗箭难防。还有他的烟馆，三教九流什么人都结交，你知道哪个有势力，哪个又有来头？我现在就算放你回去，但你走不出这条沟，就算你走出这条沟，也走不出在理教徒布下的罗网。人常说：'君子报仇十年不晚。'我看你是一条好汉，才好言相劝，我九宫道不杀无辜之人，不取不义之财，最强者修，你能理解这四个字就行了。"

卢百运第一次感到自己的无能为力，心中的怒火已经达到了要燃烧的地步，他绝望地仰头大叫："茈猴……"

"世界上最勇敢强悍的人，不是能称起高山的重量，而是去计算心中的善恶，去恶扬善是第一善称者。"

卢百运望着眼前这位高深莫测的道人，心里忍受着被万般屈辱煎熬的痛苦。他望着四面高耸的山崖，还有那一群群飞来飞去的乌鸦，第一次感觉到自己的无能和束手无策。

"好汉，你该出山的时候，不在今日，能忍吞千般苦痛、万般熬煎，才能撑起上天赋予你的重任。"说罢，他摇着葵扇推开一扇白门。卢百运把肩膀上的大刀取下来，在手里掂量了一下，那股对赵恒顺的仇恨又从他的心里升了起来。他把自己的衣服脱了下来，包住了这把刀，然后转身不由自主地跟着道长走进那扇白门。

人间的四月天，在昙芸的眼里，是最美好的季节，院子里，井房边那棵杏树开花了，她常常望着那一朵一朵粉色的杏花呆想，也常常坐在那块青石板上，拔刚刚发芽的青草。刚刚会走路的祥芸和锦芸也来到了井房前，在青石板前戏耍，茹仙推开门，朝着昙芸说："照看好妹妹，别掉到井里。"昙芸脚疼的只能扶着井房的花栏墙慢慢挪动，火辣辣的钻心钻肺的疼痛，让她整日都萎靡不振。巧莲大婶教她做针线活儿，衲鞋垫、鞋帮、缝鞋口子，昙芸心灵手巧，绣花不用花样子，只要是自己心里想的图案就能绣出来。巧莲婶婶夸她绣的花能招来蜜蜂，她说女人会做一手好针线活儿，以后，到谁家做媳妇婆婆也不会下看。昙芸脚疼得到茅房都得扶着窗台，妈妈说，疼几年，四个脚趾头死贴贴地踩在脚心，慢慢就不疼了。昙芸的脚裹得最让茹仙得意，她常常看着女儿那双小脚，总是满心满意地说："这才是女人的脚，你妈妈的辛苦没白费。"听到妈妈的夸奖，昙芸似乎忘记了疼痛。她天天盘着腿，坐在炕上，不是绣花就是照着镜子打扮自己，眼看就要出嫁了。她一天天数日子，夏风吹过，秋叶飘零，冬天就要到了，就等腊月金旺从草地回来，就举行结婚大礼仪式。昙芸越来越漂亮，是标准的小脚妙手的女人。昙芸忍受了多大的痛苦才有了这双脚，尽管疼得天天走不了路，但想到出嫁那天，多少人都会赞美她的这双脚，心里就释然了许多。

陈氏一直在给女儿说宽心话，忍着点疼痛吧，你妈不是这一双小脚，能嫁给你爹吗？当年你爹就是喜欢妈妈这双三寸金莲。她忘记了裹脚时候的疼痛，只记得娶回来下轿的时候，当她的一双小脚从轿车里伸出来的时候，多少人在喝彩叫好，好媳妇啊。庄子里的人谁不知道，陈德隆娶回一个小脚妙手的好女人，嫁过来许多年了，男人都没有看见过她两只脚的本来面貌。搂着她睡觉的时候，她的两只脚也是用长长的裹脚布紧紧地缠绕着，陈德隆也只是隔着裹脚布抚摸着这双小脚。洗脚的时候，她也是背过人，自己端着洗脚盆到小南房去洗，那双脚值钱得很啊，这辈子只有给她缠脚的母亲看过这双脚。她高挑的个子，腰细胯大，一走一扭腰，隆盛庄人都叫她"闪断腰"。走多远的路，干多重的活儿，从不喊脚疼。就是一口气生了五个女儿，也没有怨天怨地。陈德隆不怎么回家，她也没有说过男人一句长短，她只是一心一意拉扯这五个孩子。有时候，实在忙不过来了，就把对门的巧莲婶子叫过来，给帮忙做几天针线活儿。

巧莲是蓝芸的奶妈，陈氏生下蓝芸，四五天还下不来奶，陈德隆说，这孩子没有带来衣饭，把命交给老天爷吧，反正也是第三个女儿了，死了就死了，活下来也算命大。正好，巧莲婶婶生下个女儿，抽四六风死了，两个奶胀得每天靠男人给往外吸奶，听到陈氏没有奶水，她就来给孩子开奶。这么一吃就整整吃了两年，巧莲舍不得再把蓝芸拽下奶头，直到巧莲婶婶又怀了孩子，再也流不出一点奶水了，蓝芸才不再吃奶了，但她还不想回家。陈德隆本来就不打算再接回来了，但奶妈家穷得养活不起，只好再把蓝芸送回去，但奶妈前脚一走，蓝芸后脚又跟她回来了。陈德隆是个仗义人，每个月给巧莲五斤小米抵饭钱。

蓝芸喜欢和奶哥西月玩，当巧莲婶婶又生下一个儿子的时候，她就又含起奶妈的奶头，她是和奶弟弟一人含一个奶头长大的。常言说，热奶浇心啊，吃谁的奶像谁，当蓝芸再回到陈德隆家里的时候，已经和那几个姐姐妹妹生分了。她天生野性，也许是从小和奶妈的两个儿子一块长大的缘故，没有一点女孩子的温柔，而且很霸道，和妹妹们打起架来，占不了上风总要打个没完没了，祥芸、锦芸常常被她打得哇哇大哭。这时候，茹仙就气得伸手打蓝芸，蓝芸从来不哭，也不躲闪，她心里记住了妈妈的大巴掌，只要妈妈不在家的时候，她就把这大巴掌再一个一个还给两个妹妹。紫芸过来拉架，也常常被她推倒在一边，她一边打一边骂："你们再去告妈妈，我还要打你们二十巴掌。"妹妹被蓝芸欺负了也不敢和妈妈告状。蓝芸一不如意，就跑到了奶妈家里，和奶哥西月一起到东山割草，砍酸溜溜，到台墩玩。巷子里人都说，陈德隆这个三姑娘迟早也是巧莲家的人。巧莲是真的亲蓝芸，家里虽然穷，但有一点点稀罕吃喝，都要留给蓝芸吃，蓝芸反倒和陈氏越来越疏远，只是感觉自己不是这个家里的人。陈氏说，你是我的亲生女儿啊，过年过节她给五个女儿都要做一身新衣服，一双绣花新鞋，这些活儿都是巧莲婶婶给做好的。她手脚麻利，针线活儿也好，有时候，做了活给不了现钱，就让她到粮行去称米面。巧莲家的日子有一半是靠她做针线活儿支撑着。奶爹患的是痨病，年年河开河冻的时候就犯病了，听人说，这种病吃了活人心才能治愈。这话把巧莲婶婶惊得说不出话，天啊，到哪里找活人心啊。儿子西月接起话茬说："前几天，逮住个赖小子，在西河湾枪崩了，刚一倒下，有个乞丐就跑过去，用匕首把赖小子开膛剖肚，他手上戴了一个猪尿泡，伸手去掏心……"

对月打断哥哥的话问："手上戴个猪尿泡干啥?"

"那肚里烫得手都伸不进去啊。"

"心掏出来了吗?"

"掏出来了，放到条盘里，还怦怦地蹦呢。"

"谁要这心?"

"咱隆盛庄的钱庄周老板。"

"这可是有钱能吃活人心。"

"他儿子患了痨病。"

"这心还得用西河湾的红胶泥包起来，用火烤七七四十九天，然后，取出心，在铁钵里捣成面，再用米汁沫冲起来，早晚喝两顿，每年春天河开时候，喝一颗心，喝三年病就彻底除根。"

"天哪，到哪里找三颗心啊?"巧莲婶婶望着躺在炕上的男人，

一脸无奈地摇摇头。

"钱庄老板已经给儿子喝了两颗人心了。"西月说。

"人家是钱庄老板啊。"巧莲婶婶长长叹了一口气。

"儿子，快别说了，我就是死了也不能去吃人心，就算是赖小子、枪崩鬼，也让人家落个囫囵尸首，开膛剖肚脏良心啊。"

"这些赖小子死了，开膛剖肚算个啥，脑浆都被人们挖得干干净净。"

"那也没人给他们领尸首？"爹爹一边说一边不住地咳嗽喘气，

"咱千万不能做这损阴脏德的事。"

"爹，我以后挣了钱，给你治病。"西月安慰着父亲。

"恐怕等不到那时候了，你好好孝敬你妈。她拉扯你们兄弟俩不容易，还有蓝芸，她是你的妹妹。你要对蓝芸好，陈家就算把这个孩子给我们了，蓝芸也不想回去，回去了和家里的人是'牛蹄子两瓣，合不拢'。"说到这里奶爹把蓝芸和西月叫到身边，随后，又对巧莲说，"把那个红木梳头匣子拿来。"

巧莲揭开脱掉了漆皮的柜子，取出一个白布包袱，她慢慢打开包袱，一个红彤彤的精致小巧的梳头匣子呈现在眼前。

"哇，好漂亮啊。"蓝芸小心翼翼拉开匣子，取出一块小镜子，还有一把红木篦梳，一个粉盒，蓝芸拿起镜子照照，又揭开粉盒闻闻。

"这是你奶妈娘家的陪嫁。"奶爹摸摸蓝芸的头，"这个梳头匣子你要喜欢，奶爹就送给你做个念想。好好留着，也是奶爹给你的陪嫁礼物。"奶爹说话上气不接下去，一声紧一声咳嗽着，"你要是不嫌弃这家穷，长大了就做西月的媳妇。"那年蓝芸还不满十岁，她还不懂做媳妇的真正含义，只是感觉和奶哥在一起非常开心，也自由自在。奶妈家就是天天喝莜面糊糊、煮山药蛋她也愿意。巧莲婶婶拿起篦梳给她梳着头发："那年，我出嫁的时候，我娘也是这样给我梳头，亲戚们还请我吃了好几顿梳头饭。"

"我也要吃梳头饭。"蓝芸大声说。

"傻姑娘，出嫁的时候，女孩子才能吃到梳头饭。"巧莲婶婶说，女人一生没有几回能端坐首席首座，只有出嫁前吃梳头饭才被人宠着，有人陪侍着坐首席吃饭，"你出嫁的时候，娘家人都会请你吃梳头饭的。"

"那奶妈给我做一顿猪肉粉条炖豆腐。"

"咱家做豆腐，还怕吃不上豆腐。"

"你就是给我们吃豆腐渣，啥时候让我们管饱吃过一顿猪肉烩豆腐？"对月在一边嘟囔。

"豆腐渣能天天填饱肚子就行了，你爹病得连气也喘不上来，还得挣扎着天天磨豆腐，再过两年这营生就是你们兄弟俩的。"

"我要学画匠，让对月帮爹磨豆腐吧。"西月眼睛瞅着窗外屋檐下飞来的那只燕子，心不在焉地说。

"我才不学这磨豆腐的手艺，爹磨了一辈子豆腐，咱们家还不是照样穷得土炕无席、少铺没盖。"对月声音很高，口气也很坚决。

"你把豆腐磨好就一辈子有饭吃了。"

"让我也像你一辈子吃豆腐渣？"

"你斗大的字没认识一箩筐，能干啥？不是蛋拽的还想上天呢。"爹气喘吁吁地说，"先给你大哥定了媳妇，过几年，缓一缓再给你定媳妇。"

"就这一眼瞭到底的日子，你还给我定媳妇，娶回媳妇也让人家天天吃豆腐渣？"对月不满地望着父亲。西月接起话茬："你有本事，就把这穷日子颠倒了。"

"哥，我要娶就娶隆盛庄最漂亮的女人。要不然，这辈子就打光棍。"

"你盖上被子做梦去吧。"西月嘴里挂着不屑一顾的冷笑，心里涌动着对对月的强烈不满。

"你爹是没本事，一辈子过着熬不熟煮不烂的穷日子。隆盛庄谁不说我的豆腐磨得好吃、有味道。你们要是不磨豆腐，咱们家传手艺就失传了。"

"儿子不想干这磨豆腐的营生，我来磨吧，一天磨一锅豆腐，我还能支撑下来，再生点豆芽，给他们挣个娶媳妇钱。"巧莲婶婶守在

泥炉前，一边给男人用砂锅煎药，一边低声说。

"你就是打断骨头熬了胶，也榨不出几两油。我要走了，你能嫁人就嫁了吧，不要和自己过不去。"

"活得好好的，你怎就说这不吉利的话？"巧莲婶婶打断丈夫的话，"有儿不算穷，没儿穷断根，你看那赵恒顺，再有钱活得也不硬气，生个儿子还没屁眼。咱们日子虽然穷，看着两个高高大大的儿子，穷日子也过得舒眉展眼。"

巧莲婶婶的话说得在理，丈夫的脸上也挂着一丝欢悦的微笑。对月和西月都不吭声了。

蓝芸捧着梳头匣子，美滋滋地回到亲妈家里。姐姐妹妹见她抱回这么一个漂亮的梳头匣子，都争抢着要看看。蓝芸强硬地说："只许看，不许摸。"她打开匣子，没提防，小镜子被锦芸抢走了，她照着锦芸的脑瓜扇了一巴掌，锦芸哇哇大哭起来。茹仙听到小女儿的哭声，推门进来，也伸手扇了蓝芸一巴掌："你怎一回家就欺负妹妹？"

"她抢我的小镜子。"蓝芸怒视着妹妹。

"这梳头匣子是哪里来的？"

"我奶妈陪我的嫁妆。"

"这么贵重的礼物是不能随便收的，你出嫁的时候，妈妈自然会陪你嫁妆的。"

"我就要这个梳头匣子，我也就嫁给西月。"

"你说要嫁给西月？这话是谁说的？"

"奶爹和奶妈都愿意我做西月的媳妇。"

"他们怎么能说出这种话呢，嫁给他，这不是往火坑里推你吗？"茹仙从蓝芸手里拿过梳头匣子，不由分说，拉着蓝芸的手就往巧莲家走去。官才巷和老财巷紧挨着，一会儿工夫，茹仙就到了巧莲家，她推开门气狠狠地指责巧莲："你是蓝芸的奶妈啊，我月月给你奶钱，没想到你是踩着鼻子上头，想做蓝芸的婆婆了，这成什么事了？一个梳头匣子就想娶我女儿，也不撒泡尿照照自己是啥人家？"

"啥人家？"对月是个闷桶，说出的话能冲倒一头牛，"嫌俺们穷，当初就不该让蓝芸吃我妈的奶。"

　　"吃奶没差你妈一分奶钱啊。"茹仙把梳头匣子放在炕上，拉起蓝芸的手向外走去。蓝芸大声哭叫起来，小手抓住门框不松开。她抬手朝女儿的头上扇过去，蓝芸哇哇大哭起来。

　　茹仙盛气凌人的指责，让巧莲一家人无言对答。看着茹仙痛打蓝芸，巧莲婶婶的男人张着嘴直喘气说不出话来。茹仙走了之后，一家人唉声叹气，西月说："我已经十二岁了，从明天开始，我帮爹磨豆腐吧。"

　　爹气喘吁吁地说："明天，爹送你到老画匠那里学手艺吧，你不是说了磨豆腐也只能养家糊口。爹穷了一辈子，让人看不起来，你得争口气……"西月爹说话也断断续续，嘴唇发紫，巧莲慌了手脚，赶快叫对月去叫黄先生。黄二正在院子里熬制丸药，他听对月说父亲的病又犯了，就让寿桃媳妇给他看灶里的火，自己背起那个牛皮药箱子，跟着对月向老财巷走去。但没等黄二进门，就听到巧莲婶婶一阵凄惨的哭喊："孩子他爹，你可不能丢下我们走了啊……"

　　黄二三步并作两步进了家门，撩开被子上前给病人把脉，那双骨瘦如柴的手渐渐冰凉："安顿后事吧。"随后他对西月说，"赶快把窗户纸捅开，让你爹走吧。"

　　西月跳到炕上，用拳头把窗户纸捅开了一个大窟窿："爹……爹呀……"西月和对月趴在爹爹的身上放声号哭。巧莲从那个掉了漆皮的木柜里，取出一个白布包袱，她一边哭一边把包袱打开，一件一件给丈夫穿衣服，一身黑缎棉衣、一顶青缎瓜壳帽、一双千层底小圆扣布鞋。她抚摸着丈夫瘦骨嶙峋的身子，哭声凄凄惨惨："天呀，你活的时候也没有穿过一件囫囵衣服，到了阴曹地府，怎么也得穿扮得体体面面。"她把丈夫的两个棉袄袖子用麻辫扎好，在袖筒里塞了打狗饼子，又把一个铜钱放到他嘴里，家里再穷死了也得给嘴里放口含钱，袖子里藏打狗饼子，这样，他去阴曹地府的路上，就不会被狗咬。穿扮好了，两个儿子把父亲抬到门扇上，烧了下炕纸，点起了长明灯，供了衣饭钵子，遮了盖脸纸，头跟前放了教子盆，都搞停当了，西月就去叫二阴阳来给批殃，挂岁头纸。岁头纸本来应该挂在街门外面，但他们是租赁的房子，房东是不容许挂在街门上的，于是，

只好挂在棺材的大头上。

蓝芸知道奶爹死了，哭着数唠她爹娘："就是你们把我奶爹气死了，以后，你们不是我的爹妈，我就是奶爹家的媳妇了。"

"小小年纪，你倒要反天了，以后再不准你到奶妈家。你已经长大了，女孩子就要有女孩子的样子。让你妈给裹了脚，就像你姐姐一样，在家里好好学针线活儿。要不，以后嫁了人，婆家会笑话我陈德隆没德行，养了个女儿没教养。"陈德隆开始教训女儿了。

茹仙开始给蓝芸裹脚，蓝芸疼得龇牙咧嘴，但她不哭不叫，偷着法儿对抗妈妈。白天给她裹好了脚，到了晚上，她就偷偷把裹脚带解开，妈妈知道她晚上自己把裹脚带解开，以后睡觉时候，妈妈就把她的脚压在槌衣石下，她疼得不行，就干脆躺在炕上不吃不喝不起床。茹仙又怕浑身血脉不通，双脚坏死了那就真的不能走路了，她只好把槌衣石去掉，给女儿说好话，缠着她下地走路。蓝芸尽管疼得茶饭不思，但两只肉脚丫怎么也裹不小。最终裹成了萝卜脚，茹仙说："你不忍疼，害的是你自己，你看看，脚像个萝卜，以后怎出门见人？"裹脚最怕裹成萝卜脚，这种脚的女人人们会叫她二男人。蓝芸的脚面像个起面窝窝，这怎么办呀，脚成了这个样子，也难找好人家。但蓝芸却满不在乎，她心里一直惦记着奶哥西月。奶爹虽然是长年患痨病之人，但终究是因为茹仙去吵闹引起的。陈德隆心里不免有愧疚之感，他给从棺材铺定做了棺材，让蓝芸披麻戴孝，给奶爹下了头，丧事再没钱，也得吃一顿糕，定一班鼓匠，做一些纸折。巧莲拍着棺材大头哭着数唠，说是茹仙气死了她男人。陈德隆也是个要面子的人，他多次安抚巧莲，人死了哭不活，丧事的花费都算在他名下就行了。巧莲听了陈德隆的话，才不再咒骂茹仙了。出殡那天，陈德隆还是给请了鼓匠红利来给送灵。在凄婉的唢呐声中，一辆牛板车拉着棺材，向西梁头走去。

出殡完死人，陈德隆又安排西月到德隆行做营生。西月名义上是学徒，实际是打杂的小工，提茶壶、倒夜壶，喂牲口，打扫里外院，什么活儿都干。从早晨天麻麻亮起床，他就在粉浆的作坊里忙开了。他先把浸泡好的两大缸绿豆和豌豆，一瓢一瓢舀到两个大铁桶里，然后，架起扁担把装满豆子的铁桶担到磨坊，再一瓢一瓢舀进磨眼儿里，把一头毛驴套在磨杆上，再用一条黑布条捂住毛驴的眼睛，然后，就用鞭子抽打毛驴的脊背，毛驴绕着磨道慢悠悠地转起来，他嘴里不停地喊着："哒儿球，哒儿球。"驴儿不停地走，磨盘不停地滚动，白色的豆糊从石磨中间一点点流出来，他再用铁勺把豆糊铲进铁桶里，铁桶满了，再用扁担挑进作坊，交给老师傅过滤豆渣发酵，他再把过滤后的豆渣担到榨油坊，饿了，就偷偷吃一块榨完油的麻生。他天天就是干这些活儿，一条扁担把他稚嫩的肩膀压出了血泡，血泡变成了厚厚的老茧，十二岁的他就担起了养家糊口的担子。他思念父亲，也思念蓝芸，自从他来店里干活，再也没见蓝芸的面。他也一心想学画匠。他不能忘记爹爹的嘱托，再说，老画匠是他们的本家大爷，一直没有儿女，他想和母亲商量，干脆把他过继给老画匠，这样，就一心一意和他学画匠手艺了。

第二十五章

月华悄流逝
领房忆昔年

又是一个腊月到来了，茹梅最忙碌，她先是忙着拆洗、缝补衣服，然后，吩咐下人淘黄米，蒸馍馍，压粉条，烙小米花儿……南房的几个大瓮里，都放满了炸出的糕和蒸好的馍馍，这些活儿做停当了，就开始炸莲花豆、炸糕徽子、茶食……家里蒸炸烹饪所有的吃食都做好了，就泡石粉准备打扫屋子；她雇了画匠给粉刷了房子，画匠给刷了正房刷西房；房子粉刷完了，就换窗户纸，贴窗花，擦洗家具。她把家里家外角角落落都打扫得一尘不染，大红柜上的饰件擦得能照见人影，家里打扫停当了，就开始着落打扮自己，天天把头发梳得一丝不乱，衣服也穿得干净整齐。她在等着丈夫回来。婆婆虽然不能干活了，但依然会挑剔毛病，哪里做的不合适，决不能凑合的。茹梅不敢得罪婆婆，尽管心里不满意，但一想到丈夫马上就要回来了，那满心的喜欢就冲淡了所有的不愉快。

叮咚叮咚的咚铃声从大桥传来，一队接一队的车马陆陆续续走过一里路，走过北大街，进入马桥后，把需要出售的牲畜拴在石桩上，交给了桥牙，然后，车队继续向南走。街心那一排排石桩上前，桥牙子甩着长袖，围着一匹匹骡马牛羊，开始和南来北往的商客讨价还价。王闻虎把车马赶到三合店，迫不及待地向家里走去，他身后跟着一个壮壮实实的小伙子。

走进这座青砖灰瓦的四合大院，他三步并着两步跨上台阶，推开那扇熟悉的家门。

"孩子他妈，你看谁回来啦？"

"妈……"身后的小伙子双膝跪在地上，给母亲磕了三个响头。

"金旺，是金旺吗？"茹梅泪流满面，把儿子扶起来，从头到脚、上上下下、仔仔细细端详着。

"我不是说过了，还给你儿子的时候，连一根头发也少不了，你看看金旺，长成大小伙了。"

"长得妈妈都不敢认你了，这么多年不回来，妈妈都想不起你的面孔了。"茹梅破涕为笑，拉着儿子的手仔细端详着。四个弟弟也围着这个从天而降的哥哥，乐得不知道说什么。

"旺儿回来了？奶奶就知道你走了草地后就长大了。可不是，几年不见，变成大小伙子了。"奶奶乐颠颠地推门进来，紧紧拉住孙子的双手。

"奶奶，您还是那么硬朗？"

"耳朵背了，眼睛也花了，连窗户上的指头印也数不清楚了。我记得你是走了三年？我在窗户上点了整整1090个指头印儿。"

"奶奶，您还是那样天天在挂念着我。"金旺上前又跪倒在奶奶身边。

"以后，你就是王家的顶梁柱，走草地是咱们王家必走的路。你爷爷和你爹走了一辈子，接下来就该轮到你走草地了。"奶奶伸出一双颤巍巍的手，把孙子扶起来。

"奶奶，我以后就住在草地不回来了。"

"那不行，你得回来娶妻成家，结婚生子。"

"我娶个蒙古媳妇儿，让她给奶奶生一个漂亮的重孙女。"金旺的话说到奶奶的心坎上了，老人喜上眉梢，笑眯眯地望着突然长大的金旺，乐得合不拢嘴。

说话间，一家人围坐在八仙桌前，开始唠嗑、吃饭。几个弟弟围在金旺身边，金旺给他们讲草原上的一些稀罕事，骑马、打狼、摔跤、狩猎……

此后的日子，是王家最热闹的日子，凡是跟随王闻虎走草地的

人，都要在王家大吃十几天，宰猪杀羊，白腾腾的馍馍蒸了一笼又一笼，软溜溜的黄米油炸糕炸了一盆又一盆，猪肉粉条豆腐大烩菜做了一锅又一锅。这时候，最忙的是账房先生，他给每个走草地的人结算工钱，在小正房里，他戴着老花镜，趴在那张油漆脱落的小方桌上，指头不停拨拉着算盘，嘴里高声唱着账。王老财按照春天走时候说定的价钱，给每顶房子都支付了工钱，一分一厘也不少给。他常常说，钱要大家赚，福祸大家担。无论铁匠、木匠还是牧羊人，他都一视同仁，跑营子的会说蒙话的他给顶八厘生意，铁匠老师傅也是八厘生意，今年，他特意给了抡大锤的铁匠顶了六厘生意，往年都是五厘，拉风匣烧火的是四厘生意，木匠七厘，放羊的四厘，他是按劳分配。大家都感觉王领房是个仗义之人，公道合理，不坑不骗。

人们一边领工钱，一边还不住地说："闻虎兄，开春走的时候，千万不要忘记招呼我们啊。"

人常说，生意好做伴难搭，能跟个好领房也不容易。和他一起走草地的人，都和他成了出生入死的朋友和搭档。大家都齐心合力，在荒无人烟的茫茫大草原，蹚出一条路。

王闻虎点点头，不住地给大家敬酒："辛苦了，辛苦了。"

十天吃喝已经形成惯例，每年不仅王家是这样，隆盛庄只要从草地回来的大户人家都要大吃大喝十几天。大北街的赵家、公义巷的侯家、官才巷的边家、大东头的段家、一里路的陈家，隆盛庄走草地能数得起的领房人都要大摆宴席接风洗尘，整个隆盛庄都沉浸在一片欢乐的喜庆中。马桥上，最威风的是走草地的人，他们头戴狐帽，脚蹬靰鞡，腰系皮带，一个个威风凛凛、趾高气扬、神气十足地穿行在隆盛庄的大街小巷。王闻虎是领房人，他虽然是木匠出身，但样样活计都能比画几下。这几天，他又开始忙着做来年走草地的准备，和铁匠们在一起炸兰炭，这也是一个技术活儿，能把铁烧软烧透，那燃烧的淡蓝色夹杂着淡红色火苗，全在于铁匠的专用燃料兰炭。兰炭不能烧得过了头，也不能欠火候，火候不到，兰炭的烟气太呛人，烧得过了火，兰炭没有劲儿。刚刚进了正月，王闻虎就开始指派每顶房子的铁匠，开始烧兰炭，铁匠们都是自己烧兰炭，他们知道自己烧出的兰炭分量轻，火力旺，色气重，热量大。王闻虎雇车去给大家购买原炭，然后，又指导他们去垒炭、点火，烧到一定火候，就开始焖火。大家都卖力去做好一切，因为都知道，出门前的准备工作做不好，那走在路上，遇到的凶险是无法预测的。

二月二刚过，也正是春寒的时候，人们身上的棉衣还是脱不下来，尤其是走草地的人，继续要拿上皮袄，戴上狐皮帽子，脚上穿着毡疙瘩靰鞡。王闻虎忙里忙外，晚上，刚刚坐在热炕上，想和老婆亲热一番，突然感觉两条腿刺骨的疼，他试着想下地走走，没想到，一下栽倒在炕沿旁。茹梅脱光了衣服，正等着男人上炕搂抱她，临走前再给她留一个女儿。王老财和她的日子也如春种秋收一样，年年回来种一回地，年年都有收成，如今，五个儿子一个比一个高半头顶，一个赛一个聪明。金旺回来了，她多年思念儿子的心病得到了医治，看着长大成人的儿子，不禁想到，该给儿子成家立业了。

茹梅听见炕沿边王老财在呻吟，她顾不上穿衣服，赤身裸体跳下炕，上前去扶倒在地上的丈夫。哪知，王闻虎的身体却如一团泥，两条腿像抽了筋一样，怎么也站不起来。

茹梅着急了，赶快穿好衣服，大声呼喊："金旺，银旺……"两个儿子应声推门进来，金旺伸出两条粗壮的胳膊，抱着父亲的腰肢，银旺抬着两条腿，两个人把躺在地上的父亲抱到炕上。王老财疼得头顶冒汗，他哼哼呀呀地说："赶快烧一锅开水，再煮一些藏红花和艾草。"他告诉老婆，走草地的路上，如果两条腿疼痛了，就熬一些藏红花和艾草，用热水蒸洗一下就没事了。茹梅跳下炕赶快生火烧水，她在锅里放了红花和艾草，又盖住锅盖煮了一会儿，把水倒进一个黄铜盆里。金旺给父亲洗脚，他把热气腾腾的毛巾裹在父亲腿上，只见父亲两腿的血管如蚯蚓一样都鼓了起来。他疼得呻吟着。

茹梅着急地对银旺说："赶快叫普济大夫来给看看吧，你看这腿上的筋都暴起来了。"王老财皱着眉摇摇头，说："整日风餐露饮，哪个走草地的人没有这毛病？普济来了还不给我动刀。"

"去年你害了那个瘩背，不是普济大夫给你开刀做手术，早没命了。"

"疙瘩瘤子就是动刀子的病，没听说过腰腿疼动刀子的。"

"那叫黄二先生来给扎扎针吧，针火不伤人。"

"我去请黄先生。"银旺不管父亲同意不同意，穿好衣服就向外走。天已经完全黑了下来。巷子里鸦雀无声。远处，传来一声声"呱呱呱……"猫头鹰的叫声，银旺顿时被惊吓得浑身起了鸡皮疙瘩。听奶奶说，猫头鹰是春叫死，秋叫籽，春天的叫声是"呱呱呱……"凄厉恐惧，到了秋天叫声就变得委婉柔美了，"咕——咕——咕——"有一种孤寂苍凉之感。春天叫必定要死人，银旺害怕了，巷子里谁又要死了，他加快脚步跑到巷口，用力去拍大疤姑姑的门。

"半夜三更的不睡觉又去哪儿撒野？"

"我爹病了，请医生去。"

"有钱人病多，没钱人事多。"大疤姑姑披了件白茬子老山羊皮袄，她佝偻着腰，从那间小板房走出来，给银旺开门，"这些日子，夜夜都听见那猫头鹰在叫，巷子里也不知道谁又要走了。"大疤姑姑嘟哝着。银旺害怕了，撒腿一溜风跑到聚财巷，他用拳头使劲儿擂着黄二的街门。

寿桃婆姨给开了门："半夜三更也不叫人睡个安稳觉。"一看是个小孩子，就赶快迎进家里。

"我爹病了。"

"噢，你爹？"寿桃婆姨迟疑着不去开门。

"王闻虎呀，快走吧，他走不了路了。"银旺着急得说话都带点结巴了。

"你是王闻虎的儿子，人常说：'小子不吃十年闲饭'，半夜三更敢跑出来给他老子请医生。"

寿桃婆姨一听是王老财病了，也不敢怠慢，慌忙给黄二把棉袍子拿出来："快去吧。"

黄二先生挎着那个牛皮出诊包，跟随银旺慢腾腾走进老财巷。他常年穿一件灰色的长袍，天冷了婆姨把长袍里添上棉絮，天热了再把棉絮掏出去，灰布袍长袍穿得褪色了，婆姨就拆洗干净，把布里子当面子，重新翻色缝制好，颜色还是鲜鲜亮亮。人们都以为黄二先生一年四季都穿新衣服。黄二的老婆是和父亲从关南逃荒要饭来到隆盛庄的，父女两人白天讨吃，晚上就住在北庙里。有一次，赶上隆盛庄下连阴雨，父女两人不能冒雨去讨饭了，父亲已经饿得奄奄一息，这时候，女儿冒雨出去讨饭路过黄二家门口，结果饿昏在门道里，黄二用一根银针救了她的命。后来，黄二得知北庙里还有一个身患重病的父亲，于是就去给看病，哪知已经病入膏肓。父亲死后，女儿头上插了一根干草跪倒在街头，谁能给掩埋了父亲，她就嫁给谁。黄二用两个洋钱买了一副表皮薄棺材，草草掩埋了她父亲后，就领着这个女人回了家。庄里人都说黄二是个傻逼，敢娶一个来路不明的女人，但黄二也是新栽的杨柳——光棍一条。靠行医也只是糊口度日。庄子里富人家的女儿不会嫁给他，穷人家的女儿更嫌他穷，他给女人到聚义祥京货铺扯了丈二白洋布，拿到广盛厚染坊染成藏蓝色，这就是他给婆姨的陪嫁，但婆姨却没有给自己缝制衣服，用这丈二蓝布给黄二缝制了一件棉袍。自己把随身的衣服拆洗干净，就和黄二拜了天地。谁也没想到，黄二娶回的这个女人真是百里挑一的巧媳妇，她不仅会裁剪衣服，还会蒸关南寿桃，那是她拿手的绝活。隆盛庄人哪家给老人做寿，蒸寿桃的时候，就请黄二婆姨去蒸，白面里不用搭碱，就凭两只手的功夫去揉那块白面，蒸出的寿桃又白又好吃，人们都叫她"寿桃婆姨"，老财人家给家里老人过寿的时候，都要请她去给做寿桃。她忙乎几天，能挣几个白面馍馍，有时候，也能挣个针头线脑的钱。她也承揽一些衣服的裁剪和缝制，许多走口外在隆盛庄做生意的买卖人，拆洗缝制衣服就都去找她。她常常和黄二说，有了钱，就租赁一间房，开个裁缝铺。黄二却说，我还想开个药店呢，两口子常常私下谋划着。

　　黄二先生出诊很简单，肩上挎一个牛皮出诊包，包里放着百十根银针，还有一些棉球蛋蛋，火罐拔拔。他的医道就是把脉扎针，拔火罐。黄二先生的父亲也是从忻州、崞县移民过来的，隆盛庄大部分人都是从外地移来的，自然谁也不打听谁的过去，谁也不追问谁的来路。在这个小镇里和睦相处，没有谁轻视谁欺负谁的心理，遇事大家一起担着。黄二先生是隆盛庄镇里有点名气的针灸郎中，就凭那一包

银针走街串巷，谁家的孩子抽风，无论是四六风还是羊角风，手到病除。他也是个随和的郎中，给人们看了病，有钱的给钱，没钱给点米面也行。

每年夏天，是他最忙的时候，他除了给人们看病，闲暇时间，就挎着一个柳条筐，到八台沟、红寺沟、饮马沟、东沟、西沟一带采草药。各种各样的花草，在他眼里都是药材，他采回来以后，就晾晒在院子里。寿桃婆姨就天天帮他翻晒，他说，隆盛庄到处都是宝啊，地里有挖不完的黄芪，山里有采不完的名贵药材。入秋后，就在院子里支起一口大锅，开始加工各种丸药，他加工的水丸专治腰腿疼疾病，还有外服的黑膏药，尤其是到了数伏天，他采摘大量的追风草熬制黑膏药，熬好了，装在一个一个小瓶里，再到聚义祥买几匹白布，他把白布剪成五寸大的方块，然后，把黑膏药抹在生白布上，再贴在病人的患处，真是药到病除。镇里人有个头疼脑热，都去买他的散香丸和黑膏药。

黄二掀起盖在王闻虎腿上的被子，看着两条暴起青筋的腿，拿出针，在煤油灯上烤烤，针头都变成灰色，然后，刺进王老财的脚心，感觉针从涌泉穴一直扎到丹田。

黄二先生又给王闻虎把脉："你这病主要是风寒入骨，不及时治疗，疼痛会越来越严重，逐渐地会在脚部和血管曲张处血液淤积，会引起腿部溃烂，你要扎针就得扎一个月。"

"一个月？我三两天就要出草地了，能不能快一点根治？"

"王财主，我又不是神医扁鹊，你没听说，得病如山倒，去病如抽丝。一个月能下了地走路，能保住你这两条腿就不错了。"

茹梅听了黄二的话，心里倒是暗暗窃喜，她早就不想让男人再出远门了，一年四季把她留在家里又当男人又当女人。虽然家里有几个帮工的，但她也得操心啊。天天伺候婆婆，喂猪喂鸡，打理照外，缝连补绽，接人待客，大事小事都得她执掌。男人要是不走草地，她也能享受几天做女人的清福。

黄二给留下了外贴的膏药。他走后，金旺继续给父亲按摩，他轻轻地抚摸着那一根根暴起黑红色青筋的双腿，说："病成这个样子了还想走草地，今年，你就在家好好调养吧，不要再打走草地的主意了。"

"几十顶房子的人马都备齐了，我不能撂下不管。"

"不是还有我吗？"金旺显出一副胸有成竹的样子。

王闻虎长长叹了口气："早不病晚不病，偏偏走呀，病了。"

"病在路上更麻烦，谁往回抬你呢？狼吃狗啃也没人知道。"

"没你说的那么玄乎。"

"玄乎？咱爹还不是例子，走着走着人都走没了。"茹梅说。

王闻虎赶快做了一个手势，示意媳妇不要再提这些话，一旦让老太太听见了，又是吵闹着让他寻找爹的去向。

茹梅打住了话头，不敢再高声说话。

王闻虎重新开始端详儿子，眼前的儿子已经不再是几年前那个说话奶声奶气的男孩了。他体魄魁梧，彪悍强壮，黝黑的脸膛，一双炯炯有神的眼睛里，闪烁着机智敏锐的光，看来，草原上的生活习性和生存习惯他完全适应了。想起三年前，儿子离开家的时候，茹梅哭哭啼啼，女人啊，总是头发长见识短，她怎能理解王闻虎的苦心呢？如今，自己身患腿疾，行动困难，这病一下也好不了，看来非得把领房子的事托付给儿子了，但他还是不放心。不断和儿子唠叨着："领房子的人要胆大心细，遇事不慌，走草地啥意外事都会发生，领房人如果没有随机应变的智慧，丢掉的不仅仅是财物，而是所有人的性命啊。人家信任咱们，才跟着咱们一起走。"

"爹，你就不要担心了，我毕竟在草原生活了许多年。走到白音淖尔，再往温都尔汗走的时候，我让哈斯叔叔和我搭把手，这样就不会乱了方寸。"

"这样也行，哈斯是个老实厚道的人，靠得住，有他和你一起到温都尔汗，我也放心。"

父子俩商量着走草地的事，启程前该带的用具食物，路上该下的营子，每个营子停留几天，赶到雨季了必须走到哪里，领房人要通地理、识天文，这些都是常年走草地总结出来的经验，这些经验有时候是用性命换来的。两人正说着，老太太推门进来，她听说孙子要当领

房，就和金旺唠叨起来："你爷爷也就是你这个年龄走的草地，他跟着领房的牛板车，一直从隆盛庄走到恰克图。那时候，随身干粮就是玉茭面窝窝、山药丸丸和莜面饼饼，他们车上拉的砖茶、烟叶、烟酒，也有干货，但自己舍不得吃一口，要用咱隆盛庄的麻叶、蜜酥和草纸糕换蒙古人的奶酪、奶皮子。"她停顿一下，又吩咐媳妇，"给金旺把月饼和干货带上。"

"知道了。"茹梅一百个不同意金旺当领房。儿子刚刚回来，还没在家里住几天就要离开她走草地去，这一走谁知道哪年哪月算走到个头？公公走草地一走没有回头，丈夫走草地落下一身病，如今，儿子又开始走草地，难道他们家就注定要走草地吗？金旺在她眼里，还是个孩子啊。

"妈，月饼不要带多了，吃不了，会发霉的。"金旺说吃喝的东西已经带足了。

"傻孩子，你啥时候听说咱隆盛庄月饼会发霉？马家上三元、隆兴元的月饼就是放到来年八月十五也坏不了，越放越酥软湿润。听你爷爷说，蒙古人就爱吃隆兴元、上三元、德兴荣的四角麻叶和大八样儿。"奶奶从柜里取出一件皮袄，"草地的天气说变就变，走草地冻死的也不知道有多少。到了有水的地方，先把牛皮袋盛满水。"

"奶奶，我知道在草地怎样去找水。"金旺想起他在草地生活的这几年，和天女放牧的时候，也有走迷路遇到暴风雪的时候，但他们都不害怕，两个人赶着牛羊，都能找到回家的路。

"走草地和你放牧不一样，牛羊都有灵性，走多远，它们都能认得回家的路。"奶奶唠唠叨叨，"有一年，你爷爷在沙漠里行走饥渴难耐，为了找水，大家连落满羊粪蛋的沼泽里的水也不放过，有的人渴得厉害，还喝尿呢。"

"妈，走草地喝尿算个啥？最难抵挡的是土匪。前年，咱隆盛庄五道沟的一个领房，以为自己年轻气盛，自己领着二十多辆牛板车，还没走到温都尔庙就遇到土匪，十几人的商队被掳走。土匪一刀一个都把这些人杀了。"王闻虎说，路上看不见的风险随时都会发生。草原的狼多，遇到狼群怎么办？遇到白毛风怎样防御？草原茫茫无边，迷失了方向怎么办？遇到土匪先擒王，金旺说，自己有套马的技术，土匪过来，用一根套马杆就能擒住他们。王闻虎好像和儿子叮嘱不完，儿子只是默默地点头。

"爹，你就在家里好好养病吧。这几年，你把我留在草原，还不是为了有一天我能接替你这个领房的位置吗？"

银旺和海旺、来旺也都争抢着说："我们也想走草地。"

"银旺好好念书，海旺和来旺你们还小呢。咱王家说什么也得出个念书人。"

"小什么，哥哥不是十二岁就跟爹走了。"海旺和来旺齐声说。

"我是这家的长子，自然要先撑起咱们家走草地这根梁柱。你们就别闹了，我还要和爹爹商量大事呢。"金旺把几个弟弟推出门外。回头又和父亲说，"我再和几个伙计商量一下，看今年这草地怎么走，走哪条线。"

"陈家走大库伦，咱不能和他们走同一条线。段家、侯家走东苏旗，咱们不能步人家的后尘，只能继续走西苏旗了。"他和儿子规划这条路的走向。

第二十六章
一言定媒妁
合婚系终身

　　王闻虎这么一病，也没顾上和陈德隆谈金旺和昙芸的婚事。但他多次督促金旺去给姨姨、姨夫拜个年，顺便看看昙芸，但金旺却三推两推，眼看正月十五就过了，他也没有去给姨姨拜年。茹仙和陈德隆也私下唠叨，金旺去草地走了几年，人都变了，越大了越不懂礼数。陈德隆却说："他不来，咱还不去呢，正月走亲串戚，礼尚往来。"茹仙思来想去觉得倒应该先去看望姐姐，于是，她领着昙芸跨进了王闻虎的圆拱门。

　　昙芸在姨姨家和金旺打了一个照面，将近三年了，他变得再也不是小时候的样子，身材高大魁梧，肤色黝黑，一身海昌蓝衣服，头戴一顶褐色狐帽，相貌出众，英俊潇洒。他从她身边走过，好像两个陌生人一样，没有正眼看她一眼，更没有看看她这双小脚。他只是和姨姨亲热地说了几句话，就匆匆向外走去。昙芸的脑子里不由浮现出小时候金旺说的那句话："裹了脚走不了路，我就背着你……"小时候，两人在一起玩耍时候的亲热劲儿，怎么一点也没有了，一种说不出被冷落的感觉在心里翻腾着。倒是姨姨的婆婆亲热得让她受不了，她拉着昙芸的手，喋喋不休地说："俺孙子好福气，找了这么一个漂亮的媳妇。"昙芸心里很难过，感觉很委屈，金旺是怎么啦。茹仙也看出金旺的不冷不热，就和茹梅拉呱起来："姐姐，咱们两家可是换了帖的亲家，你虽然是我的姐姐，也是昙芸的婆婆。这是亲上加亲的婚事啊。"

"妹妹你放心吧，这门婚事是铁板钉钉，不会变的。金旺只是忙乎草地的事。再说，他们也不是在西河湾玩过家家、捏泥娃娃的小孩子了，见面嘻嘻哈哈、打打闹闹那成什么体统。门还没过，自然都懂得害羞。两个孩子是咱们从小看着长大的，这门婚事也是两家都愿意的，等金旺冬天从草地回来就给他们完婚。"

姐姐的一席话，说得茹仙心里踏实了。茹梅招待妹妹吃了饭，王闻虎也拖着一双腿走进堂屋，大家围坐在八仙桌前，一边吃饭一边谈论着两个孩子的婚事。王闻虎长长叹口气说："我这两条腿不争气，今年的草地也不能走了，让金旺当领房先走一趟。冬天回来了就给他完婚。"茹梅也拉着昙芸的手，把一只家传玉镯递给昙芸："这镯子是咱爹给我们的，我记得一对镯子，给了我们两人一人一个。"

"我那镯子可惜打碎了。"茹仙望着那个玉镯，又想起自己出嫁时候的情景。爹曾经说过："会挑选女婿的挑当人，不会挑选的挑高门。"她不知道和自己结婚的男人是什么模样，只听爹说是个人品不错的买卖人。直到入洞房的时候，两人才见了面。还算自己命好，多少年跟着陈德隆没遭过罪，也没有受过委屈。

"女人结婚如同跳海，也不知道这海有多深。"茹梅的话打断了她的沉思。她点点头，望着如花似玉的女儿，心似乎还在悬着。

"你们姊妹俩的命都不错，你父亲也有眼力。"王闻虎说这话有点沾沾自喜。

"快不要自夸了，我跟了你年纪轻轻就守活寡。"茹梅突然感觉这话说得不对头，马上改了口气，"不过，能嫁一个走草地的男人也是福气，没有你走草地，我哪能过上这舒心如意的日子。隆盛庄没有你们这些走草地的人，也不会变得这么繁华热闹，那些买卖字号里卖的吃喝穿戴，比北京还全。"

"姐姐就是会说话，昙芸日后看来也要过上像你这样的日子了。"茹仙立马回敬了茹梅一句，口气有点刻薄。

"咱们隆盛庄有一半男人走草地，哪个家不是女人在支撑着。柴米油盐都得操持，公婆孩儿都得伺候，家里家外都得应酬。"

　　王闻虎也说："隆盛庄的女人个个都能持家立业，男人常年在外，日子一样过得有起有落。所以，在外走草地的男人首先要找个守本分、会过日子、识礼数的女人。昙芸和金旺这两个孩子是我们从小看着长大的，合婚也是上等婚，这是天衣无缝的一对姻缘。"

　　王闻虎的老妈妈耳朵背，听不清大家所说的话，但她打心眼里喜欢这个孙媳妇，不住地给昙芸往碗里夹菜夹饺子，嘴里不时发出啧啧的称赞："咱金旺娶的媳妇盖隆庄啊，就这双小脚在人前面就争得了头一份。"老奶奶的夸奖，让昙芸忘记了心里所有的不痛快。

　　午后，母女从圆拱门出来的时候，手里提着姐姐送给的大包小包的礼物，都是从蒙古带回来的奶豆腐、奶渣子、奶皮，还有干羊肉、干牛肉。昙芸跟在母亲身后，不时左顾右盼，她满脑子都是金旺的影子，希望在巷子里能碰到金旺，哪怕金旺和她说一句话，她的情绪也不会这么失落。

　　茹仙和昙芸刚刚离开，金旺就回来了。他一进门，第一句话就说："妈妈，以后不要再提我和昙芸的婚事了，我只把她当作妹妹。"

　　"你这话是啥意思？"王闻虎听见儿子的话，从炕上跳起来，睁大眼睛高声质问。

　　"我不会娶她做老婆的。"金旺的声音也很高。

　　"怎啦？昙芸配不上你吗？"

　　"昙芸是个百里挑一的好姑娘，但再好也不能做我的老婆。"金旺昂起头，目光直视父亲的眼睛。

　　"啪！"王闻虎大手一拍八仙桌，嘴里唾沫星溅在儿子的脸上："换了帖的事，全隆盛庄人都知道昙芸是你的媳妇了，你说不娶就不娶吗？"

　　"你们想娶就娶去吧，反正我不要。"金旺还是持有一种满不在乎的态度，好像父母亲谈论的不是他的婚事似的。

　　"这媳妇是老子给你定下的，你不要也得要，这事由不得你，冬天回来结婚就行了。"王闻虎气得一屁股坐在椅子上。

　　"爹，我已经有了心爱的女人，不会娶昙芸的。"

　　"你是不是我儿子？"王闻虎向儿子逼过去："父母之言、媒妁之言是老祖宗留下的规矩。"

"你要让我和昙芸完婚，我就不回来了。"

"啪！"一记耳光扇在儿子脸上："你的奶毛还没有褪掉，是不是就觉得翅膀硬了？"

茹梅扑过去护在儿子身边："孩子他爹，你消消气，有话好好地说。"

金旺的脸上顿时印下五个指头印，但他并不躲闪："我这辈子就找天女，除了她我不会和任何女人结婚的。"

王闻虎听了儿子的话，惊愕地张大嘴巴，好一会儿没有吐出一句话："什么？你要找天女？"这简直太出乎他的意料了。几年前，他把儿子放在哈斯家里，只是想让儿子早早地学会蒙古语，习惯草原的生活，一切都是为了让儿子以后成为一个真正的领房人，没想到，儿子竟然要和一个蒙古姑娘成亲，这太出乎他的意料了。

茹梅一听儿子的话，感觉有点不对头，马上接起话茬质问："天女是谁？"

王闻虎气得脸色发青："造孽啊，这都是我酿成的错。早知道有今日，我当初就不该把你放到那里。"他说完此话，马上换了一种妥协的口气，"你是家里的长子，走草地的事一切由你执掌。不过，和昙芸这个婚事，由不得你，你不和昙芸成亲，如何让我在隆盛庄抬得起头，以后，又如何让我面对你姨姨和姨夫。"

"我这辈子只爱天女。"金旺无法把他和天女的事情向父亲母亲解释清楚，他也不想费口舌。

"她是蒙古人，我们是汉人啊。习俗和我们是不一样的，她怎么能做得了一个孝敬公婆、持家立业的媳妇呢？"

"蒙古人和汉人就不能结婚了，我不是从小就在蒙古人的家里生活吗？哈斯叔叔和斯琴格日婶婶一直把我当亲儿子啊。"

"不行，你已经和昙芸定了亲、换了帖。换了龙凤帖就是铁板钉钉的婚约，生是夫妻，死也是夫妻。"

茹梅一看王闻虎的神态，马上明白了事情的原委："儿子啊，天下女人千千万，你娶谁都行，千万不能娶这个天女。"

茹梅的话，让王闻虎更是气不打一处来。他铁青着脸，又一次用拳头敲击八仙桌："你瞎搅和什么？"

茹梅嘤嘤地哭起来，她一边撩起衣服大襟擦泪，一边没完没了地数唠："雪地里埋不住死孩子，这事也不是个遮掩瞒藏的，你自己做下这丢人事，和孩子说清楚不就行了，总不能乱了伦理。"

"你这是什么话？牛头不对马嘴，天女是我的干女儿，知道吗？是干女儿。"王闻虎愤怒地瞪大眼睛，干干脆脆地告诉茹梅。

"干女儿？无缘无故从地缝里钻出来个女儿？金旺，冬天回来的时候，把这个干女儿领来，我倒要看看她到底是谁的女儿？"

"你怎么越说越离谱？这话传出去，你让我王闻虎在隆盛庄怎么做人？"

"你事敢做，还不知道怎做人？我一个人没明没夜地操劳着这个家，没想到你在外面干这些丢人败兴的事。"茹梅呜呜咽咽地哭得好伤心。

王闻虎气得直喘粗气，背着手在地上不停地走来走去："三亲六戚请来，摆了八八六六的席面给你订了婚，你不娶人家女儿，让我这张脸往哪里放？"

"你要脸就不要干那不要脸的事。"茹梅手指着王闻虎的眼睛，咬牙切齿地骂道。

"啪！"王闻虎扬起手，狠狠地向茹梅的脸上扇去。

茹梅一声尖利的哭喊："你还有理打人？打吧，今天让你打个够。"她捂着脸，披头散发向王闻虎的身上扑去，金旺过去拉住母亲的胳膊。

"金旺，你娶了这个天女，这家就乱套了。"茹梅擦着鼻孔里流出的鲜血，手指着王闻虎的眼窝，"知人知面不知心，你在外面养了女人，还有了孩子，我还傻乎乎给你操持这个家。"

老太太听见正房里的吵闹声，挪着小脚走进来，指着媳妇气狠狠地骂道："男人一年在外辛苦挣钱，回来三天五日，你也不让他顺顺心心在家里住几天，我看你是血憋的。"

"你儿子做的好事，你还姑息他？"

"隆盛庄大户人家，哪家不是娶的小老婆？我儿养活三妻六妾也不过分，你倒踩着眉毛上头，得寸进尺了。哭哭闹闹也不怕左邻右舍的人笑话。"

老太太一喊骂，媳妇不敢吭声了。王闻虎过来扶着老太太："没您的事，妈，您就别操心了。"

"你是我儿子啊，我能不操心吗？"老太太数唠完媳妇，又数唠儿子，"你爹走草地，一走再没有回来，多少年过去了，生不见人死不见尸，我眼看就是入土的人了，连个合葬的男人都没有，你说我这辈子守寡，守来守去为个啥？你又走草地，你前脚一走，我的心也跟上你去了。家里这些破事，也值得大吵大闹吗？家神不安，灶神不和，这日子还能过好？"

"妈，你别着急，我今年一定去大库伦一趟，无论如何也要把父亲的下落打听清楚，即使人没有了，我也要把他的骨头给您老背回来。"

父母亲莫名其妙的吵架，让金旺有点丈二和尚摸不着头脑。但他也听明白了，根源是因为天女，天女难道是……？他不敢往下想了，但无论天女是怎样的身世，他不在乎，他这辈子就爱这个女孩。奶奶仍然在不住地数唠着父亲，父亲对奶奶所说的一切是不敢反驳的。奶奶是真正的当家人，尽管这几年奶奶已经老的有点颠三倒四，但母亲仍然在奶奶面前毕恭毕敬。父亲对奶奶的话也是从来不敢反驳。金旺脑海里乱糟糟的，他只是想赶快离开隆盛庄，回到白音淖尔草原。那里有他的哈斯叔叔和斯琴格日婶婶，也有他深爱的姑娘天女。此刻，他的脑海里完全是天女的影子，蓝天白云下，一个骑在马背上的姑娘向他飞来，银铃般的笑声，像百灵鸟一样动听的歌声，婀娜柔美的身姿……天女！一个宛如从天上下凡的仙女。

第二十七章
大水坑沤麻
三义店养妓

太阳刚刚落下，一轮血红色的晚霞给整个隆盛庄涂上了一层神秘的色彩，马桥的集贸市场仍然人来人往，在正拦柜的青石台阶下，石桩上拴着几匹马，王闻虎正在甩着长袖和一位客商讲价格。他走草地多年，对骡马的牙口、耐力一看便知，加上他在牙纪行的威望很高，从来不和同行抢生意，也不漏口风，不拆台。大家都很信任他，隆盛庄的桥牙行相互交易的方式都很奇特，大家都在看眼色、打哑语，一条不成文的潜规则让牙纪们形成一个相互约束的行规，就是小孩子都知道："桥牙子袖子长，只捏袖子不开腔。"他们一个个穿行在人群中，用藏在袖筒里的两个指头成交一笔一笔的生意，偶尔也发出一声爽快的笑声，那一定是生意成交了。

赵恒顺从牙纪们身边走过，他从内心看不起这些整天相互打哑谜的牲口贩子。但这些牙纪也不去正眼看他，都在背后咒骂他，迟早要落个雷劈枪崩的下场。他走进烟馆，把一包洋烟交给掌柜的。这包洋烟是他亲手熬制的，他把和起的白面放在水里洗出面筋，又把面筋下油炸，炸后上笼屉蒸，反复蒸炸两三次，面筋变黑了，再用铜锅煮，一边煮一边滤去渣。直到熬成色黑油亮的膏，再掺进烟膏里。他交代刘掌柜："把这些烟膏卖给散座。"他一说这话，刘掌柜就知道这是掺了假的洋烟，但吃谁的饭就得向着谁说话，他接过纸包，点头哈腰应承着。散座是一间大房子，屋里有一铺大炕，中间放着烟灯、烟盘和烟枪。烟鬼们并排躺在烟盘左右抽大烟，有伙计蹲在炕下边给他们烧烟。抽烟的人先把棕色的像羊粪粒似的鸦片泡用铁钎挑起来，放在烟灯上烤热发泡，开始冒烟了，再把烟泡塞进烟枪圆头上的烟孔里，放在烟灯上边烤，边拨动，边抽吸……

天边那道长长的红光渐渐淡去的时候，几颗星星闪现在天空。赵恒顺在烟馆把该交代的事向掌柜的交代清楚，并一再强调，来抽洋烟的人，一律现金交易，不赊欠，也不用谱拨结账。他卖出去的是洋烟，收进来的是洋钱。那些没钱的烟瘾来了的洋烟鬼，就是想躺在散铺抽几个洋烟泡也不可能。此刻，他像一个幽灵从烟馆出来，向三义店走去，他走得很慢，跟在身后的一道灰色的影子，在夜色中拉得长长的。走过三岔口，眼前呈现出一个大水坑，水面平如一块墨玉，人们也不知道这个水坑是怎样形成的，水坑周围的住户，人们都习惯了叫"大水坑人"，夏天，小孩子都去水坑里捞蝌蚪、抓青蛙、游泳。水坑不是很深，但年年都要淹死几个人。水坑周围的人每逢夜晚，还能听见水里的厉鬼呜呜咽咽的哭声。此后，孩子们就再也不去水坑边玩了，生怕被抓了替死鬼。每逢雨季，水坑的水溢满了就顺着三岔口流过马桥，一直流到西河湾，遇到大旱天，坑里的水就越来越少，会露出沉积在坑底的灰色淤泥。这水坑也是隆盛庄那些麻绳匠沤麻的地方，他们把割下来的成捆的绿麻茎扔进大水坑里浸泡，泡得麻茎变成褐色了，就捞出来剥麻，用剥下的麻再搓成麻绳，大水坑也叫沤麻坑，沤麻坑的水绿汪汪的，很臭。三义店就在水坑边，一排青砖瓦房，小眼窗，花布门帘。每天，沙蓬、黑炭、小白鞋这些有名的窑姐一个个打扮得风骚妖艳，站在门前招揽客人。瞎德子也常常到大水坑这里讨吃要饭，他看见那些立在门前的窑姐，就顺口唱起来：

> 想逛窑子三义店，
> 想吃蜜酥上三元，
> 先烧沙蓬后烧炭，
> 坐着轿车满街转……

赵恒顺走进老鸨的房间，把铜钱往桌上一放："孩子呢……"

　　"赵爷你稍等一下。"随后，老鸨挑帘向后院走去，一会儿，抱着一个孩子走进来。

　　一阵凄惨的哭声从后院传来："我的孩子……把孩子还给我……你不能抱走我的孩子啊……"

　　老鸨把铜钱数了数，放进抽屉里，赵恒顺从她手里接过孩子："这事天知地知，你知我知，如果透露一点消息，不要怪我赵爷不给你面子。"

　　"赵爷放心。"

　　"那个女人也不能再留在三义店了。"

　　"赵爷，我尽快让人把她卖了。她不接客，我也供养不起她。"

　　一声接一声的啼哭，划破了沉寂的夜，月亮像掉进水里的一个白面大饼，漂浮在水面上。三义店一阵骚动。一个披头散发的女人向大水坑跑去："还我的儿子……我的儿子……"几个大汉把她摁倒在地，她脸色惨白……大水坑蛙声四起，声声如泣如诉。

　　赵恒顺终于有了儿子。他给孩子起了一个名字，叫双全，还给孩子雇了一个奶妈。这个儿子从哪里抱回来的。银娥多次追问，赵恒顺却一字不吐。她怀疑他在外面有了小老婆，但就算有小老婆，赵恒顺他身患梅毒，生下的孩子是活不了的，但眼前这个婴儿胖乎乎、粉嫩嫩的，那眉眼、脸蛋儿一点也不像赵恒顺，看来，这个孩子绝对不是他的。他是谁家的孩子？但不管怎样，她喜欢这个孩子，她是孩子的二妈，姐姐是孩子的大妈，孩子成了姊妹两人的开心果。转眼两年过去了，有一天，双全突然病了，流鼻涕、咳嗽、发烧。赵恒顺一看儿子病了，请来黄二先生，黄二在孩子的耳朵后面看见了一个个小红点。他说，孩子是出麻疹，也叫当红布，不要让孩子着了风、着了油锅呛，孩子是一边高烧一边出麻疹，把麻疹都出来，高烧慢慢就退了。黄二给配了一些解表的中药面面，吩咐银娥用米脂沫泼起来，喂给孩子就行了。银娥把门窗都关紧了，在门框上挂了红布条，不能让人随便进屋里，然后，就把黄二配的药给孩子喝了，孩子浑身出满了红点子，银娥把昏昏沉沉的孩子整整抱了三天。银娥和翠娥不住地向庙里的奶奶祈祷，许了愿，双全病好了，四月八一定去给奶奶挂袍。

第四天，双全终于睁开了眼睛。当红布也是孩子生命中的一大关口，双全终于闯过来了。赵恒顺也十分疼爱双全，他把孩子抱在怀里，摸摸他脑袋上的后揪揪说："我赵恒顺还是没损了阴德，老天爷给了我个儿子，咱们要在奶奶庙里给孩子许个大愿。"

四月八这天，银娥和哑巴领着双全到北庙还愿。孩子拽着二妈的衣角，戴着二妈给亲手做的和尚帽，脖子上戴着银伴娃娃、银吊锁儿，胳膊上戴着银耍手儿，脚穿一双黄色的老虎鞋，一条开裆裤。他摇晃着大红公鸡、满家鞋，那耍手儿上的小铃铛也丁零零地响起来。银娥还请黄二女人给蒸了十二个大寿桃，又从隆兴元干货铺买了油麻叶、蜜麻叶、糖麻叶、蜜酥，满满拎了一大竹篮。风和日丽，春风吹绿西河湾，冰消了，水暖了，树叶绿了，杏花开了。双全圆圆的脑袋上，留着一个长命小辫，也叫后揪揪，后揪揪上拴着一根红色的锁线。孩子拽着二妈的衣襟，两只黑葡萄似的眼睛东张张西望望，二妈给买了铁哨哨，他又站在吹糖人的老头儿面前，看着那双黑油油的大手在搓面团，二妈再买一个小糖人。这天，方圆百里的人接踵而至涌进庙里，叩拜的、许愿的、烧香的、敬纸的……香烟袅袅，木鱼声声。身披黄缎袈裟的和尚，手拿一把新笤帚给那些来圆生日的孩子敲打脑袋。银娥给奶奶敬了两炷香，然后，把一件非常漂亮的红缎披风挂在奶奶身上。此刻，奶奶身上已经披挂了五颜六色的袍子，挂袍仪式也是非常隆重的，袍子的质地色彩都是非常讲究的，必须要配得上奶奶的身份。袍子披在奶奶身上，一定要让奶奶喜欢，一般穷人家是许不起给奶奶挂袍的愿。银娥领着双全在奶奶的塑像前，举行完挂袍仪式后，就领着他在庙里转悠。

四月八的天气，风柔柔的，太阳暖暖的，很少遇到下雨天，也有青天白日突然下一场暴雨的时候。这样的暴雨天，隆盛庄人也会借题发挥演绎出许多故事，说龙王爷看上了漂亮温柔的奶奶，四月八这天向奶奶示爱，奶奶心高气傲，怎么能看得上性情暴躁的龙王爷呢，龙王爷受到奶奶的冷落，恼羞成怒，下一场瓢泼大雨，发泄心中的欲火。这只是一个关于四月八的民间传说。银娥也听说过这个民间故事，她敬仰奶奶，敢爱敢恨。此刻，她的脑子里突然想起了卢百运，

这个人也不知道流落到了哪里？唉，怎么会想起他呢？愿神灵保佑他平安。于是，又掏出几个铜板，在和尚那里讨了一道平安符和香，默默地跪在关老爷的塑像前，敬了香、许了愿。然后，又抱着双全逛庙会。隆盛庄的各种匠人都在庙会上各显其能。

"捎上捎上锁儿线，换生娃娃一毛钱。""换生娃娃满家鞋，五色纸带锁线，大红公鸡不要钱。"吆喝声此起彼伏。她给双全买了各种糖果吃喝，花五分钱买一个琉璃咯嘣儿，双全刚吹几下"咯嘣"一声碎了，他吓得哭起来。银娥把他放在地上，又返到卖咯嘣儿的货郎前，货郎给挑了一个，吹出清脆的声音"咯嘣儿，咯嘣儿……"银娥手里拿着咯嘣儿，返头一看，双全不见了。她大声呼喊，"双全，双全……"她的声音被高高低低的叫卖声淹没："我的孩子，孩子呢……"她发疯似的在庙里庙外寻找着呼喊着，见人就打听，但没有一个人看见双全的去向。

赵恒顺气势汹汹地跑到三义店，一脚踢开老鸨的门。上前揪住了她的衣领："我的儿子让人拐走了。"

"赵爷，赵爷，我从来没有和人说过这个孩子的根底啊。"

"那个女人呢？你把她卖到哪里了？"

"她让孤飞侠买走了。"

赵恒顺一听这话，顿时脸色灰白："完了。"他一扬手，"啪!"一记耳光打在老鸨的脸上。

北阁儿是隆盛庄的北城门，北城楼很高大，站在用大青石砌成的城垛上，隆盛庄的街巷尽收眼底。赵恒顺攀上北阁儿，走进那座坐西朝东的小街门。这是一座由男人组成的"大众公所"，四合瓦房院内有十多间房屋，前堂供观音，后堂供羊祖、尹祖。他推门走进正房，只见执事人正在给新师弟填写"喜单"，见赵恒顺进来，所有的人都起身叩拜。公所师父坐在坛正中，给新点传的信徒举行入教仪式，只见左右各有二位师父陪坐，众承办人先下参师父，然后一个个口里默念着"观世音菩萨"五字"真言"，师父在点传五个字时，让新师弟伸出左手，从大拇指开始，念一个字，扳一个手指，这样连续三遍，新师弟随声照念。师父反复叮嘱："你已经是在理之人，对此五字箴言要严守秘密，法不传六耳也。"赵恒顺在公所有至高的权力，所有人向他起身叩拜后，他扬了扬手，示意大家就座。他是继承他的父亲的领众职位。据说，清同治三十年，赵恒顺的父亲就是在理的传教人，他哪年来到隆盛庄的，在隆盛庄传了多少在理信徒，没有人知道，理教从那时候开始，便有意识地与清政府共同抵制鸦片。清末民初时，理教更是大力劝诫吸食鸦片的瘾君子。他们说，抽大烟等于慢性自杀，自绝于世。但父亲去世后，赵恒顺当了在理的领众后，完全违背了教义，他不仅抽洋烟，而且还种洋烟，虽然在理公会的门前仍然挂着一副颇合理教主旨的对联："烟因火成，若要不撇终是苦；酒由水制，入不回头难成人。"但赵恒顺已经把这个理教搞成一个以敛财为主的道门。他收罗了隆盛庄一些洋烟料面鬼、游手好闲的二流子，整天聚集在北阁儿，散布流言蜚语，谋划着打劫外来商客的货物。

他和五麻子说："近日派人到处打听一下双全的下落，究竟是谁拐走孩子，再去尽头沟一趟，和道长打探一下卢百运，这个人不除掉，迟早是个祸根。"

"还有，你们抽空儿再做一些迷药，在六月二十四之前，有商货进庄，咱们不能错过机会。"

五麻子是在理教的承办人，联络跑腿的事都由他出面，他的赖皮在庄里也是出了名的，赌博把父亲留下的家产卖得只剩下一间烂板房。家里的东西都让他拿到当铺，三文不值二文给典当出去。在赌场押宝输了，他把媳妇押给了庄家，庄家让他当着众人的面大喊几声"我是泥头"。他真的喊了起来，从此，镇里人都叫他"泥头"。当赌场的庄家大摇大摆进了他的家门，那可怜的女人受不了羞辱，肚里怀着五个月的孩子跳了井，从此，他就是想当泥头也当不了啦。后来，又染上了毒瘾，毒瘾犯了，没钱的时候，就把身上穿的衣服，送进当铺。后来，赵恒顺收留了他，他的小命也掌握在赵恒顺手里，烟瘾来了，赵恒顺给上他一包料面，让他干什么，他就干什么。这时，只见他眼泪、鼻涕、口水一起流，哈欠不断，"我一让你办事就来了烟瘾。"赵恒顺恶狠狠地瞪了他一眼，随后，从怀里掏出一包料面扔给他，他点头哈腰地推门出去。

第二十八章

西河倒流水
引来铁乌龟

　　张忠德是个务实的人。这一点继承了他祖父的秉性，他从小就在一个商家交易的市场中长大。常言道，鸭子的儿子会浮水，经商之道学不会也看会了。他最初在隆盛庄开了一家京货店，经营布匹绸缎，小本生意做得红红火火，蒙古族人以金银、牛羊、骡马、皮张、毛绒之类换取他的绸缎、食盐、布匹、烤烟、茶叶等生活日用品，生意一直从北京做到库伦和恰克图。他第一个在隆盛庄盖起了一座小二楼，那楼是隆盛庄街面上的唯一景致，雕梁画栋、飞檐微翘，丹楹刻桷，"紫云阁"的字号大招牌挂在楼顶，这三个字据说是清朝一位钦差大臣给题的，一楼铺面的门顶上挂着更大一块牌匾，上写"紫气东来"几个字。张忠德的京货铺字号叫京隆商行，每年过盛大的六月二十四庙会的时候，楼阁上早早就站满了人，这好似一个观景台，站在这里，可以鸟瞰全庄的风景。每逢这时候，也是张忠德最得意的时候，他会把庄子里有头有脸的人都请到楼上的客厅，大家围坐在那张红木八仙桌前，品茶论今古，久而久之，紫云阁成了隆盛庄名流商贾的聚会之地。张忠德在这些人中间自然也很有威望。已经连任隆盛庄两届里长了，虽然是一个民间官职，但在庄里行使的权力和商务会会长一样。这天早晨，赵恒顺提着鸟笼子，第一个来到紫云阁，紧接着陈德隆、王闻虎、八大行的刘掌柜、李掌柜、钱掌柜……一个一个都来了。张忠德依次给他们满上茶水，第一个开口的是赵恒顺："张里长，咱们隆盛庄是不是要修铁路了？"

陈德隆一边喝茶一边说："谁不知道，咱隆盛庄是一个平安昌盛的世外桃源，路不拾遗、夜不闭户，庄外有多少土匪虎视眈眈，都想进来抢劫。只是我们防范严密，城墙城门严密把守，他们才不敢轻举妄动。如果把这个大乌龟开进庄里来，咱们庄里恐怕又该出现许多乌龟了。"

"话也不能那么说，不修铁路，当乌龟的男人不是也有吗？远的不说，就说长巷子那个龟头院子就是一个例子。"王闻虎接起了话茬。

提起这个龟头院，大家话题多了："喊一声龟头，挣一个元宝，真有这事吗？"

"这女人也太值钱了。"

"隆盛庄的四大美人啊。你没听瞎德子唱的那口歌子：'东头的果子西头的梨儿，中间夹的白菜心。'龟头的女人小白菜，可不是个等闲之辈。"

"当泥头的也有啊，你看那五麻子。"

"愿赌服输嘛，他输了不当泥头怎么办？"

"老婆跳井死了，想当泥头也当不了啦。"

镇上的老财们都聚集在紫云阁，大家东拉西扯地谈论着镇上发生的奇闻怪事。张忠德给大家沏茶倒水，然后，把话题转到修铁路这件事，他说："京绥线的铁路负责总工程师带领技术员，要来咱们隆盛庄打桩规划线路，这铁路怕是非修不可了。"

"方圆百里的人谁不知道咱隆盛庄是块风水宝地，这铁路线要是修通了，咱们那四个城门还能拦住个土匪。"

"修通了这铁路，四路八下的兵痞土匪都会涌进隆盛庄，我们隆盛庄的许多女人孩子还能过上安宁的日子吗？那些男人们还能安心走草地吗？"

人们七嘴八舌议论着："自古以来要想富修铁路，既然铁路修到咱们家门口了，总不能把这财神爷拒之门外吧？"

"你是挣钱挣得眼红了，你就不想想咱们隆盛庄家家户户的安

171

全，不怕那妖物把咱们的风水财运带走？"

赵恒顺阴起个脸："打地桩从我的洋烟地通过，损失谁来弥补？我那是寸土寸金啊，先问问我答应不答应。"

"不答应又能怎样？修铁路是国家决定的事，从哪里走到哪里去，也是工程司勘测好的，你想阻拦就能拦住吗？"陈德隆狠狠地呛了赵恒顺一句。

"别说修铁路，就是明天朝廷下个口谕要拆迁隆盛庄，你也得顺从旨意。你那几亩洋烟地算个啥？"王闻虎也附和着。

"大家商量一下，如果都不同意，就一起表个态，想办法去阻止这件事。"张忠德说话了。他毕竟是里长，掌管着隆盛庄大大小小的事情。

他又对商务会会长黄金柱说："修铁路，这是一桩大事，你是会长，也该拿个主意。"随后，他又低声说，"这事你看是不是先去和老丈人商量一下。"

"我也是这么想，他毕竟比我们想得周到。"黄金柱和张忠德不谋而合。

令子虚虽然不常来商务会坐班，但商务会的大事小事，二女婿黄金柱还是要找老丈人商量。在隆盛庄修铁路，这是一件事关全庄人的头等大事，老财们都不同意修铁路，但这事不是他们说同意不同意就能决定的。京张铁路修建的时候，库伦办事大臣廷祉就开始上奏朝廷，请求修建张家口到库伦的铁路，但张伦路线长达二千多里，沿途城镇寥寥，人烟稀少，所以，朝廷不批奏折，决定先修京绥铁路。土地、铁路是朝廷的，就算全隆盛庄人不同意铁路从庄里通过，又怎么阻止得了？想到这里，他下意识地摇了摇头，思来想去，还是要去和老丈人商量。

令子虚除了忙学校里的事，闲暇时候，就在家里看书抄写经文，清晨也到西河湾练练太极拳。他的院落在老财巷的尽头，庭院不大，但大门楼却很气魄。推开大门映入眼帘的是一块高大的灰砖砌筑的照壁，照壁上雕塑的图案是一只栩栩如生的鹤。灰色的砖瓦房，院里也铺满了灰色的方砖，正房的窗台前有一个用灰砖垒砌的大花池，花池里鲜花开得正艳，花栏墙上也爬满了正在吐丝的喇叭花。整个院子充满了浓浓的书香味，就是窗户上，也是贴着各种叫不出名的山水画。黄金柱也没有敲门，直接走进房间。老丈人把金丝眼镜摘下来，慢慢放下手里的书。黄金柱把提着的两个点心盒子放在柜上，他也不拿捏，盘腿坐在炕上。

"您大概也听说了，咱们隆盛庄要修铁路。"

"好哇，这是一件大好事啊。"

"您怎么说是一件好事呢？"

"怎么不是一件好事呢？要想富，必修路，何况修的是一条铁路。那更了不得。"

"这铁路修通了，咱们隆盛庄还能安宁吗？"

"苟且之心啊，你怎么就不为后代儿孙想想呢？"老丈人的话说得黄金柱脸红了，他吞吐了好半天，也找不出一句合适的话来回应老丈人。

"隆盛庄有四门、有城墙，你以为就安全了吗？秦始皇修筑了万里长城，后来，匈奴还不是照样入侵中原。没有路，隆盛庄怕是死水一潭，成了真正的旱码头了。张库商道贸易的繁荣，促使清王朝修筑了我国第一条实用铁路，京张铁路是詹天佑为中国人争气的铁路。张库商道也促使国民政府修筑了第一条国有张库公路。我们隆盛庄繁华商贸，难道不能促使国民政府也修筑一条铁路或公路吗？大境门作为南北商贸交流互通之门而存在，我们隆盛庄难道就不能为茶马之道的商贸开辟一条方便之门吗？"令子虚的话句句在理，说得黄金柱无言对答。

"你就是来和我说这事吗？"令子虚说，"京张铁路的开通繁华了张垣，京绥铁路的开通，要是经过咱们隆盛庄，这个地方必然要繁华昌盛。"

"隆盛庄的老财们和八大行都表示不同意。"黄金柱讲了大家在紫云阁争论的结果。

"你是商务会会长啊，隆盛庄的经济大权掌握在商务会手里，但钱要花在刀刃上。"令子虚的口气很果断，"咱们做事千万不能给后

辈儿孙留下怨恨的话把子。"

令子虚的话让黄金柱陷入了沉思：

光绪十八年前，挑着担子走口外，已经形成忻州县人唯一的出路。张皋隆盛庄，爬场好地方，这是口里人到处流传的一句名言。隆盛庄究竟多好，黄金柱没见过，有多远，他没走过。直到父亲下世那年，离世的最后一刻，只告诉他一句话："要想富，走西口。"他不知道这西口在哪里，埋葬了父亲，告别了老母亲，他担起了父亲留下的那副担子，一直从忻州走到隆盛庄。那年，他十七岁。忻州人出口外，自古留下三不回家的规矩，发财了不回家，穷了不回家，死了不回家。黄金柱是属于发财的忻州人，自然不会回去了，他在隆盛庄娶妻生子。

黄金柱发家后，人们都忘记了他的这个名字。隆盛庄人都叫他黄富财，这虽然是个绰号，但蕴含着隆盛庄人对这个忻州人的仰慕和崇敬。一个担挑子的卖针头线脑的货郎担，竟然在隆盛庄能买房置地，开京货铺，这是让人们难以置信的，马桥街的正面那一排京货铺，都是他的铺面。但谁又能想到，他仅仅是一个货郎担。

富财巷子不长，巷内一座又一座四合院却让隆盛庄人对他刮目相看了。房屋的建筑格局乍看有点高墙冷巷，但细细琢磨，倒感觉给人一种居高临下的气势，财富巷四合院的后墙，正好对着老财巷子，那堵笔直高挺的厚实墙壁和宽宽的石头根基，就知道庭院的恢宏和气派了。老财巷圆拱门里的老财们，每逢从这堵后墙下走过，心里总有一种不服气的感觉。他庭院的后墙也正好对着钱旺的院门，相比之下，钱旺小院的门楼就显得小家碧玉、不够气派了。但人们都说钱旺是有财不外露，马桥街正西的几家京货铺，都是钱旺的铺面，黄金柱是正拦柜，东拦柜是张忠德，铺面更气派，这是一座有欧洲特点的小二楼，也是马桥一处景点。外地人只要来了隆盛庄，都要先上小洋楼逛逛，楼上是绸缎布匹，楼下是日用百货。来购买商品的人川流不息。马桥上这三家京货铺形成了一个三柱鼎立的格局，三家铺面的台阶都是清一色的石条铺就的，台阶很高，台阶下面是一排又一排石桩，一个不大的街心就这样形成了隆盛庄繁华热闹的集贸市场。

　　每天过往隆盛庄的流动人口成百上千，货物车马络绎不绝，牛羊驼马成群，一派银货流转，人畜杂聚的繁盛景象。从各地涌来的大批移民，聚集在这里各谋生业。山西、河北一带旅蒙商人，深入草原腹地，贩回的牛马羊驼、皮毛药材，在隆盛庄进行交易；乌兰花、后大滩、可镇一带的粮食，也经由隆盛庄转运北京、天津、张家口、大同、太原等地，而扎萨克、台吉、牧民和喇嘛等去五台山拜佛进香，往返都住在隆盛庄。如果开通了火车，隆盛庄会走进一个更加壮观的繁华盛世。

　　一阵佛音从隔壁传来，他知道那是岳母在佛堂念佛，他不便去打扰，于是，和岳父打了个招呼，就向外走去。

　　巷子里，每家院子的门口都坐着三五个乘凉的女人，她们手里拿着针线活儿，纳鞋底的、拆衣服的，还有的怀里抱着孩子，孩子的嘴巴吊在奶头上，她们手里还拿着捻线拨吊，一只手里攥着一团棉花，手指头慢慢搓着，随着拨吊的旋转，那细细的线就从手心里流出来。她们看见黄金柱走过来，就高声问："会长，咱隆盛庄是不是要修火车道了？"

　　"那铁马来了，会不会糟害咱们庄里的人？"

　　"火车是啥样儿的？是不是走起来比飞毛腿还快？"

　　"火车怎么是爬着走的，我那个当家的，有一年从北京回来的时候，坐过一次火车，他说火车上还有茅房，还能吃饭喝水，还能睡觉。"

　　七嘴八舌的问话，让黄金柱无法回答，他笑着说："火车要是真开进咱们庄，以后你们出门就不用坐牛车马车了。"

　　"那敢情好，我们也能下丰镇、上集宁逛逛了。"

　　卖莲花豆的薛三挎着一个大竹篮，一瘸一瘸走过来，他拉长声调喊着："五香大豆，有钱靠前，没钱退后……"

　　女人们掏出几个铜板，围着薛三买他的莲花豆。印海子提着个首饰盒走进巷子里。他是银匠，经常提着首饰盒沿门串巷招揽生意，给人们镶金牙、打戒指、手镯、耳环。女人们都向他围过去，俗话说："女人倒换，银匠喜欢。"

"印师傅，镶一颗金牙多少钱？"

"不贵，"印海子嘿嘿笑着，"先放个定钱就行了。"印海子也有一个小小的银匠坊，一个小小的提炼金银的小炉，还有一个铁砧和捶打银器的工具，银子在小炉里融化了，然后用钳子夹出来，放在砧子上捶打，他会做各种各样的戒指、耳环、项圈……他做的挂鱼活灵活现、栩栩如生，还有那伴娃娃都是孩子们小时候必须佩戴的首饰。他常常上门去承揽业务。女人们都喜欢看印海子那个首饰盒里的各种银器。

"二蛋家，你还敢镶金牙，没让你男人打得把真牙给撬了。"

"这次镶一个活套儿，他回来了我就取下来，不让他看见。"

"那我们一人镶一个活套儿金牙，出门走亲访友，过节过年的时候再戴上。"

印海子的首饰盒里各种金银首饰都有，他打开了，让女人们挑选："这戒指都是赤金的吧？"

"赤金啊，不行你用牙齿咬一下。"

"人们都说，'银匠不是人，把他妈也掺了铜。'你可不能欺哄我们。"

女人们嘻嘻哈哈地笑着，各自挑选着自己喜欢的首饰。银娥推开大门走了出来，她自从生养了那个没屁眼的孩子，就很少出门了，她害怕人们在背后对她指指点点。她手里拿了一个金戒指，想让印海子给镶个金牙，印海子把金戒指放在天平上称了称，然后问银娥说："镶活套还是死套？"

"死套。"

"那我还得给你脱模子。"印海子一双眼睛盯着银娥那张脸，有点心不在焉，"我今天没带石膏粉。"

"那你明天带了石膏，到我家里脱牙模，顺便让我姐姐挑选一枚金戒指。"

"我吃过晌午饭就过去。"

银娥走了，一伙女人都瞅着她的背影，一个个长吁短叹："好水灵的媳妇啊，一棵白菜让猪啃了，怎么嫁了那么一个阴人。"

"阴人有钱啊。"

"挣的都是黑心钱，要不养没屁眼的孩子呢。"

"儿女银钱天注定，命中无儿别强求，不知道从哪抱养了一个儿还让别人拐走了。"

"听说是三义店一个苏州妓女生的孩子。"

"这个妓女也有来头啊。"

女人们七嘴八舌地闲扯着庄里的事……

第二十九章
舍命不舍钱
钱命紧相连

韩二秃没等天亮就敲开了赵老财的大门。他兴冲冲地推开门，女儿和女婿还在睡大觉呢。

他皱了皱眉，退出来，掏出旱烟锅，在窗根下一锅接一锅抽起来。好不容易盼着屋里有了动静，站起身正要进家，和端着尿盆子的女儿撞了个满怀。

"哎呀，老爹，您大清早跑来，慌慌张张有啥事？"

"火烧眉毛了，你们还四平八稳地睡大觉。"

赵恒顺从床上爬起来，他有吸起床烟和倒床烟的习惯。他先点洋烟灯，吸了两口才打起精神穿衣服。

"我那三十亩洋烟地，全完了，全完了。"

"不就是三十亩地嘛，也值得这样大呼小叫。我被毁掉的洋烟地何止三十亩？"

"我能和你比吗，瘦死的骆驼比马大，那地是我的命啊，没了这洋烟地，我的日子怎过？"

赵老财很鄙视老丈人，一个土鳖老财，把铜钱看得比磨盘还大，但一看银娥的脸色，也不想多说什么。

"听说铁路要从西河湾通过，这两天要在地里打了桩。"

"不是还没开始打嘛。"赵恒顺眯缝着烟，继续抽洋烟。

"你得赶快想办法啊，这铁路动工了，我的地就全部糟蹋了。"

赵恒顺让银娥给点亮洋烟灯，又给送上了盖碗茶，等他抽足大烟，喝足茶水，躺在太师椅上哼起了山西梆子《走麦城》里孙权的几句唱词：

赤壁鏖兵东吴胜，
刘备强占荆州城。
关羽傲慢实可恨，
不灭桃园心不平。

韩二秃看着眯缝合眼的赵恒顺，心里暗暗骂道："有几个臭钱，把你烧得四条腿都朝天了。我把两个女儿嫁给你，算是我眼窝瞎得一胳膊深。"他气狠狠地摔门出去，银娥招呼参到伙房吃饭。大清早，长工都围坐在一盘大炕上，只见炕上放着一个黑瓷盆，盆里是黄萝卜、茴子白烂腌菜。大家都低着头一碗一碗吃着油炒块垒，喝着稀粥煮山药的和子饭。韩二秃也不拿捏，自己从锅里铲了一大海碗块垒，蹲在灶前狼吞虎咽地吃起来。块垒噎住了嗓子，两腮憋得像个红公鸡，伸着脖颈"咯咕咯咕"直打嗝，他用手抹拉抹拉胸口，喝了一口稀粥，夹了一筷子烂腌菜，总算换过了气，随后，又从锅里铲了一碗块垒。三碗油炒块垒下了肚，他擦擦挂在胡须上的块垒渣子，蹲在灶火前掏出旱烟袋，烟锅头磕得炕沿梆梆响。几个长工戏谑他："韩老二，赵老财的块垒，你的肚，噎死了可没有人给你收尸。"这声音好耳熟啊。韩二秃抬起头，突然，目光停留在一个长工的脸上，再看他那只端着饭碗的右手，"六指儿！"那天夜里闯进他家里，和他逼着要洋烟的人就是他。韩二秃硬舍命不舍钱，烧红的烙铁烫在背上嗤嗤响，也没有榨出一两洋烟。再看这些人一个个都歪三扎愣的，不像个受苦人，他心里犯了疑惑，但又不敢吭声，他把烟锅插进那个黑不溜秋的烟袋里，起身向大女儿房间走去。

推开门，只见翠娥脸朝窗户光着膀子坐着，腿上放着一件红布腰子，双手搓摸着在捉虱子。哑女用箆梳蘸着唾沫，不住刮那些爬在发根儿上的白色虮子和满头乱窜的虱子。韩二秃看着蓬头垢面的女儿，心里也不是滋味儿，他唉声叹气地坐在炕沿上，又掏出了旱烟袋。

"您下次来的时候，给我带一些东八号海边的土碱，让哑女给拆洗一下衣服。以往眼睛能看见，年年回去扫土碱。"翠娥的眼前似乎又呈现出一片碧蓝碧蓝的大海，那白色的飞扬在海上的蒲草花。每年春天，隆盛庄的女人们都来海边扫土碱，她们这些小孩子就跟在那些女人身后，庄里的人打扮就是和地上的人不一样。她从小就羡慕隆盛庄的女人，一个个都是那么漂亮，个子都是那么高挑，穿戴都是那么时尚，为什么美女都出在隆盛庄呢？后来，听老年人说，是因为隆盛庄有吕布和貂蝉的后人。自从她嫁给了赵恒顺，她也开始模仿街上女人的穿戴，但总是脱不掉地上人的那种生来的土气。赵恒顺也从来没有抬爱过她一天。

"再让我妈给捣块猪胰子。"翠娥两只脏脏的手来回搓抹着。

"赵恒顺莫非连个擦油抹粉钱都不给你？"韩二秃气狠狠地问。

"我也出不了门，抹啥油擦啥粉？"翠娥把两个大拇指放在嘴边，在指甲盖上唾了一口唾沫，用食指和拇指来回搓抹着被虮子血染红的指甲盖。

"我好想再回村里看看，看看那蓝莹莹的天，看看东八号那绿汪汪的海水。我和妹妹小的时候，都喜欢摘那些蒲草梆梆……"

韩二秃没心情再听翠娥唠叨，他把烟锅在炕沿上狠狠磕了几下，然后，站起来向女婿的房间走去。

赵恒顺在窗台前翻晒那些加工好的洋烟，他用蜡纸把洋烟包了一层又一层。韩二秃推开门，从裤裆里掏出五六个用蜡纸裹好的洋烟棒，"把我这几斤洋烟，也让肛门队给带到北京卖一下。听说，这些日子洋烟又涨价了。"

"屙不出来，化在肚里这损失算谁的？"赵恒顺不冷不热地说。

"你的洋烟能屙出来，我的就屙不出来。这几斤洋烟，我可是用命换来的。"他边说边脱下那件白茬皮袄，露出让赖小子用烧红的烙铁烫的还流着脓水的伤口。

"您老也是死心眼，自己种洋烟还在乎这点洋烟，何必受那皮肉之苦呢。"

"我卖了这些洋烟，再买几十亩地。"他眼里射出一股贪婪之光。

"洋烟运不进北京城，烟价自然都涨了。您拿回去，等价格涨起来卖个好价钱。"

韩二秃觉得女婿说得也在理。于是，又把洋烟装进褡裢里。他临出门的时候，又叮嘱女婿："那铁路可千万不能从咱们的洋烟地里通过。"

"嘿嘿……"赵恒顺脸上露出一丝阴笑，"是不能从隆盛庄通过。"随后，他还再三地吩咐老丈人，"把洋烟藏好了，这些日子赖小子到处抢劫。"

"藏好了，就是窜梁耗子也偷不走我的洋烟。"他迈着两条罗圈腿，大摇大摆走出圆拱门。

就在那天夜里，几个人悄悄翻墙进到韩二秃的院里，那只拴在院里的狗一声也没有叫，就被杀死了。这伙人进了家，把他双手反绑在屋里那根柱子上，嘴里塞了一团烂棉花，他又看见了那个长了六指儿的手，但后来就什么也不知道了，当再次醒来的时候，天已经大亮。老婆吓得魂飞魄散，她跌跌撞撞跑出去，喊来几个村民，才把他从柱子上放下来。只见家里那盘土炕被刨塌了，那些藏在炕洞里的洋烟全部被抢劫一空。韩二秃一下昏死过去。

第
三
十
章

天
道
好
轮
回

铁
路
进
庄
来

张忠德推开老丈人的家门，只见令子虚正在翻看一张《绥远民国日报》，他摘下金丝眼镜，让女婿坐在炕上："你看看，京绥铁路已经开通了。"张忠德接过报纸，目光盯在那行醒目的标题上："京绥铁路的勘测与选线。"

"按照初定计划，在京张铁路即将竣工的时候，总工程师詹天佑就派出人员开始勘测，光绪三十四年（1908）九月初十日，工程司俞人凤开始对张绥铁路初测，初测路线有三条：北线由张家口开始途经兴化城、大草地、平地泉、十八台、卓资山、陶卜齐到绥远，中线由张家口、柴沟堡、鹅岭坝、隆盛庄、丰镇、宁远、巴梁上、石匣沟、西沟门到绥远；南线为张家口、太师庄、怀安、天镇、阳高、聚乐堡、大同、左云、杀虎口到绥远……"张忠德把报纸放在桌上，"看来，这火车真的要开进咱们隆盛庄了。"

"这是好事啊，铁路修通了，火车开进来，会使隆盛庄更加繁荣昌盛。"令子虚说，"你是里长，一定要把握好这次机会。"

张忠德沉思了片刻，说："这是一件大事，我会慎重行事的。"

令子虚又翻出几张《民国报》报纸，看了一段关于张家口商道贸易的发展。他指着其中一段又对张忠德说："京张铁路通车后，许多货物通过火车运输，杀虎口因此冷落下来。京包铁路未开通前，这里是中原和漠南的通衢要道。古人称：东有张家口，西有杀虎口。可是，自从张家口有了火车，杀虎口的生意就萧条了，这是秃子头上的虱子，明摆着的事，人们都会求近舍远。隆盛庄的铁路如果开通不了，会不会也步杀虎口的后尘呢？"

"但是，隆盛庄多数人都担心、害怕铁路的开通。"

"这种人都是鼠目寸光，类似赵恒顺之流，他们根本就没有全盘去为隆盛庄着想。"令子虚一边翻看报纸，一边又吩咐女婿，"线路不是已经勘测了，地桩也打了，听说铁路已经修到丰镇，眼看就要进隆盛庄了，你是一镇之长，一定要趁热打铁，去铁路总局跑一趟，打听一下，看什么时候修到咱们隆盛庄。该花钱的地方，你要和黄金柱商量，让商务会发动一下隆盛庄的买卖人，大家都募捐资金。"

张忠德听了令子虚的话，决定亲自去一趟北京，到铁路总局打听一下情况。锁子赶着马车送老爷到张垣乘坐火车。自从有了京张铁路，人们到北京的时候，方便了许多，如果张绥铁路开通了，以后出门就不用再坐马车了。

从隆盛庄到张垣，马车跑了整整一天，傍晚时分，在距离张垣不远的一个客栈住了下来。锁子卸车饮马喂料，张忠德洗了一把脸，等锁子回来一块吃饭。几个陌生人推门进来，他们一拥而上，给他头上套了一个毛口袋，五花大绑捆了起来。他被扔到车上，车子在一条坑坑洼洼的土路上走了很久，他被拖下车子。一会儿，听得门"哐当"一声开了，来人拿掉了他头上的毛口袋。

"哈哈……这不是张里长吗？真是冤家路窄啊，快给张里长松绑。"

刚才捆绑他的几个人过来给他解开绳子。

"孤飞侠，怎么，你这兔子看来也开始吃窝边草了？"

"我孤飞侠再没人性，也不会伤害本乡本土的人。只是线人给提供了这个消息，我是想借此机会，和您见个面。"

"看来，我从隆盛庄一出发，你们就开始跟踪了。"

孤飞侠点了点头："世道混乱，鱼目混珠，知道你出行的想乘机打劫的大有人在。我派弟兄们跟踪，也是有意保护你不受伤害。"

他命令旁边几个弟兄："拿酒来，先给张里长压压惊，今晚就在我这里好好睡一觉，明天早晨，我亲自送您到张垣火车站。"

张忠德也不推辞，打发锁子返程，自己住在了孤飞侠的匪窝中。

第二天早晨，孤飞侠一直把张忠德送到张垣火车站："张里长，不远送了，后会有期。"

张忠德说："我希望你尽快结束这段流寇生涯。"

孤飞侠只留下一句话："人在江湖身不由己。"说罢，带着他的弟兄策马远去。

望着孤飞侠的背影，张忠德突然想起民间流传的那句话："倒流水，倒流水，不出人才便出匪。"

在北京铁路局，张忠德才得知，铁路线已经从大同修到了丰镇，这时候，原铁路局局长关冕钧已经离职，刘式训、蔡序东分别任正副局长。张忠德见到了负责丰镇至归绥一带铁路线的工程师庄先生，这位年轻有为的工程师热情地接待了他，张忠德说明了来意。他操着一口广东普通话："你们着急，我们心里更急，但因为第一次世界大战致使铁路材料费用高涨，京绥铁路面临经费不足，因此，这条铁路线的拓展已经被迫停工。现在，又募集了第四次、第五次短期借款，向东亚兴业日株式会社借日元三百万元，以三百五十万元券为担保，限期五年，月息九厘。"庄工程师讲到现在政局混乱，资金奇缺，修筑事宜举步维艰，列强争端已经蔓延到中国的国土上，时任局长萧俊生、副局长水钧韶与总工程师陈西林商议，准备募集京绥铁路第六次国债一百万元，月利息七厘五，用于支付丰镇到卓资山、绥远的筑路用款。

"款如果募集齐了，预计什么时候能修到我们隆盛庄？"

庄工程师皱了皱眉，话语有点吞吞吐吐："这个嘛？购买铁路材料的款只要筹集齐备，就马上开工。不过，以前勘测的线路途径有非常险峻之处，均不能被完全采用。"

"庄先生说的意思我不大明白。"张忠德问。

"以前勘测的三条经过工程师和技术员的再三比较论证，决定避开艰险，采取从张家口经直隶的万全、怀来、山西的天镇、阳高，由大同北行至丰镇，然后，从丰镇到红砂坝、关村、集宁……"

"那就是说铁路不经过隆盛庄了？"

"是的。"庄工程师的口气非常肯定。

"这次募集款，希望能得到沿线各地镇政府的支持。你是一里之长，号召庄里的人多买一些国债，来支援铁路的展筑。"他还说，"为解决开工经费困难，总工程师詹天佑把自己及子女们的个人积蓄、财产拿出或变卖，用来购买交通部发行的'路债券'。"

庄工程师的话，令张忠德非常感动。他说："无论铁路经不经过隆盛庄，我们一定会尽绵薄之力来支持铁路的展筑。"张忠德很慷慨地回答，但心里却充满了失望，隆盛庄那些盼着早日修铁路的人会怎样想？那些一直反对铁路进庄的人又该怎样想？他必须慎重处理好这件事。他一个人向西直门车站走去。路上聚集了靠出租人力车讨生活的人群。他叫了一辆黄包车，拉车人是地道的北京人，说话舌头打着卷，跑起来健步如飞，走到人多处，他放慢脚步，一边用手巾擦汗，一边还兴致勃勃给他讲北京发生的新鲜事。袁世凯称帝了，张作霖进北京把八大胡同的所有妓院都包了，孙中山发表《讨袁宣言》了……他无心听车夫侃，下车后，急急匆匆买了一张回张家口的火车票。

张忠德回到隆盛庄，再次召集镇里的老财和八大行的掌柜，大家又一次聚集在紫云阁。他如实和大家讲述了京绥铁路的修筑过程。

讲了关于款项的募集情况。他说："如果大家愿意就多买一些路债券基金，月利息七厘五。"赵恒顺首先说话了："能保住我的洋烟地不受损失，这路债券我买了。"

"能保证火车不进庄，这钱我也花。"

不想让火车进庄的人愿意花钱，想让火车进庄的人也愿意花钱。张忠德在庄里还是有声望的，他号召大家募捐钱修铁路，虽然费了一些周折，但还是筹集到一笔款，他决定和黄金柱一起再到铁路局一趟。

隆盛庄为京绥铁路的展筑，总算是尽了一点绵薄之力。铁路没有从隆盛庄通过，这使隆盛庄开始步杀虎口的后尘。张忠德心里仍然充满了遗憾，之后几年，现实已经证明不通铁路对隆盛庄是致命的损失，隆盛庄这个旱码头的生意也越来越萧条，而过去不出名的丰镇县反倒因为有了铁路而一天天繁华起来，就是那鸟不飞过的老哇咀也今非昔比。张忠德是生意人，他从生意的角度来分析，隆盛庄已经开始走向下坡路。

第三十一章
张章荣归里
遭匪请『财神』

炎热的盛夏，校园里，没有一丝风，知了不知疲倦地叫着，整座北平都被一种热气笼罩，让人沉闷得喘不过气来。一位文质彬彬的年轻人，提着一只柳条编织的皮箱，慢慢从校园走出来。

校门口，一位留着短发、身穿印花连衣裙的青年女子在等他："张章，你真的要走吗？"

张章眼里透着惊喜，飞快走到女子身边："我很快就会回来的。"他上前拉住了女子的手，"秦素，我没有告诉你回家，只是怕你过多地等待。"

"我妈还一直等着见你这位未来的女婿上门呢。"秦素的双眸停留在张章的脸上。她抬手向后推了推那顶米色蝴蝶结草帽，她的头发如一席瀑布。他再次用心灵感受着她脸上绽开的那灿烂的妩媚动人的微笑。

张章和这位女子大学高才生认识，也很偶然。两人都是三民主义的信仰者，自然有共同的话题："等我返回北京，我的工作定了，就正式向你求婚。"

秦素点点头："盼你早日返回，代问家父家母好。"秦素把一块带着香水味的丝帛手绢递给他。"你看看，上面那孔雀多漂亮，是我自己绣的。"

"怎么绣一只孔雀？"

秦素从小兜里又掏出一块，"那只在这里呢。"她把丝帛展开：
"这是一对孔雀，你看两块丝帛合在一起，不就是一对比翼齐飞的孔
雀吗?"

"哈哈，素素，不愧是美术系的，创意超人。"

"我本想画一幅画，但画不好保存，于是就把画绣在丝帛上。"

张章也掏出一个精致的小盒："素素，本来打算求婚时候送给你
的，你先保存好，我回来时候一定亲手给你戴上。"

秦素已经猜到盒子里的礼物是什么了，她把盒子捂在胸口上，两
人忘情地拥在一起。

和秦素告别，她那浅淡的回眸，在夏日里，摇曳出一个远去的
梦，他手里攥着那块丝帛，心里揣着那只美丽的孔雀，双脚踏在那条
悠长的青石巷。他的眼睛有点潮湿，那块悬挂在校门口的牌匾："北
京京师大学堂"也越来越模糊。

从学校往北平火车站走，还有一段距离，他搭了一辆黄包车，直
达西直门车站。从黄包车下来，走进闹哄哄的车站，他买了到丰镇的
车票。这条铁路线刚刚开通，父亲写信说："京绥铁路开通了。这条
铁路是用我们自己的工程师修筑的，詹天佑为中国人争了气，以后你
再回家就方便多了。"记得到北平来念书的时候，是他和父亲一起坐
着花轱辘轿车摇摇晃晃走了将近走了四天的路程才到达北平的。现
在，开通了铁路，他以后回家就再也不用在路上走四五天了。

走进候车室，他坐在一处安静的长椅上，他又掏出秦素给的那块
丝帛，放在鼻子下闻闻，淡淡的香味漫过他的心。秦素，他在低声呼
唤。他小心翼翼把丝帛放进贴身衣袋，然后，又从柳条箱拿出一本
《新青年》杂志，随便翻翻，他被李大钊的一段话吸引："冲决过去
历史之网罗，破坏陈腐学说之囹圄""本其理性，加以努力，进前而
勿顾后，背黑暗而向光明，为世界文明，为人类造幸福"。读着这段
话，他的热血沸腾了，他想急于投入到工作中，他喜欢外文翻译，凭
他的英文水平，在北平找一家报馆或者出版社工作，应该是最好的选
择，但他必须回家乡看看，父亲多次捎信，母亲也整天想得他茶饭不
思。还有姥爷，在北京住得好好的，非要回隆盛庄，他说叶落归根，

倒流水的人总是不能忘记那西河湾的水，隆盛庄是一座路不拾遗、夜不闭户的世外桃源，安居在那里心有所托啊。姥爷执意要回去，他放弃了北京各所大学的任职书，在隆盛庄过起了田园生活。想到家里的亲人，想到从小在那座四合院生活的情景，心里不由涌动着一种归心似箭的感觉。他不时掏出怀表看看。

黑色笨重的蒸汽机车头拖着十几节车厢，缓缓停在站台前。他上车后，坐在一排木椅上。车厢里闷热闷热的，有点喘不过气来。他打开车窗，把头探出窗外，站台上，送亲友的人稀稀拉拉，火车头不停地喷着雾气，一团一团白雾从眼前掠过，一声汽笛鸣过，车子摇晃着向前行驶。路过丰台柳村，经居庸关、八达岭，开始穿山洞了，一个接一个的山洞，车厢里忽明忽暗，外面高耸的大山从眼前闪过，他感觉很累，想睡觉，于是，把柳条箱放在行李架上，把黑制服挂在衣钩上，双肘支撑在那个简易的木桌上，掌心托着两腮，闭住了眼睛……

在车轮碾压钢轨的"哐当哐当"声音中，他睡了很久，睁开眼，脖颈像脱了臼一样，胳膊也变得麻木了。他试图转转脖颈，伸伸胳膊。前面传来列车员喊站的声音："丰镇车站到了。下车的旅客请向车门走了。"火车晃荡了七八个小时，外面的天色已经黯淡，他拖着僵直的双腿，慢慢向车门口走去。

"少爷！"空旷的站台上，一个身穿白粗布衫的小伙子走过来。

"锁子，你怎么来了？"

"老爷说你就在这几天回来，每天都让我来车站接你一趟，顺便到大境门送货。"

"哦，他是收到我的信了。"

锁子接过他手里的箱子："行李呢？老爷说你东西多，我是赶了车过来的。"

"呵呵，有车咱坐着回去不是更好啦。"

两人边说边走出检票口，只是一个铁栅栏门，下车的人稀稀拉拉，也许是他的衣着有点特殊，黑色的制服，制服的小兜上，插着一支钢笔，黑色的西裤，皮鞋也擦得油光锃亮，一看就是从大地方来的念书人。张章跟着锁子，走到一辆花轱辘轿车前。

今天还能走吗，张章看了看天色，晚霞映红了天边，肚子叽里咕噜叫起来，他才想起，整整一天没有吃饭了。他瞅了瞅周围，看不见个像样的饭店。

锁子说："章哥，饿了你就吃篮子里的干货。"

锁子扬了扬手中的鞭子，牛车慢慢向前移动着。他顺手把一个竹篮放到他怀里："你喜欢吃啥自己挑拣着吃吧，油麻叶、草纸糕、翻毛饼、提江饼，老爷说你从小就喜欢吃这四叶油麻叶。"他把一个水葫芦递给张章。

张章看着那个脏兮兮的水葫芦，皱了皱眉头。锁子也不管张章吃不吃，他自己先狼吞虎咽地吃起来。

"啥时候能回去？"轿车慢悠悠地走着。想起刚才坐火车的情景说："要是火车能开到咱们隆盛庄就好啦。"

"你是说那个大乌龟吧，它怎么趴在地上都跑那么快？"

"哈哈哈……"锁子的话把张章逗得大笑起来，"那是火车，知道吗？跑起来，比这花轱辘轿车快几百倍。"

"章哥，跑那么快。你坐在车里颠簸吗？"

"有机会，我也带你坐一回火车。"

锁子摇摇头："我坐这花轱辘车就很好了。"

"我过几天回北京的时候，你和我一起走。"

锁子还是摇摇头。

"你不想去北京逛逛吗？"

锁子仍然摇摇头："你还要回北京？"

张章点点头。

"老爷还指望你打理街面上的商铺呢。"

"打理商铺？"张章不屑一顾地望着正在吞吃蜜酥的锁子，心里又想起秦素，他摸了摸那块贴在内衣口袋的丝帛，心里甜甜。

车子行走在盘山路上。

"锁子，你想不想有一天走出隆盛庄？"

"走到哪里？"

"比如，到很远的地方。"

锁子又是摇摇头："我这辈子能好好伺候老爷就行了。"

张章知道，锁子是老爷从台墩里捡回来的一个孩子，饿得奄奄一息的他被老爷救活了。张章的奶奶硬是用玉米糊糊把他喂大的，他比张章小两岁，张章也待他当作亲弟弟。老爷家里打里照外都是他，他能吃苦，就是不想念书，小时候，他陪张章去学堂上学，一听三字经、百家姓就打瞌睡。他喜欢放牛放羊，于是，老爷看着他确实不是念书的料子，就不让他陪张章上学了，把家里拿轻扛重的活儿都靠给了他。他也勤快肯吃苦，打理照外的营生，骑马赶车的活儿，不用老爷吩咐都做得头头是道。他还喜欢打拳，没有什么套路，但也能防身。

锁子吃饱喝足了，把水葫芦又挂在车辕上，车子慢慢悠悠向前走。天渐渐黑下来了，马头上戴的那串大咚铃不时发出叮咚叮咚的声音。夜风轻轻吹过，张章感觉到丝丝凉意，他坐得久了，腰酸背痛，腿脚都麻木了，于是，皱起眉头不耐烦地问锁子："还得走多远？"

"快了，已经过了四美庄。"

一听说到了四美庄，张章也不感觉乏困了，常听他父亲讲，他爷爷当年就是背着一卷行李，在四美庄垦荒种地的，四美庄有个巴总营。那个巴总营很气魄，占地几百亩。小时候，有一次，他和父亲在清明节一起回去祭祖的时候，巴总营已经变成一片废墟，几乎拆得连一块砖瓦都没有留下，只剩下一个土圐圙。后来，他念书的时候，查阅史料，才知道这个巴总营是明朝北方战犯的监狱，有个领兵将领叫李朝良。为什么偏偏要在四美庄设立这个巴总营呢？他一直没有去考证，只是感觉四美庄是个很神秘的地方。

"锁子，你说这村子怎叫四美庄？"

"俺怎能知道？人们大概叫顺溜了嘴。"

"人都说这庄子的醋美、酒美、水美、米面美。"

"四美庄的姑娘还美呢。"

"那给你找个四美庄的媳妇。"

"俺不要地上的媳妇，要娶也娶街上的女人。"

"街上的女人心气高，一个个花枝招展，人家还得看上你呢。"

"嘿嘿，看不上，俺一辈子打光棍。"

锁子的话又勾起张章的心思，他不由得摸摸内衣口袋那块丝帛，想着和秦素在一起的许多日子，心里荡起甜蜜的暖意。他把丝帛掏出来，放在鼻子下轻轻地闻着，嗅到了一股若有若无的清新味道。他似乎又看到秦素那张光彩夺目的笑脸，那雪白的闪烁着珠玑之光的牙齿，他喜欢她嘴里那股薄荷的清香，也倾心于她那迷人的微笑。"哒哒哒……"一阵急促的马蹄声由远而近，张章挑开车上的布帘，只见一伙大汉从马上跳下来，把他的马车团团围住。还没等锁子和张章弄明白是怎么回事，两人的眼睛都被蒙上了黑布。

张章被请了"财神"，当土匪把他蒙着头绑架到深山里的时候，他被扔进一个洞穴里。他的手脚被捆得结结实实，他想喊，但是嘴里不知道被塞了什么东西，这时候，他索性闭着眼睛躺在潮湿的泥土里。不知过了多久，那扇矮小的栅栏门开了，一个满脸横肉的男人走进来，穿一件脏兮兮的白粗布对襟上衣，腰系一根白麻绳，头戴一顶草帽。他上前解开绑张章的绳子，平和地说："知道我是谁吗？"张章摇摇头。

"不知道也好，省得咱们结冤仇。你给家里写封信，告诉他们来领你回去，或者我送你回去。"

他把张章带出洞穴，外面，天已经蒙蒙亮，张章在洞里已经整整躺了一个晚上。锁子呢，他转动着僵直的脖颈，四处张望，只见锁子满脸是血，被捆绑在柱子上。

"放开他。"张章大声喊着，"锁子，锁子……"

那人又过来了，他手里拿了一张麻纸，上前把锁子从柱子上放下来，"把这封信送回去，三日内让你家老爷来赎人。"返过头又对张章说，"老老实实待着，你这书生大概还没有尝过烙铁的滋味。"

烙铁在火里烧得通红。

锁子被他们拖出去，扔在了马车上。

"哐当！"一把大锁挂在门上。张章被锁在了这间破窑洞里。

第三十二章

张忠德失财
孤飞侠藏娇

　　半夜一阵急促的敲门声把张忠德惊醒，他急忙从炕上爬起来，披了件衣服，手提马灯就向外走去。拉开门栓，一个人扑通一下跌进门里。

　　"你是谁？"张忠德提着马灯上前一照，不禁大吃一惊，"锁子，你怎么啦？"

　　"干爹……"锁子满脸是血，白布衬衫上面也沾满了血迹。

　　"锁子，锁子，你快醒醒。"张忠德用胳膊将锁子架起，向屋里走去。

　　美女也着急地穿了衣服从炕上爬起来。她一看锁子满身满脸的血，吓得顿时面色苍白，哆嗦着嘴唇："少爷呢？你这是怎么啦？"

　　"少爷……少爷……让请了'财神'。"锁子抬手指了指贴身衣袋，张忠德掏出一张白麻纸，他迅速展开，只见上面画了一棵树，树上绑着一个人，旁边写了一行歪歪扭扭的毛笔字：速备五百大洋，三日后午时大石头沟山神庙下接头。张忠德把这张麻纸折叠起来，他没有说什么话，只是把锁子抱到炕上，然后推门出去大声喊着："锅扣，锅扣，赶快去叫一下普济大夫。"

　　锅扣从梦中醒来，一边答应着"起来了"，一边赶紧穿衣服。

　　美女看到锁子浑身上下都是伤痕，心被恐惧勒紧了，她哆嗦着双手，用新棉花给锁子沾着身上的血："少爷也让鞭打成这样了？"

　　锁子说不出话，院子里，那条狗在黑暗中"汪汪汪……"地叫个不停。普济推门进来，他给锁子用碘酒擦洗伤口，涂抹药水，然后，又用绷带包扎："这些挨枪子的土匪，进不了隆盛庄，就在周边骚扰。后天我再来给换一次药，伤口千万不能感染化脓。"

张忠德说着感谢的话，把普济送出了大门。屋里，传来美女的哭声，他的心也如一团乱麻。他强迫自己，一定要镇定，不能乱了方寸，于是，又朝着下房大声喊起来："锅扣，锅扣……"刚刚躺在炕上的锅扣又是一骨碌爬起来，一边揉眼睛一边推开了门："老爷，起来了。"

"赶快去叫一下黄金柱，顺便到上头巷把你子虚姥爷也叫来。"

锅扣不敢怠慢，披了一件破夹袄就朝外走去。

天色漆黑一团，正是铁拐李偷锅的时候，他深一脚浅一脚向黄金柱家走去，路上没有行人，巷子里一片寂静："梆梆梆……"打更的声音从街上响起，大疤姑姑屋里那盏灯总是亮着，她起来给锅扣拉开巷门。

黄金柱的家在富财巷，这条巷全长也不足百米，是夹在老财巷和官才巷中间的一个金三角。以前这条巷子不出名，自从黄金柱买了以后，竟然把巷子的名字也命名为富财巷，厚实的墙壁，青砖满地的庭院，房檐滴水，琉璃碧瓦，无不彰显出院内主人的财大气粗。锅扣轻轻叩动门闩，黄金柱正在院子里练七节鞭，听到敲门声，把手里的鞭子收起来，问："谁?"

"黄会长，我是锅扣，我们老爷叫你赶快过去。"

一听是张忠德叫过去，他不敢怠慢，赶快把软鞭缠在腰间，穿上了长袍，就跟着锅扣向外走去。锅扣把黄金柱送到大门口，他没有进门，直接又去上头巷叫令子虚。

令子虚每天清晨就到西河湾去练太极拳，他刚刚出门，正好和锅扣走了个迎面。锅扣上前向他弯腰作揖："我家老爷请您赶快过去。"

令子虚看了一下天色，东山根刚刚发白，巷子里不知道谁家的狗先叫起来了，紧接着，大狗小狗的叫声接连不断，还有公鸡的打鸣声，每家每户的烟囱里白烟袅袅。赵恒顺提着鸟笼子从大门出来，令子虚也不想和他打招呼，假装没看见，低头走进了女婿的大院。

张忠德把儿子被请"财神"的事对老丈人和黄金柱讲述了一下。令子虚拿着土匪写来的那封信，仔细看了一眼，气得胡须发抖："这帮人的眼里简直是没有王法。"随后，又指着大女婿黄金柱说，"咱镇子里的治保队难道是吃干饭的？镇子里的老财们供养他们，难道只是守卫那四个城门，就不能围剿一下这些土匪的老窝？"

"您老千万不要生气，这些土匪头上又没有刻字，白天都在地里干活，晚上出来抢劫，行踪不定，来去无踪。"黄金柱也没有了主意，怎么办？自己是商务会会长，每年各行各业的买卖字号缴纳的会费也不少，他们只为保平安能顺利做生意。谁知道，土匪进不了隆盛庄，就在城门外骚扰，这几年，捎给他的恐吓信也是一封接一封，不是要粮就是要钱，一年四季虎视眈眈。好在隆盛庄有治保队日夜把守着四个城门，再加上巷有巷门，院有院门，更夫夜夜巡逻，防范严谨，土匪一直不敢轻举妄动。

"照你这么说，对他们还真的没有办法了？"

"也不知道是哪路土匪，竟如此猖獗，竟敢明目张胆请我张忠德的'财神'。"

"隆盛庄周边山区土匪都很多，大的土匪有盘踞在红寺沟里的孤飞侠，他一般不做这些请'财神'的小把戏，他是'兔子不吃窝边草'，只在外地抢劫，不轻易骚扰隆盛庄。请'财神'的都是一些小土匪，白天在地里干活，踩盘子，晚上开始拦路抢劫。"

张忠德背着双手在地上踱步，八字胡也在微微颤抖："他不是就要五百块大洋吗？"他拳头一挥，从嗓子眼里冒出三个字，"我给他。"

黄金柱吃惊地望着他说："这些土匪是填不满的枯井，恐怕给了钱，也未必能换回张章的命。"

"我要把他的头放在当街的石桩上。"张忠德一拳击在高桌上，茶碗条盘都被震得跳动起来。

美女泪眼婆娑地望着丈夫："这些该刀劈枪崩的土匪生性残忍，咱们可不能人财两空。"

"套车，我去红寺沟。"张忠德又高声喊锅扣。

"忠德，这事一定要想周全了。"令子虚沉默了片刻说，"我和你一起去。"

"爹，这是一群惨无人道的土匪啊。怎么能让您陪我去冒险呢？"张忠德摆摆手，不让老丈人和他同行。

"章儿危在旦夕，我还能顾得上自己的性命。"

"我和忠德一起过去吧，您去不合适。"黄金柱也不同意。

"有啥不合适的？几个小毛贼还能翻了天？"令子虚大声说，"你留在家里听消息，我们如果明天晚上还回不来，你继续出面和孤飞侠交涉。"

张忠德和令子虚一起坐车到红寺沟。

马车小心翼翼地在一条羊肠小道上爬行，不时有藤蔓荆棘挡住去路，锅扣用镰刀把这些藤蔓砍断，车子继续往沟里走去。那越来越重的雾气在头顶弥漫。走过约摸三四里路程，眼前豁然开朗，两人正在举目环望，突然，几个大汉过来，不由分说，一条黑布蒙住了他们的眼睛，两人被推拉着向前走去。

当他们再次睁开眼睛的时候，站在他们面前的是一位三十多岁的男人，五短身材，络腮胡子，身穿一件中式对门白斜纹布夹袄，一条黑粗布大裆棉裤，脚蹬黑布双脸编纳底鞋，头罩一块白羊肚子毛巾，两个角在额上挽了一个结，显得很精神威武。他上前，双手抱拳："失礼了，请问里长有何贵干？"

张忠德也不慌不忙地说："无事不登三宝殿。"

"我孤飞侠愿为里长效犬马之劳。"

"哈哈，方圆百里的人都传说你孤飞侠能飞檐走壁。"

"不敢当，只是一介草莽山人。"

张忠德从口袋里掏出一张麻纸，递给孤飞侠："把他的头给我摆在马桥街的石桩上。"张忠德讲述了儿子路经四美庄被请了"财神"的经过。

"哈哈，这肖天龙真是'疥蛤蟆打哈欠，口叉子倒不小'，一开口就是五百大洋。"孤飞侠的脸上陡现杀气，冷冷一笑道，"他们居然敢到我的地盘请'财神'。嘿嘿，他眼里还有我孤飞侠吗？"

随后他和身边的侍从说："进屋给里长沏茶。"

　　张忠德和令子虚一前一后走进一间窑洞房。房子里并不宽敞，也没有什么摆设，当地摆着一张八仙桌，几把榆木宽板凳，满炕大毡。白麻纸裱糊的小眼窗，一根木棍把窗户支起来，阳光射进来，屋里有了一丝耀眼的亮光。

　　"我来请孤大侠帮忙。"张忠德又吐出几个字。

　　"你是想来个借刀杀人吧？"

　　"我只是不想惊动丰镇设治局，黑道上的生意，是两相情愿的事，你感觉有利可图就做。"

　　"哈哈，五百大洋换一颗人头，也太便宜了吧？"

　　张忠德用手指轻轻敲着桌子，一道阴沉的光直射在孤飞侠的脸上："你开个价？"

　　孤飞侠也不回避他的目光，将攥紧的拳头在桌子上"咚咚"捣了几下："一千大洋成交。"

　　张忠德眼睛都没眨一下，心里暗想："我张忠德就是拔根汗毛，也比你孤飞侠的腰粗。"他不假思索地从衣袋里掏出一张银票放在桌上，"事情都办妥了，你到周记钱庄去取钱就行了。"

　　"兑现吧，我不认这银票。再说啦，我也不能随便出入隆盛庄。"孤飞侠把一条腿抬起来，脚蹬宽板凳，从腰间掏出旱烟袋，挖了一锅烟，随从用火石给点着一根艾草绳儿，他吸了两口说，"你还是再辛苦一趟吧。"

　　"隆盛庄你总是要进去吧？否则，肖天龙的头怎么往石桩上放？"

　　"我孤飞侠向来是说一不二。他的头怎么放那是我的事，你就不要操心了。"他看了看令子虚，"您老没事，就在沟里小住几天，看看风景、养养精神，等你外孙来了，我送你们一块回去。"

　　"看来，老夫只配当人质了。"令子虚摸摸他的那条长辫子，"多年了，也没有在沟里住过，我倒想再过几天神仙般的逍遥日子。呼吸呼吸新鲜的空气，听听那鸟儿的鸣叫。"

　　三天时间，对于美女来说，度日如年，她自从嫁给张忠德之后，在北京住的时候多，回隆盛庄住的时候少，除非过盛大节日，美女就坐着花轱辘轿车从北京回来了。

六月二十四这天，人们都早早地上小二楼，许多人都是为了看美女。美女不仅长得漂亮，更令人倾慕的是她的衣服，都是隆盛庄女人没有见过的款式和面料。她是张忠德京货铺的活广告，镇里的女人看见美女穿的旗袍戴的首饰、抹的胭脂，就让男人到京隆店买绸缎，特别是美女嘴里那颗亮晶晶的金牙，胳膊腕上黄灿灿的金镯子，更让女人们羡慕得不得了，但能镶起金牙、戴起金镯子的女人毕竟不多。

美女婀娜的身段和天生的丽质是女人们效仿不来的。尤其是那妩媚一笑，更是娇艳动人。美女生了儿子之后，就再也怀不住孩子了，每次怀孕，不到三个月就流产了。后来，到北京协和医院检查，说是习惯性流产，她到处求医问诊，偏方吃了许多，仍然是怀孕三个月就流产。家里人让她再抱养一个女儿，但美女始终想盼着自己来生养。这样盼来盼去许多年过去了，小月子坐了十几个，身体元气大伤，红润的脸色也日渐苍白，身体也越来越消瘦。张忠德总是安慰她说，有章儿能给咱们张家顶门立户就行了，夜明珠一颗，羊粪牛牛一窝，好儿子有一个就足矣。章儿也争气，从小聪明过人，跟着姥爷住在北京读书，直到考进了京师大学堂。

儿子让请了"财神"，命在旦夕，美女整天以泪洗面。

张忠德从红寺沟回来后，马不停蹄开始筹划大洋。美女哭得茶饭不思，两眼红肿。张忠德进了门，她从炕上爬起来，着急地问儿子的情况怎样，会不会撕票，会不会被严刑拷打。儿子从小娇生惯养，哪能受得了土匪的非人折磨。张忠德没有告诉美女事情的原委，只是说钱已经筹备好了，儿子很快就会回来的。他张忠德是什么人，在隆盛庄跺跺脚，地也得摇一摇，一个小毛贼竟敢在我张太岁的头上动土。还不是耗子舔猫屁眼，找死吗？

人常说家有千万，还有个措手不及。一千大洋全部兑现，也不是一下能凑齐的。张忠德直接到益盛源钱庄支取。隆盛庄的钱庄很多，几乎每家粮店旁边就有一家钱庄。

说起益盛源钱庄周掌柜在隆盛庄也是一个财大气粗的金融巨头，乾隆、嘉庆年间从隆盛庄一设庄，就有了这家钱庄，最初叫钱店，主要业务就是银钱兑换，办理存放款项和汇兑。隆盛庄的人有一句流传

的老话"银票拿到手,吃穿不用愁"。钱庄也是凭着"谱拨"的信誉周转资金。张忠德推开钱庄的门,只见那檀木柜台前,一个温文严肃的记账先生,正翻着厚厚的账本,手指噼啪作响地打着大算盘。张忠德把银票递过去,"提一千元现洋。"记账先生抬起头,久久端详着张忠德。许多年,在他的印象中,张里长就是到北京做生意,也从来不带现金,都是由钱庄"谱拨"来负责资金转账。今天怎么一下要提取这么多现大洋?

"怎么?这么大个周记钱庄,难道连这笔钱都兑现不了吗?"

"不,不,不,"账房先生急忙摆摆手,"您急用,我们不敢怠慢,只是这银圆携带不便。只怕路上有个闪失。"

张忠德脸上挂着一丝冷笑,自从走上这生意之道,什么风浪没经见过,难道还能在阴沟里翻了船。张家的房产、土地有多少,周记钱庄的股份有多少,他心里自有一本账。

钱庄的后生把钱装进一个帆布大袋里,给他扛在车上。

三天后,在马桥街的石桩上,放着一颗人头,嘴里还叼着一支烟,石桩上贴着一张白麻纸,上面写着几个血红的大字"土匪肖天龙"。这颗人头是什么时候放到石桩上的?街头的人们里三层外三层地围在石桩前。

这个杀人者也是吃了豹子胆,敢割下肖天龙的头。

强中自有强中手啊。

怎么没有血呢?

割下人头,用烧红的烙铁烫一下刀口,把肉都烫熟了,那还会流血?

一股烤肉味儿似乎在空气里弥漫……

活该,肖天龙恶贯满盈罪有应得。

到底是谁把肖天龙的头砍下来明目张胆地放在石桩上呢?惩罚土匪毕竟是一件大快人心的事,也是隆盛庄发生的罕见的大事,远远近近,三村五里的人都来看这颗人头。两只眼睛像两颗黑白玻璃球,显然,死者在猝不及防的情况下被砍死的,无论是哪个绿林好汉杀死的,总算给隆盛庄除了一个大祸根儿。这时候,张忠德坐着马车从老财巷出来，连襟黄金柱也和他同坐一辆车。轿车出了城门，一直向北奔去。

令子虚被留在红寺沟，这三日难熬啊。他担心章儿，也担心女婿，土匪生性残暴，撕票是常有的事。他一个人在沟里转来转去，突然，听到一个孩子"咯咯"的笑声。他顺着声音走过去，只见一个小男孩在草丛里蹦蹦跳跳地抓蚂蚱，孩儿看见他撒腿跑开了。这深山野岭，是谁家的孩子呢？他尾随而去。顺着沟沿向前走，又看见一排土坯房，一道干打垒泥土院墙，院内有一棵两个人张开臂都搂抱不住的老榆树，院墙外，还有一个很高大的土墩，土墩四周是一片密林。令子虚看见土墩的顶上，站着一个人，这是土匪的瞭望台了。他慢慢推开那道栅栏门，向院里走去，一阵古筝的声音从屋里传来，这么一个穷乡僻壤，怎么会有这么动听的琴声？弹奏的是一曲《月子弯弯》：

> 月子弯弯照几州，
> 几家欢乐几家愁，
> 几家夫妇同罗帐，
> 几家飘散在他州……

令子虚踩着歌曲的节奏，慢慢向正房走过去。房门开了，那个小孩藏在门扇后面，用一双机警的眼睛窥视他。一会儿，一个身穿红缎袄的女人从门里走出来，小孩手拉着女人的衣襟跟在身后。女人望着令子虚，眼睛里流露出惊慌的目光。令子虚在猜想，这女人是压寨夫人吗？

"当家的是不容许任何人走进这个院子的，您是何人？"

"打扰了，我误闯你的私宅，实在对不起。"令子虚举目环视了一下院子四周，平静地说，"听口音，你不像本地人。我是隆盛庄一位教书的先生。"

"我是从苏州过来的。"她上前给令子虚作了一揖。

"是当家的内人吧？我冒犯了。"

"谈不上冒犯，本人只是一个红颜女子。"她声音很温柔，脸上也没有任何表情。容颜虽然算不得倾国绝色，那一身气韵可以看得

出，不是一般的女人。

"你的经历应该是一个非常曲折的故事。"

"先生愿意听听这个故事吗？"她长长叹了口气说，"鸟儿折翅难飞翔啊。"

令子虚瞅了瞅她身边的孩子："好乖巧的宝宝，几岁了？"

孩子瞪着一双黑葡萄似的大眼睛，向令子虚伸出四个指头。

"四岁了？"令子虚摸摸孩子的圆脑袋，揪揪那个扎着红头绳的长命小辫。

"看得出先生是一位知书达理之人，要是能帮助我打听一下孩子的父亲的下落，我会一辈子感恩不尽的。"

"孩子难道不是孤飞侠的吗？"

"他是孩子的义父。"女人的口气很果断，"我在三义店生下了儿子后，老鸨就把他抱走卖了。两年之后，孤飞侠才打听到孩子的下落，是他帮我把孩子找了回来。"

"当家的还很义气。老夫一直以为你是他的压寨夫人。"

"他一直想娶我为妻，但我告诉他，我心里始终装着一个人，那就是孩子的爸爸，除非他死了。"她抬手捋了捋鬓角被风吹乱的头发，"在隆盛庄人的眼里，他是一个杀人不眨眼的恶匪，但在我的心中，他是一个义气的男子汉。"

"你一直不打算离开这里吗？"

"眼下还没有这个打算，等我夫君有了消息，再做离开的打算。"

"假如一直没有消息呢？"

"我会一直等下去。"女人沉思片刻，"只是这个孩子，我必须送他到外地去读书。"

"外地？隆盛庄的高等小学校已经成立许多年了，你难道没有听说过？学校的老师都是一流的。"

"听说了，学校再好，我也不能再让儿子踏进隆盛庄一步。"

"哈哈，隆盛庄难道连一个孩子都容不下吗？"

"是的，隆盛庄能容下天南海北的人，但不能容下我的孩子。"茌狨不愿意再提起孩子被赵恒顺夺走那段经历。

"这话就让我费解了。"

"听当家的说过，您的外孙是京师大学堂的高才生？"女人话题一转问。

"外孙遭遇恶匪绑架，命在旦夕，也全靠当家的来救他脱险了。"

"他答应的事，定会办到的。他也是非常敬仰有文化的人。"她的眼前又浮现出她在大水坑妓院失去孩子的那一幕情景，"只顾站着说话，请大人进屋喝茶。"

女人推开门，让令子虚先走一步，随后，她领着儿子进了房间。屋子不大，靠窗前放着几盆花卉，清香淡雅，室内摆设精致，一架古筝，一个紫檀雕花梳妆台，炕上放一个圆桌，上面摆着一套青瓷茶具，完全是一个闺秀之家的格调。一个身材矮小的老婆婆从隔壁走进来，给令子虚倒了茶水。女人说："这是专门照看我儿子的婆婆。"婆婆朝令子虚笑笑带着孩子退了出去。

女人一边喝茶一边慢慢地说："我叫苙豻，我夫君叫卢百运，您大概也听说过这个名字。五年前，我们从苏州过来，在隆盛庄郊外被下了迷药……"她讲述了那段悲惨的遭遇，讲述了自己被卖到三义店，生下孩子被老鸨卖掉，后来，是孤飞侠把她从三义店带到了红寺沟……

"孤飞侠几经周转，给我找回来了孩子，但我不能答应嫁给他。"

"为什么？"

"卢百运生死不明，我能答应他吗？他也只配做我的红颜知己。"

"真没想到，这个孤飞侠还是个性情中人。"

说话间，外面一片吵闹声。

令子虚正要起身向外走，只见一位衣服脏兮兮的年轻人走进来，后面跟着孤飞侠和一伙土匪。

"老爷子，你看谁来啦？"

"章儿。"令子虚走上前，一把抓住张章的双手。

"姥爷，让您受惊了。"张章上前给令子虚作揖，然后，又给孤飞侠作揖。大家都聚集在院子里，这时候，只见张忠德和黄金柱一前一后走进来。他上前拍了拍儿子的肩膀："哈哈，到肖天龙的老窝走

了一圈，也成熟了。"

"爸爸!"张章单腿跪地，给父亲磕了一头，然后，又站起来给姨夫作揖。

这时，孤飞侠突然对手下人说："天黑以后，送他们出沟。"

张忠德又对孤飞侠说了一些客套话，然后，一行四人坐上车离开了红寺沟。

屋里只留下荭貅和孤飞侠二人。孤飞侠坐在圆桌前，把头上的羊肚子毛巾取下来，又从水缸里舀了一瓢冷水，痛痛快快地洗着头发和脸，一双白嫩的手在他的发间轻轻揉着。他抬起头，用湿淋淋的双手抱住了荭貅纤细的腰肢。

"荭貅，嫁给我吧。只要你答应嫁给我，我们就远走高飞，我给你在北京买一套院子，让隆晟到最好的学校去上学。"

"我心里还放着一个他。他是我的救命恩人。"

"你不是已经还给他一个儿子啦?"

"我们不是说了，只能做红颜。"

"不，我要用八抬大轿把你娶回家，让你做我的压寨夫人。"

"那你要教我骑马打枪，为了隆晟，我得重新活一回。"

孤飞侠从腰间抽出一把盒子枪，朝着窗外那棵大树叭叭叭连开几枪，只见几只鸟儿应声落地。随后，他又把盒子枪递给荭貅："这把枪就送给你了，你好好练，当我的压寨夫人，没有几下绝招，是上不了阵也压不了寨的。"

"看来，我这个压寨夫人是当定了。"荭貅拿过手枪摆弄着，突然，把手枪指向自己的额头。

"荭貅，你不能这样，我是真心实意想娶你，但我孤飞侠从来不去强人所难。"

"那个荭貅死了。"她把手枪也指向窗外，朝着那棵大树"叭叭叭……"连打几枪。

从那一夜开始，荭貅把身子给了孤飞侠……

第三十三章
五姊妹相见
共叙娘恩典

一入秋，茹仙就忙着给女儿做嫁妆，她仍然请来了巧莲婶婶，福瑞祥的人扛着各种绸缎布匹送到陈德隆家。任意让昙芸挑选，昙芸和金旺见了一面之后，心里一直不踏实，她总是感觉金旺已经不是小时候他们玩过家家那个金旺了，但一想到姨姨和姨夫对自己的好，就不再胡思乱想了，一心一意做嫁妆。二阴阳根据"万全通书""合时宪书历"给选择了嫁娶日期，按照老皇历推算，在"十二行里"避开了"黑道日""红砂日"采用了"黄道日"，最后定腊月初九为完婚大日，那就是昙芸在娘家过完最后一个腊八就出嫁了。二阴阳还开出了一具"分头单"，指出了娶嫁过程中注意的事项。他一边用毛笔工工整整地写下"分头单"一边嘴里念念有词："天地氤氲，咸恒庆会，金玉满堂，长命富贵。"

隆盛庄有一句俗语："远女近地家中宝"，陈德隆却是"远地近女"，女儿从小街门嫁到圆拱门，中间只隔了一条路。昙芸又是他第一个要出嫁的女儿，婚事的操办自然要排场隆重了。隆盛庄该讲究的礼数一样也不少。

娶嫁吉日选定后，小红鞋去陈德隆家里放下茶钱，也就是放大定。小红鞋行这些礼数头头是道，她把事先说定的彩礼钱和物一样不少地给陈家送过去。当她把"通讯"馍馍和下茶礼物送到陈德隆家里的时候，陈德隆很隆重地招待了小红鞋和家里的亲戚，他虽然没有

像王闻虎那样排场地摆了八八六六，也一样做了八大碗的席面。接下来的日子就是迎娶了。昙芸也天天梳洗打扮，试穿着出嫁的衣服，梳理着出嫁时候要盘起来的头发，尤其是那双小脚，晚上也不敢脱掉鞋子睡觉，生怕脚丫子变大了。距离金旺回来的日子也越来越近了。昙芸的妆新衣服也是做了一套又一套。陈德隆给女儿的嫁妆也都备齐了，三面新的被褥，连二大红柜、铺柜、碗柜……

这些日子，最让昙芸忙乎的是吃梳头饭，娘家的姥爷娘舅、七大姑八大姨亲戚六人都要请昙芸吃一顿饭。这顿饭是专门为出嫁的女人准备的，昙芸的几个妹妹都是陪客，她们跟上姐姐天天吃好饭。昙芸略施粉黛，坐在首席上，被人众星拱月般陪侍着。她美目顾盼，巧笑倩兮；陪侍的小妹妹们一个个穿戴得姹紫嫣红。饭桌上，长辈们多是说一些祝福的话、告别的话。妹妹们年龄都还小，不知道出嫁的真正含义，她们只是感觉和姐姐在一起真幸福，天天都能吃上好饭好菜。

最后一顿梳头饭是在娘家吃的，也叫离娘饭。这天正是腊八，这顿饭茹仙亲自掌勺，她做了女儿平时最喜欢吃的饭菜，炖了鸡，红烧了婆家给送来的离娘肉，还包了羊肉馅黄萝卜饺子，烙了翻身饼子。饭菜备齐，茹仙和陈德隆都陪坐在女儿左右。虽然女儿嫁到了对门院，但毕竟是嫁出去的女儿了，从明天开始就是王家的媳妇了。嫁出去的女泼出去的水，以后，她毕竟不能随随便便回娘家，想到这里，茹仙一阵心酸，泪水不由得滚出眼眶。陈德隆也给自己倒了一杯酒，自斟自饮。几个妹妹还是嘻嘻哈哈吃着喝着，昙芸站起来，给母亲夹了饺子，又给父亲倒了一杯酒，她感谢父母的养育之恩，茹仙又对昙芸交代一番："虽然她是你姨姨，但嫁过去就是你婆婆了，你要尽一个儿媳妇的孝心。遇到不顺心的事，要多忍耐。三十年媳妇熬成婆啊……"她的话语间充满了依依惜别之情。昙芸情不自禁落下泪来。陈德隆长长地叹了一口气说："明天出嫁的时候，让你叔叔家的孩子过来给你搬包子。"紫芸抢着说："我去送姐姐。"蓝芸和祥芸也争抢着："我也要送。"茹仙撩起底襟擦着眼泪：'傻姑娘，你姐明天上轿的时候，你们谁也不能出来，俗话说："'姨不娶姑不送，姐姐送了妹妹的命，嫂子送金银囤'。"妹妹们一听这话，都异口同声地说：

"我们都是妹妹呀。"紫芸说:"我明天打扮成男孩子,给姐姐搬包子去。"

"傻姑娘,让隆盛庄人笑话死我了,我再没有儿子也不能让女儿去顶替。"

"爹爹呀,古时候花木兰还替父去从军呢。"紫芸说着就念起戏文里的几句台词:"人生百年,如梦如幻;有生有死,壮士何憾?"陈德隆抚摸着紫芸的辫子:"可惜你是个女儿身。"他大大喝了一杯酒,心底那个不能碰撞的疤痕又开始隐隐作痛……唉!要是有个儿子就好啦,一阵悲凉又涌上心头。

茹仙知道他的心病又犯了,一边吃饭一边安慰他:"银钱儿女都是天注定,老天爷给了咱们五个女儿,咱们也该知足吧。你看那个赵恒顺,生了个儿子没屁眼,抱养了一个儿子没想到还让人拐走了。这还不是老天爷在惩罚他。"

"他那人阴得很,那个儿子我看是他拐了人家的。来路不明,自然要有人找他的麻烦。"

"这也是他的报应。那些洋烟也把隆盛庄人害苦了。前些日子,他还上门要买我东山下那些叶青地。他也能张开口,我陈德隆就是把地全部荒了,也不能卖给他。人做事天在看啊。"

"孩子他爹,咱们的日子过得比上不足比下有余。把五个女儿都抚养成人,说不定哪天老天爷开了眼,还恩赐我们一个儿子,你没听说,五十五还生个抓地虎。"

"哈哈哈……"陈德隆终于被茹仙的话逗得大笑起来,他又给自己倒了一杯酒,对几个女儿说:"爹爹就等你妈妈再给生个抓地虎儿子,给你们生个抓地虎弟弟。"

女儿们都乐得叽叽嘎嘎笑起来。紫芸悄悄离开桌前,一会儿工夫,一个穿着青衣、头戴青缎帽子的男孩走进来:"爹爹,你看我像不像你的儿子?"

"是我的儿子啊。"陈德隆上前把紫芸揽在怀里,"总是投胎转世的时候,阎罗王一定是把性别搞混了。"

"哇,姐姐就像戏文里的青衣小生?"妹妹们都围着紫芸转过来

转过去。

"明天搬包袱的事谁也别争抢了，我独揽了。"

茹仙无奈地摇摇头。几个妹妹也都乐了。高兴地叫紫芸"哥哥"。紫芸做了一个花木兰出征骑马的姿势，引得昙芸破涕而笑，这是昙芸在娘家吃的最后一顿饭，明天她就出嫁了。

晚上，茹仙疲惫地躺在炕上，五个女儿都齐刷刷地睡在一条大炕上，她和陈德隆睡在炕尾。她皱着眉头，低声对陈德隆说："孩子他爹，我又怀上了。"

一听老婆的话，陈德隆一骨碌从炕上爬起来，一脸惊喜："不会再生个女儿了吧？"

"难说，害娃娃的感觉好像和以前一样。"

"莫非真的要生九个女儿才能生出儿子？"

"能生出女儿就一定能生出儿子。"茹仙不气馁。

陈德隆伸手摸摸茹仙的肚子："这几年也难为你了。"

"只要能生个儿子，咱们陈家有了顶门垫户的人，我苦点累点也心甘情愿。"茹仙很羡慕姐姐，五个儿子，娶五个媳妇。她想到五个女儿都嫁出去的时候，日子的冷落和恓惶自己不知道该如何面对。

第三十四章
天女从天降
昙芸遭冷遇

金旺回来了，他和一位蒙古族姑娘，骑着两匹马，并排着从隆盛庄大街走过。他的身后，是浩浩荡荡的车辆和牛马群，车队都走进了三合义车马店。金旺把各个房子的人都安顿妥当，卸牲口、喂牛饮马，招呼大家休息吃饭。然后，他和姑娘肩并肩双双向马桥街走去。姑娘是第一次来到这个繁华的隆盛庄，只见一排排古色古香的沿街商铺一字排开，一家挨着一家鳞次栉比，高高低低的叫卖声吸引着她，风中摇曳的花花绿绿的幌子，让她流连忘返。她走走停停，不时用蒙古语向金旺问这问那，两人一路说说笑笑，走过大东街、元宝巷、公义巷，走进老财巷。金旺敲着巷门上那对狮头门栓。狼扯疤从猫道里探出头，一看两个蒙古人，迟疑着不拉插管。

"疤姑姑，我是金旺啊。"金旺边说边摘掉狐帽。

"金旺？几年不见，长成大后生了，姑姑都认不出你了。"狼扯疤又瞪着跟在他身后的姑娘，"她是……"

"我媳妇啊。"没等狼扯疤问下话，金旺就抢着回答。

吱——两扇沉重的大门缓缓拉开了。

金旺和天女走进门里。狼扯疤望着两人的背影，不由自语道："他不是要和陈德隆的女儿成亲吗？怎么又出来一个媳妇？"她纳闷地摇了摇头。

金旺推开圆拱大门。"我回来了。"他大声喊着。几个弟弟听到

他的喊声，都从屋里走出来。呼啦一下把他围在中间："哥哥，你可回来了。"银旺、海旺、来旺、老根儿都过来拉着哥哥的手向屋里走去。

"干爹!"天女看到坐在炕上的王闻虎，就笑盈盈地上前行了一个蒙古大礼。

"天女?"王闻虎看着突然出现在眼前的天女，张着嘴却不知道说什么好，好一会儿才缓过神，"天女，你回来也不事先和干爹打个招呼。"

"金旺说，要给您一个惊喜。"她像回到自己家里一样，用手摸摸大红柜上嵌镶的两个圆圆的大铜饰件，"金旺，这真像月亮啊。"她瞪着一双惊奇的目光不住地在饰件里端详着自己。

"这是饰件，不能用手摸。"银旺拦住她。

"你喜欢，我让铜匠给打一对，镶在柜上，你天天当镜子照。"金旺站在天女的身边，饰件里映照出两个人的身影。

天女稀罕地看着家里的摆设，炕屏、炕柜、八仙桌、穿衣镜、中堂，这些东西她在草地上从来都没有见过。她那双明亮的眼睛，瞅瞅这里摸摸那里，好像是真的从天上飞来似的，看见人间的东西，什么都新奇的了不得。几个弟弟也揪揪她的袍带，摸摸她的首饰，拽拽她的头巾……天女的头巾滑落在肩头。

"哇，黑耳朵，你是小猪转生的吧?"几个弟弟都瞪大眼睛，瞅着天女耳朵后面那个大大的黑痣，一起大呼小叫起来。

"别胡说。"金旺大声呵斥他们，"不得对你们的嫂嫂无礼。"他走上前，给天女把围巾罩在头上。又吩咐银旺，"到下西房烧一锅热水，让你嫂子好好洗漱一下。"银旺点点头，领着海旺和来旺出去了。

茹梅在正房往窗户上贴大红喜字，她喜滋滋地推门走进堂屋："你可回来了，喜日子眼看到了。我天天看你奶奶窗户纸上的红手印，心急上火的嘴唇都起了燎泡。"

"阿妈!"天女甜甜地叫了一声，也给茹梅行了一个蒙古大礼，然后脱掉长靴，像走进自己的家一样，和金旺一起盘腿坐在炕上。

茹梅望着这个宛如天仙的姑娘。尽管王闻虎和她解释了无数遍，她还是觉得这个天女来路不明，不冷不热地说："你就是天女，真是从天上掉下来的仙女啊。"她急急忙忙下了炕，看到饰件和大红柜上横七竖八的指头印，脸上露出不悦的神色，顺手拿起一块擦家具的抹布，不住擦着天女在铜饰件上留下的指头印儿。

王闻虎望着天女："一年没见面，干爹也快认不出你了。你阿爸和阿妈都好吧？"

"他们都好着呢，阿爸常常念叨着干爹的救命之恩。"

"哈哈，一晃十几年过去了，那会儿，年轻气盛，看见狼也不害怕，现在老了，草地也不能再走了。隆盛庄过六月二十四的时候，让你阿爸和阿妈过来赶庙会吧。"

"这次我出嫁，本来他们应该送我过来，但家里牛羊没有人照看。他们说，祭拜文殊菩萨的时候，路过隆盛庄一定来看望您。"

王闻虎没有听明白天女的话："你出嫁？"

"对呀，是天女出嫁。"金旺接过话茬。

王闻虎和茹梅一听儿子的话，马上感觉这事不对头。王闻虎下了地，把金旺领到西房，关住门，低声问："你领天女回来是啥意思？"

"我要和她结婚成亲。"

"你娶的是昙芸，不是天女啊。"

"我不是早就告诉你们了，我要娶天女。"

"两家大人都已经换了帖，你难道不知道吗？"

"那是你们大人之间的事，我压根儿没有同意娶昙芸。"

"这叫我怎么和你姨夫、姨姨说？明天就是你的喜日子，你怎么拜堂，和天女还是昙芸？"

"当然和天女拜堂了。"

"你说的还叫人话？你是诚心想气死我？你要是和天女拜堂，从今以后咱们就断绝父子关系，你再不要登这王家的大门。"王闻虎气得胡须颤抖，两眼发直。他拖着两条病腿，在地上不住地走来走去。

金旺的倔脾气来了，他低着头不吭声任父亲大骂。

"你以为自己的翅膀硬了，想干啥就干啥。你也不和我商量，就

把天女领回来，你眼里还有我这个大人吗？"

"我娶天女错了吗？我去年回来的时候，就告诉你们这辈子就娶天女，你们却还要给我订亲，这能怨我吗？"

"王八吃秤砣，看来你是铁了心要娶天女？你让我的脸面往哪里放？让隆盛庄人怎笑话我，我怎么和你姨姨、姨夫交代？"王闻虎一连串问了儿子十几个为什么？

金旺低着头不吭声。

他气得真想狠狠扇儿子几个大耳光，但事情已经到了这个地步，打无用骂也无用。"你是成心想气死我。"王闻虎的骂声惊动了下西房的老太太，她迈着蹒跚的小脚，推门进来。

"奶奶……"金旺上前抱住奶奶，只感觉鼻子酸酸的，满眼的泪水滚落下来。

"多大点事儿，也值得你这么喊天震地地骂人？"老太太指责儿子，"半辈子的人了，遇事也沉不住个气。"她疼爱地摸摸孙子的头，"一年不见，奶奶想你啊。"

"我也想奶奶。"金旺在奶奶面前，仍然是个小孩子。小时候犯了错误，打坏了家里的东西，父母亲动手打他的时候，奶奶就是他的挡箭牌保护伞，他总是藏在奶奶的身后。

"我孙子长大了，给奶奶领回一个花儿一样的媳妇。"

"妈，您说这事怎么办？"王闻虎一脸无奈，唉声叹气地问。

"娶吧，媳妇进了门是喜事啊。"

"娶谁？"

"两个都娶啊。"

老太太的话把儿子和孙子都惊得张大嘴巴："您老又犯糊涂了。"

"你妈不糊涂，睡着比你醒着都机迷。吃的盐比你吃的面多，走的路比你过的桥多。隆盛庄的老财们，哪个不是娶的三妻四妾？"

好一会儿，王闻虎才缓过神来："妈，您说这堂怎拜？"

"两个一起拜。"

"妈，这可是隆盛庄从来没有的事啊。"

"没有的事，我们去做了，不就有了。你咋咋呼呼的，连这点事也沉不住个气。还算个走草地的人。"

"这样做，合适吗？陈德隆知道了，婚宴上他能把桌子都踢翻了。"

"他来翻桌子的时候再说。"老太太一副胸有成竹的样子。

"奶奶，我不能害了人家昊芸。"金旺一股劲儿摇头。

"傻孩子，昊芸能嫁你，你能娶她，这都是前世的姻缘，这个堂你不能不拜。你是王家的长孙，自古以来，换了亲的婚事，再毁约，你让王家的颜面往哪里放？你要答应奶奶。"

金旺无奈地点点头。

"明天准备两顶花轿、两班鼓匠、两副大银器凤冠。"

"妈，我得和陈德隆说道说道，这样做我思来想去觉得不妥当。两家是爱好才结亲的，茹仙和茹梅又是亲姊妹，以后，实在无法再面对陈德隆。"

"事到如今，你和人家说啥？明天先去娶昊芸，昊芸进了门就是咱家的人，陈德隆要是来翻桌子，让他领着女儿回去不就行了。我想，他也不会让自己女儿当活人妻，俗话说：'卖田莫卖河边地，娶妻莫娶活人妻'。"

老母亲的话听起来虽然在理，但事情已经走到这一步，也只能用此下策应付了。

　　迎娶的花轿从陈德隆家门口出来，经过大巷、元宝巷、三岔口再顺着大东街走到马桥，在马桥绕一圈，然后又向大南街走去，走过恒隆店，从南门下再绕过洋堂巷、官才巷、富财巷，最后再转回老财巷，鞭炮声从巷门一直响到王闻虎家门口。金旺春风满面，骑着一匹枣红骝马，戴着礼帽，插着金花，身穿长袍马褂，肩披红绿彩绸，腰间还挎一张弓箭，和他并排骑马的是身穿红色蒙古袍，佩戴雍容华贵的天女。人们的目光都聚集在天女的装饰上，只见那袍子的边沿、袖口、领口都是绸缎花边，上面绣着"盘肠""云卷"等各种漂亮的图案，一件貂皮小坎肩裹住了她那婀娜的腰肢，脚蹬一双做工精细考究的蒙古靴，靴帮、靴靿上多绣制或剪贴有精美的花纹图案。天女的头饰更引人注目，她头戴的"连垂"和"发套"是用数百颗珊瑚、数十条银链、珍珠串和许多银环、银片以及玛瑙、玉石等穿缀而成。真是珠帘垂面、琳琅满目。

　　"那头戴值钱得很啊，一群好骏马也换不来的。"

　　"王闻虎的儿子不是和陈德隆的女儿换了帖？"

　　"金旺到底是娶的谁啊？"

　　一开始人们以为天女是伴娘，但一看这身打扮，大凡走草地的人都知道，这是蒙古族姑娘出嫁时候的装饰和打扮，再看后面的大花轿，人们都纳闷了。

坐在大花轿里的昙芸，头戴凤冠，身着霞帔，面罩红盖头，盖头下是一张颜如朝霞、薄施粉黛的华容。她脑后挽起一个发髻，发间插着一个闪闪发亮的银簪子，一对翡翠玉片片耳环挂在两耳，胳膊腕上戴着玉镯子，浑身珠光宝气。马桥上人头攒动，红利鼓匠在前面，肖友才的鼓匠压阵，两班吹鼓手相互对台。

"呜哇噔……呜哇噔……娶了媳妇忘了娘。"

"呜哇噔，呜哇噔，娶了个媳妇尿裤裆……"

"哈哈哈……"一群孩子跟在瞎红利屁股后面，蹦跳着抢新郎撒在地上的喜糖。红利两颊憋起一个红疙瘩，白眼仁一翻一翻的，他的唢呐在隆盛庄是首屈一指的，肖友才都甘拜下风，隆盛庄的红白喜事，都要请红利的鼓匠班子，肖友才不服气。有一年，和红利对台，结果吹唢呐吹的当下吐血猝死，从此，肖友才在红利面前，再不敢嚣张，敢当压阵的鼓匠。锣鼓声声，鞭炮阵阵，在一片喝彩的欢声笑语中，从马桥街缓缓走过。各家店铺都打开屏门，看着娶亲的人马走过，也客客气气收下那份沿街散发的喜糖喜烟。

此时的昙芸，心里无比甜蜜，她从昨天开了脸以后，就一直没敢吃喝。妈妈说，女人出嫁这一天，是最遭罪也是最高贵的一天，上轿下轿拜天地入洞房，五六斤的凤冠戴在头上，硬邦邦的小红鞋穿在脚上，三套四套的装新衣服裹在身上，亲戚朋友前呼后拥，憋尿了，都没法上茅房，只有等到夜静人定了，男人掀起你的红盖头，才能撒尿。有人憋不住尿，还尿在裤子里，有人把尿泡憋破了，以后就变成尿裤裆。一听这话，昙芸就不敢喝水更不敢吃饭了。但不知怎么回事，尽管没吃没喝，总是感觉想撒尿。她不由自主地拉了拉紫芸的手。紫芸悄悄撩起她的红盖头："怎么啦?"昙芸泪眼婆娑地望着妹妹只是不说话。

"是不是这银器箍得你头疼?"

昙芸摇摇头，还是不说话。只是用手摸着内衣那个红肚兜，兜子里装满了冰糖。那是为耍笑客人们准备的糖块，她掏出一块递给紫芸，紫芸悄声说："妈妈说，不能见人就撒糖，实在对不上令子了才用糖块挡驾。"她点点头，想了想这几天学的令子，三天不分大小，

能熬过耍笑这一关也不容易。谁知道人们会变着什么法儿来耍笑她。妹妹还专门给她预备了一双新鞋，一旦下了轿鞋子被抢走了，她还不至于赤脚和新郎拜天地。

"说话呀。"紫芸攥紧了姐姐的手。

"我想撒尿。"

"刚走到马桥，到哪里尿呢？"一听姐姐想撒尿，紫芸急了，"结婚真受罪，好好的活人真能让尿憋死。"她从轿车里悄悄探出头，想看看花桥走到了哪里，突然，看见了和姐夫骑马并肩走在前面的红衣女人。她是谁？怎么姐夫和她双双对对骑马并行呢。在一团不解的疑问中，花轿被抬进了王家大院，轿口向着喜神方向落地。鼓匠齐奏，喜炮齐放，花轿停在了红地毯上。

红地毯一直铺到家门口，银旺、海旺、来旺手里拿着小捆谷草，点燃了站在大门两侧充当火神。钱庄的周恒先生，用标准的关南话高声吆喝着："吉日吉时喜轿来，我给新娘当护卫，新人下轿贵人搀，搀到八宝龙凤庵……"金旺开弓搭箭，直指花轿，然后，挽起天女的手双双从红地毯上走过，两个搀亲的女人走到花桥前将昙芸慢慢搀扶出轿，一双小脚从轿里伸出来，周恒又大喊着："好媳妇啊，看那脚好似红辣椒……"

"看了媳妇的脚后跟，就知道她妈八二分。"

"金莲三寸是佳人啊。"赴宴的亲朋好友也都高声喝彩着。

隆盛庄的头面人们几乎全部来参加婚礼，更多的是走草地的人。他们身穿着狐皮大氅，头戴狐帽，个个都显出财大气粗的样子，巷子里赵老财、张老财，这些老财都坐了正席。

大家都入席后，只听周恒又在高喊："拜天地……"金旺一手领着一个媳妇跪拜在红地毯上："一拜高堂。"三个人一起给老太太磕头，老太太今天穿一身黑缎棉衣，头戴黑丝绒帽，脚上是一双绣花鞋，在座的人也非常尊敬这位守寡多年的女人，大家都向她投过敬慕的眼光，她把家传的玉镯给两个孙子媳妇每人一对。磕完头，周恒又拉长声调喊起来："二拜父母。"王闻虎和茹梅都坐在老太太身边，他们接受了两个媳妇的叩拜，然后，把两只金镯子分别给了两个媳妇。

接下来是夫妻对拜，金旺站在两个媳妇面前，三人正要对拜，突然，紫芸走上前，指着金旺的眼窝说："你是娶我姐姐还是娶她？"紫芸指着站在那儿的天女大声质问。金旺不吭声。紫芸上前一把扯下姐姐头上的红盖头："这天地不拜了，你是陈家的长女，你没进门就给人家当小老婆。"昙芸一听妹妹的话，再看身边还站着一个身穿红衣的姑娘，她马上明白了事情的真相，不由得眼前一黑，晕倒在地上。紫芸也顾不了许多，上前扶起姐姐，大声呼喊着："姐姐，你醒醒……你醒醒……"老太太镇定自若，上前掐住昙芸的人中。昙芸睁开了眼睛，她满眼泪水挣扎着从地上站起来，把盖头蒙在脸上，大厅里又传来周恒的声音："夫妻对拜！"昙芸和金旺、天女，三个人同时双手合一对拜。刚刚拜完天地，陈德隆和茹仙推门进来，两口子直接走到王闻虎面前，陈德隆大声质问王闻虎："你这是唱的哪出戏啊？"

"姐姐，你是我的亲姐姐啊，你怎么能这样对待昙芸？"茹仙痛哭流涕地问茹梅。

"这事你们就问我吧。"老太太推开众人，拍拍自己的胸脯对陈德隆说。

"你们要是不想娶昙芸，就早说话，我女儿又不是嫁不出去。"

"你说的这是什么话？不想娶，我们会鼓匠喧天、八抬大轿把你女儿抬进门吗？"

"姨娘，昙芸是黄花大姑娘，怎么能进门就给金旺做小老婆呢？"茹仙不顾颜面，再次质问。

"谁让昙芸做小老婆了？"

"天女远天远地跟着金旺从后草地回来，咱总不能让人家悄无声息地进了王家的门吧。"

"你们娶天女，就不该娶昙芸啊。"

"妹妹，我们也不知道半路会杀出个程咬金，金旺也没和我们说他领天女回来。"茹梅明知理亏，低声下气和妹妹说好话。

"那换了的帖子，还不如一张擦屁股纸，你说的那些话，还不如放个响屁。"陈德隆破口大骂王闻虎。

王闻虎哑口无言，面对几十号亲朋好友，他恨不得有一个地缝钻进去。

媒人小红鞋和二阴阳都过来劝架："陈掌柜，你也别生气，有话慢慢说，咱隆盛庄娶大小老婆的人也比比皆是。"他们拉拽着陈德隆，生怕动手打起来："只要昙芸能嫁个如意郎君，一辈子能过上舒心如意的日子不就行了。"

"姨姨，姨夫，这事都怨我，你们就不要责怪我爹妈了。"金旺终于说话了，"这完全是一场误会，我爹妈给我换帖的事我不知道，我领天女回来也没有和他们打招呼。"

老太太上前护着孙子："事到如今，说其他话都没有用，昙芸不是还没有进洞房，没损帮没坏底，我们是把你姑娘娶进了门，你觉得委屈，就把女儿再领回去。"

"好，话说到这个份上了，我领昙芸回去。"陈德隆也是耿直之人，他上前拉起昙芸的胳膊就向外走，"我们走，跟爹爹回家。"

"哇——"昙芸大声哭起来，她挣脱父亲的手，呜呜咽咽地说："爹，女儿认命了。"说罢，她扶着妹妹的肩膀，跌跌撞撞向洞房走去。

"姐姐……"紫芸用手帕给姐姐擦泪，气地直跺脚："你这是作践自己啊。"

"妹妹，这都是命啊，姐这辈子就是金旺的媳妇……"昙芸已经泣不成声："咱妈也常说'嫁鸡随鸡，嫁狗随狗，嫁个扁担扛着走'。"

陈德隆气得脸色发青，胡须颤抖，他飞起一脚，踢翻了王闻虎家供祖宗的高桌。"走！"他领着来送亲的家人，气冲冲离开王家："王闻虎，咱们从此不是亲家是冤家！"

老太太看到地上粉碎的香炉，和供桌上的牌位，顿时脸色灰白，翻着白眼昏死过去……

第三十六章
花烛夜洞房
孤影难成双

天女不计较金旺娶了昙芸，那年，金旺十七岁，昙芸十五岁，天女和金旺同岁，昙芸本应该叫她姐姐。但天女却叫昙芸姐姐。昙芸也喜欢天女，天性的善良让昙芸对天女恨不起来。

尽管，洞房之夜，金旺进了天女的房间，昙芸守着那盏蜡烛，眼巴巴地盼到天亮。

从入洞房的那一刻起，昙芸就把自己的命运和金旺系在了一起。但她的一片痴心，并没有使金旺动心。这段姻缘是剃头匠的挑子一头热。天女倒是很热情，姐姐长姐姐短，天天围着她问这问那。有一天，她突然问昙芸："隆盛庄有狼吗？"

"现在没有啦。"

"我怎么总是梦见一只狼在院子里。皮毛是白色的，伸着血红的舌头，虎视眈眈地盯着我。"

"梦见狼是财神爷来了。"昙芸漫不经心地说，"听我妈说，以前隆盛庄狼多，后来，修了城墙和城门，狼再没有在镇子里出现过。城墙外应该还有狼，那年，窜梁耗子抓住一只狼，把狼捆在大街的石桩上，大家都把狼肉瓜分着吃了，王二狗老爹割了一条狼腿。后来，他儿子在台墩前玩耍，让狼叼走了。人们都说，是狼在报复他。"

"狼是神灵，狼也通人性。"

"狼有灵魂吗？"昙芸突然反问天女。

天女点点头，眼睛直勾勾地望着窗外，好像院子里真的有一只狼似的。心不由得战栗起来。眼前又出现了大疤姑姑那张可怕的脸，她听金旺说，张忠德是她这个疤姐姐从狼嘴里抢下来的。

"是的，狼叼走了弟弟，姐姐拼命拽住狼腿，狼放下弟弟，返头咬了她。据说，张忠德的一个肩膀上还有狼咬的伤疤。姐姐却被咬了脸，变成狼扯疤。张忠德一直对姐姐感恩戴德，让她看巷门，给她成家立业，虽然男人薛三是个瘸子，但两人谁也不嫌弃谁。"

两个新娘关于狼的话题，就这么东拉西扯地闲扯。

茹梅进来了，绷着脸对昙芸说："眼看就晌午了，不去做饭，还四平八稳地坐在炕上扯闲话。"

昙芸皱了皱眉头，挪动着双腿从炕上下来，她到厨房去给家里人安顿饭菜。天女却对婆婆说："我要和金旺去街上的铺子里转转。"随后，她穿戴好，两人手牵手向外走去。

天女喜欢到处串游，她让金旺领着上台墩，到西河湾，上南庙、北庙，她一边走一边向金旺提出许多奇奇怪怪的问题，台墩过去是派什么用场的？河水怎么会倒着流？她脚板大，来去自如，常常攀上台墩的顶上，要不就到三合义车马店，和金旺一起从马厩里牵出他们的马儿，两人一起到西河湾跑一圈，冬天，河面上结了冰，河岸平展展的，两人策马扬鞭，天女与金旺简直是天生一对。

金旺记得他初来草原的时候，就是天女教会他骑马，从那时候起，他就最欣赏天女在马背上的那种英姿洒脱的气质。此刻，她像女神一样昂首挺胸端坐在马背上，大草原给予她的那种独特的自信、坚强一点点渗入了她的骨髓，让她成为和草原永远不能分割的一分子。她一会儿在马背上站起来，一会儿蹲下，一会儿又藏在马肚下，马儿不仅仅是他们两人成长的伴侣，也是他们爱情的见证，他们在马背上相爱，在马背上驰骋，在马背上相互倾吐自己的爱恋之情。马儿把他们带进自在无人的心灵之境。为他们打开了新生活的一道大门，让两个情窦初开的恋人心思绵密、情感流泻。对金旺来说，无人能取代天女给予他的这种欢愉和快感。他也发誓把自己全部的情感倾注在天女身上。

两匹马儿绕西河湾跑了一大圈，马身上出汗了，天女和金旺也是满身大汗，马儿不再疾蹄奔跑，金旺从马上跳下来，给天女递过一块手帕，他拍拍那匹浑身冒汗的马儿说："小时候，每逢过六月二十四庙会，看那些骑马赛跑的人，羡慕得不得了，尤其是那个黑脸张飞，呐喊着骑马巡街的时候，我总是在想，什么时候自己也能当一回张飞，就我现在的骑术，当个张飞还是绰绰有余。可惜，我们不能回来参加那些赛马活动了。"

"咯咯咯……"天女清脆的笑声回荡在西河湾，"我要是去赛马，还不得把你爹妈惊死了？"

"反正我们也不和他们一起生活，开春了咱们一起回草原。"

"那你不打算在隆盛庄生活了吗？"天女望着他，"昙芸怎么办？"

"我也不知道怎么办？"金旺的情绪一下变得很郁闷，"她始终是我的姨妹。不说这些了，过了二月二，我们就启程回草原。"

"我想和你一起走草地，到库伦、恰克图、乌苏里雅台、科布多……"

"天女，走草地可不是你想象得那么轻松，路上的风险太多了，白音淖尔作为一个牲畜转运站，我从库伦赶过来的牛马羊都聚在这里，入冬以后，我们再运往隆盛庄。你和阿爸好好守着这个转运站就行了。"

天女点点头："我只是不想和你分开，也不想让你一个人去走草地。"

"走草地的男人注定是要孤独上路的，你听说过哪个走草地的男人带着老婆啊？"

"总有一天，你会需要我和你一起走草地的。"

天女很自信地望着金旺。

每逢金旺和天女出去了，茹梅就开始和王闻虎撒恶气。她望着两人的背影，气呼呼地说："你看看，这哪像个做媳妇的样子，我们这是娶回奶奶了。当初，你就不该把儿子扔到那无人烟的大草地，让他天天和这个天女在一起，日久天长，这不，好好的媳妇不喜爱，偏要娶这个野丫头。"

王闻虎也唉声叹气地说:"我哪能料到他会娶天女?自从这两房媳妇进了门,就开始家神不安灶神不和。"

"你看她那两只大脚,能踢死一头猪,你那儿子也邪门了,放着小脚妙手的媳妇不看,结婚的晚上都不去和昙芸圆房,到今天也没有摸摸昙芸衣衫上的桃疙瘩扣子,你让我怎么和妹妹交代?"

"你没法交代?我都没脸见陈德隆了。"

"都是你妈出的馊主意,让两房媳妇都娶。这不,娶回一尊神神,我还得天天供着她。"

王闻虎低着头一口一口抽旱烟。

"谁知道娶回个媳妇是个烫手的烧山药,说不能说,骂不能骂。"茹梅心里似乎有诉不完的苦水,"我问下金旺,让他出草地时候,再把天女带上吧。毕竟是草原长大的孩子,野性十足,和咱们隆盛庄的女人不一样。茶饭营生、缝连补绽、绣花捻线都不会,还是让她再回草地生活吧。"

王闻虎也同意茹梅的想法。他说:"金旺回来了,先探探他的口气,看他是啥意思?"

那天晚上,茹梅把金旺叫到自己的房间,她开门见山地说:"旺儿,眼看出草地的日子临近了。你有啥打算?"

"我还替爹走草地,妈放心,几十顶房子的人马都准备齐全了,过了二月二就走。"

"我是说,你如今是结了婚、娶了妻的男人了,昙芸虽然是住的门对门,你姨夫那脾气也不好,不让昙芸回门住娘家,天女怎么也得回娘家住些日子吧?"

"那肯定了,这次走草地,我就和天女一块走了。"

"天女这孩子毕竟是在草原长大的,她来咱们家许多习惯都适应不了,这女孩子也不知道能干点啥营生?"

"天女能干的活儿咱隆盛庄的女人一般都干不了。"金旺给妈妈数算了一大堆,"她会骑马、会放羊、会接羊羔、挤牛奶,还会跳舞、唱歌,会熬制奶茶、奶酪、奶豆腐……我给您带回来的奶食品都是天女做的。"

茹梅摇摇头又朝儿子摆摆手："天女确实是个不一般的女孩子。你走的时候，带上她吧。路上，你们两人也有个照应。"

金旺巴不得妈妈说这句话，他高兴地说："我一直有这个打算，只是怕爹和妈不同意，没敢开口。以后，我就带着天女走草地了。"

王闻虎正好从外面过来，他一听这话，顿时傻了眼，望着儿子："你说什么？"

"我带着天女走草地。"

这话把王闻虎气得顿时七窍生烟："你什么时候见过女人走草地？再说走草地是忌讳带女人的。"

"隆盛庄许多女人就是想走草地也走不了，就像昙芸，两只小脚只能从家门走到院门，能跟上我走吗？"

"这成什么体统？昙芸是你媳妇啊。你总不能把她扔在家里不管吧？"

"走草地的男人谁家不是这样？您老就不要为这些事操心了。"

"你爹是不准用了，门神老了不捉鬼。看来，咱们王家走草地的气数已尽。"王闻虎一摔门走出去。

二月二刚过，走草地的人开始行动了，金旺带着天女，一起离开了隆盛庄。昙芸目送那远去的丈夫，泪水溢满了眼眶。她送金旺走出圆拱门，金旺没有回头，也没有和她说什么多余的话。如同路人，她难过得只想哭，但好像没有一个哭的地方。

金旺和天女骑着马双双对对从马桥街走过，他们的身后是几十辆马车，每辆车上都装满了吃喝拉杂用品。

大街上站满了送别的人，父母送儿子，妻子送丈夫，他们一个个围在马车前，流不尽的泪水，嘱咐不完的话……

车上的大咚铃叮当叮当响起来，街头传来瞎德子苍凉的歌声：

> 十山九无头，
> 那是咱隆盛庄的双台山；
> 河水向北流，
> 那是咱隆盛庄的西河湾；

　　　　咯吱咯吱的牛板车，

　　　　慢悠悠走，

　　　　瞭不见那台墩心里酸。

　　车队渐行渐远，只留下了一阵阵凄凉的歌声，还有一行行深深的车辙……

　　　　哥哥走草地，

　　　　走到那温都尔庙；

　　　　妹妹你手搭凉棚，

　　　　站在马桥上瞭；

　　　　旱板板车走出了二里半，

　　　　我早去早回把妹妹眊。

　　王闻虎没有出去送儿子，他也再没有到德隆粮行给儿子备路上吃的炒面、炒米。他觉得再没脸去和陈德隆见面。金旺前脚一走，他就一个人关起门喝闷酒。

　　耳房里，传来茹梅呜呜咽咽的哭声，他被这哭声搅得心烦意乱，酒也越喝越苦……

第三十七章
和尚修成佛
媳妇熬成婆

自从陈德隆踢完了王闻虎家供祖上的高桌以后，老太太就得了一种阴阳颠倒的怪病，白天呼呼睡觉，天黑了睁眼醒来就折腾人，家里当地有个大水瓮，水瓮里的水总是满满，水只要低于瓮沿，老太太就大声呼喊着："银旺……海旺……担水了。"两个孙儿一放学，先看奶奶的水瓮，水瓮里的水要是不满，他们就忙着到井房去挑水，不然，奶奶会吵得鸡犬不宁。瓮里的水满了，奶奶就开始吆喝："昙芸，赶快浇花啊，你看那花池里的花都枯死了。"

"奶奶，早晨刚刚浇过了。"昙芸的声音战战兢兢，她害怕奶奶那双似睡非睡、似醒非醒的透着阴森森目光的眼睛。

"早晨浇了夜里就不能再浇了？"老奶奶的声音令人恐怖。于是，昙芸就无奈地提着木桶，把水瓮里的水，一瓢一瓢舀到木桶里，然后，再提到院子里，再一瓢一瓢浇到花池里。刚刚浇完花，气还没有喘均匀，老奶奶又在唠叨："记得明天把水瓮里的水填满。"

昙芸点点头，困得想上炕睡觉，哪知，老奶奶又吆喝她："快点给我做饭啊，饿死了。"

"半夜三更吃得个啥饭？"昙芸心里嘟囔着，嘴里却什么话也不敢说。她出去抓了一把生火柴，院里，那条大黄狗朝着大门"嗷嗷"地嗥叫，那声音令人毛骨悚然。正房里，王闻虎披着衣服开门出来，他从院子里捡起一根木棍，狠狠向黄狗打去："半夜三更你嗥啥？再

嗥我把你打死吃了狗肉。"这黄狗也不知道怎么啦，天天夜里嗥叫，嗥得人心烦意乱，惶惶不安。王闻虎对黄狗一顿棒打，黄狗哼哼呀呀地躲进窝里，王闻虎还没进家门，黄狗又从窝里窜出来，继续拉长声音嗥叫。昙芸把灶里的火点着，开始给老奶奶做饭，老奶奶一口气喝了三大碗莜面煮鱼子，吃饱了倒头就睡。昙芸也困得实在不行了，她看老奶奶不折腾了，也慢慢爬上炕，刚刚躺下，已经是鸡叫头遍了。昙芸睡着了，她梦见金旺回来了，他没有和天女在一起，而是牵着一条狼，狼瞪着一双血红的眼睛，她害怕得直哆嗦。金旺哈哈大笑："这是天女，你不要害怕。"他的话还没有说完，只见那条狼变了，真的变成了天女，笑盈盈地朝她走来……

正房就传来婆婆的喊声："啥时候了，还睡得不起?"昙芸揉了揉眼睛，曙光把窗户上一个个小木框镀成橘黄色。她赶快起来给家里人做早饭，做好了饭，还得给婆婆端到正房。茹梅是三十年媳妇熬成婆，想当初嫁给王闻虎的时候，也是在婆婆的严管下一天天熬过来的，如今，自己当了婆婆，就端起了当婆婆的架子。昙芸是她的外甥女，但过了门就是媳妇，自然要有做媳妇的规矩和礼数。昙芸从进门那天开始，天天就是这样白天黑夜地忙乎着，不到一个月，如花似玉的她就变得骨瘦如柴，整天精神萎靡不振，一双小脚火辣辣地疼。裹脚布也又脏又臭了，她想好好用热水泡泡脚，但没有一个闲空。本来，嫁过来第二天要回门，但陈德隆却不让金旺踏进他家门半步。回门请人预备下的十几桌吃喝，陈德隆都拿到了稀粥馆子，四路八下的讨吃要饭的人、街上的洋烟料面鬼整整在稀粥馆子白吃了一天。

女儿出嫁了不回门，这在隆盛庄也是头一遭。陈德隆心烦的时候，就一个人喝他的"闷倒驴"酒。茹仙也为女儿的婚事常常流泪不止，但她还得安慰丈夫："算了，嫁出去的女儿，泼出去的水，她日子过好咱们就放心了。"

"她要是像紫芸我就放心了。你看她从小就少言寡语，受了委屈也不吭声。我是怕她憋出个毛病。"陈德隆嘴上说不想再看见女儿，但心里却天天在惦记着。

自从金旺走了以后，昙芸茶不思饭不想，每每夜里，都渴望着男人的抚爱，盼望金旺早点回来。她又和老奶奶一样，天天往窗户纸上点指头印，一个指头印一天，她天天数着这些指头印儿呆想。这日子似乎没有熬盼，心里窝着的话又不能说。天长日久，她变得如同木头人似的，白天只是一味地做营生，那营生似乎永远也做不完。她虽然和父母亲住在同一条巷，但她始终无法回娘家小住几日。一开始，几个妹妹还常来看看她，后来，妹妹们也来的少了。昙芸想爹娘，也想妹妹。爹爹为了她，和王家断绝了来往，他把面朝老财巷的小街门都堵死了，从南墙又掏开一个门。南墙外，是二阴阳的一处破旧的烂院子，陈德隆只为给自己从官才巷开一条出路，宁愿花高价钱，买下了这处破院子。他不想再看见女儿，也不想再和王闻虎见面。从此，一家人就从官才巷出入行走。

婆婆把营生安排得满满的，三顿饭都是昙芸做，夜里，还得去伺候老奶奶。有一天，老奶奶黑夜没有折腾，三更时分，她突然坐起来，让昙芸给端来一大碗冷水。她咕噜咕噜一口气喝完，把碗扔在炕上："快去，给我叫一下虎儿。"

昙芸看着老太太那双痴呆无神的眼睛，心里害怕得直哆嗦，她挪动着两只小脚，慢慢向门外走去。

"你就不能快走两步？"老奶奶又在催她。

昙芸三步并作两步，走到婆婆的窗台下面，她轻轻敲着玻璃："爹，我奶奶叫您呢。"

"半夜三更，也不让人睡个安稳觉。"屋里传出茹梅的骂声，随即，王闻虎推门出来。

他走进母亲的屋里，母亲一把抓住他的手说："赶快给你爹开门去，他回来了。"

"半夜三更的，哪有人啊？"

"你听不见院里的狗叫吗？"

母亲的话音刚落，院里就传来一声接一声的狗叫。王闻虎只好出去，一出门，浑身不由得打了一个冷战，狗"汪汪汪……"地叫个不停。他拉开大门，一阵阴风吹过，巷子里静悄悄的，一个人影也没有。远处，又传来打更的梆子声，"梆梆梆……"，四更天，也正是

厉鬼到处游行的时刻。他望着黑洞洞的巷子，只见巷门口有一盏孤灯亮着，那是狼扯疤和丈夫薛三在炸莲花豆。他们两口子常常是半夜就起来炸豆子，清早一起来，薛三就开始沿街卖莲花豆了，薛三一条腿是怎样瘸了的，也没有知根底的人。他娶了狼扯疤的时候，就是一个瘸子，一个看大门，一个卖莲花豆，小日子过得和和美美。巷子里的人都说狼扯疤是钟馗转世，是老财巷的门神，有她守门，能睡个安生觉。王闻虎望着那盏灯，他又想起远走草地的父亲，难道他的魂灵真的回来了吗？他心里默默念叨着："爹爹，孩儿不孝，不能把你的灵魂安放在祖坟。"他一边念叨，一边关好门，又回到母亲房间。母亲看见他一个人进来，就问："你爹呢，他到了门口怎不进来？"王闻虎知道母亲在说胡话了，一辈子盼着男人回来，但整整五十年过去了，却生不见人死不见尸。

母亲哭干了泪水，那双深陷的眼睛，像两口枯井，再也流不出一点眼泪了。她又指着炕柜，让王闻虎打开，只见里面放着十几双千层底黑布鞋，还有一摞整整齐齐的窗户纸，都是年年腊月打扫家的时候，用剪刀从窗户上裁下来的麻纸，上面满满的都是指头红印。王闻虎小心翼翼地翻着这一摞白麻纸，整整五十张，那就是整整过去了五十年，那红色的指头印，宛如她心里流出的血，染着一天天已过的岁月。

"妈，我一定给你找回我父亲。"王闻虎安顿母亲睡下，也告诉昙芸，多照看奶奶，怕是回光返照，要走了。昙芸默不作声，只是点头应承。王闻虎回到正房，闷闷不乐地和衣躺下，好一会儿才瓮声瓮气地说："看来我还得去趟后草地。"

"半夜想起个朝南睡，自己腿疼得连大门都迈不出去了，还想去后草地。"

"我是正经话，一半天就动身。"

"有啥紧急事还非得你出去？"

"去找我爹。"王闻虎很干脆地说。

茹梅一翻身从被子里爬出来，反问道："到哪里找？五六十年了，活着人也老的走不动了，要是死了，骨头早沤成粪了。"

"我总不能让妈连个合葬的男人都没有。"

"只为了和她合葬，那还不是好说的，你到东山砍上一根树，让二阴阳给雕刻个树人，和妈合葬不就行了。"

媳妇的一席话倒是提醒了他，是啊，草地茫茫到哪里去找。"十有八九是死了，要是活着，他怎么也得回来看看啊。"

王闻虎心里酸酸地难过，翻来覆去睡不着觉。关于父亲的传说很多，有人说他让土匪打死活埋了，还有人说，他到了大库伦后，在那里和一个蒙古女人结婚成家了。但王闻虎走草地后，曾经和许多大库伦的商人打听，也没有问到父亲的消息。父亲的下落不明成了母亲一辈子的心病，如今，母亲眼看就要走了，他无法满足老人的心愿，不知道如何来安慰她。

有一天夜里，老奶奶折腾得更凶了，说她男人从草地回来了，让昙芸去开门。昙芸没办法，只好向大门口走去，她听见门外许多人说话："来了，来了，就等你给开门。"一阵踢踢踏踏的脚步声由远而近，她隔着门缝往外瞧瞧，外面漆黑一团，什么也看不见，一股阴风吹来，她不由得打了一个冷战。挪动着一双小脚，双手扶着墙壁一步一步向家里走去。一股清水从门里流出来，她双脚走在水里，推开门，看见老奶奶头朝下栽进了水瓮，两条腿乱踢腾，她吓得浑身哆嗦，腿肚子抽筋，惊恐地大叫一声，翻身向外跑去，但两只小脚不给力，一出门就摔倒在地，浑身湿淋淋地连爬带滚到了婆婆门口，用力敲着门板："快开门啊，开门啊……"

好一会儿，屋里才有了动静，灯亮了，茹梅打着哈欠骂骂咧咧地走出来："半夜三更的，你喊叫啥？"

"老奶奶……老奶奶……"昙芸结结巴巴说不出话，"老奶奶栽进水瓮里了……"

王闻虎提着裤子跑进西房，赶快把大瓮打烂，从破瓮里把母亲拉出来，他用手一摸鼻孔，已经没有了气息。他气急败坏地质问昙芸：她往水瓮里栽，你不知道吗？你哪去了？

"奶奶让我出去开大门，她说有人来了。"昙芸面色如纸，浑身筛糠似的哆嗦着。

　　王闻虎一听这话，马上想起那天母亲让他开门的情景，难道真的是父亲回来叫走了母亲吗？她怎么偏偏选择了栽水瓮死呢？是不是父亲也是被人这样害死的？母亲的死也太蹊跷了，他给母亲脱掉浑身湿透的衣服，换了干净的内衣，擦掉嘴唇的血迹，把伸出来的舌头慢慢塞进嘴里，再轻轻揉着那没有闭住的眼睛，然后，给母亲穿着那些无扣无结的绸缎寿衣。他一边给穿衣服，一边痛哭流涕："一辈子辛辛苦苦的妈呀，怎么说走就走了呀……"他给母亲烧了下炕纸，嘴里含了银圆，衣袖里放了打狗饼，又用麻绳把母亲的手脚捆绑好，又点燃照尸灯，放了烬纸盆，然后用尺八白麻纸盖住了脸面。茹梅干号了几声，就到正房生火做倒头捞饭。然后，开始把老奶奶生前早就预备好的几匹白布取出来，开始破孝。

　　老奶奶整整活了八十岁，王闻虎和外人说老太太是枕边亡。死因只有家里人知道，但他心里一直忐忑不安，尤其是茹梅，更是怕得不行，天一黑就不敢迈出家门一步，把窗帘挂得严严实实，就是上茅房，也要王闻虎陪着。人常说："怕处有鬼，痒处有虱。"家里那条狗自从老太太死了，就不嗥叫了，办丧事的人出出进进，它也不叫一声。王闻虎一个人忙里忙外，叫来阴阳批殃写讣告、打岁头纸、破土、打坟墓……他打发人给草地的金旺捎去书信，金旺要是能赶回来，也算老太太命里能指望上这个孙子。他按部就班，先让二阴阳按照隆盛庄的习俗，来确定出殡的日期。银旺头顶白麻纸，孝帽上缀着红布圆坨坨，手提丧棒，到四路八下的亲戚朋友家报丧。他先去了老爷娘舅家，又去了侄男外女家，最后去了陈德隆家。茹仙得知老奶奶下世的消息，不由得一阵悲痛，老奶奶也是一个刚强了一辈子的女人，三十多岁守寡，整整守了五十年，不容易啊，死的虽然突然，但也算高寿正终了。姐姐也是受了半辈子的管束，三十年的媳妇终于也熬成婆了。

　　紫芸下学刚回到家里，就看见报丧的银旺："奶奶怎么会一下就死了？这回不用你和海旺天天给她担水了，我姐姐也不用半夜起来浇花了。"

　　"早知道她栽水缸死，我说啥也不给她担水。"银旺把嘴巴附在紫芸耳朵上悄悄说。

"什么？老太太栽水缸了？"紫芸惊得长大嘴巴。

"这话千万不能传出去。"银旺把食指放在嘴边，两人又开始咬耳朵。

"这两个孩子鬼鬼溜溜的，说啥见不得人的话呢。"茹仙把饭端上了桌。银旺想走，茹仙却一本正经地说："这饭一定得吃，报丧是不能空着肚子回的。"

饭后，她送走银旺，就让紫芸到店里叫她爹回家："你就说家里有急事。"

紫芸笑笑说："我给你叫回来就行了。"说罢，背着书包向德隆行走去。

掌灯时分，陈德隆才慢腾腾地回到家里。一进门，茹仙就告诉他："姨娘死了。"

"知道了。"

"我叫你回来，商量摆祭的事。"

"我不是早就说了，从此后再不和他们往来。"

"孩子他爹，不摆祭，隆盛庄人笑话死我们了，昙芸是王家的媳妇啊。再说，麻绳草绳能割断，肉绳还能割断吗？"

"这祭怎么摆？"陈德隆一想起女儿的婚事，仍然是满肚子火气。

"我不是和你商量吗？"茹仙也皱了皱眉，"俗话说，养女三辈低，我还得给昙芸预备挂孝的红布，还得去给她收头呢。"

陈德隆仍然是一锅一锅抽水烟，好一会儿才说："你告诉王闻虎，我陈德隆要摆祭，就摆头份祭，谁也不能和我抢祭。"

"昙芸是长孙媳妇啊，按辈分头份祭怕轮不到我们。"

"让王闻虎用猪头来接我的三牲大祭。"

"孩子他爹，大夏天，让姐夫到哪里找活猪头？"

"他王闻虎有本事同时娶两房媳妇，就有本事来接我的头份祭。就这么定了。明天叫寿桃婆姨过来，帮你捏面鱼炸馓子。"

第三十八章
三更鬼敲门
忘川出阴魂

　　昙芸仍然一个人睡在西房，本应该能睡一个安稳觉了，但反倒怎么也睡不着，感觉奶奶还在身边。她变得精神恍惚，嘴里一直在念叨那句话："怎么能没有人呢，我明明听见他们说等了很久啊，是在等谁啊？"她干活儿也丢三落四，婆婆和王闻虎说，咱媳妇莫不是丢了魂？还是请二阴阳来给看看吧，但公公却不大相信丢魂这事，他说先给母亲办完丧事再说，至于老太太怎样死的，他一直守口如瓶。

　　老奶奶的棺椁都已经准备好了，但唯一的一点心愿让王闻虎犯难了，父亲的尸骨始终没有找回来。母亲活着的时候，年年催他打听父亲的下落，但年年都渺无音讯，他也觉得对不住母亲，总不能让她再孤身一人躺在坟墓里，这次无论如何要把骨殖捡回来，不然，母亲出殡了，就再没有合葬的机会了。把棺材在灵棚里放停当了，他决定去草地一趟，顺便到白音淖尔把金旺叫回来。

　　出殡的日子越来越近。王闻虎坐着马车日夜不停往草地赶去。没想到，刚刚走到老哇咀就和金旺相遇了。金旺听了奶奶去世的消息，忍不住一阵悲痛，但他是领房人，不能乱了方寸。在老哇咀，王闻虎到木匠坊定做了一个小棺材，让金旺到野外砍了一棵枯树，又请老哇咀的阴阳先生给雕刻成一个树人。阴阳问了他父亲的生辰八字，他步罡踏斗，念动咒语，铺纸研墨，指头蘸着朱砂在黄裱纸上画了符，又把一块红布搭在小棺材上。一切都安排停当，他们把棺材放在车上，才从老哇咀启程，老哇咀距离隆盛庄也就是一百多里的路程，走了一天就赶回隆盛庄。王闻虎把小棺材停放在大门口。老太太守了一辈子寡，死后总算有个和她合葬的男人。王闻虎给老母亲的丧事安顿得非常齐备，棺材是松木的，不怕水、不怕阴、不怕土侵。装穿寿衣都是什锦软缎，棺材里老太太穿戴都塞得满满当当。鼓匠定了两班，阴阳、和尚都来给诵经超度亡魂，灵棚两边贴着一副白色的挽联：一生俭朴留典范，半世勤劳传嘉风。

　　老太太活着的时候，也没有多少姥爷娘舅家的人来看望，死后，七珠算盘也打不出来的亲戚都来了，侄儿外甥也来给吊孝，从死人跌倒头开始吃喝到打发出去，尤其是来自老太太娘家的人，一旦照顾不好就给翻桌子，折腾东家。老太太的侄儿五麻子平时从来不登王闻虎的门，但人死了，他第一个就来给姑姑吊孝。说是来吊孝，其实是想来大吃大喝几天。三天报完庙回来，鼓匠要吹整整一夜，这份钱是由侄儿男女来摊派，也叫坐夜钱，但东家要给摊派坐夜钱的人大吃一顿，五麻子不想掏这份钱，就开始祸害王闻虎。他把端上桌子的糕和馍馍都倒进了猪圈，东家一股劲儿端饭，饭菜稍稍不顺口，他就破口大骂。平时，王闻虎就是在街上碰见他，嫌他丢人，也不和他说话，也从来不借给他一分钱。他嫉恨在心，趁着来打发姑姑，他想着法儿恶心王闻虎。

　　那天，天黑的很慢，阳光会薄情地把一切都忽略掉。原本清晰的东西也坠落在混沌朦胧中。院子里的每一个地方似乎都透出一股说不出的诡异。灵棚里的香火在黑暗中泛着光亮，老太太的遗像在香火的映衬下显得非常安详。昙芸到茅房撒尿，刚蹲下，就感觉后脊梁发冷，看见黑暗中也蹲着一个人，她能听到那人长吁短叹的呼吸声，看见那人的眼睛直勾勾地盯着她。这眼睛像谁呢？突然想起灵棚的棺材前，摆着的那张画像，就是那双眼睛，莫非是老爷爷回来了，她惊恐得连裤子都没提就往外跑。刚进家门，就突然昏倒在地上，人们把她抬到炕上，她慢慢睁开眼，第一句话就是要喝水，银旺给嫂子端来一瓢水，她咕噜咕噜一口气喝完，然后抓住银旺的手，哭着说："银旺，叫你爹过来。"声音完全是奶奶的强调。几个老人一看昙芸的神

态，知道是死人附身了，于是，都去叫王闻虎和茹梅，身穿重孝的儿媳、孙子都围着昙芸。"您还有什么不放心的事想说说。"

"唉——这些时候，我一直在门外转悠，还想进来看看你们啊。"她一边说一边抓脖颈，"我脖子难受，憋得喘不过气……"她说话上气不接下气，"我不想走，可你爹不行，他孤魂野鬼一直在草地转悠，没人收留啊。"王闻虎一听这话，真的相信是母亲回来了，他上前拉住昙芸的手，放声大哭，一家孝子都齐刷刷地跪倒在地上。

"你父亲硬是拉拽着我，让我栽进了水瓮。"

"妈，你还有啥吩咐的？"

昙芸抬起头，瞅了瞅屋里的人，突然，目光落在推门进来的五麻子身上："你出去，我有话要和虎儿说。"这个乳名只有母亲知道，许多年都无人叫了。王闻虎确信是母亲的魂灵回来了。

母亲把嘴巴附在他耳朵上："正房窗根下，第三块砖下面，有一个瓦罐，里面有一罐洋钱。这是你父亲给我存下的，我一直不舍得花。"

"我和你父亲都不是枕边亡，入不了祖坟啊，你父亲是让人谋财害命，塞进水瓮里憋死了……好头疼，我不能说了……"话还没有说完，昙芸身子向后一挺，倒在炕上，但神志仍然处于昏迷状态。"快，在门口点燃胡麻柴，让她赶快过火堆。"银旺和海旺都着急地从小南房里抱出一捆柴，在大门口点燃了，两个女人又把昙芸扶着向门口走去，"您老人家走吧，看把昙芸折腾的。"走到火堆边，昙芸双脚从火堆里迈过以后，她全身宛如一摊泥瘫软地倒在地上，一双茫然无神的眼睛从众人身上扫过，她有气无力地问婆婆："我怎么跑到大门外了？"

茹梅无奈地长叹一声："人死了魂灵儿也不安生。"说罢，扶着昙芸向家走去。昙芸仍然躺在老奶奶住过的这间房里，她感觉自己心神憔悴，浑身筋疲力尽，只想好好睡一觉。她从夜里睡到早晨，又从早晨睡到夜里，家里人害怕了，叫来黄二先生，先生给把了脉，说脉搏跳动的正常、呼吸正常，也不发烧，看不出什么病，婆婆公公放心了，但她这一觉整整睡了两天两夜才醒过来，醒来的第一件事就是梳洗打扮，她说外面的唢呐声吹得真好听，她穿起来出嫁时候的红衣服，还有那双小红鞋，红盖头遮住了她那苍白的面色。她下了地，穿着这身衣服推开家门的时候，把全院人都惊呆了，老太太今天要起灵了，棺材前面跪着一大批穿着白衣披麻戴孝的孝子，金旺披麻戴孝正拄着戳丧棒跪在灵棚前，跪陪那些来烧纸的人。他一看媳妇穿着红衣出来了，把戳丧棒丢在地上，赶快跑过去，他把昙芸搂到家里，把门关起来，掀起了昙芸的红盖头，"啪啪……"重重扇了两个耳光，昙芸的嘴角流出了血，她把血抹在指头上，点在窗户纸上，她喃喃地数着那一行一行指头印："金旺该回来了。"金旺上前抱住昙芸："妹妹，我把你害了……"他第一次把她抱在怀里，低下头，亲着她那张苍白的脸庞，然后，把她抱在炕上，脱掉了她的红衣服。鼓匠又吹起来了，眼看就要起灵了，金旺又给昙芸换上孝服，然后，抱着她来到灵棚前。

鼓匠又吹起了长号，从早晨开始，烧纸的人接连不断。摆祭的人也接连不断，陈德隆摆的祭也真够排场，供菜四碟，供器、大鼎、蜡扦、香桶样样俱全，全羊一只、猪头一个，鸡、鱼俱全，两个人异一张桌子，一桌摆一种供品，瓜果梨桃、八大件茶食糕点、花鸟禽兽，鼓匠吹着，前面的人手拿金银斗，摆祭的队伍从官才巷出来，绕马桥走一圈，然后，来到了王闻虎家的圆拱门前，这时候，摆祭的老爷娘舅、祖先家人也都聚到大门口，都等着东家出来接祭。王闻虎没有食言，他也是备了全羊、猪头，让孝子们齐齐地跪在门前，先接了陈德隆的祭，那些老爷娘舅们一片哗然，五麻子第一个跳起来，指着王闻虎破口大骂："你眼里还有我们祖先家的人吗？"

"哪有这种接祭的顺序？主子的祭还没接，就接孙媳妇的祭？"

"这祭我们还能摆吗？"

王闻虎也不想和他们争辩，他只是想利用这场白事宴和陈德隆言归于好。自从昙芸进了门，他一直感觉自己对不起陈德隆，总是想找个机会来弥补内心的愧疚，既然陈德隆提出要摆头份祭，他破了规矩，就是得罪了所有的祖先家人，也要满足陈德隆的要求。祖先家的人对他不满意，甚至想闹事，王闻虎早就预料到了。好在他有五个儿子给顶门垫户，他们起身开路，异祭的人才走到灵棚前，总管周恒又

操着关南腔高声唱礼："陈德隆大祭一份，押银圆五十。"这样的厚礼顿时镇住了所有的人，这场接祭风波才算平息。祖先家的人也不敢再说长论短。

起灵的大号吹响起来了，帮忙的人开始拆灵棚，正这时候，五麻子突然横躺在棺材前面，手拍着棺材大头号啕大哭："姑姑呀，你死得冤枉啊！"

他一把鼻涕一把泪抹在棺材上："王闻虎，我倒要问问你，我姑姑是怎么死的？你以为我们家的人都死绝了？你今天不交代出个一二三，这棺材就不要往出抬。"

人们都知道，起灵是有时辰的，过了时辰这棺材就不能动了，那总不能让老太太就停放在院子里吧。王闻虎着急了，他过去朝五麻子的屁股上踢了一脚，五麻子翻过身和王闻虎撞头："你打我，打死我，我也把姑姑的死因搞清楚。"

眼看时辰到了，几个抬棺材的壮汉都过来抬棺材。金旺、银旺、海旺都围过来，金旺上前一把抓住他的膀臂，朝后一扭，他疼得哇哇大叫："姑姑呀，你得给侄儿做主啊。"他的头又朝棺材撞去。血顺着额头流下来。他用手乱涂抹，满头满脸都是血。来吊孝的张忠德实在看不下眼了，他和王闻虎是没出五服头的两姨弟兄，他上前揪住五麻子的耳朵："你撒野耍赖也得挑个地方啊。"

"姑姑到底是怎死的？"五麻子撒野了，索性坐在地上。

"你是来给你姑姑当主子了，大吃大喝了十几天，你还不足兴？"张忠德一挥手，几个大汉上前把他按倒在地上，棺材被八个大汉抬出了大门。

"张忠德，我操你！"

第三十九章

扫街除瘟疫

救女脱险情

　　牛车的轱辘碾过了这条长长的巷子，消失在黑色的夜幕里。"拉尸了——拉尸了——"车子绕隆盛庄的大街小巷走来走去，黑沉沉的夜，星星也变得不太明亮。这是 1917 年的春天，突然来临的瘟疫让整个庄子里的人猝不及防。听老人们说，乾隆年末隆盛庄曾经也发生过一次大瘟疫，许多年过去了，没想到瘟疫又传播到了隆盛庄。一些迷信的人面对瘟疫束手无策，一个个到南庙烧香烬纸许愿，想躲过这场灾难，但仍然是死尸不断。里长张忠德一边向丰镇知府汇报疫情，一边雇佣光棍人海悦来拉运尸体。拉一天尸体海悦能挣十枚铜钱，他赶着一辆牛车，把一具具尸体抬到车上，车子装满了，就赶着牛车往西河湾走去。四个城门不能让拉尸的车子通过，他只好绕道，从恒隆店对面的那条狭窄的短巷子里通过。

　　巷子里无人居住，也有人称这条巷叫鬼巷，白天，也很少有人行走。鬼巷很诡异，阴森森的，二阴阳自从把官才巷的那所破院子卖给陈德隆后，就和年迈的父母亲搬到了鬼巷。他虽然会看风水会批殃念经，但赶上这大瘟疫，倒歇了业，活着的人还不知道哪会儿死，哪能顾上给死了的人批殃念经。死的人多了，也顾不上掩埋了，一家人都躺卧在家里，不知道过了多少天，臭味蔓延出来了，海悦才过去把他们装上车。这海悦也是个光棍人，隆盛庄人早就忘记他大名叫什么，都叫他关南棒儿，他平时靠担挑子钉盘碗钉锅过日子，有时候也捡点

破烂，或者帮人入殓死人挣点小钱，人们都说他是两世人，是钟馗转世，不怕鬼神。他天生一副黑脸腔，黑眉毛、黑胡须，一顶黑色的兔皮帽子，帽檐外翻着，再加上天天钉锅，手和脸永远是漆黑漆黑的。女孩子不裹脚，她妈妈就会说："那以后就把你嫁给这个钉锅人。"海悦每天沿街蹿巷，用拉得长长的关南腔喊道："钉锅了……钉盘碗了……"海悦也是隆盛庄唯一的一个打更人，他打更的时间非常准确，从一更打到五更，他一手提着一面铜锣，一手拿一个木头槌子，槌子的一头拴一块脏兮兮的擦鼻涕、眼泪、口水的红布条。那时候，隆盛庄人黑夜里看时辰，全凭听更声来判断。海悦的更声也算计得非常准确，人们常常会问他："你是怎样来算计时间的？"他嘿嘿一笑，露出满嘴黄牙："看月亮啊。""没有月亮的时候，看什么？"他拍拍自己那两条罗圈腿："靠我这两条腿。"他一边走一边敲着槌子，步子不紧不慢，从西门走到北门，再从北门到东门，当走过南门，绕回西门的时候，正好是一个时辰，他还常常喊道："戌时一更，天干物燥，小心火烛。""亥时二更，夜静人定，注意防灾防盗。"他说打更多年自己也快变成阴间人了，和鬼说过话，也和狼打过架，自古神鬼怕恶人，瘟疫来了是老天爷惩罚这地方的人，该让谁走，谁就得走，让你三更走二更走不了。他不怕传染瘟疫，隆盛庄的大街小巷，夜夜都能听到他的槌子声，天天都能听到他那关南腔："拉尸了……"好恐怖的声音啊，人们听了都毛骨悚然。

有一天，海悦拉着一车尸体刚刚从老财巷走过，天色近黄昏，忽然听到巷子上面传来女人的哭声，那声音尖厉刺耳。海悦停住了车子，老牛却怎么也不听使唤了，海悦双手用力都拉不住缰绳。随着哭声，一个穿着一身雪白孝服的女人一边哭一边向车子边走来。老牛哞哞叫着，海悦浑身的汗毛都竖立起来，白孝帽遮住了女人的脸，海悦就看见一双小脚，跟在女人身后的是一个大旋风，海悦朝着旋风吐了两口唾沫，女人不见了，老牛挣脱缰绳，拼命向拉尸巷狂奔。从那天以后，镇子里再也听不到海悦的声音了，关南棒儿死了，死得很惨，七窍流血，面朝下倒在拉尸巷里。

隆盛庄被瘟疫吞噬着，老财巷的老财们都到周围的村里躲避瘟疫，这场灾难把隆盛庄变成了一座死城。庄里的人死的死，逃的逃，大街小巷一片沉寂。马桥街上也失去了往日的热闹，有的铺面都关了门，那个平时最热闹的说书场没有人来听书，叨书的站街大王是不是也进了拉尸巷？普济的医院人满为患，几间病房也住满了病人，普济戴着一个大口罩，给发烧的人打针吃药。他是西医，他相信自己的治疗方法会抢救许多人脱离生命危险。但大多数人也不大相信那些西药水水，都到二阴阳那里求他下阴，求他的老母亲给顶神治病。最忙的是黄二先生，他天天给人们熬制一大锅草药水，这些草药都是他夏天从山里采集回来的柴胡和板蓝根，许多人也去采集草药熬水喝，但天天仍然有死亡的人。

早晨，老回回赶着牛车去敲马尔达的门，马尔达睁开惺忪的眼睛问："啥事？"

"和我一起去清扫街道。"老回回身穿黑色长袍，头戴一顶白帽。他的口气几乎近似命令。

"瘟疫这么严重，你难道不要命了？"

"我们的命是属于安拉的，他不让我们走，就走不了。咱们扫街去，不然，这场瘟疫会一直蔓延下去。"老回回把车上的铁锹扫帚都放停当，像是自语道，"乾隆年末那次瘟疫发生后，到今也有一百四十多年，隆盛庄也是死人遍地，尸虫乱爬，臭气蔓延。那时候，我爷爷是回民的阿訇，当时回民都居住在五福屯西窑一带，瘟疫发生后，我爷爷带头到镇里清扫街道，把腐烂的尸体都运出城外掩埋，把镇里的每一条街道都打扫得干干净净，后来瘟疫消除了。"

"你是想效仿爷爷，再去清扫一次街道。"

"是的。"老回回望着马尔达，"咱回民人从来不信邪，给庄子里的人做点实事吧。"

马尔达也是死里逃生的人，几次大难中死神都和他擦肩而过，对死亡毫无恐惧。他很爽快地答应了老回回。

隆盛庄的街头巷尾，出现了老回回和马尔达的身影，他们开始一条一条巷，一道一道地清扫。许多回民看见他们在扫街，也都出来和他们一起清扫街道。马尔达又到西梁头挖了石灰，洒在扫过的街巷

上，然后又用清水浇在石灰上，街上的铺面都上了门板，只有画匠铺、棺材铺仍然在昼夜开张，一具一具白茬棺材从铺子里抬出去，樊氏的棺材铺最忙碌，几个木匠连明昼夜拉大锯加工木板。赵老财开的烟馆里，抽洋烟的人也越来越少，常来光顾生意的洋烟鬼有几个患了伤寒死在了烟馆，没有人领尸，就全部从拉尸巷运到西河湾的埋人坑。

老回回赶着马车，马尔达坐在车上，直接赶到西梁头。老回回开始挖石灰，马尔达用镢头把土层刨开，他用铁锹把石灰铲到车里。他们累了，又坐在西梁头歇息："当年，我爷爷就是用这石灰石，用冷水泡开了，洒在街上消除了瘟疫，后来丰镇厅同知特奏朝廷回民清洁消灾有功，朝廷给发了一张龙票，准许回民进镇里建房居住。"老回回喋喋不休地讲述着他爷爷当年挽救了多少人的性命。五福屯的回民陆续搬迁到镇里。他们围寺都集中居住在小北街。一条回民街的形成，让隆盛庄变得更加繁华热闹。老阿訇带领着所有的回民捐资，开始扩建礼拜寺……每天清晨，清真寺的钟声在隆盛庄的上空回响，隆盛庄的街上有了回民焙子铺，东饭馆、官记肉铺，小北街有了上三元、上美元的干货铺，在北庙旁边，还有回民的屠宰场。开斋节、古尔邦节和圣纪节的时候，方圆百里的回回都赶来在清真寺举行隆重的庆宴，从后草地赶过的牛羊骆驼都进了屠宰场，最忙碌的是他爷爷老阿訇，他要亲自来宰杀这些牲口……马尔达一边干活儿，一边安静地听老回回的讲述，他不由得又想起自己从陕西一路逃亡的情景，他的凤娇和刚刚出生的女儿，都活活地让狼吃掉……他还是感恩隆盛庄这片土地，他来到这里的时候，就再也不想离开。

马尔达和老回回从棺材铺走过的时候，只见一个身穿白衣的姑娘走来，她眉头紧皱，一副愁眉苦脸的样子，她泪盈盈地和樊掌柜说，要定做一口棺材，晚上给父亲入殓。樊氏抬起头看了姑娘一眼："最快也得明天早晨做好，死人多了，总有个先来后到吧。"

"阴阳先生已经给看好了时辰，今晚必须入殓。"姑娘呜咽起来。

"这是啥时候，还讲啥时辰，有的全家人都死了，尸体不是都拉到西河湾。亏你爹还有你这个孝女，能给他装口棺材。"樊氏的话冷若冰霜。

"我只想为父亲尽最后的孝心。"姑娘说话的声音有气无力。

"唉——死的人都死了，活着的人能躲的都躲走了，其实，阎王爷三更天让你走，你等不到四更。"樊氏突然想起被雷锥了的死鬼男人，想到那天让她心惊胆战的雷声。这次瘟疫的蔓延，樊氏并没有感觉有多么害怕，她的店铺仍然天天开张营业，她经营的是和阴间人打交道的生意，要是惧怕死亡这生意还能做吗？她深信该死不得活，连雷公爷都不要她的命，说明她的阳寿还不到。所以，她活得坦然，好像这瘟疫病与她毫无关系似的。

马尔达听了姑娘和樊掌柜的对话，他走进店里，对樊掌柜说："你就先给她做吧，这年头，一个姑娘家不顾自己的生死还要埋葬父亲，实在难得啊。"

"我樊氏也不是不明事理的女人，达爷你能不顾自己的安危为隆盛庄清扫街道，我难道还不能为姑娘先做这具棺材。"

"谢谢达爷。"姑娘双手举在胸前，深深地弯下腰，给马尔达鞠了一躬。

"不必客气，你回去吧，棺材做好了，晚上，我用牛车给你拉过去。"马尔达望着姑娘那双泪汪汪的眼睛，突然又想起了凤娇，想起她们一起逃难的情景，不由得长叹了一口气。

姑娘从贴身衣袋里掏出两块洋钱，递给樊掌柜。随后，告诉马尔达她家地址。

姑娘走了，马尔达久久望着那远去的背影。

"马尔达，马尔达……"老回回在喊他。他猛地回过头，朝老回回笑笑。

"你是不是看上这个姑娘了？"老回回长叹一口气说，"逃难出来以后，咱们回民的女孩子也太少了，唉……你也该成家了。毕竟死的死了，活的还得活下去。"

"我喜欢隆盛庄的姑娘，她们一个个贤惠温柔、知书达理，只要她信仰咱们穆斯林，我就娶她。"马尔达的眼睛还是瞅着姑娘的背影。

老回回又把手举在胸前："愿安拉保佑你！"

马尔达和老回回整整扫了一天街道，笼罩在隆盛庄上空的阴霾在

一点点散去。街道干净了，空气清新了，该掩埋的尸体都掩埋了。两人累了也饿了，在三岔口回民东馆子吃了两碗素荞面，一人要了一个焙子，吃饱肚子，两人赶着牛板车，到樊记寿材店拉棺材。他们将棺材装上了车，慢慢向洋堂巷走去，天色越来越黑，牛车走得很慢。马尔达脑子里充满了那个姑娘的影子，一条长长的辫子，头发乌黑，眼睛也是那么黑，脸色苍白，看上去显得更加憔悴，走路轻飘飘的，宛如一阵清风吹过，说话轻声细气，让人听了心生怜爱。

牛车走进洋堂巷，车轱辘碾过青石路，向巷子深处走去，隐约听到天主教堂里传出的赞美歌声，美妙的歌声，带着黄昏的惆怅，在这样一个阴霾笼罩，瘟疫泛滥的时刻，像一条柔软丝带深深地缠绕在马尔达的心上。他不由得想驻足倾听：

求主将起初的爱

在心中深种

等待寒冬过去

冰雪消融

这一颗种子

从此扎根吐露枝丫

主曾说一粒麦子

若不落在土里死了

就仍是一粒

若死了就结出

许多籽粒……

马尔达静静倾听着赞美诗，心中也在默默祈祷："安拉，我的主，求你给我们安康。"

车子停在一座灰砖门楼前，两扇门紧闭着，隐约听到院内传出一阵悲悲切切的哭声。马尔达轻轻叩动门闩，等了很久，门终于开了。一个头上罩一块黑色丝巾的女人走出来，她捂着嘴，用一双惊恐的眼睛瞅着马尔达。

"早晨，一位姑娘到樊记寿材铺定做了一具棺材，我给送来了。"

"您就是那个达爷吧？唉！女儿算给她父亲尽了最后的孝心。"女人眼里射出祈求的神光，"连个抬棺材的人也没有了？麻烦你们能不能给我把棺材抬到院子里。"

"您女儿呢？"

"她也染了伤寒。"

"什么？"马尔达不顾一切，推开门大步向屋里走去。

地上放着一扇门板，上面躺着一具尸体，脸上遮着一张白麻纸，身上盖着一条黄色的被单，被单上绣着一个很大的红十字。没有烧香也没有烬纸。

再看炕上躺着那位姑娘，面色灰白，马尔达上前摸摸她的鼻孔，已经奄奄一息。

"她也染了伤寒。"女人上前抓起女儿冰凉的手，随后，又掏出两块洋钱，"达爷还得麻烦你，给再买一具棺材。"

"不能等死啊。"马尔达和老回回两人把棺材抬进院子里，放在两个高板凳上。然后，又进屋把姑娘抱起来，对老回回说："赶车到普济那里。"

"天父阿爸，请你保佑她。"她的母亲跪地祷告。

他不由分说，双手托起姑娘就向门外走去。

正是掌灯时分，普济医院里灯火通明。医院不大，但麻雀虽小五脏俱全，有门诊、药房，还有病房，有内科、外科、妇产科，还有小儿科，徒弟四五个，病室里横躺竖卧都是病人。

"普济大夫，快救救这位姑娘吧。"马尔达双手把姑娘抱进病房。

普济戴着白口罩，把听诊器放到姑娘的胸口上。好一会儿，他从脖子上摘下听诊器，缓慢地说："回家安顿后事吧。"

"普济大夫，你行行好，求你救她一命吧。"

"我只是一个普通的大夫，没有回天之力啊。再说，医院里的药品针剂都已经空了。"他起身拉开那几个陈列药品的抽屉，"你看，什么药剂也没有了，从外地发运的药，至少也得三五天才能回来。"

"拉尸了——拉尸了——"外面又传来一阵让人毛骨悚然的声音。自从海悦死后，薛三接替了他的营生，"梆梆梆……"紧接着，是打一

更的梆子声。马尔达抱起姑娘，从普济医院出来，他突然又想起黄二，得病乱求医，死马当作活马医。马尔达抱着姑娘又向黄二家走去。

黄二刚刚睡下，寿桃婆姨披着衣服起来给开门。这些日子，看病的人白天黑夜接二连三地来到他家里，黄二也不知道究竟看好多少，死了多少，他只是不断地用干葛（锉细）、升麻配制中药。他翻来覆去看那本厚厚的《本草纲目》，两只眼睛熬得通红，身体也越来越消瘦，但只要有病人上门求诊，他仍然很耐心地给脉诊断。马尔达把姑娘放在炕上，黄二先生摸摸姑娘的鼻孔，又翻翻眼睛，两个指头按住姑娘的手腕把脉，他摇摇头："毒气攻心了。"长长叹了口气说，"我先给她喂一包药，如果一个时辰后还不能睁开眼睛，你就抱她回去安顿后事吧。"

黄二把一包药用开水化开，马尔达轻轻拨开姑娘的嘴巴，用小汤勺一点一点喂到嘴里。寿桃婆姨又给烧了一锅生姜水，她用毛巾热敷姑娘的全身。

一个时辰后，姑娘的眼睛慢慢睁开了。她望着达爷，一句话也说不出来。

"醒来了，就算熬过来了，这种伤寒病，有的要昏迷好几天，人们以为是死了，实际是假死。只要再醒来，这病就慢慢会好转了，但必须对症下药。"黄二先生一边说，一边又开始配中药，他家里到处是草药。他说都是自己夏天到山里采的，他指着大炕上、窗台上晾晒的甘草、黄芪、追风草、黄芩、赤芍，说把这些草药加工成粉末，配制成水丸。他的话让马尔达突然茅塞顿开，他说，如果能成批成产，在隆盛庄开一家药店，从收购药材到加工丸药，隆盛庄还没有一家像样的药店。黄二说："现在，自己的经济实力还不够，只能小打小闹在家里制药。"

说话间黄二又喂了姑娘一勺药，一个时辰后姑娘的出气均匀了。

整整折腾了一夜，五更打过之后，姑娘坐了起来，寿桃婆姨给她端来一碗小米粥，她喝下去以后，有了说话的气力。她蠕动着双唇，喃喃地叫着："达爷……达爷……"

> 第四十章
> 日暮乡关处
> 铁匠撒人寰

　　弘铁匠染上了伤寒，他再也不能掌钳打铁了，铁匠铺不得不关门。妙兰到黄二先生那里去抓药，黄二说："三汤碗水煎一汤碗药，不要水多也不要水少，千万不要煎煳了，药煳了就变成了毒药。"妙兰记住了，她谢过了黄二，给留了药钱，就回去给弘铁匠煎药。但一副药还没有吃完，就闭上了眼睛，他生命垂危的时候，把弟弟叫到面前，并把攒下的所有积蓄都交给他："你和妙兰一起，带着贵娃好好过日子。"那年，贵娃才八岁。妙兰哭得死去活来，说自己命不好，她给弘铁匠缝制了寿衣，又到樊氏那里去定做了棺材。

　　自从妙兰走后，樊氏就守着七岁的孙子过日子，棺材铺的生意也越来越不景气。她每天坐在铺子门口，盼着儿子回来，有一天夜里，她梦见儿子回来了。

　　她问："儿呀，你这几年在哪里呢？"

　　儿子板着脸，不和她说话。

　　她哭着说："你爹已经是死了的人，你莫非还记恨他？"

　　儿子将脸转向窗外，看着站在院子里的狗蛋。自言自语道："他是我儿子吗？"他摇摇头，头也不回走出大门，"憨娃，憨娃……"

　　樊氏大叫着，从梦中惊醒。狗蛋长得越来越和憨二一样，是活脱脱的亲弟兄啊。狗蛋九岁那年，樊氏就送他到学校念书。狗蛋很聪明，读书也很认真，但他在学校里常常受到孩子们的欺负，同学们都

叫他"樊圪泡"。他不知道"圪泡"是啥意思，就回去问奶奶，奶奶
气得就领上他到学校找校长。令子虚用教鞭指着那些孩子的脑袋，大
声斥责："以后，不准你们再给樊荣起绰号。"但老师越骂，孩子们
越和樊荣过不去，一出学校大门，就围着他大喊起来："樊圪泡，樊
圪泡……"狗蛋像一头发疯的小狮子，他从地上捡起砖头、石头、
土坷垃，狠狠地向他们砸去。海旺的头上被砸了个血窟窿，孩子们都
被他砸得四处逃散。银旺看见弟弟的头流着血，上前就和狗蛋打起
来，银旺一出手，紫芸也拿起石头向狗蛋的头上砸去，老财巷的孩子
都大打出手，一起来对付狗蛋，但狗蛋不要命了，脚踢拳打，用嘴
咬，他手里拿着砖头，见人就砸，直到巷子里的大人们出来，才阻止
了这场恶战。

狗蛋鼻青脸肿地回到家。奶奶一看他这个样子，就知道在学校里
又受欺负了，"谁又打你了？这些枪崩猴，我找他们去。"狗蛋委屈
地跺着脚大哭："我再不去念书了……我不想当圪泡……"

"不念书，你干吗？是不是也想和奶奶一起卖棺材？你看人家老
财家的孩子，哪个不是在学堂念书？你奶奶再没钱，也得供你念书识
字。不然，你长大了，还会受人欺负的。"

第二天，奶奶还是把他送进了学堂。但没过几天，他又和堂里的
孩子打起来了，不知道是谁，在一张白纸上写了"圪泡"两个字，
还画了一个王八，这张白纸在他脊背上整整贴了一天，直到下学回到
家才知道。他知道又是银旺这小子使的坏，于是，他把银旺和海旺堵
在巷子里，又是一顿毒打。狗蛋在学校里打架出了名，三天两头受到
学校老师的批评，他不高兴了就逃校，就这样凑凑呼呼读了三年书，
高小还没有毕业就离开了学校。他开始在棺材铺给木匠打下手。

妙兰来棺材铺给弘铁匠定做棺材。狗蛋狠狠地瞥了他妈妈一眼，
走进屋里再没有出来。当他知道自己的真实身份后，他开始恨妈妈，
恨那个雷锥了的爷爷，更恨那个一走不回头的父亲，恨这个残缺的没
有爱的家。他是爷爷和母亲淫荡的见证，让他一辈子在人前面抬不起
头。他躲在屋里越想越难过，他恨不得马上离开这个家，离开隆盛
庄，走得远远的。

"狗蛋儿，不是妈妈不想带你走，而是你奶奶不让妈带你走。"

"跟你走，让我当带墩儿吗？"

"你后爹不会把你当带墩儿的。"

狗蛋白了他妈妈一眼，没有吭声。

"狗蛋儿，你还小，许多事情妈也和你说不清，但妈是爱你的。"

虽然都在一个镇里，她住在大南街，儿子在大北街，相隔最多三里路，但母子俩却不能常见面。妙兰想儿子的时候，就跑到学校里看看，给儿子几个零花钱，或者给买点吃吃喝喝。后来，有了贵娃后，她去看望狗蛋的次数越来越少了，但毕竟是自己的亲骨肉，那种牵肠挂肚的思念常常让她彻夜难眠。

"你当初就不该生下我。"狗蛋朝着她大声吼起来，"你让我这辈子都不能抬起头来做人。我不想当圪泡，也不想当带墩儿。"

"狗蛋儿，狗蛋儿，妈妈是爱你的。"

"这个世界上没有人爱我。"狗蛋内心的怨恨与日俱增："你不是我妈，我也不是你儿子。"

妙兰听到儿子的这句话，伤心地痛哭起来。她哭那死去的弘铁匠，哭那个害了她一辈子的爬灰老公公。她拉了棺材，边走边哭，街上的行人稀稀拉拉，人们都到乡下躲瘟疫去了，铺面也关闭了许多。她路过画匠铺，又给弘铁匠定做了一下纸折，弘铁匠吩咐过她，一定要给他做一辆轿车，他活的时候回不了老家，死了也一定要回去看看，车子做得好一点，让家乡人看看他是衣锦还乡啦。一席话说得妙兰痛哭流涕，她嫁给弘铁匠后日子过得不算富裕也不穷，再加上弘铁匠是她自己挑选的男人。弘铁匠也很抬爱她，两人从来没有拌过嘴吵过架，加上小叔子二铁匠也很敬重她这个当嫂嫂的，一家人日子过得和和美美。谁知道，弘铁匠一下撒手人寰，扔下他们孤儿寡母走了，她不知道以后的日子该怎样过。二铁匠把弘铁匠出殡后，就把铁匠炉盘出去了。他和嫂嫂商量，哥哥给攒下一笔钱，他想回东山买几亩地，如果她愿意和他一起走，就带着贵娃上东山种地去。妙兰被小叔子这份真情打动了，她没有犹豫，就跟着二铁匠上了东山。

临走的时候，妙兰又去看狗蛋。哪知道，棺材铺连屏门都没有打

开，她轻轻地敲了敲门板，还是没有声息。

"狗蛋……狗蛋……"妙兰的叫喊声惊动了隔壁邻居，"你叫鬼呀，樊老婆子早死了。"

前几天还活得好好的，怎么一下就死了呢？妙兰半信半疑地扒开门缝向里眊，一声接一声喊着："狗蛋，狗蛋……"

狗蛋走了，究竟去了哪里？谁也不知道。樊氏喊天抢地地哭喊着，到处找狗蛋。

有人看见狗蛋进了尽头沟，还有人说狗蛋投奔了阎锡山的部队，还有人说狗蛋跟上拉骆驼的人走了。樊氏一夜苍老了许多，她迈着一双小脚，到处找狗蛋，逢人就问："看见我的狗蛋了吗？"大北街再也听不到棺材铺拉大锯的咪呼声了，樊氏走街串巷沿门挨户地找狗蛋，夜里，冷清的街上仍然回荡着她凄惨的叫声："狗蛋……狗蛋……跟奶奶回家吧。"风吹乱了她那满头白发，她拄着拐杖颤颤巍巍地走在街上，灰暗无神的眼睛变得痴痴呆呆，嘴里反反复复唠叨着狗蛋的名字。她回到老财巷的旧院里，自从她开了棺材铺，她很少回院里住了，院子里空空荡荡、冷冷清清，她推开门，走进那间和樊老财住的房间，耳边似乎又响起炸雷的声音。她摸黑点亮了煤油灯，突然听见院里有踢踏踢踏的脚步声，莫不是狗蛋回来了？她端着煤油灯刚推开门，一阵风吹来，灯灭了，眼前一片漆黑，隐隐约约，她看见狗蛋头也不回朝大门外走去。

"狗蛋，你让奶奶找得好苦啊。"樊氏追出去，但已经看不见狗蛋的踪影，秋天的深夜，风冷飕飕的，樊氏穿了一件单衣，冷得浑身直哆嗦，巷子里没有一个人，远处，传来薛三的打更声："梆梆梆……"已经是二更天了，狗蛋到了哪里？她毕竟和狗蛋相依为命十几年，孩子是无辜的啊，她疼爱这个孙子。造孽的人已经遭了天谴，难道老天爷还要断了樊家这个根儿？她实在冷得走不动了，挪动着小脚，从老财巷子出来，走过公义巷、元宝巷、三岔口，走到那个大水坑旁边。她望着那绿汪汪的沤麻坑，看见水里有一个披头散发的女人向她走过来，她浑身打了一个寒战，双腿不由自主向后退着，一个土圪塄把她绊了一跤，她爬起来，那个女人不见了。她又顺着大东街向马桥走去，走累了，她就在正拦柜的青石台阶上坐了下来，她似乎又看见了石桩上摆放的肖天龙头，他嘴里叼着烟和她咧着嘴笑，她又看见了那只被窜梁耗子捆绑在石桩上挖了心的狼，狼摇摇尾巴，走到她面前，用舌头舔舔她的脸，她感觉凉飕飕的，用手摸摸，满脸湿漉漉的，突然，狼变成了憨二，笑嘻嘻地向她走过来，她支撑着疲惫的身子，想站起来拉拉儿子的手，但怎么也走不到儿子面前，她长叹一声，又慢慢向大北街走去。"梆梆梆……"是三更天了，她走到棺材铺门前，掏出那串黄铜钥匙，打开门上的铜锁，棺材铺已经停业好久了，弟弟也卷铺盖回到了乡下，她说卖掉了所有的棺材就退掉房子，但还有一具棺材放了好久没有人来买，她冷得浑身直打哆嗦，想找个暖和的地方躺下来，她摸索着点亮一盏灯，放在了棺材的大头前面，把卖得剩下的衣饭钵子，烬纸盆子，都摆放在棺材前，她开始打扮自己，把一身蓝缎寿衣穿在身上，不长不短正合身，一双绣花鞋，不大不小正合脚。她又在棺材里铺了黄缎褥子，脚蹬的、头枕的，都放齐备了，然后，点亮了照尸灯，焚烧了下炕纸，这一切都安顿妥当了，她蹬着小板凳，爬到了棺材里。她安静地躺在那软乎乎的黄缎褥子上，嘴里含了一个铜钱，袖子里揣了一个白面饼，脸上罩了苫面纸，身上盖了七星被，然后，用双手慢慢盖住了棺材盖。

第四十一章
心系意中人
同心无芥蒂

　　大瘟疫过后，那些到外地躲瘟疫的大户人家也逐渐回到隆盛庄。关门的商铺也开张了。人们经历了一场生死灾难，相互见面都问长问短，庆幸自己又从鬼门关回来了。马尔达的生意也越做越大，他在小北街买下了一座四合砖瓦院，还开了一家车马店，专门代客商买卖牲畜，经营草地庄运回来的牛马羊骆驼生意。他代办运输，把一批一批的牲口都运送到山东、河南、河北、山西一带。这天，他特意到回民理发店让哈利给他理了头发，刮了胡子，镜子里的他依然是英俊潇洒。哈利问："达爷莫不是去相亲?"马尔达笑了，哈利说准了他的心思。马尔达今天确实把自己认认真真打扮了一回，头戴小白帽，身穿白衬衫，白布大裆宽松裤，白色高筒布袜、圆口布鞋，白衬衫上套一件适体的对襟青坎肩，黑白对比鲜明，清新、干净、潇洒、文雅，更显得干练、精明。他在镜子里端详着自己，再次正了正头顶的小白帽，然后，鼓起勇气向洋堂巷走去。他走过大东街，沿着窄窄的巷子，他看见了天主堂那灰色的、尖尖的屋顶和白色的十字架，于是停住脚，又把自己的衣衫整了整，然后，向水儿家走去。

　　他轻轻叩动门闩，出来开门的正是水儿。大病痊愈的水儿穿一身素衣站在他面前，眼睛里露出惊讶的光，她给马尔达作揖。

　　"水儿……"马尔达也把右手贴在胸前，向水儿回礼。随后，两人一前一后走进屋里。母亲见马尔达进来，急忙从炕上下来，深深地给马尔达鞠了一躬。马尔达上前扶起老人。

水儿问马尔达："你饿吗？我给你煮饭去。"但突然想起他是回民，就止住了脚步。马尔达望着水儿，又看看她母亲那满头白发，一本正经地说："我是来向你们求一件事。"

"达爷是水儿的救命恩人，什么事，尽管开口。达爷，本该请你来家做客，跪谢你的救命之恩，但你是回民不大方便，所以，一直迟迟没有答谢恩人。"

"水儿，我马尔达也许不配和你说这句话，但我不得不说。"马尔达望着她，终于说出了憋在肚子里的话，"我是来向你求婚的。"

马尔达的话羞红了水儿的脸，她低下头，指头不住缠绕着辫梢。

母亲惊讶地望着马尔达："达爷，你的救命之恩我们不能忘记，但让水儿嫁给你，不行。"她的话很决绝。

"镇子里都知道你达爷是好人，但回汉通婚不合适。再说，我就这么一个女儿，嫁给一个回民，我以后上门吃口饭、喝口水都不方便。两口子一辈子在一起，总不能关起门过日子吧，两家的亲戚朋友总是要走动来往啊。"

"您信仰天主，我们的教义和戒律基本是大同小异，我尊重您的信仰。"马尔达说得非常诚恳。

"就算你不在乎水儿是天主教，但我们天主教却在乎，为了灵魂的救赎，禁止和外教人结婚。"

"要是我执意娶水儿呢？"

"那要教主的宽免才可以结婚。"水儿母亲的一席话，让马尔达无言以对。

马尔达性情坦率，做事执着，他望着水儿说："你愿意嫁给我吗？"

水儿含情脉脉地说："达爷救了我的命，我就是达爷的人。"

"好，我去找教主宽免。"他向水儿的妈妈行了一个大礼，然后，对水儿说："我一定会娶你的。你要是不嫁给我，我这一辈子就不结婚了。"

马尔达执意要娶水儿，他去教堂找神父，寻求他的帮助。教堂里很安静，今天不是主日，没有信徒来听道，神父正在自我灵修。马尔

达上前拜见了他，并向他说明了自己的来意。神父很认真地听了他的讲述，说："既然你们有了感情决定成婚，希望你们在婚前互相切磋，如果让水儿信仰穆斯林，这是一个关系到灵魂交托的大事。我作为神父，哪敢随意造次，我必须向天父祈祷，求得他的宽容和饶恕。但结婚后，你可以不领洗，但孩子必须领洗，如果你不同意，是不可以结婚的。这是天主教会对与外教人结婚的最基本要求。"

这时的马尔达哪还想着其他，他心心念念的只有水儿，当下就毫不犹豫地答应了神父的要求。他从教堂出来，就直接到了清真寺又去找阿訇。老回回见他打扮得如此帅气，就知道他的来意。

"看来，你是非娶那个姑娘了？"

"在安拉面前发誓，我是真心爱她。"

"咱们回民的男人是容许娶汉族姑娘的，但她必须尊重回民的所有戒律和习俗。"老回回拍拍马尔达的肩膀，"大胆去求婚吧，把一切都交给安拉。"

马尔达又双膝跪地，向真主祈祷。

当马尔达再次站在神父面前的时候，神父依然平静地接待了他。他希望神父成就他和水儿的婚事，爱是没有阻隔的。神父被他的执着感动了。

水儿感恩达爷的救命之恩，也喜欢达爷的堂堂仪表。他们终于结婚了，婚礼是在礼拜堂举行的，水儿在礼拜堂洗了大净。她天生干净，一身白色的婚礼服，在阿訇面前，她和马尔达一起念着清真言："万物非主，唯有安拉穆罕默德主的使者。"

所有小北街的人都来礼拜寺为他们的婚礼祝贺，此刻，新郎马尔达身着正式的传统穆斯林服装静静地听着老阿訇的祝福，水儿的头上佩戴着华美的穆斯林婚纱，一双眼睛更加妩媚动人，那张略显苍白的脸颊上扑了香粉，抹了淡淡的胭脂。老阿訇念诵伊斯兰经文，大殿里的人们也跟随一起默默咏颂，虔诚而庄重地祈求安拉的庇护。在赞美诗的歌声中，马尔达给水儿戴上金手链。水儿身穿具有伊斯兰特色的长袖、满领的拖地婚纱，华贵的金丝亮片，素雅高贵，美丽的盖头包住了新娘的秀发，洁白的面纱遮挡着新娘的脸庞，神秘而又炫丽。

　　婚礼仪式开始时，请阿訇写"伊扎布"（结婚证书），念"尼卡哈"（结婚证词）。阿訇坐上席，他们双方都没有亲人来主婚，马尔达就请来了镇长张忠德主婚，这时，新郎新娘站立正中，倾听阿訇的教导，阿訇诵读《古兰经》的祝福词："万能的主啊！感谢你的恩典，请你成全、佑助两人的婚姻完满幸福。"之后，阿訇问新郎："你愿意娶她为妻吗?"新郎立即应答："改必勒图。"（阿语，意为：我愿意。）再问新娘："你愿意嫁他为妻吗?"新娘答："愿意。"接着阿訇宣布："从今天起，你俩结为夫妻，和睦相处，白头到老。"这时，这对新人当众交换信物，表达爱意。马尔达起身向张忠德敬茶，阿訇把写好的"伊扎卜"（结婚证书）颁发给马尔达和水儿，然后带领大家做"杜阿"。大家把早已准备好的枣子、花生、糖果、核桃、果子撒向新郎和新娘，祝福他们永结百年之好，早生贵子，"撒喜"之后，新郎为新娘掀起面纱……

第四十二章
狗蛋闯军营
巧遇卢百运

　　狗蛋从东门走出来，不知道自己该往哪里去，心里只是想着赶快离开隆盛庄。临走的时候，他从奶奶的钱夹里取了两块洋钱。

　　一出城门，连个花钱买吃喝的地方都没有，他的肚子开始叽里咕噜地叫起来。抬头眺望，远处是双台山，那山一座连着一座，近处是台墩，耸立在一片不太平展的空旷土地上。台墩是他和伙伴们常去玩的地方。这个高大的土墩在他的眼里，总是涂上了一层神秘的色彩，此刻，他站在洞口，心里总会隐隐产生一种莫名的恐惧感。

　　记得很小的时候，他就听大人们说，台墩里供奉着大仙爷，也有人说，里面住着狐狸精，小伙伴们都不敢到台墩的最底层。但狗蛋从小胆子就大，每次到了洞口，他总是第一个跳下去，顺着土台阶，爬到台墩顶上，要不就站在那个长方形的通风窗口上，扯开嗓子大喊大叫。他们这群孩子玩累了也饿了，就爬到一个平展展的石台上，抓起台上摆的供神白馍馍，大口大口地吞咽。台墩里究竟供的什么神仙，在他心里总是一个谜，他也听站街大王叨书，说台墩里曾经住过一个叫韩参将的。在私塾房读书的时候，令子虚先生给学生也讲过关于台墩和韩参将的故事，他说韩参将是明朝官员，每年秋冬两季来隆盛庄一带驻边巡查，把守着这个重要的边关口。后来死在隆盛庄，葬于三道边南沟沿。韩参将究竟是哪里人，先生没有再讲过。狗蛋只是觉得韩参将这么大的一个朝廷派遣来的官员，应该住在隆盛庄的高门大院里，怎么能住在这么一个黑洞洞的土墩里呢？后来，又有人说韩参将在官才巷住过，所以，那条巷子才改名叫官才巷，巷子里也出了几个人才，据说是这个参将给带去的好风水。韩参将在狗蛋的脑海里，是一个高大威武的武将军，他崇敬这位朝廷的命官。此刻，他从韩参将的坟冢前走过，慢慢向台墩走去。他想到台墩里看看，说不定还能吃上一个供神的白馍馍，他走到洞里，沿着那个陡立的台阶，双脚一点一点向洞里移动，眼睛在黑暗中慢慢摸索着，终于看见了土台上摆放的供品。他伸手抓了一个馍馍，正要往嘴里塞，胳膊却被一只钳子似的大手抓住了。"哎呀。"他疼得龇牙咧嘴叫起来。

"你好大的胆子，敢偷吃我的供品。"

"你是谁？"狗蛋挣扎着，但两条胳膊却被死死扭在一起。

"我是谁，是你问的吗？"

"你是那个假装大仙爷的人吧？"他的眼睛盯在那顶灰白色的帽子上，帽子下面的那双眼睛有点诡异，脸色也灰白可怕。

"闭住你的嘴巴，你要是再乱说，我就把你的小鸡巴割了。"这人把一个馍馍塞到他手里，"滚！"

狗蛋连滚带爬从台墩里出来，心里一直纳闷，这是个什么人？是土匪还是盗墓贼？那顶帽子又在他眼前晃荡，他突然想起来了，是窜梁耗子。难道台墩是他的藏身之地？他的赃物是不是都放在台墩里？他返回头又朝台墩望了望，感觉那六个黑洞洞的孔，就像窜梁耗子的眼睛，正瞅着他的脊梁骨。他不敢再停留了，一边吃馍，一边顺着那条土路向南走去。

狗蛋一个人上路了，只是感觉孤孤单单，一辆又一辆马车从他的身边走过。他累了，想搭个顺车，但赶车人都扬着鞭子加快了车速。

他实在走不动了，就坐在路边，一行拉骆驼的人走过来，十几头骆驼被一根长长的缰绳拴在一起，拉骆驼的人骑在最前面那头骆驼的背上，后面那个人骑在骆驼的脖子上，骆驼脖子上挂着一个大咚铃，"叮咚叮咚……"在有节奏的咚铃声中，骆驼慢悠悠地走在这条土路上。

突然，一个旋风儿在打头的骆驼脚下刮来刮去，骆驼的脚步放慢

了，最后，索性不走了，拉骆驼人眼睛瞅着这个旋风儿，一边大声喊着："稍稍……稍稍……"一边把骆驼赶到路边。骆驼在主人的吆喝声中，慢慢卧倒在地上，主人从驼背上下来，眼前的旋风没有了，只见一个男孩站在他面前："喂，你拦住我的驼队干吗？"

"没有拦啊，是你的骆驼停下来不走了。"狗蛋大声说。

"你明明是站在我的骆驼面前。"拉骆驼人仔细端详着狗蛋，"荒野草地，你一个人站在这里干吗？"

"我想到阳高，走不动了，歇一歇脚。"他顺口说了一个地方。其实，他也不知道阳高在哪里。

"我们是去大境门的，捎你一程吧。"拉骆驼人仍然端详着狗蛋，"你妈妈的奶头上有一个黑痣，注定要喝四口井水。"

"喝四口井水是啥意思？"

"嫁四个男人。"

狗蛋一听这话，惊讶地望着拉骆驼人："那你算算，我以后能干什么？"

"你会遇到贵人的，一辈子吃军饷的。"他的话说得很肯定。狗蛋细细思量，他母亲的奶头上是有个黑痣，但他们怎么知道呢？母亲真的要喝四口井的水吗？他爹、他爷还有弘铁匠，那另一口井水是谁？难道她还要嫁一个男人？他心里充满了对母亲的怨恨，但她毕竟是自己的母亲，离开了，反倒忍不住思念起来。

拉骆驼人把狗蛋扶在骆驼上，驼队开始向南行走。狗蛋在骆驼的摇晃中，慢慢睡着了，他梦见了奶奶，太阳下，奶奶领着他到西河湾挖河箅梳、捡牛粪片，梦里的太阳，很温暖地洒在河岸上，梦里的水也是清澈的能照见他的影子，水里的影子很诡异，怎么也不像他自己，但他自己又是一个什么样子呢？他又把双脚轻轻踩在水里，感觉到一阵透心的凉爽，风沙沙吹来，奶奶不见了，妈妈不见了，他自己还是孤单的一个人，坐在河边……

"小家伙，醒一醒吧，快进阳高了。"拉骆驼的人在喊他。他揉揉眼睛，原来，自己在驼背上睡了很久很久。他不情愿地挪动了一下身子，拉骆驼人已经让骆驼卧倒，他伸了伸僵直的腿，在地上试着走了走，心里仍然是一片茫然，去阳高干啥？怎么想起个去阳高呢。

"去吧，那里有部队，你或许能当个兵。"拉骆驼人拍拍他的脑袋。

他感激地和拉骆驼人摆摆手，"叮咚……叮咚……"的咚铃声越去越远，渐渐消失在旷野中。他一个人向阳高镇里走去。

他沿路打听，哪里能报名当兵。终于，他找到了一个兵营军训站。他来到了办事处，一位长官问他："小孩子，你是来干吗的？"

"我想当兵。"

"哈哈哈，你还是回家吃几年奶再来吧。"长官说，"还没有一枪高，就想当兵，你以为当兵人扛的枪是烧火棍？"

"我真的想当兵，我都十八岁了。"他还是个十五岁的孩子，个子长高了，但看脸面还是一个娃娃相。

"走吧，不要在这里添乱了，你没地方吃饭，就到阳高难民所去。"长官把他轰出大门。

他真的饿了，摸摸口袋里那两块银圆，走到一家卖炸糕的铺子，想和店主讨要一个糕。他伸出手，还没来得及张口，手掌就被一根竹板抽了过来，"滚！"随即是一声大喊。他揉了揉被抽打得通红的手心，从贴身衣袋里掏出一块银圆："我要五个糕，多少钱？"

"五个铜板。"店主眼睛眯成一条缝："我给你现炸几个。"

"那你给我找钱。"老板给他找了九十五个铜钱，他一手往口袋里装铜板，一手抓着糕大口大口吃起来，噎住了，不住打嗝儿。老板给他端出一碗水，他咕噜一口喝下去，肚子里饱了，他才问店主："哪里招收当兵的人？"

"小兄弟，你是想投靠阎锡山的部队吗？"

"我都不管他啥锡山，只要能供我吃饭就行。"

"那你去大同吧，听说阎锡山的三十八军有个补训班招募新兵。"

狗蛋用袖子抹抹嘴巴，开始向大同走去。

从阳高到大同，狗蛋从天亮走到天黑，两只脚底板都踩出了血泡，到了大同的时候，已经是满天星斗。他不知道该到哪里去，于是，就曲着身子，蹲在一家字号的铺沿下，不知不觉睡着了。半夜，

下起了雨，他被冷雨浇醒，他想找一个暖和的地方，哪怕喝一碗粥，暖暖肚子，但长街小巷都是黑洞洞的。他摸摸口袋，突然发现铜钱没有了，什么时候丢掉的。那块洋钱也没有了，一定是自己睡着的时候被贼偷走了。真是阎王不嫌小鬼穷，这是他的救命钱啊，看来，找不到当兵吃饭的地方，他只有沿街讨吃了。

想到这里，心里不禁又是一阵悲凉，他想放声大哭，但一点眼泪也流不出来。这一夜，他就在大同街头转悠。

天亮了，他到处打听三十八军补训大队的地址，在一处四周是砖砌的围墙里，有枪有炮，有马厩，还有一排一排的营房。他向院里走去，门口的士兵拦住了他的去路："站住。"他不顾士兵的阻拦，撒腿向院里跑去。

"站住，再跑就开枪了。"

他还是跑，士兵朝天放了一枪。枪声惊动了营房里的士兵，大家都涌出来，将他团团围住，一个高个子长官走过来："你是什么人？好大的胆子，敢乱闯兵营。"

"我是来当兵的。"

"你多大了？"

"十八虚岁。"

"家是哪里的？"

"隆盛庄。"他说出这三个字的时候，突然后悔了。

长官的脸上呈现出惊愕的表情："隆盛庄？哪条街哪条巷的？"

"老财巷。"

"老财巷？你贵姓？"长官又在追问。

狗蛋不吭声了，他怎么也不想说出自己的真实姓氏，爷爷的名字在他心里，永远是一种耻辱。"我叫狗蛋。"他的话一出口，把所有的人都逗得捧腹大笑：

"官名叫什么？"

"人狗蛋。"

"人疙瘩？这叫啥名字？哈哈哈……"众人又是一阵大笑。

长官一脸严肃，他摸摸狗蛋的头："小小年纪，就有当兵的雄心壮志，凭你敢闯兵营这件事，就看出你骨头里就有一种天不怕地不怕的勇气，你就当我的护卫兵吧。"

"长官。"狗蛋扑通一声跪倒在地上，给这个当官叩了三个响头。

"起来吧，咱们军队里不讲究叩头，要学会举军礼。"

狗蛋又把手举过头顶，行了一个不伦不类的军礼。

长官向下面一个士兵招了招手："刘连长，领他去洗洗澡，然后去司务长那里领一套军服让他换上。"

"是，卢营长，遵命。"

当狗蛋再次出现在卢营长面前的时候，已经是一位身穿军装，身扎皮腰带、脚蹬大头翻毛鞋的年轻军人了。

卢营长仔细端详着他，一个浑身透出英气的小士兵。他满意地点了点头，然后做了一个自我介绍："我叫卢百运，以后，你叫我卢营长就行了。你的名字也需要改一下，叫任方圆吧。你看怎样？没有规矩不成方圆，这个名字也许会成为你一生的座右铭。"

任方圆听了卢百运的一席话，感动的一股劲儿点头。从此，他成了卢百运的贴身侍卫兵。

第
四
十
三
章

父
女
重
相
见

苍
天
赐
蒙
恩

桥牙侯二虎推门进来："王掌柜，回民马尔达在店里等着，说要见您。"

王闻虎跳下炕，着急地穿鞋子。他自从不走草地后，就干起了桥牙的行道，整天站在街头穿行于骡马牲口之间，买卖做大了，就经营了一家骡马店，走草地贩运回来的牛马羊，都要经他的手卖出去。他和马尔达是同行，都属于马王社掌柜的行社。只是马尔达的车马店在大北头，他的车马店在大南头。平时，在马桥街各做各的生意，但多数牲口牙纪都是回民。马尔达在这些人中间有很高的威望，大家都信任这个回民汉子。

在天和店里，王闻虎见到马尔达，他客气地起身迎接，说："达爷好。"

"不敢不敢，在王掌柜面前，怎敢称爷?"

王闻虎说："我们天和店刚开张，还得你多多关照。"

"有生意我自然是想到王掌柜了，您是咱隆盛庄大家公认的义气之人，我信得过您。"马尔达说，"最近，北京牛街清真寺的阿訇和我定了五百头羊，二百头牛，三十头骆驼，这些牲畜必须要健康壮实，我想和王掌柜共同筹划这笔生意。"

"去年冬天从草地赶回来的牛羊，都集中在咱们镇里，购买几百头羊和牛应该没有问题。只是骆驼估计得直接从草地往过赶。"

"一个月的时间赶趟吗？"

"距离最近就是去白音淖尔了，但你得亲自去挑选。而且现在正是骆驼发情期间，这趟子一般人赶不了。"

"我其实也没有赶过骆驼的趟子。"

"你到了白音淖尔，直接找哈斯就行了。他会帮助你挑选骆驼，再让他送到隆盛庄，然后牛、羊、骆驼集中起来往北京送。送趟子的羊倌和牛倌你挑选人，骆驼还让哈斯给送过去，帮人帮到底嘛。"

"谢谢王掌柜。"马尔达迟疑了片刻，"这笔生意资金动用也很大，我在钱庄的抵押金估计不足。周老板那里，王掌柜能不能暂时给做个保。"

"哈哈，做生意资金周转不开，这是常有的事，达爷既然张开了口，我能不给保吗？"王闻虎爽快地答应，"短缺多少，我这边给你筹划吧。"

"王掌柜，有你这句话，我就放心了，这批牛、羊、骆驼送到北京后，不误古尔邦节宰杀就行。"

"好，君子一言驷马难追。"

两人又谈论起隆盛庄八大行的生意，王闻虎说："咱们隆盛庄人做生意，最讲究的是诚心，你知道隆盛庄人为啥要供关公老爷的神位吗？因为他是受世人敬仰的英雄，也是人民信奉的武财神，可保生意兴隆、招财进宝，香火兴盛。你看年年的六月二十四庙会，关老爷的赤兔马，看似无人骑，但那马却累得满身大汗，实际是关老爷骑在马上，只是我们看不见罢了。关老爷始终眷顾恪守他的道义之人。"

说起六月二十四，两人的话题又多了，马尔达说："前几天，商务会会长黄金柱还说，今年要大红火。我已经挑选了五十匹红白色骏马，专门为六月二十四的对子马队预备饲养的。"

"达爷真是个有心人，六月二十四庙会，全靠对子马出彩，看来，张飞还是你来扮演了。"

"张飞巡街那吼叫声我怕喊得不洪亮，还是让会长黄金柱来扮演吧，他的一声吼能从南庙传到北庙，骑术又好，打扮起来，一个活脱脱的猛张飞。"

"马王社和天和店的牙纪们都摊派了钱。"

两人的话越说越投机，又谈论着他们往北京送趟子的生意。王闻虎说："在隆盛庄做生意，不要担心没钱，最担心的是没有信誉，一旦失去了信誉，在这里做生意估计就难以立足了。"

不知不觉已经到了晌午，王闻虎也不能留马尔达吃饭。他起身要离开，临走时候，似乎有什么话还要问王闻虎，迟疑了片刻说："我想问王掌柜一件事。"

"问吧，我王闻虎向来光明磊落，没有要隐瞒的事。"

"听人说，您在十八年前，救过一家被狼围困的蒙古人。"

"那还是很早的事了。那女人是从狼窝里捡了个孩子，结果，就引来了狼群。"

"是男孩还是女孩？"

"说起这事也奇怪了，也不知道谁家的孩子被狼叼走了，竟然没有被吃掉。"

"后来呢？"

"后来这女孩长大了，她是蒙古族哈斯的女儿。"他没有和马尔达说也是他的媳妇。他感觉这事金旺做得很不光彩，尽管天女是他的干女儿，但他始终不能接受她成为王家的媳妇。王闻虎不想说的事，马尔达也不好打破砂锅问到底。

"这女孩也命大。"

"是啊，上苍给了她一条命。"

"这次你去白音淖尔拉骆驼，会看见她的。"

马尔达从天和店出来，脑子里突然又涌现出凤娇的身影，她惨死的一幕又浮现在眼前。孩子如果活着，也有十八岁了，时间过得真快啊……

马尔达决定要亲自去草地赶一趟骆驼。他一个人上路了。这是他和水儿结婚后第一次出远门。水儿已经有了身孕，眼看就要临产，临走前，两人都去礼拜寺做了祷告，求安拉保佑。水儿已经是一个活脱脱的穆斯林，她从装束到举止，从行为到意识都在潜移默化地改变着自己。每当清真寺月牙塔顶的风铃响起来的时候，水儿的内心就涌动着一种感恩之情。她就和小北街的教友们一起来到寺里，她先在外面净身、洗脸、洗手、洗脚，然后把鞋子脱在大殿门外，穿着一双棉布袜子走在软绵绵的地毯上，在阿訇的带领下做祷告。每一次祈祷，她就感觉到，自己的生命已经进入一个绝美的没有忧伤和痛苦的境地。她是那里的主人，她在那里放牧自己的灵魂。马尔达要去草原了，她把一切都交给了安拉。她知道，安拉既然给了她一个生命，给了她一个男人，也会给她一个美满幸福的家，她不由得摸摸肚子，眼看孩子要临产了，但马尔达非要到草原，她只能默默地为他祈祷。老阿訇走过来，把一本《古兰经》递到她手里，她满眼噙着泪花，在一声声虔诚的诵经声中，她匍匐在地上……

马尔达一人骑一匹马，一路向北奔跑。

他要到白音淖尔直接找哈斯，整整走了三天，终于看到了蒙古包。马尔达把马拴在马桩上，然后，朝着蒙古马大声喊话"有人吗？"一只酷似狼一样的猎狗窜出来，向马尔达扑来。

"多吉……多吉……"随着银铃般的声音，一个姑娘从蒙古包走出来，她身穿天蓝色蒙古袍，头罩红色纱巾，向马尔达迎过去，"您找谁？"

"这里是哈斯的家吗？"

姑娘笑盈盈地点点头。

"你是天女吗？"

姑娘惊讶地问："你怎么知道我叫天女？"

"哈哈哈……"马尔达大笑起来："隆盛庄的媳妇儿，谁不认识啊。"那条狗朝着他汪汪叫着，在他身边转来转去。

"多吉，你叫啥呀，我婆家的人来了，你不得无礼。"猎狗不叫了，两只眼睛依然虎视眈眈地继续盯着这大胡子男人。

这是狗还是狼？马尔达也在狠狠地盯着它，看那竖起来的耳朵，怎么看都像一条狼。

姑娘推开毡包门，迎接他进屋里："你稍坐一会儿，我去找阿爸和阿妈。"她给他端上了奶茶，还有奶豆腐。说罢，就出门跨上马，一溜儿跑得没有了人影。这草原真是无边无际啊，白音淖尔说起来也

最多不过十几户人家，但居住分散，就是到邻居家去串门子，也得骑马奔跑一圈才能到。

不到一个时辰，马尔达看见，远远地飞奔过来两匹马，马蹄声越来越近，随即，只见哈斯和斯琴格日还有天女都出现在他面前。马尔达说明了自己的来意，哈斯说着僵硬的汉话："王掌柜委托的事，我是不能推辞的，他是我们的救命恩人。"他一边说话，一边盘腿坐在厚厚的毛毡上。帐篷不算大，家具摆设也比较简单，但整洁干净，天女的阿妈蹲在灶前烧奶茶，灶里吐出金黄色的牛粪火苗。

马尔达一直在瞅着姑娘的脸，一丝柔美的光从他眼前掠过……

这张脸在哪里见过？尤其是那双眼睛，凤娇，凤娇，他心里暗暗呼唤着妻子的名字。

"达爷，请喝茶。"哈斯把熬好的奶茶端到他面前。

他感觉自己失态了，慌忙回过神，从肩膀上背的那个牛皮褡裢里，取出自己的碗筷。哈斯知道他是回民，也不客气，自己端起碗先吃。斯琴格日乐又给他盛了一碗，他往茶碗里放了一勺炒米、几片奶酪，一边喝一边和哈斯坦率地说了这次来白音淖尔购买骆驼的生意："这次三十头骆驼一定要膘情肥壮，不能有一点点病残。"

"明天我们一起去营子里，随意挑选吧。"哈斯爽快地回应着他的话。

"阿爸，我也和你们一起走。"天女把一盆手把肉端上桌，又给马尔达盛了一碗羊肉面条。马尔达一眼看见她耳朵后面那片胎记，突然想起他的女儿，刚刚出生他还没有来得及亲吻女儿一下，就被狼叼走了……

"阿叔，你是回民了？"

天女的声音把他从沉思中惊醒："是回民。"

哈斯一个人喝酒，斯琴格日给他们烙大饼，准备明天去营子路上的干粮。

马尔达突然问天女："你是金旺的媳妇，怎么不留在隆盛庄呢？"

天女咯咯笑："隆盛庄哪有我们草原大，您看，这里几十里都是一马平川，骑着马儿想到哪里就到哪里，天有多蓝，地有多阔。"

"哈哈，看来，你注定要在草原生活了。"

"这里就是我的家，金旺也喜欢这里。他每年从大库伦赶回来的牲畜，都在这里放牧，养肥了，才赶着去隆盛庄。"天女一双眼睛透出明亮的光，"我们这里，也是走草地人一个驿站。"

草原的黄昏最美丽，一道晚霞把整个草甸子都染成了金黄色。一群一群的羊，在草地上行走，小羊儿也咩咩地叫着，牛羊归圈后，草原变得安逸温柔。太阳渐渐隐退在黑幕后面，一颗颗星星都活蹦乱跳地跳出来，黑色的夜空闪闪烁烁，还有一弯月亮。马尔达睡不着，他推开毡包门，站在这空旷的草地上想着自己的心思。

哈斯早早起来，他们洗漱完毕，就一人骑一匹马向营子里走去。草原上，一个营子和一个营子的距离至少也有几十里。天女骑在马上，唱起了蒙古族长调，悠扬美妙的歌声如天籁之音，回荡在广阔无垠的草原。哈斯和马尔达说，三十头骆驼，至少也得在营子里转悠两三天。马尔达说："不管转悠几天，挑选上膘肥体壮的骆驼就行。"

草原上的天气说变就变，早晨还是红日当头，一会儿就变得乌云密布，眼看暴雨就要来临。三个人策马飞腾，赶到营子里，刚刚钻进一顶毡包，大雨倾盆而下。

在白音淖尔草原转悠了三天，在远远近近的营子里挑选骆驼，哈斯当桥牙，天女是翻译。她从小和金旺在一起，蒙汉话说得都非常流利，她帮爹爹和买主讨价还价。她的骨子里似乎就有一种经商的细胞，连哈斯都奇怪女儿这种无师自通的经商天性。一群羊只要从天女的身边经过，她就能准确数出是多少只；一只羊，她看一眼就知道能杀多少斤，这简直是一种天赋。马尔达也觉得天女的聪颖是奇特的，多少次，他望着她耳朵后面那片黑记，总想张口问问哈斯，她是你的亲生女儿吗？但他始终没有说出这句话。

他们如数买到了三十头骆驼。有双峰驼，也有单峰驼。基本都是五块大洋换一头，有的要六块大洋，马尔达和哈斯赶着骆驼，向白音淖尔走去。眼前就是一望无际的绿色，绿草与蓝天相接，那是一幅天地融合的美丽画面，他们三人策马并行。太阳渐渐西沉，晚霞给草原抹上了一层嫣红的色彩，一会儿，随着太阳的消失，这红色在一点点

褪去，天色完全暗了下来，夜雾笼罩着草原，满天的星星映在墨玉似的天空，一切都变得安静了。他们看见了白音淖尔的灯火，突然，在他们面前，出现了点点绿色的光，这绿光渐渐向他们逼近，不好，是狼群。这时候，马尔达慌了神，再看哈斯和天女，仍然镇定自若，绿光在向驼群靠近，骆驼开始不安地骚动。这时候，只见天女策马向狼群奔去，她的身后是奔跑的多吉，多吉的嗓子里也发出一声长啸，紧接着，旷野四处传来狼啸苍穹的声音。马尔达的心不由得颤抖着："天女……"他朝着黑暗的夜色，高声呼喊着。哈斯依然镇定自若，他望着渐渐远去的绿光，返头对马尔达说："不要担心，她会回来的。"

"这是怎么回事？"

"狼不会伤害她。"

"为什么？"

"有多吉呢。"

"多吉是狼还是狗？"

"是天女从猎人枪下救回来的一只狼。"

"这故事太离奇了。"

"也许，她是一个狼女的缘故。"哈斯心平气静地和马尔达讲述了在孤山狼窝里救起那个婴儿的故事。马尔达也讲了十八年前发生的事，他的女人被狼咬死，孩子失踪的事，他只记得孩子耳根有片黑色的胎记。

天女回来了，她安然无恙。

"天女，你没事吧？"马尔达从马上跳下来，急切地问。

"我怎么会有事呢？"天女也从马上跳下来，摘下头上的纱巾，轻轻揩着额头的汗珠。

"狼是最凶残的动物。"他的眼前又浮起了那悲惨的一幕，被狼咬断喉咙的凤娇，不知去向的女儿，他的目光又定在天女的脸上。

"我们和狼一直是和睦相处的。"

"它们不会咬死你的羊和牛吗？"

"我们草原人都知道要祭奠狼神，即使它们叼走了牛羊，也是我们应该供祭它们的，因为草原上所有的一切都是长生天赐给的。就是我的女儿也是长生天给的，当年在狼穴里，狼都没有把她吃掉，难道不是一件神奇的事吗？"

"可是狼却咬死了我的女人，叼走了我的女儿，让我一生都在痛不欲生的噩梦中……我究竟做了什么惹怒了安拉？"

"长生天也会用一种灾难去惩罚人的。只是人们不知道自己做了哪些该受惩罚的事。你今天能找到自己的女儿，难道不是长生天在冥冥中的引领吗？"

深夜，他们回到了白音淖尔，哈斯把骆驼拴在马桩上，然后，三人走进毡包。刚刚坐下，斯琴格日给煮起了奶茶，哈斯从柜子里拿出一瓶酒，他倒在三个杯子里。当斯琴格日把一盆手把羊肉端上桌的时候，哈斯先端起了酒杯，然后，又让天女端起了酒杯："女儿，把这杯酒先敬给你的亲生阿爸。"他指着马尔达说。

天女一下愣住了，她看着眼前这个大胡子男人，惊讶地不知道该说什么。

"他是生养你的阿爸。"

这时候，马尔达把桌上的酒杯双手端起来，毕恭毕敬地递到哈斯和斯琴格日面前："我怎么也想不到，今生今世还能见到我的女儿，你们搭救了她，你们永远是她的阿爸阿妈。"

天女终于明白了事情的原委，她一下跪倒在三位大人面前，把一杯酒高高举过头顶，哈斯用中指在酒杯里蘸了一下，向天地弹去，然后，一仰头，一口喝干了杯中的酒。

"爹爹！"天女又把一杯酒端着马尔达面前。马尔达接了酒杯，他今天是破戒了，心里默默地对真主祈祷："主啊，请你赦免我这个有罪之人，你把我从罪恶中引领出来，让我重新做人，我会见证你的恩典，感恩你的赐予……"

天女又有了一个亲生父亲，还有一个干爹，还有养父养母，她乐的一会儿叫马尔达"爹爹"；一会儿又叫哈斯"阿爸"。她的身上流淌着回民的血液，吃着蒙古人的饭长大，又嫁给了汉人金旺做媳妇。天女啊天女，这个和狼共处的女人，是隆盛庄的奇女子。

第四十四章

思君盼归梦

相爱两地生

张章自从回到隆盛庄以后，一直没有过一天太平的日子，被请了"财神"，又赶上了一场瘟疫。他本想赶快赶回北京，但看着躺在炕上病殃殃的母亲，一直张不开嘴，这样，一拖就没有了时间。他心里一直惦记着秦素，两人约好在八月份见面，日子越来越近，但他能不能走心里实在没底。

姥爷看出他的心思，时不时开导他，等你妈病好一些再走。张章也看出来，家人都不愿意让他离开，但不离开，留在隆盛庄自己能干什么？他天天上小二楼看父亲和南来北往的商家谈生意，要不就到学校里听姥爷讲课。每逢他走进学校，学生们都向他围过来，听他讲北京的新鲜故事。紫芸只是远远望着他，有一天，紫芸突然走到他面前，问了他一个奇怪的问题："你念书的学堂里有女孩子吗？"张章笑着说："北京专门有女孩子读书的学校。"他望着这个梳一条长辫子的女孩，突然感觉到她有点不同凡响："这学校里，怎么就你一个女孩子？"

"我怎么能知道呢？她们大概都是小脚走不了路。"

他又低头看着她的那双脚，目光专注地凝视着她脚上的绣花鞋。花儿色泽搭配得很鲜艳，仿佛是她身上的画龙点睛之处，红的花蕊、绿的枝叶遮挡着她的脚面。如果不去留意，还真没有发现她的一双大脚板："你多大了？"

"十四。"紫芸的眼睛始终没有离开张章的脸，她的声音不卑不亢。

张章第一次发现隆盛庄有一个没缠脚的女孩子。他轻轻拍拍她的头说："好样的，向秋瑾学习，将来出国到日本留学去。"

"秋瑾是谁？"紫芸的眼里射出纯真无邪的光。

"你们连秋瑾都不知道吗？她从小崇拜岳飞、文天祥、花木兰、秦良玉等民族英雄和女中豪杰，蔑视封建礼法，提倡男女平等。是巾帼英雄啊。"张章一口气给她讲了许多关于秋瑾的故事，并随口念了几句秋瑾的诗："拼将十万头颅血，须把乾坤力挽回。危局如斯敢惜身，愿将生命作牺牲。"

紫芸如听天书，她的脸上绽开美丽的微笑："我能见到她吗？"

"她牺牲了，她是女权运动的先驱者。她在国内创办了《中国女报》，宣扬男女平权，号召妇女们奋然自拔，参加反清革命斗争，在民族解放事业中建了素手之功。"

张章和姥爷说："给学生是不是要增加一门时事常识课，至少让他们知道外面的世界发生了什么事，每天只背诵四书五经，消磨孩子们的意志。现在是废除科举制度之后的民国时代，一切理念都在改变。现在，全国各地的私塾读书已经在逐步取缔。"

令子虚摇摇头，说："虽然近代教育体制已经确立，读书人要依靠高考取得功名，但四书五经还是要读的，那是中国文化的精髓啊。"

"现在，高考每个学校都是自己命题，考北大只让写一篇文章。"

"乱世，乱世啊……"令子虚摇摇头，嘴里发出惋惜之声。

"但乱世出英才啊！自从蔡元培担任了教育总长后，对清政府遗留下来的旧的教育体制都做了大刀阔斧的改革，现在，教育部已经宣布了壬子学制。"张章认真和学生们讲述着。

"壬子学制？"紫芸不大明白，学生们也都围着张章追根问底。

"是国民教育学制体系的结构和框架，分初等、中等、高等教育，中等教育不分级，学满四年就能直接考入高等教育。"

紫芸又问张章："那我们都可以直接考到大学堂了？"

张章告诉她北京女子大学是中国的女子最高学府。

"我能不能考进这所学校？"

"那要看你的造化了。不会有多难，你学习这样用功，只要努力，保证能考上。"张章的话让紫芸的脑瓜子一下开了窍，她对银旺说："咱们一起到北京念书去。"

银旺自然高兴，别看他平时不大爱说话，但他爱在心里谋算一些事，他说自己绝不会像哥哥那样继续走草地。

张章和姥爷提到，隆盛庄已经有了这所学校，以后，学生多了再慢慢扩建，但教学内容也必须和全国同步。

令子虚说："眼下学校正需要教师。"

张章明白姥爷的话外音，他说："您把咱们隆盛庄一大批优秀的人才都聚集在这所学校了，师资力量在绥远省也算数一数二的。难道还要打你外孙的主意？"

"哈哈哈……"令子虚开怀大笑起来："百年树人，十年树木，没有好的老师，又怎能教出优秀的学子？"他惋惜地摆摆手，"你还是回北京吧。秦素姑娘手里那根绳儿拽走了你的心。姥爷不能强留啊。"外孙是堂堂的京师大学堂的学生，精通两门外语，留在隆盛庄是不是有点大材小用？他不能耽误了外孙在北京发展的前程。

一辆花轱辘轿车从丰镇出来，顺着那条土路直接向隆盛庄奔去。赶车人手挥长鞭，两匹马跑得更加欢快了，车子进了隆盛庄南门，直接进了镇衙门。从车上下来两男两女，男的穿着中山服，女的穿着旗袍。四个人胸前都挂着一块红色的徽章。

里长张忠德出门迎接："欢迎远道的客人光临隆盛庄。"

衙门就设在了南庙的旁边。丰镇厅规划成丰镇县以后，县知事给隆盛庄摊派下什么差事，他这个里长就得出面来应酬。所有经济上的事都由商务会来安排，就是每年给他的酬劳补贴，也是由商务会来支付。他的办公地点很简朴，一张方桌、几把椅子，一扇折叠式屏风把一间很大的屋子分割开来。他招呼大家坐定，让给斟茶倒水。来人掏出公文递给他，并客气地说："我们是北京万国道德会的，我姓邢，名怀月。"随后，他又逐步介绍了同来的几个人。张忠德和他们一一点头。大家相互寒暄入座后，里长才坐在他的那把椅子上翻看公文。

他一看上面盖着丰镇县的公章，不敢怠慢，很仔细地阅读。一会儿，他抬起头，满脸堆笑："好哇，要在隆盛庄办一所女子学校，欢迎啊。我们隆盛庄虽然是小地方，但各种教门都有，学校嘛大部分都是私塾房，正规的学校只有一所。"邢怀月说："万国会以救世与救心，实现人类和平、世界大同为主旨，救人之心、治世之弊，提倡利民生、启民智、敦民德。重新发掘传统文化中的固有价值依然为重塑国人道德、弥补其信仰缺失提供了思想基础。"一席话，在座的人都鸦雀无声。

"共和国家以道德为精神。如果道德退化，那么整个民族又怎能进步？你们需要镇里协助哪些工作？"

邢怀月口若悬河地说："选择一个合适的建校地址。先把女子学校的牌子挂起来，学生随时随地都可以招收。我们来的人都是万国道德会的志愿者，留下一个帮助你们搞学校，工作做顺利了，你们自己逐步让当地的人才当老师。"他说罢，手指了指坐在对面的一个女生，"她叫秦素，以后，所有的工作都可以和她接洽。教材课本都统一发送。我们在全国各地都设有市县分会处、乡镇分会办事处。"

秦素从桌前站起来，和张忠德点点头。张忠德看着眼前这个姑娘，心里暗暗想，大地方的女孩就是和小地方的不一样，人家也不缠脚，看来，这个世道真的要变了。能变成什么样儿，他想不出来，也预测不到。

在南庙的诵经厅吃过午餐后，四个人在张忠德的陪同下，一起到街上转转，秦素让车夫送她到老财巷。

当轿车停在张忠德家的圆拱门前时，秦素轻轻地叩着那个大大的狮头门栓。开门的是锁子，他看着眼前这位仿佛从天上掉下来的如花似玉的姑娘，一下愣在那里。

"张章在吗？"秦素先开口问。

"你是……"锁子支支吾吾，"你找少爷？"

"我是从北京来的。"

锁子把秦素迎进门，然后，朝正房大声地喊着："少爷，有人找你呢。"

张章推门出来，他简直不敢相信自己的眼睛。

"秦素，你是从天上掉下来的？"张章一个箭步跨到她身边，把她抱起来，在地上猛地转起来，直到转得头晕了，才把她放下来。

"你怎么不提前告诉我一声，太突然了。"张章情不自禁地上前把秦素的脸颊用双手捧起，久久地端详着。

秦素用交叠在胸前的双手抓住了张章的手："我是要给你一个惊喜啊，让你看看，我们女人也能走遍天下。"

"我可从来没有小瞧过你啊。不过，我还是要问问，你怎么就突然想起来隆盛庄了呢？"

"因为隆盛庄有个张章，我自然要选择来这里了。"

"看来，你是决心要做我们隆盛庄的媳妇了。"

"谁是你的媳妇？"张章的话羞红了秦素的脸。她甩开张章的手，含情脉脉地低下了头。

两人手拉手走进房间。双脚还没有跨进堂屋的门槛，张章就冲里屋高兴地喊道："妈，秦素来了！"话音未落，就推开母亲的卧室。

美女看到儿子和一个姑娘进来，支撑着病弱的身子从炕上坐起来。

"妈，她就是秦素。"张章笑嘻嘻地说。

"阿姨好。"秦素向美女施礼。

"秦素，你一个人来的吗？"张章眉头一皱，担心地问，"我让人家请了'财神'，才回到家里没几天。"

"我先洗漱一下，再慢慢细说。"秦素提着她的柳条箱到了下西房的洗漱间。

当她再次出现在张章面前的时候，风尘仆仆的她已是笑容绽开、楚楚动人。望着眼前的秦素，张章不由得激情澎湃，再次将她拥在怀里。

"秦素，你给我这个惊喜太大了。真没想到，你能来隆盛庄。"

"这次来了，我就不走了。"

"为什么？"

"我现在北京万国道德会做志愿者，知道我在委员会里认识了谁？"

"不会是我的情敌吧？"

秦素神神秘秘地说："我认识了康同璧。你难道没看《大公报》，这几年，外国许多传教士利用办学来宣传他们的教义。我们中国人为什么自己不起来办学呢？现在，我们分头行动，只要有熟人的边缘地带，都要办万国道德女子学校。我们先去了张垣，后来又到了大同、丰镇，最后一站是隆盛庄。"

"他们都住到哪里了？"

"里长已经给安排了住宿，这个小庄子不错啊，还有浴池，有小洋楼，有照相馆、戏园子……"张章打断秦素的话："有浴池还稀罕吗？我们这里的六月二十四庙会，那别出心裁的玩意儿队，浩浩荡荡的阵势，锣鼓喧天、车水马龙的场面，保证你没有见过。"张章故意卖了个关子，"干脆别走了。等过了六月二十四再说。"

"那不行，把学校的工作捋顺了，我就赶回去。"她返回头，望着张章，"你难道不回去了？"

"这次在回来的路上，突然遇土匪绑架，把我妈妈都惊得大病一场。等她的病稍稍好一点我再走。"

秦素端详着张章："他们绑架了你？伤害你没有？"

张章摇摇头："去土匪窝里走了一圈，倒是长了许多知识。感觉自己过去太幼稚了。"

"咯咯咯……"秦素笑起来："请一回'财神'，你还成熟了。"她忘情地看着张章。

"秦素，你这丫头的腿真快。"张忠德推门进来，但他看到儿子和秦素热热亲亲在一起的时候，惊讶地问，"你们认识？"

"爹，她就是我常和您说的那位北京姑娘啊。"

"哈哈哈，大水冲了龙王庙了，一家人都不认识一家人了。"随后，他又大声喊锁子，"告诉厨师，今天家里来稀客了，再到上头巷把你子虚姥爷请来。"锁子在下房打水，听到老爷的呼喊，就放下手里的营生，向厨房跑去。

美女今天也有了精神，她梳洗打扮一番，看上去还是略显憔悴。她坐在秦素面前，目不转睛地端详着这个未来的媳妇。秦素穿一件白

色的府绸上衣，蓝色的短裙，头发剪得短短的，脸上扫了一点点香粉，干净、利索，宛如一朵出水芙蓉。张章穿着长袍，自带微卷的头发、线条分明的脸部表情，和梳得整齐锃亮的大分头匹配，更显英气十足。

令子虚来了，他一进门就看见秦素："几年没见，秦素让老夫都不敢认了。"

"姥爷，您身体还是那样硬朗，说话还是那么落地有声。"秦素起身握住令子虚的手，"姥爷的辫子还在？就是变得越来越白了。京城现在到处都在剪辫子。"

"哈哈，人在辫子就在。让它陪伴我入土吧。"令子虚一边说一边又摸摸他的那条细得像马尾巴一样的白色长辫子。

"姥爷幸亏回到了隆盛庄，要是在北京，这辫子早被剪掉了。"张章也在旁边插话。

"袁世凯上台后宣布全国男人必须剪辫子，女人不许裹小脚，这本是好事，但在全国各地上演了'哭戏'。您大概也听说了著名学者王国维死活不愿意剪辫子，梁启超都劝说不了他，最后直到跳湖自尽他也仍留着大辫子。"

"为一条辫子殉难值得吗？"

"哈哈……留着辫子，不见得不能理解民主共和；剪了辫子，也不一定都去拥护袁世凯。"

"姥爷见多识广，博学多才，对共和国的一些改革，自然有独到的看法。"秦素附和着令子虚的话。

开饭了，猪肉、豆腐大烩菜，绿豆芽细粉条拌凉菜，软溜溜的扁豆馅油炸糕，皮薄鲜嫩的玻璃饺子，一盘一盘地端上桌，一家人围坐在一起，令子虚说："秦素，你这个北京丫头，是不是吃不惯隆盛庄的饭菜？"

秦素摇摇头，说："吃得惯，吃得惯。这黄米糕真软啊，在北京是吃不上的。"

"不仅北京吃不上，就是连苏州城都吃不上，隆盛庄的瞎德子常常唱'一根扁担颤悠悠，担上黄米下苏州，苏州爱我的好黄米呀，我爱苏州的好闺女……' "

令子虚的话把大家都逗得哈哈大笑。

"你别看我们这个小地方，北京有什么吃喝隆盛庄都有，隆盛庄有的北京未必有。北京人每年吃喝的牛羊肉，小摊上叫卖的爆肚、杂碎、火锅呀，大批的牛羊骆驼都要通过隆盛庄才能运进北京。还有隆盛庄的豆腐，在方圆百里也是出了名的好吃，你尝尝这味道，在北京能吃得到吗？"

张章给秦素夹菜，秦素不住点头夸奖厨艺好。

令子虚说："主要是咱们隆盛庄的水土好。秦素，你见过河水向高处逆流吗？明天到西河湾转转，那水是倒流的，山是无头的，泉水是甘甜的，全镇的人都是亲上加亲的。"

秦素不大明白令子虚说的最后一句话，她望着张章，张章笑笑说："隆盛庄人都是亲套亲的关系。"

"比如我爹和我姨夫是连襟，我妈和我姨姨是亲姊妹，我的姥姥又和我姨夫的妈是亲姊妹，我姥爷和我姨夫的妈是姑舅兄妹……"

秦素打断张章的话："好复杂的关系啊，听起来都头晕。"

"一个姓氏的基本都是没出五服的亲戚。"

"咱们张家在隆盛庄也是大户人家，章儿的婚事怎么也得按照隆盛庄的乡俗办。下聘礼、写婚约、合八字，这些该做的事情都得做。"美女也开口说话了。

秦素红着脸低下头，不好意思地看了张章一眼，好一会儿才说："我这次来隆盛庄，是以万国道德会志愿者的身份来的。其他个人的事还没有去仔细考虑。"接着她就讲了这次沿路协助各地都办起了万国道德会女子学校的经过。她说："万国道德会就是试图做一次重塑国人道德、挽救人心的努力尝试。"

令子虚把他的长辫子向后一甩，长叹一声，说："人民之弱日益见，亡国之兆日益深，欲从而兴之，其谁是赖？然则道德问题，宁非今日中之最重要者哉？"

"办学才是隆盛庄的头等大事，我双手赞成。是啊，接踵而至的中华民国，应该重塑令人满意的道德模式。"张忠德说："下午，我

们一起去到商务会找一下你姨夫，看看办学的费用怎样筹划、校址设在哪里比较合适，最好是选择隆盛庄的中心地带，女孩子上学也方便。”

“隆盛庄的私塾房也有许多，大凡有点钱的人家都给孩子请了先生，但家境不好的，还有隆盛庄城外的比如南泉、西窑、一里路，这些乡村的孩子都念不起私塾。自从办起小学，这些城外的孩子就逐步都来上学了。如果再办一所女子学校，就解决了咱们隆盛庄女孩子上学的问题。”张章说。

“这所学校主要是以弘扬道德解放妇女为主。”秦素再次强调了这次办学的目的和国民政府要在全国兴起的道德新风。

轰轰烈烈的辛亥革命，对隆盛庄似乎没有太大的冲击，人们依旧过着平静的日子，万国道德会的到来，打破了这种平静。女人不用缠脚，男人不能留辫子，这阵风终于吹进了隆盛庄。万国道德会创办的女子学校，设立在老财巷樊氏的院内，一排正房，院内很大，灰砖门楼。仅仅几天时间，学校就宣布开学。

邢怀月在隆盛庄马桥街做了一次精彩讲演。他说：“万国道德会的发起就是为救人之心、治世之弊，提倡利民生、启民智、敦民德。万国道德会发起人更理智地认识到传统与现实之间割舍不断的密切联系，世界之所以相生相聚、相维相系的枢纽是道德。道德者所以维持世界人类共同生存之护符，而为一切宗教、科哲文化之大原则也。”隆盛庄的举人秀才，私塾的先生都在认真听他的讲演。之后，张忠德又讲话了：“各位父老乡亲们，希望大家都积极配合响应国民政府的号召，让我们隆盛庄兴起一股道德新风，各街道的街长要负责动员你管辖内的女人们，都让她们把胆子放大，小脚放大，走出家门学文化。”隆盛庄人崇文重教的风尚还是浓厚的。那些从走西口出来的匠人们，生计有了着落就忙着给孩子们办私塾、请先生。大街上，到处都是“万国道德会女子学校”的招生广告。马桥正拦柜前面的青石台阶上，已经挤满了人，有坐的，有站的，在街心摆小摊的大板片、小红鞋、疤零哥都在人群里挤来挤去，多数人都是想看看从北京来的这四个人，特别是那两个姑娘，细皮白肉，黑色的裙子，旗袍式的偏襟海昌蓝短袖衫，都是梳着齐耳的短发。两个男人也是那么帅气，黑色的中山服，衣兜上卡着一支钢笔，这样的穿戴让隆盛庄的人眼光，都聚集在他们身上。

"咱隆盛庄要办女子学校了，女人们都能去看书识字。"

"听说大地方的女人都不裹脚了，你看她们都是大脚丫。"

小红鞋硬是挤到前面，她用手捋了捋头发，笑吟吟地问："我能不能去这女子学校上学？"

哈哈哈……大家被她的话逗得哈哈大笑："到红运铁匠铺重新回一下炉，再去念吧。"

"您想去听课也行啊。"秦素低头瞅瞅她的那双小脚说，"大姐，你怎么还裹着脚？"

"疼死疼活的裹了几十年，现在就是放开了，脚还能变大吗？"小红鞋说的是实话，许多年过去了，她仍然忘不了那裹脚的疼痛。

"您想听课就来听吧，给我们做宣传。"秦素很热情地说。

"看来，以后小脚女人出嫁也不值钱了。"

隆盛庄创办了第一所女子初级小学校，学生报名的人一开始没有多少，后来，看到镇里许多女人都开始向万国会走去，一个个都动了心，来上课的学生年龄参差不齐，有老的，有小的，秦素分了两个班。丰镇县教育局给委派了校长，配备了几个教书先生，这所学校就正式开课了。

　　紫芸突然来看望昙芸，自从陈德隆把老财巷的门堵了，在官才巷又开了门之后，她们就很少来姐姐家里。

　　圆拱门没有上插管，她悄悄地推开门。只见姐姐的房门也开着，撩开白色的纱帘，她蹑手蹑脚地走到姐姐身后，双手捂住了她的眼睛。

　　"哎呀，吓死人了……"昙芸惊叫了一声。

　　"咯咯咯……"随着一阵银铃般的清脆笑声，这双手又抱住了她的腰肢："姐姐……"

　　正在浆洗衣服的昙芸又惊又喜，她返回头，两张脸颊亲热地贴在一起："紫芸，你怎么来了？"

　　"我告诉你个好消息，妈又给咱们生了两个妹妹。"

　　"双胞胎？"昙芸惊喜地张大了嘴。

　　"是啊。"

　　"爹是不是又不开心了？"

　　"他住到粮店不回家了。妈说，就是犯了九女星，她也一定要生够九个女儿，看到底能不能生出个儿子。"

　　"看来，咱妈不生出个儿子是不甘心啊。"

　　"你日子过得怎样？"紫芸松开姐姐的腰肢，突然发现姐姐的肚子鼓起来了，"姐姐，你也有孩子了？"

昙芸点点头，脸上泛起一丝红晕。

"哇，我们都要当姨姨了。我赶快回去告诉咱妈和爹。你要给他们生一个胖小子，爹和妈一定会高兴得了不得。"

"爹已经让我伤透了心……"她眼睛里又泛起了泪花。

"老奶奶下世后，爹给摆了头份祭，总算挣足了面子。他说，只要你日子过得舒心，他也就放心了。"

"日子舒不舒心，只有自己知道。姐姐这辈子也认命了。"

炕上堆着一大堆洗干净的被褥、衣服，还有一大盆子山药粉面糊糊。昙芸把衣服放在洗衣盆里，再往盆里舀几勺子山药粉糨糊，两只手就使劲儿在盆里揉来揉去。

"这衣服都是你洗出来的吗？"紫芸望着姐姐那张疲惫憔悴的脸，"家里不是有丫鬟吗？"

"姨姨说丫鬟洗不干净。"

"姐姐，咱姨姨做了你的婆婆，怎么反倒不如一个外人呢？你干的活儿比丫鬟都重，这不是成心折腾你吗？"紫芸舀了一点糨糊，用舌头舔舔，"姐姐，你还记得咱们小时候，妈妈浆洗衣服的时候，我们姊妹几个偷喝糨糊。那天，糨糊打好了，咱妈去了茅房，我们姊妹几个看着那热气腾腾的糨糊，你给我们一个人舀上那么一小碗，还放点白砂糖，搅呀搅，锦芸刚刚二岁，还不会自己搅，你最疼她，一边给她搅，一边说'东风凉西风凉，锦芸喝了会上炕。'搅凉了，你又用小勺儿舀喂到她嘴里，我们都抢着喝。你一勺，我一勺地喝，喝得满嘴浆子，等妈妈从茅房回来了，糨糊都没有了。她气得问糨糊呢，我们一个个都闭着嘴巴不吭声，妈妈要打我们，你却护着……"

"小时候的日子真好，我们为什么要长大呢？"昙芸眼泪哗哗地流下来。

她把揉匀的被面用劲拧干，在炕上的红油布上捋展，晾到院里的晃绳上。她的两只小脚走起来，一摇一晃的，"姐姐，"紫芸瞅着姐姐挺起的肚子，"你都快生孩子了，还要干活，我去找姨姨去。"紫芸说罢就去正厅找茹梅。

茹梅正和巷子里几个女人坐在炕上耍纸牌编棍儿，见紫芸进来也

没有起身，从鼻子里哼出三个字："有事吗？"

"我姐怀孕了？"

"怎啦？女人怀个孩子你也大惊小怪。哪个女人不怀孩子？"

"怀孕了，你还让她干那么重的活儿？"

"哎呀，紫芸，她是我家的媳妇，该干的活儿自然都要干了。女人怀孕就不能干活了？"

"你们把我姐姐当丫鬟来使唤。"

"紫芸，我是你姨姨啊，你姐是我大车大马、八抬大轿娶回来的媳妇。做媳妇就要有做媳妇的模样，你问问，隆盛庄哪个媳妇不是这样熬过来的。"

"对呀，我们做媳妇的时候，也是做在人前，吃在人后。三十年媳妇才熬成婆。"几个打牌的女人也附和着。

"你妈生养了你们五个女儿，刚又一肚生了两个女儿，她难道不是照样干活儿吗？看看你妈就知道该怎样做媳妇了。"

"茹仙也够能耐的，只是没有生出个带把儿的。"几个女人又有了议论的话题，"人家一口气能养出七个仙女，也算有本事啊。"

"你们不能说我妈。"紫芸委屈得满眼泪花。

昙芸推门进来了："紫芸，你没大没小的，和姨姨吵吵啥？"

"走，我领你到女子学校学习去。"紫芸拉起姐姐的手就向外走。

"紫芸，你来勾引你姐去上学的？"茹梅停止了出牌，抬起头看着紫芸，"你妈也不知道怎传教你的，一点也没有个姑娘的样子。"

"姐姐，你也不到外面看看，现在是啥世道了。女人都不用裹脚了，你还不赶快把裹脚布缠开。"

昙芸无奈地摇摇头，随后，又赔着笑脸走过去安慰婆婆："妈，紫芸还是个孩子，您就不要和她一般见识。"她边说边硬是把紫芸推出门外。

"姐姐，你过的这叫啥日子？难道当媳妇都得这样？"紫芸抱住姐姐痛哭起来。昙芸一边给她擦泪，一边说："女人一旦嫁了人，才知道长大了，在娘家永远是个孩子。"

"姐姐，你再不能委屈自己了。镇里的女人都开始不裹脚了，你赶快把自己的裹脚布缠开吧。"紫芸哭着离开姐姐。

昙芸送走妹妹，自己又开始浆洗被褥。她一边干活，一边想着小时候的快乐日子，夏天来了，西河湾的河水涨了，妈妈就会把盖了一冬的被褥拆了，那时候一洗就是一大堆，衣服、被单都晾晒在草坪上。她们几个小孩儿，就在河里跑来跑去，溅起的水花淋湿妈妈的衣服……她在河水里跑得很快，金旺都追不到她。后来，她再也没有那么快乐地跑啦，她好想再到西河湾痛痛快快跑一圈，想到这些，不由得低头看看自己的这双小脚。那刺骨钻心的疼痛让她多少个夜晚都不能入眠，那冰凉的槌衣石压在脚上，直到麻木的不知道疼痛，这是为了什么呀？难道只是为了找一个好男人，但金旺从来也没有摸过她的这双脚，也没有说过一句赞美这双脚的话。她都不知道结婚到底是为了什么，她体尝到的只是疼痛，就是和金旺那次在一起，他给她的仍然是撕心裂肺的疼，但这种疼痛又不能喊不能说，自己就是这样忍受着。她就像这件衣服一样，被拆了、洗了、浆了、捶了、打了，最后烂了，扔了……她越想越伤心难过，眼泪扑簌簌地掉下来。肚里的孩子在轻轻蠕动，她用手轻轻抚摸着鼓起来的肚子，喃喃地说："以后，我有话只能和你说了。"

她慢慢走到院子里，从晃绳上把晾得半干的衣服、被褥拿到屋里，用手使劲拉展，又折得板板展展、方方正正。小时候，她常常和妈妈在一起折叠被单，折呀折呀，折成一个正方形，然后，放在槌衣石上，用锤敲棒棒乒乒乓乓地敲打起来，直到打得平平整整，然后再抖开晾晒，晒干了再和妈妈一起把一件件仔仔细细地叠得板板正正的，放到大红柜里……

"昙芸……"婆婆在正房喊她。

昙芸赶快走进正房，婆婆还在打牌："你磨磨蹭蹭干吗呢？眼看影儿都正了，还没见你动火烟，晌午饭吃莜面吧，熘上一碗羊肉汤汤。碗柜里有草地拿回来的干蘑菇，你泡上一些。"

昙芸点头答应，赶快到厨房做饭。几个长工短汉都在另一个锅灶吃饭，家人的饭菜都是昙芸来做。四个小叔子正是吃饭的年龄，俗话说"愣头青小子吃塌老子"，全家六口人的饭菜，她就是再长两只

手，也忙不过来。

昙芸在厨房里搓莜面鱼鱼，她两只手开弓，左手四根，右手四根，八根莜面鱼鱼在宽宽的面板上滑来滑去，肚子里的胎儿又在蠕动。她实在站不住了，腰酸困酸困的，眼看吃饭的人都要回来了，她又开始洗菜、切肉、拌蘑菇羊肉汤汤。在五稍大锅里添了水，就开始点火拉风箱，她挪动着沉重的双腿，坐在灶前那个烧火板凳上，双手吃力地拉着风箱的推拉杆，灶膛里的火越烧越旺，红彤彤映照着她那张苍白的脸，锅里的水开始冒出热气。她盖好灶火门，起身去端笼屉，突然肚子疼得让她展不起腰，她双手扶住炕沿，想稍稍缓口气，没想到，又一阵疼痛袭来。她着急地挪动着双脚，扶着门框向外走去："妈，我肚子疼。"

茹梅四圈牌还没打完，大概又输钱了，黑着脸硬声硬气地说："听见了。"

"媳妇怕是快要生了，闻虎家的，咱们赶快收摊吧。"几个女人都附和着。

"打下这四圈再说。"自从婆婆死了，茹梅是"地皮菜着了蒙生生雨——展了"。王闻虎一天不着家，她整天不是打麻将就是耍纸牌，玩得天昏地暗，赢了钱还有个笑脸，输了钱昙芸就是出气筒。包子没肉蒜瓣报仇，昙芸的饭咸了是打死卖咸盐的了，淡了是寡淡无味。昙芸天天小心翼翼伺候着婆婆，有时候，还得把饭给端到麻将桌上，不仅给婆婆端饭，还得给那些打牌的女人端饭，女人们都一口赞叹，说茹梅哪辈子烧了高香，娶了这么好一个媳妇，但茹梅却总是把嘴一撇："咱们做媳妇时候，不也是这样来侍奉公婆吗？你们也知道，我那婆婆是女光棍，厉害得很啊，我不仅给人家端饭，还得端屎端尿呢。我以为她会活得憋出头，没想到也有一死。我叫她欺负了半辈子，我做在人前，吃在人后。她死了，我的日子才过得展油活水了。"茹梅今天的手气不好，一把接一把输。

昙芸回到自己房里，肚子疼得连腰也直不起了，豆大的汗珠从头上冒出来："妈……"

"你催命呢？"最后一圈麻将打完了，茹梅输了，她骂骂咧咧，

"今天背时运。"她黑着脸推开媳妇的门，一看昙芸倒在地上，也慌了神，大声喊："银旺……"银旺正好放学进门，他听到妈妈的叫喊，赶快推门进来，见嫂嫂倒在地上，顿时傻了。

"快叫侉子老板过来，你嫂嫂要生了。顺便到官才巷把你姨姨叫来。"茹梅把昙芸扶在炕上，马上把席子拉起来，又把锅端起来，用火铲把灶膛里的灰铲在炕上。昙芸感觉自己要死了，她面色灰白，肚子一阵紧似一阵疼起来，疼得她两眼冒金星，不由得大叫起来。

"哪有生孩子不肚疼的，我们生了五六个孩子，也没有喊天震地地叫一声，你大喊大叫也不怕人笑话。"茹梅没好气地说。

女人生孩子都是小死一遭，到了阴曹地府，阎王不要你，就会放你回来，你也会顺顺利利把孩子生下来。银旺回来了，他跑得上气不接下气："老娘婆到柏宝庄接生去了，一时半会儿回不来。"

"这该怎么办？到上头巷叫考年老板过来，她也能接生。"茹梅话刚出口，银旺就一溜烟向外跑去。

茹仙从官才巷赶来了，昙芸已经面如白纸，她的下半身浸泡在血水里。她无力地望了望妈妈，嘴唇翕动着，想说什么，但一点声音也发不出来。"昙芸……昙芸……"茹仙大声喊着女儿，女儿的头无力地靠在妈妈的肩膀上，安静地闭上了眼睛。

"昙芸……昙芸啊……妈妈来迟了……"

昙芸走了，她流尽了全身的血，也没有生出个孩子。昙芸怀了一个鬼胎，这个胎儿注定是要吸尽她全身的血，变成一个血胎。出殡那天，昙芸的娘家人一个也没有来，茹仙已经病倒在床上，陈德隆把自己反锁在账房先生的屋里，整整三天三夜没有露面。她怎么会怀一个鬼胎呢？当黄二来给茹仙看病的时候，茹仙反反复复地问。黄二说，从中医的说法，她素体虚弱，七情郁结，湿浊凝滞不散，精血虽凝而终不成形，遂为鬼胎。

死在一个五黄六月天，尸体也不能多放，更等不到金旺从草地回来。但王闻虎却为媳妇举办了最隆重的葬礼仪式。他请来三班鼓匠昼夜不息地吹打，还请来阴阳先生和北庙的法师，为昙芸念经做"法事"，专设经堂为死者免罪，超度亡灵，并让鬼胎不要再纠缠其母。

　　经堂设在昙芸的房间，堂内供着"天地全神""城隍五道""十殿阎君"，同时，在经堂正面还悬挂着"赟"字，把祖先的牌位供在高桌上，家里的下人和小辈子每天不仅到灵堂前上香烬纸，还要在和尚阴阳先生念经的时候，一起陪跪磕头。这样的法事一直做了七天七夜，为死者免罪消灾，皈依三宝，脱离苦海。陈德隆家里的侄儿外女没有一个人来烧纸闹事的，这反倒让王闻虎更觉得心里愧疚。他无法再面对陈德隆，人家把一个水灵灵的黄花大姑娘嫁到王家，结果不到二年就命归黄泉，他心里说不出的难过，也多次怪怨茹梅，你拿个什么架子、摆什么谱，让媳妇天天伺候你。茹梅哭得一把鼻涕一把泪，谁家的媳妇不是这样过来的，我当年进了你们王家，你妈还不是一样让我这样伺候，我生了五个孩子，谁问过我一声，你倒好，常年四季不在家，你以为我那几十年当媳妇是怎样熬过来的，昙芸虽然是我外甥女，但我是她婆婆呀，难道还让我来伺候她，鼻涕还能倒流吗？

　　"都怨金旺这小子，半路娶回个天女，让我在陈德隆面前始终不能解释这件事。"王闻虎骂了茹梅骂儿子。

　　"为了两家能和解，咱们宁愿得罪了祖先家的人，破了规矩，让他摆了头份祭。他应该知道咱们这片苦心啊。"

　　"现在咱们就是把心煮了给陈德隆，也变成苏木水了。"王闻虎手拍大腿，"天鹅说成扁嘴，人家的女儿死了。咱们是画匠丢了刷子，没（刷）说的啦。"

　　陈德隆都没有来给女儿烧一张纸，可见他心已经死了。"咱们只能把丧事办得体体面面，也算对得起他们了。你没听说，媳妇是墙上的泥皮，剥了一层又抹一层。"

　　听了茹梅的话，王闻虎气不打一处来："办得再好，还不是遮活人的眼。"

　　"给金旺捎话，让他今年回来的时候，把天女带回来，我不能给他娶个媳妇当佛供。"

　　王闻虎心里一直不安定，他怕陈德隆来事宴上给女儿当主子，陈德隆踢翻祖宗牌位的那一幕，仍然让他耿耿于怀。这是昙芸出殡的最后一天，也是事宴上最讲究排场的一天，王闻虎尽量把每一个细节都做得非常周全。清晨，那些身穿法衣的阴阳、和尚就开始跑五方，笙箫笛管齐奏，铙镲钟鼓齐鸣，诵经声声，法螺阵阵。孝子不多，几个妹妹一个也没有过来，几个小叔子都给嫂嫂戴了孝，毕竟是小丧出殡，人们不免都在心里暗暗落泪，棺材是三寸厚的柏木板，棺材前所有的纸折齐全，童男女、老少人、把摇钱树、四合瓦房院、金山银山对口山。

五更天，银旺和海旺就开始给嫂嫂烧纸，并把嫂嫂生前用的枕头从棺材底下拿出来，连同烬纸盆一起倒在大门外。他们点燃了枕头里的荞麦皮，他又把捞饭碗和棺材前供的饭菜都倒进浆水桶里，一切都安排停当，时辰已到，长号吹过三声，棺材被八个大男人抬出了圆拱门。灵车缓缓走出老财巷，没有孝子，银旺给嫂嫂扛棺材大头，海旺给挠了幡杆，来旺给打了烬纸盆，就是最小的老根儿，也是哭哭啼啼地跟在灵车后面。各家门口都烧纸点火驱赶鬼魂，刚刚走到恒隆店路口，就出现了拦棺的，抬棺人只好把棺材放在木凳上，拦棺者是陈德隆的四个女儿，她们身穿白衣，齐刷刷地跪在路边。"姐姐……姐姐……"她们一边哭一边给姐姐烧纸，拦棺的鼓匠也围着棺材吹奏着一曲《哭灵堂》，那呜呜咽咽的声音让万人落泪。王闻虎过来给鼓匠付拦棺钱，正在这时候，突然，平地卷起一个旋风，车上拉的纸折纷纷扬扬漫天飞舞，天色骤变，顿时雷鸣电闪、乌云席卷，只听当空一声巨响，一个火球落在棺材上，只听轰隆一声巨响，棺材盖子被掀起来，只见披头散发的昙芸从棺材里爬出来，摇摇晃晃地行走在大雨中……

"犯了墓狐了，墓狐鬼来了……"不知谁大声喊了一声，那些惊呆了的人一下清醒过来，丢下手里的东西，四处逃散，"墓狐鬼来了，墓狐鬼来了"。四个妹妹也都顾不得再哭姐姐了，爬起来就跑，雨越下越大，人常说："和泥媳妇，干下葬。"打发死人遇到雨天是最晦气的，地上一片狼藉，拉灵车的老牛也哞哞地大叫起来。"弄死她，不然，她吸了血就了不得啦。"

送灵的人都跑了，这时候，只见昙芸还是摇摇晃晃向老财巷走

去。"弄死她……"二阴阳惊恐地乱了方寸，他使出浑身法术，念咒语，庙里的老道也手舞镇妖剑，但谁也不敢向昙芸走近，眼看就要到巷门口了，打更的薛三正好从巷子里走出来，听得一声声呐喊。他抬头一看，一个披头散发的女人摇摇晃晃走来，他急中生智，用手里的打更木槌向女鬼的头上砸去。他天天行走在黑夜里，这种鬼怪的事见多了。"扑通"一声，昙芸的身子沉重地向后倒去，帮忙办丧事的桥牙子，有几个胆子大的过来五花大绑把尸体又捆起来，放进棺材里，盖上被雷劈成两半的棺材盖，重新用七八道铁丝把棺材缠绕得结结实实，小丧不能入祖坟，她被埋在了西梁头。

昙芸犯了墓狐的事，被方圆百里的人们传开了。陈德隆又去找二阴阳："她怎么会这样呢?"

二阴阳说："她生前受了委屈，死后不能瞑目，冤魂不散，遇到大雨天出殡，雷声闪电给了她一种气场，这叫诈尸，十年难遇的怪事。"陈德隆也追悔莫及，不该把女儿许配给王家，但木已成舟，全家人都抱头痛哭……陈德隆也无心思经营自己的粮行，天天往西梁头跑，坐在女儿的坟冢前，一锅接一锅抽旱烟，天黑了白了，西边的太阳落了又升起，每天晚上，茹仙给两个女儿喂饱了奶，一双小脚支撑着虚弱的身子，慢慢走到大门口，朝里把大门用插管插好，然后，就坐在门道，屁股下面垫一个小垫子，双腿盘坐，呜呜咽咽地哭起来。她一边哭一边诉说，从昙芸的小时候数唠到她出嫁。"苦命的女儿呀，妈妈害了你呀，你嫁出去一天也没好活呀……"四个女儿也围着她一起放声号哭，凄凄惨惨，高高低低，如泣如诉，哭声在夜空弥漫，从官才巷传到老财巷，传到圆拱门王闻虎的家里，茹梅一听这哭声，吓得浑身筛糠似的哆嗦。"赶快关门，挂窗帘……"她整夜睡不着觉，目光呆痴，干活丢东忘西，嘴里不住念叨着："墓狐鬼来了，快，关门呀……"王闻虎也整日唉声叹气，看着女人天天折腾得不得安宁，就请来了二阴阳的妈给顶神看病。拔零根儿老婆也老了，轻易不出马，她说："人有人道，鬼有鬼道，人死后要么升天，要么下地狱，本来是很有规律的善恶轮回，阴阳互不相干，但你们却把一个无辜的生命推进鬼道，她自然感觉冤屈。"

"那该怎么办？"

"阴身也只存在四十九天，而后或做鬼或投胎就进入六道轮回，你们必须做四十九天法，让亡灵早日进入三善道，避开三恶道，让她从天道转生人间。"

大仙说："以念佛作为最好的方法，最好是家人自己能至诚，越虔诚越好。"

茹梅在家里设了佛堂，她天天念"南无阿弥陀佛"，祈求阿弥陀佛慈悲加持，接引亡者脱离三恶道，早日投胎转生人间。

第四十六章

为爱蹚情河

甘愿随姨哥

　　秦素和张章要回北京，依然是锁子赶着花轱辘车，送他们到丰镇县。车里，秦素偎依在张章怀里，任车子一路颠簸。两人说不完的情话，张章已经接到商务出版局的应聘书，他回到北京有了一份稳定的职业。他们憧憬着未来的生活，结婚后一起到法国的巴黎度蜜月，去卢浮宫看断臂维纳斯雕像、《蒙娜丽莎》油画和胜利女神石雕，秦素倾心于鲁本斯画面那激情洋溢的华美色调，委拉斯开兹笔下人物的高雅气度，戈雅用粗犷奔放的笔触涂抹出人体的美妙……潮湿的泥土里，晃荡的马车留下了两道深深的辙，天色越来越暗，快要接近丰镇了。那趟去北京的火车已经过去，看来，他们今天只能住店了，旅店距离丰镇还有一段距离，二进式套院。锁子赶着车走进去，他和迎出来的店掌柜打了招呼，告诉他来人是张忠德的公子。于是，店掌柜给开了最好的房子。

　　秦素从马车上跳下车，活动了一下麻木的双腿，和张章拉着手走进房间。两人洗漱完，顾不上吃饭，就躺在了床上，这是他们第一次近距离地躺在一起。张章望着秦素的那双眼睛，轻轻解开她的内衣，将头伏在她的胸口上，她的双手搂住了张章的背，脸上挂着甜蜜的微笑，两人就这样紧紧地搂抱着。窗棂渐渐发白，窗外，几只鸟儿在屋檐下飞来飞去喳喳鸣叫，张章终于睁开了眼睛，他看看身边的秦素，赶快穿衣服，秦素也醒了，羞怯地望着张章，整理着凌乱的头发。昨夜都做了什么呢？好像是做了一场梦，他们似乎忘记自己在梦中都做了什么？朦朦胧胧的，他给了她什么，张章掏出那块绢花手帕，只见上面印上了斑斑血迹。秦素，我会好好珍藏这块手帕，它印证了我们的爱情。

屋里异常安静，窗外，又是一声声鸟鸣。秦素跳下地，感觉下肢很疼痛，她眼里射出一丝忧郁的光，慌忙把头发、衣服都整理得一丝不乱，然后，推门出去。张章跟在她身后，和店掌柜结了房钱，两人默默地向马车旁边走去。锁子已经套好了车，他望着张章和秦素，突然感觉到好像有什么地方不对劲儿，但又说不出来。他吩咐两人坐好了，又把轿车的布帘拉下来，才扬起鞭子，夏风阵阵从无际的田野吹过，但并不使人感觉凉爽，锁子再也听不到张章和秦素说话的声音。他们睡着了，轻微的鼾声从轿车里传出来，锁子怕车子颠簸，就放慢了行车的速度。一会儿，轿车赶到了丰镇车站，张章和锁子告别，叮嘱他路上一定要小心，锁子点点头，赶着马车慢慢离开站房。

一声汽笛划破长空，轰隆浑厚的轨道声由远而近，火车吐着白烟，缓缓地停在站台上，上车的人不多，张章一只手拉着秦素，一只手替她拎着柳条皮箱。两人默默地走进车厢，一排排棕色木质座位相向而布，他们随便找了一个空位坐了下来，秦素望着车窗外的景色，突然说："车要是经过隆盛庄，那就更方便了。"

"改道了，这大概也是天意。我父亲为了这条铁路，也费尽了心思。也许，隆盛庄这个旱码头的气数已尽。"

"小地方的人有他们的生存方式。也许，他们更适合那种安静的生活，就像姥爷一样。"秦素说，"要想改变他们的生存环境和思维意识，最好的催化剂是新文化理念。"

火车缓缓向前行驶，检票口的铁栅栏前已经没有了旅客，随着远去的火车，车站又恢复了宁静。一个身穿黑制服的列车员在车厢里走来走去，那张倦意的脸向他们凑过来，张章拿出车票递给他，他仔细看了看，又还给张章。

"估计几点到北京？"

"晚上八点。"列车员向前面走去。

张章看了一眼秦素，潜台词是我下了车该去哪里？

秦素没去在意张章的表情，她的目光被对面旅客手里那张《新民日报》吸引，她目不转睛地看着报纸上那段文章："1925 年 5 月 30 日，上海市工商学联合会召开 20 万人的反帝示威大会，开始罢工、罢市、罢课，号召人民废除一切不平等条约，取消帝国主义在华的一切特权。以上海为中心的'五卅'运动很快波及全国，形成了一场全国规模的反帝运动。这次运动继五四运动之后，进一步唤醒了中国人民的反帝精神，并且成为第一次国内革命战争时期全国大革命风暴的序幕。"

秦素已经感觉到，一场新的革命运动在等待着他们。她漫不经心地回答："怎么也得让我爸妈见见你这个未来的女婿。"

"看来，我只配做你未来的女婿，我妈可是早就盼着抱孙子了。姥爷让咱们就住在他的那套院子里。你要不想住那里，父亲准备再置买一套四合小院。"

"咯咯咯……"她的笑声宛如一缕温柔的阳光，从他的身上漫过，他情不自禁地伸出手臂，把她搂在怀里，在火车碾压钢轨的咣当声中，两人紧紧相依。

令子虚总算把第一批私塾房的学生都如期授完了课程，按照高考的几门课他都尽心尽力去传授。十几个孩子眼看就要飞出隆盛庄，他感到由衷地高兴。这年正是"壬子癸丑学制"公布的那年。民国教育部消除了科举制度的阴影；女子教育取得一定地位，开创男女同校；废止了癸卯学制中的"读经讲经"课。教育体制的改革，让更多的学生赢得了高考的机会，他们可以直接去报考大学。

紫芸和父亲说起自己要到北京考学的事，陈德隆自然赞成女儿的选择。紫芸自幼就聪明伶俐，他也一心想让她好好读书。古时候有许多女状元，不是一样能考取功名嘛，但他有一桩心事，必须在女儿走以前了结这个心愿，不然，他这一辈子心里不会安宁。吃过饭，他把紫芸叫到身边，自从昙芸死了，已经是身心憔悴，万念俱灰，但死的人死了，活着的人还得活。他身边还有六个女儿，都指望着他来养活她们长大成人，但一想到昙芸的死，那撕心裂肺的疼痛让他彻夜难眠，真是十个指头，伤了哪个指头心都会疼痛。吃过饭，茹仙在收拾碗筷，蓝芸、祥芸和几个妹妹在用白纸给姐姐扎花圈、用金箔纸折叠金元宝、金条，裁剪各种颜色的衣服和鞋子，她们做得很认真。茹仙一边折叠一边流泪，转眼都要过七七了，女儿犯了墓狐，被捆绑在棺材里，连个梦也没有给家人托过，活的时候，陈德隆不让女儿再登门，死了，她也不敢来。唉——可怜的女儿，过了七七，也不知道转到了哪道轮回？她就这么胡思乱想。忍不住又想大声号哭，这样，心里才不会堵得慌。

陈德隆把紫芸叫到堂屋，紫芸从后炕那个铺柜里面，翻腾出姐姐给她绣的那个红兜肚。当时，绣了一对，她戴走一个，另一个是留给她的。姐姐说："女孩子出嫁的时候，都要戴一个红兜肚。"姐姐坐在花轿里的情景又浮现在眼前，姐姐从红兜肚里给她掏出一块冰糖，那是为那些要笑她的闹洞房的人预备的。但那天夜里，没有人去闹洞房，父亲踢完了王家祭祖的高桌后，人们都不欢而散，姐姐是守着那盏孤灯度过了那一夜。她心里恨金旺，但又一想，他爱那个蒙古族姑娘，领回来完婚是不是也合情合理，错综复杂的事情搅得她脑袋发疼。她又想起和姐姐猜谜语的情景："东山来了一群羊，不留不留下了锅""四面四堵墙当中踩麻糖""圆圆的扁扁的，虱子爬得满满的"。她说的谜语姐姐都能猜得到，但她却猜不到姐姐的心思，直到死了，她还总是觉得姐姐就在身边，小时候两人睡一个被窝里，姐姐总是爱摸她那双大脚板，此刻，她似乎又感到姐姐身体的温热，不由得满眼泪水……

陈德隆推门进来，他坐在椅子上很认真地说："爹爹也希望你能出人头地，古人云：'女子无才便是德。'但爹还是想让你念书识字，想让你成为一个能为自己做得了主的女孩子，不能像你姐姐，逆来顺受，最后，送了自己的性命……"说到这里，陈德隆又说不下去了，他停顿了一下，"你念书走以前，我要给你订了婚再走。"

"爹，这事也太突然了，我还小，心里只想念书。"

"你都十六了，小什么小？你姐十五岁就做了王家的媳妇。前几天，周家钱庄的老板托小红鞋来给你保的媒，这个孩子是家里的独

苗……"

"爹，您说是谁家的儿子？"

"钱庄周掌柜的。"

"就是那个吃了三颗人心的痨病儿子？"

"听说他的病早就好啦，他爹才给他成家娶媳妇。他虽然有病不能上私塾堂，但他父亲专门请了先生，在家里教他儿子识文断字。他的文化和你也般配，年龄也方可，两家也算门当户对。"

"这盐从哪咸，醋从哪酸？您的话都把我搞懵懂了。"

"男大当婚女大当嫁，你已经到了当嫁的年龄了。"

"爹呀，您忘记了，女儿是大脚。"

"这年月，早已都不时兴小脚了。再说，周家少爷也不嫌弃你的脚大。"

"我不想订亲。"紫芸的回答很果断。

"那你也不要去念书了。"

"书是一定要念的，您既然执意让我订亲，我也决不会和周家儿子订亲。"

"爹就给你做主了，你还小，不知道这人心的叵测，你不能步你姐的后尘。"

"要订亲，和银旺订。"

"隆盛庄的男人是不是都死绝了，我女儿非得要嫁给王闻虎的儿子？"

"除了银旺，我谁也不嫁。"

"你是不是要活活地把我和你妈气死？这辈子你别想当他们家的媳妇。我不能再把女儿往虎口送。"

"爹，我和银旺从小在一起长大的……嫁给他，他会遮护我的……"

"别说了。"陈德隆一挥手打断女儿的话，"从小到大，爹就由着你性子来，这回就由我做主了，三两天去相亲。订了婚，你和周家儿子一起到北京念书去。"

"姐姐的婚事不也是你们大人给做的主吗？她自己不给自己做

主，到头来能怨谁？"

陈德隆微闭着眼睛，他不想和女儿再争辩："你要是和银旺结婚，除非我死了。"

"爹，你好绝情。"紫芸哭哭啼啼跑出门。

外面，天很黑，她向老财巷走去。大疤姑姑已经把巷门关上了，她拍了拍门栓，猫道里露出那张奇丑无比的脸。

"才几点，您都关了巷门？"

"紫芸，你胆子真大，你姐犯了墓狐，巷子里的人谁不害怕？好歹她没有吸了血，要是吸了猫呀狗呀的血，人就弄不死她了。"大疤姑姑就是爱唠叨，她的嘴上总是戴着一个脏兮兮的口罩，也不知道吃饭时候，摘了口罩是个啥样子，嘴扯到脸上了，怎么吃饭啊。紫芸很可怜这个女人，望着她的背影，心想，如果要是不让狼咬了脸，一定也是一个漂亮的女人，看那身条儿就知道是个美人儿。可惜，老天爷夺去了她的美貌，让她一辈子低头做人。紫芸边想边走到姨夫的大门口，她站在门前从门缝朝里眈眈，院里静悄悄的，那只大黑狗被铁链子拴着，也不叫一声。正房里的灯亮着，姨姨还在一声声念叨的"阿弥陀佛"。她抬手正要敲门，突然，一只大手在她的肩膀上"叭"地拍了一下，她顿时被惊得大叫起来。返头一看，是姨夫站在自己面前。

"紫芸，你怎么一个人跑来了？"

"我妈让我来和姨姨借一下冥钱印版。"紫芸顺口撒了一个谎。

"那进来取吧。"王闻虎唉声叹气地问，"你爹妈近日怎样？我也不能去看望他们。你姨姨也变得疯疯癫癫，昙芸也死得可怜……"

"您让银旺把冥钱版捎出来吧。"紫芸怕姨夫看出她内心的秘密，执意不进去。

"那你稍等等，我让银旺给你送出来。"王闻虎慢慢向院子里走去，一会儿，银旺手里拿着一块冥钱印版出来了。

紫芸看见他，上前拉住他的手，呜呜咽咽哭起来。

"发生啥事啦？"银旺着急地摇晃着她的双肩问。

"我爹让我和周家的儿子订亲。"紫芸一口气把她爹说的话都告

诉了银旺。

银旺懵了，愣在那里没吭声。

"你说话呀，咱们该怎么办？"紫芸急得直跺脚。

"看来姨夫是真的伤透心了，他不同意有他不同意的理由，怕你到了我们家再受委屈。"

"别说那些废话，我们该怎么办。"

"怎么办？唯一的一条路，看你敢不敢走？"银旺沉思了片刻，"现在，两家的关系闹得那么僵，就是姨夫同意你嫁给我，我妈也不会同意娶你做媳妇。"

"那我们怎么办？"

"咱俩一起走，逃婚。"

紫芸惊呆了，她望着银旺，一时倒没了主意，好一会说不出话："我们逃到哪里？"

"到北京我们先去考学，考不住就到万国会当志愿者去。"银旺的口气很坚决，他忘情地把紫芸紧紧抱住，"只要你愿意跟我走。"

"我要是不愿意，就不来找你了。"紫芸抱着银旺，又痛哭起来，"我们怎样走？"

"你有一双大脚板，还怕走不了路？还记得吗？小时候，咱们玩过家家的时候，我就说过，一定要娶大脚紫芸做媳妇。我说过的话，是要兑现的。"银旺摸着紫芸的长发，"昙芸是我的嫂嫂，也是你我的姐姐，死得实在可怜。这些日子我们家里也让我妈妈搞得乌烟瘴气，今天请法师，明天请阴阳，又是念佛又是做法，我实在不能待下去了。"

"姐姐死得冤屈啊，你难道没听说过，死得冤屈的人才犯墓狐。那天，我们都亲眼看见她从棺材里爬出来的那个模样，七窍流血……"

"不要说了，一切都过去了。"银旺打断紫芸的话，拥着她向巷口走去。

"我们怎么走？到哪里弄路费？"紫芸再次抬起头，问银旺。

"这些你就不要管了，明天是姐姐的七七日，咱们在她坟头前祭拜完了就走，路费不要你操心。"他沉思片刻，"你得再打扮成男儿装。路上到处是土匪，就现在这身打扮，还不让土匪把你抢去当了压寨夫人。"

两人在巷口分手。天色黑沉沉的，风冷冷的，巷子里阴阴的，紫芸回到家里，看到的是父亲那张毫无表情的面孔。她不敢抬头和那双眼睛对视，生怕被那道柔软的神光戳穿她心中的秘密。妹妹们都睡了，母亲把明天到坟地烧的供品和所有的纸折都用一张大麻纸包起来。"睡吧，你姐过了七七日，就能进了六道轮回了，也不知道她能进了哪一道？"

"姐姐生性善良，一定会进天道的。"紫芸又在安慰母亲。

夜里，紫芸看见姐姐回来了，她手里拿着那个红肚兜，轻手轻脚地走到紫芸面前，低声说："你走的时候，一定把这个红肚兜穿上，铺柜里还有一双红鞋垫，记得垫在鞋里。"

"姐姐……"紫芸哭喊着，想上去抱住姐姐，姐姐却一转身走了，她猛地一下睁开眼。

母亲点亮了煤油灯。"又发癔症了？"她挪动着身子下了地，从碗柜的抽屉里取出一把切菜刀，插在紫芸的枕头下面，"睡吧，以后，睡觉的时候，记得在枕头下放把切菜刀，这样就不会发癔症了。"

"妈，我不是发癔症，我看见姐姐回来了，真的回来了。"紫芸泣不成声，她爬起来，拉开炕柜的两扇门，只见在红肚兜旁边，放着一双红鞋垫，鞋垫上绣着一朵牡丹，花蕊间是两只比翼齐飞的蝴蝶，"姐姐……姐姐……"一滴一滴泪水，淋湿了那朵牡丹花。

昙芸的七七日，紫芸在姐姐的坟头祭拜完，就和银旺一起上路了。那天，她穿了一身男儿装，将一头乌发挽成一个发髻，戴了一顶礼帽，穿了一件藏蓝色长袍，脚蹬一双黑灯芯绒方口鞋，银旺也穿着长袍，戴着礼帽，脚蹬一双千层底布鞋，一条灰色的褡裢斜挎在肩上，两人手挽着手，慢慢从西梁头绕到南泉村，然后才上了向南走的大路。

"银旺，你看我们的打扮是不是像《十八相送》里的梁山伯和祝英台？"紫芸突然想起小时候，她和银旺在六月二十四庙会一起上抬

阁的情景。那时候，他们两人在《十八相送》的抬阁中扮演梁山伯和祝英台，海旺是书童，戏班子里的戏子姐姐给他们化了妆，穿了戏曲里的衣服，三个孩子在抬阁上尽情甩袖，转呀转啊。街上看红火的人山人海，他们很得意，转了一天，商务会给他们一人两颗鸡蛋和几块螺丝糖，算是辛苦的酬劳。

"哈哈……海旺是咱们的书童，他挑着担子紧跟在我们后面，玩意儿队还没有结束，他就尿到裤子里了，从抬阁上下来，羞得不敢回家。我们三人又一起到西河湾耍水，把浑身都弄湿了，才大摇大摆地从街上走过。"

"小时候，年年六月二十四庙会我们都能上抬阁、脑阁，我记得你还当过一回法海和尚呢，我和蓝芸扮演的白蛇、黑蛇。那会儿，我恨死那个法海了，硬是拆散了许仙和白娘子的姻缘。"

"姨夫和姨姨知道咱们走了，会怎样想？"银旺突然把话题岔开。

"他们想怎么想就怎么想去，我们又不是出来干坏事。"紫芸的大脚板走起路来飞快。她返回头，望了望渐渐变小的台墩和城门楼，心里突然感觉一阵惆怅。银旺看出她的心思，很坦然地说："我们步行走到丰镇，然后坐火车到北京找张章和秦素去。"

"北京那么大，谁知道他们在哪里？"

"你以为我是那个呆头呆脑的梁山伯？鼻子下面没有嘴巴吗？"银旺胸有成竹地说。

两人一路说笑着，像一对到京城赶考的书生，走在这条人来车往的路上。

第
四
十
七
章

执
手
姻
缘
情

唯
君
知
她
心

又是一个初冬来临，金旺领着天女回来了。这次回来，天女没有骑马，她坐着一辆牛板车，金旺赶着车。一条长长的车队浩浩荡荡向隆盛庄走去。金旺从库伦返回来，在白音淖尔接了天女，就带他的车队返程了。今年回隆盛庄的日期比往年早了差不多一个月，天女怀孕了，他必须早点把天女带回隆盛庄，让她平平安安把孩子生下来。自从昙芸走后，金旺两年没有回来，他心里一直对昙芸充满了愧疚，常常在深夜里梦到她，她披头散发地站在自己面前，他总是被惊出一身冷汗。昙芸死了的时候，他正在库伦，遥远的路途，使他无法赶回来为她送葬。他不大相信昙芸犯了墓狐这种诡异的事，但隆盛庄人都讲得有鼻子有眼，后来，弟弟也和他讲了这些事，更让他彻夜难眠，常常想起小时候和昙芸在西河湾玩耍的情景，后来长大了，尤其是他从草原回来再和昙芸见面的时候，已经认定她不会成为自己的老婆。那个洞房花烛夜她一个人是怎样度过的？昙芸从来没有和他说过一句怨恨的话，只是苦苦地熬着盼着。他心里骂自己是一个负心的男人，但他爱天女，他要娶天女，难道错了吗？十二岁那年，父亲把他送到哈斯家里的时候，他就和天女在一起生活，哈斯叔叔和斯琴格日乐婶婶把他当作亲生儿子，在他们的呵护下，两小无猜、青梅竹马的一对孩子渐渐长大。情窦初开的他，突然感觉天女是他这辈子的爱人，这段姻缘顺理成章，但父母亲偏偏要让他和昙芸成亲，他无法违背父母之

命，直至昙芸死，让他的心里一辈子背负着推卸不掉的对昙芸的亏负。天女是属于草原的，一旦回到隆盛庄，天女就是一个另类的女人，家里母亲不能接纳她。镇子里的人也不会接纳她，她宁愿一辈子跟着金旺风餐露宿去走草地，也不愿意留在镇子里过安稳的日子。如今她怀孕了，眼看就要临盆，他从库伦返回来的时候，执意要带天女回家，他害怕她生孩子的时候自己再失去她。天女不情愿跟他回来，最后，金旺只好说："只要孩子一生下来，就带她再回草原居住。"

天女是金旺的媳妇，自然回来要和婆婆住在一起了。金旺天天护着天女，什么活儿也不让她干。一两天还行，天长日久茹梅就受不了啦。成什么体统？难道让我这个婆婆来伺候她，这不是牛吃了赶车的吗？两房媳妇一比较，茹梅不由得又想起昙芸，昙芸把家里家外的营生都做得头头是道，对她这个婆婆也是毕恭毕敬；天女洗锅刷碗的营生不做，每天只是数算着吃什么，要不就和金旺一起上街转悠。茹梅想在媳妇面前使一点婆婆的威风，但金旺总是出面护着，她这个当妈的只好睁一眼闭一眼，天天大清早就开始敲着木鱼念佛。金旺也看出家里的气氛不大对头，母亲整天神神叨叨地念着"阿弥陀佛"。她忌荤吃素，不容许家里的人吃肉，天女却是离了肉不吃饭。有一天，天女让金旺给剁切一只从草地带回来的羊，金旺用砍刀把一只羊剔了骨剁成块，天女亲自动手开始煮羊肉，羊肉在锅里煮了不到半个小时，天女就捞在一个大盆里。茹梅看见了，站在灶台前硬声硬气地说："这叫人吃的吗？"她边说边端起盆子，要将骨头倒进锅里重新煮。天女不吭声，一把夺过盆子，伸手抓起骨头大口大口啃起来。

婆婆急眼了："你是狼转的？血淋淋的肉就啃着吃？"

天女不管她骂什么，她只顾低头啃骨头吃肉，自从回到这个家，她还没有这么痛痛快快吃过一顿肉。金旺过来站在天女身边："妈，这是草原的手把肉，羊肉这样煮着吃，肉最鲜嫩，也最有营养。"

茹梅看到金旺一味护着媳妇，气更不打一处来。她怒气冲天地指着儿子的脑袋破口大骂："是鬼迷了你的心窍，娶了这么一个不懂礼数的媳妇，你赶快领着她走，大库伦讨吃想到哪里转就到哪里转去。"茹梅一边骂一边又和王闻虎撒气，"都是你那个老东西做的好事，儿子小小年纪你就把他扔到那多见石头少见人的野马草地，整天和牲口打交道，到头来领回这么一个媳妇，咱们家庙小哪里能放得下她这个难顶戴的神仙。"她骂够了男人就骂银旺，一走连个音信也没有，这个家把他们养大了，一个个翅膀都硬了。金旺看着母亲整天哭骂不止，也不敢再惹母亲生气，只是不住地安慰："天女肚子里的孩子正是发育的时候，不吃肉怎能行呢？"

天女不管他们母子怎样吵闹，她只是低头吃肉啃骨头。吃饱了，她就推门出去，任婆婆闹翻天。

"吃肉也不能生吃啊，你闻闻，满家满院都是羊腥味，还让不让我活啦？"她高声把丫鬟从下房叫进来，让她赶快刷锅洗碗。丫鬟洗了一遍又一遍，瓮里的水都用完了，她还让洗。没完没了地刷洗，她不住地拿起碗闻闻，有羊腥味道，就把碗都摔在地上。王闻虎看着茹梅在家里闹得天翻地覆，赶快把黄二请来给她把脉看病。黄二说她心血不足、虚火内扰所致的心悸失眠、情绪烦乱，需要安心静养，黄二给配了安神补心的中药。王闻虎看着茹梅这个样子，整天也是愁眉苦脸地长叹气。自从银旺走了以后，他也是心神不定，儿子到了哪里？走的时候，他是给儿子带了路费，但他根本不知道儿子还领了紫芸，两人要是有个好歹，他更是无法和陈德隆交代，如今，到处是土匪，隆盛庄几家财主的儿子都让请了"财神"，他越想越害怕，越想越睡不着觉。久而久之，也变得精神恍惚，干活丢三落四。他私下和金旺商量，天女和家里的人吃喝起居都格格不入，是不是另外给买套院子居住。金旺说，开春后，他就又开始走草地了，就算让天女一个人居住，他也不放心。再说，天女也不愿意一个人留在隆盛庄。那怎么办？再有一个月天女就要生孩子了，总不能让她步昙芸的后尘吧？想来想去，金旺决定带着天女去看望马尔达，天女也想回去看看父亲，不管怎样，他给了她一个生命。两人的想法不谋而合。

这天早晨，金旺和天女梳洗完毕，两人就向小北街马尔达家里走去。这是一处砖瓦四合院，院落不大，他们刚刚推开门，马尔达就笑嘻嘻地迎了出来。"爹……"天女甜甜地喊了一声。金旺也上前给老岳父施礼作揖。

马尔达朝屋里大声喊着："水儿，你看谁来啦？"

一个女人挑帘出来，含笑站在门口。只见她头罩一块墨绿色纱巾，白皙的前额露出一卷波浪形的乌发，身穿一件盘扣子大襟绿缎棉袄，宽裤腿，绣花鞋，通体清清爽爽，干净利落。天女惊讶地望着她，目光盯在那对玉片片耳环上。金旺先上前和水儿打招呼。

"她是你继母。"马尔达很自然地对天女说。

面对这位年轻漂亮的女人，天女不敢开口说话，她只是走过去，双手作揖："您好！"

水儿也感到十分惊讶，马尔达怎么还有一个女儿，和自己结婚的时候也没有提到这些事呢。那女儿的背后是不是还有一个女人呢？

两人都感觉很尴尬，不知道说什么好，还是马尔达打破了这个僵局："这是天女。那年我从陕西逃出来的时候，她妈妈把她生在了路上。"马尔达实在不想说那段悲惨的遭遇，"她是被一对蒙古族夫妇从狼窝里捡回来的。"

水儿笑着把天女迎进屋里。金旺和马尔达说明了家里的情况，想让天女在这里住些日子，生下孩子，他们就一起回白音淖尔草原。水儿大概是为了顺应马尔达，她说家里闲房多，打扫一间你们两人住就行了。但马尔达却迟迟没有说话，金旺看出他有心事，就直截了当地问："您的意思呢？"马尔达迟疑了片刻说："天女是我的女儿，她身上流着回族人的血液，我们父女能再次见面，我要感谢真主安拉。回来住我自然同意，但有一件事她得答应我。"

"爹爹有什么事，尽管说出来。"天女也不拘束。马尔达毕竟是她的生身父亲啊。

"你得皈依伊斯兰教。"他指了指身边的水儿说，"她是汉族而且是天主教，但嫁给了我，现在已经完全是一个穆斯林女人。"

天女望着父亲，好一会儿才开口："皈依了伊斯兰教，我是不是也要长年四季把头发包起来？是不是都要天天到寺院里念经？"

"作为一个穆斯林女人，自然要尊重穆斯林的许多习俗了。出门不仅要戴头巾，衣服还要得体庄重。每天必须去清真寺做祷告……"

"父亲，我宁愿剃光头发，也不会长年四季把自己的面孔罩在那块黑纱下。"天女打断马尔达的话："我也不会脱下我的蒙古袍。"

马尔达脸上的表情很沮丧，他发现天女虽然是自己的女儿，但她的身上似乎有一种天生叛逆的东西在作祟，他无法说服她去信仰穆斯林。他长叹一声说："你是我的女儿啊。"

"父亲，我永远是你的女儿，你给了我一个生命，但让我活下来的是草原的阿爸阿妈。他们在祭拜文殊菩萨的路上在狼窝里捡到了我，他们说我是文殊的女儿。从我出生到长大成人，他们每年省吃俭用都要去敬拜一次文殊菩萨。我身上尽管流的是伊斯兰的血液，但我的命是阿爸阿妈给的，我不能改变对文殊菩萨的信仰。"天女的一席话说得很干脆，态度不容置疑。

马尔达的眼里露出慈爱温柔的神光："真主给了我爱你的机会，我就应该尽一个父亲的本分来呵护你，不能让你再受委屈。"

天女上前给父亲作揖，她眼泪花花地望着那张饱经沧桑的脸，握住了那双宽厚温热的大手。

一家人围坐在八仙桌前，桌上摆满了水儿给做的各种饭菜，有清炖牛肉、葱爆羊肉、炖羊肉排骨，主食是羊肉胡萝卜馅水饺。吃饭时，只见水儿的母亲手里拉着一个六七岁的男孩从外面走进来，男孩头戴一顶老虎风帽，脚上穿一双老虎鞋，胸前戴着一个银吊锁儿。水儿对小男孩说："贵元，这是你姐姐。"

贵元走到天女面前，拉拉她的蒙古长袍，摸摸她手腕上的银镯子，甜甜地叫了一声："姐姐……"

天女看到父亲已经拥有一个很幸福的家，她拉着弟弟的手坐在桌前，马尔达给大家斟满茶水。他喜欢金旺，知道女儿跟上这样的男人是不会受委屈的。是啊，在隆盛庄，走草地的男人是备受人们尊敬的，他们才是顶天立地的汉子。饭后，天女执意要回婆婆家。马尔达也不挽留，贵元拉着姐姐的手不愿松开，天女弯下腰，亲亲贵元的小脸蛋，然后，挽着金旺的手臂离开了马尔达家。

望着走远的女儿，马尔达很伤心，他无法说服女儿皈依伊斯兰教。他想起凤娇给女儿起的那个名字，多少年，他心里几乎天天在念叨着"哈琳"这个名字，如今，女儿站在他面前，他却怎么也叫不

出来，他再也不能把她挽留在身边。原来，在这个世界上，只要失去的东西，永远不会再找回来了，就算找回来，也不可能再属于自己。他目送女儿离去，心里空落落的，突然想起灵剑四结义的几位弟兄，如今，隆盛庄只留下他一个人，二铁匠走了，弘铁匠早早地夭折了，卢百运不知下落，人生在世，世事难料，心里不由产生了一种万事皆空的悲凉之感。他慢慢在院子里独自徘徊，贵元俏皮地跟在他身后，不时问他："那个姐姐怎么会走了呢？姐姐还会回来吗？"

马尔达摸摸儿子的小脑袋，没有回答他的问话。

贵元从院子窗台上取下一根木棍儿和一根小鞭子。他把木棍儿夹在两腿中间，小手把鞭子一扬，在院子里跑了起来："爹爹和我玩骑马马啊。"

"你长大了，爹爹带你去草原骑马马。"

贵元伸出小指头和爹爹拉钩："拉钩上吊一百年不许变。"

马尔达的手指被贵元紧紧钩着，他的心也被天女勾走了……

为了不让母亲生气，金旺准备给天女另外打扫一间房子，但天女却说："不要另找房子了，过了二月二，我和你一起走。"

这句话让金旺大吃一惊："不行，你马上就要生孩子了。"

"生孩子难道就不能和你一起走了吗？我妈不就把我生在荒野草地吗？"天女的声音很平静，"一个人当你出生那天起，就命定了你该怎样生存，蒙古人的孩子，哪个不是在马背上长大的。蒙古族的女人都是生完孩子就干活，在羊圈里、马背上、勒勒车里生孩子的很多啊。"

"天女，你是我的女人，你要听我的话。咱们说好了，你生完孩子就离开隆盛庄，在家里生孩子有接生婆，不会有危险的。"

"昙芸姐姐不是也在家里生的孩子吗？"天女反问金旺。

金旺不吭声了，天女的话又勾起了他对昙芸的思念。他沉思了好一会儿："我只是想让你过得更好一些，给你一个更安逸的家。"

"旺旺，我们的家在草原。"

"让文殊菩萨保佑我们的孩子吧。"两人异口同声地说。天女笑了，她笑得那样灿烂美丽。

第四十八章
春雨贵如油
不到我地头

三月三那天，隆盛庄八大行的买卖人，老财们都站在城门上，眼巴巴地瞅着那根挑在竹竿上的鸡毛，穿着道袍的阴阳先生，双目微闭，神色凝重，嘴里念念有词。他一动不动地举着那根竹竿，天蓝的一眼望不到边，无风无云。

人们瞪大眼睛盯着那根鹅毛，一个时辰过去了，但鹅毛纹丝不动。大家顿时神色惶恐，一起跪倒在城楼上，向着苍天开始叩头、敬香。

二阴阳把一炷又一炷香插在那顶青铜香炉里，袅袅香烟向上直升。人们再次把双手高高举过头顶："老天爷啊，开开恩吧。"

这是民国十八年（1929）的春天。

三月三大刮大收，小刮小收，不刮不收，连一丝风也没有啊。看来，今年又是一个大荒年。

隆盛庄的人们都在惶惶不安中度日，有钱的人家开始抢购粮食，十几家粮店都已经挂出"今日无米"的牌子。镇里的女人们开始到城外的地里挖干山药，山药地都被挖了一遍又一遍。树叶儿刚刚努出绿芽，有人就开始爬上树去捋树叶。

老财巷的老财们都能沉得住气，但住在小街门里的人们，几乎是家家无隔夜粮，吃了上顿没下顿。转眼到了四月天，还不见一点雨水，地干得布满龟裂，种子都撒不下去。

饥饿的庄户人家干脆把种子也吃掉了。双台山也看不见一点绿色，西河湾的水流也越来越细。河两岸刚刚冒出芽的河箅梳、蒲公英、车前子都被人们挖走充饥，平展展的绿草地，像一具被千刀万剐的死尸，散发着迂腐的味道。

马桥街的石桩前跪着几个光着膀子的大汉在祈雨，一个人肩膀上扛着一把铡草刀，刀刃慢慢陷进肉里，血一点点渗出来；旁边是许多字号里的买卖人，他们也都跪在地上，虔诚地烧香磕头："老天爷下大雨，收了麦子供祭你。"一丝云在天上飘来飘去，慢慢飘向天边。隆盛庄失去了往日的繁华，从南头到北头的买卖字号都半掩着屏门，天不下雨，人们都心焦如火。镇长张忠德沿门挨户发动镇里的人祈雨，已经连续干旱两年了，逃荒的人也越来越多了。

张忠德这期间已经被察哈尔行政区丰镇县正式任命为镇长。面临灾荒，他心急如焚，于是，召集镇里的头面人物在商务会商议要事，集锦社、毡毯社、兴盛社、三义社、马王社、鲁班社、老君社、鲜果社八大行的掌柜、老财们，也有每年专门筹办庙会的福隆社，大家都聚集在一起。张忠德先开口说话了："四月眼看就过去了，还没见一滴雨，看来今年又是一个大旱之年。"他环视了一下在座的各位，"我找大家商量一下，今年的六月二十四庙会还办不办？"

鲜果店的刘掌柜说："六月二十四这是咱隆盛庄的传统节日，从乾隆五十二年起就年年举办神会，今年怎么能不办呢？"

"大旱之年，这六月二十四庙会该怎么操办？是大红火还是小红火？"张忠德在征求大家的意见。

"六月二十四庙会就是一个求神祈雨的谢神会，据说乾隆五十二年咱们隆盛庄也是遭了百年不遇的大旱年，从春到夏未见一滴雨水，人们日夜跪求在龙王神像前祈雨，许愿老天爷如能在六月份普降大雨，就举办盛大庙会谢神恩泽。就在六月二十四这一天，浓云密布，雷声大作，隆盛庄喜降饱雨。"

张忠德慢条慢理地说："无论规模多大，三天大戏要唱吧？戏班子、马戏团是要请的。"

王闻虎说："鞋大鞋小不能走了样子，六月二十四，脑阁不能少，二十四台戏的大架子抬阁不能少……"

刘掌柜打断王闻虎的话："銮驾队，对子马能少吗？少了这些还叫玩意儿队吗？"

会长黄金柱接起话茬："既然什么也不能缺少，咱们还是按照老规矩操办六月二十四庙会，商务会主办，八大行承办。八大行负责和各家商铺摊派费用。福隆社专门负责筹办庙会的各项具体活动，你们看有啥困难大家都提出来。"

陈德隆说："隆盛庄从明代到嘉庆年间已形成一个百物云集的集镇，但这大旱年，牲畜过往明显减少，再说，我们隆盛庄的粮行和钱行两商的关系是密不可分的。粮食无收成，直接影响粮行的生意，粮行不能用粮食来和钱行进行流通交换，那样，我们隆盛庄商业的流通和周转，都会停滞。"

"六月二十四，不仅仅是求神祈雨，更主要是召集四面八方人来咱隆盛庄赶庙会，这也是促使各行各业买卖兴隆的一个集贸交流。"张忠德说："既然大家的意见是一致的，那具体事宜就按部就班。八大行该出的玩意儿就继续出，该出的费用都交到商务会。"

鲁班社的掌柜说："玩意儿队的所有木匠活儿，我们鲁班社都包揽了。"

"请戏班子我们鲜果社包了，但戏台子搭在哪里，要选好地点。"

鲁班社掌柜说："我设计了一下，今年的戏台子要搭个活动戏台，不要固定在一个地方。今年唱完戏，把戏台都折叠起来，明年过六月二十四或者正月十五，继续能用，就不用年年搭戏台了。"

"好，还是咱鲁班社的人主意高明，真不愧是鲁班爷的后人。"

赵恒顺说："刘掌柜，你今年千万不能再请千二红的戏班了。唱错了词，我可往台下怼啊。"

"赵财主，你也太不近人情了，把千二红一口气怼出北门外。"

"哈哈哈……"想起去年千二红来唱戏的情景，大家都大笑起来。

赵恒顺点了《关公夜走麦城》这台戏，唱句唱词是"过五关斩六将"，千二红唱到过五关的时候，手指比画的却是六，斩六将的时

候，却伸出五个指头，一个动作的失误，看戏人在台下一起高喊起来，要求他重新唱，但千二红执意不唱，台下开始怂起来，有人竟然把半头砖扔到台上，千二红脱掉戏装，和台下观众打起来。后来，维持秩序的治保队出面才平息了这场殴斗。千二红离开隆盛庄的时候，狠狠地留下一句话："从今后再不来隆盛庄唱戏。"

"我今年请'水上漂'的戏班子，这个名字吉利，我们不是要祈雨吗？他'水上漂'来了，不是水就漂来了。"

"哈哈，他是名角儿，你要能请来水上漂，那我们一定多买一些彩票。"

"哪有请不到的，银子不够添上钱，哪有不下雨的老天爷？"

"现在就是老天爷不下雨啊，我们添了银子和钱能求来雨吗？"

"心诚则灵，众人一条心，黄土变成金。"

"陈掌柜，六月二十四所有的纸折活儿，都让你三女婿包揽吧，他的画匠手艺在隆盛庄是数一数二的，尤其是那黄山黑山，画得太巍峨逼真了，大家都叫好。"福隆社的掌柜也说话了。"告诉你女婿西月，让他把镇里的画匠都集中到北庙里，二十四抬大架子的布景和彩画都要裱糊。"

黄金柱也叮嘱大家："把所有的花销都一笔一笔预算好，饥荒年，不能铺张浪费，也不能吝啬小气。大家都是买卖人，都会精打细算。"

张忠德也反复强调："这次灾情遍及整个晋察冀边区，听说民国政府也成立了赈灾委员会。我们隆盛庄要赶快选派两个代表，到绥远省去和都统反映一下灾情，看能不能给我们调拨一批救灾粮食。"

"这事就让忠德和他老丈人去吧，别人和都统也说不上话，连那衙门府也进不去。"

还有各种民间祈雨仪式还得继续搞，张忠德的目光盯在陈德隆身上："陈掌柜，你家姑娘祥芸和锦芸还没有出嫁吧？"

"你是想给我的姑娘说媒吗？"

"这年景黄浩浩的，娶了老婆的都要卖掉了，我是让她们两个毛女子去为咱们隆盛庄人祈雨。"

"那敢情好，只要能求下雨，我陈德隆一万个同意。今天晚上我就让她们到土地爷庙偷了牌位放到水缸边，每天给牌位浇水。"

"这些民间流传的祈雨办法或许也能感动老天爷。天上连个云丝丝都没有，大家都是心急如焚啊。"镇长的话刚刚落音，门推开了，马尔达走了进来，他环视了一下屋里的人群，干脆地说："六月二十四玩意儿队的对子马，我来提供马匹，一百匹黑白骏马任意挑选，还有关老爷的赤兔坐骑我早就给预备好了。"

"还是达爷厉害，听说你早就圈养着百十多匹马，就是为六月二十四的对子马准备的。"

"六月二十四是咱们隆盛庄的一个盛大庙会，我们回民人一个个都拭目以待。虽然，今年是个荒年，但谢神会更要办得像个样子。"

"既然达爷负责对子马，那么，干脆今年的张飞由达爷来扮演吧。"镇长说。

达爷也不推让："行，只是我的嗓门儿还不够洪亮。"

"那你就天天早晨到西河湾去吊吊嗓子，张飞三次巡街，是六月二十四的重头戏。"

"我们清德店继续出'拉油车'这个节目。"

"銮驾队由马王社来操办。"

"我们皮毛行社，还出闹剧'五鬼闹判'。"

"还有各大行都要派一个人，集合起来，到四道沟和水泉寺请龙王，咱们隆盛庄不是有句俗语'四道沟的龙王，用着时来请呀'，现在正是请龙王的时候。请龙王的轿子商务会有，再雇两个异轿的就行了。"张忠德说。

"先商量一下，咱们是文祈雨还是武祈雨？"会长黄金柱说话了。

"这么大的年馑了，还是用武祈雨吧。"马尔达也插话了。

"据说，从乾隆爷那年开始，只搞了一次武祈雨，祈雨的人都扛着长矛和大刀，用铁索捆绑着一个大汉，在龙王爷的牌位前跪了三天三夜，才求得一场甘霖。"张忠德停顿了一下，继续说，"武祈雨，假如祈不来雨，那个被捆绑的汉子总不能捆着不放吧？死了闹出人命怎么收场？"

"还是文祈吧，请回龙王爷，咱们毕恭毕敬地供起来，什么时候下了雨，再把龙王爷送回去。"

"治保队要加强四个城门的防范，城外的土匪天天都在虎视眈眈眦着隆盛庄，一旦趁六月二十四庙会进了庄，后果就不可收拾了。"随后，他又和马尔达说，"回民预警队那边也要随时做好准备……"

马尔达打断张忠德的话："回民预警队这边的事就交给我吧，北门我们来把守，我量那些土匪也没这个胆子。"

"大年馑，人们生死在眼前，狗急了还跳墙呢。"

张忠德把所有的事情都安排得有条不紊。大家从商务会出来，只见桥伢侯二虎领着几个人从西河湾取水回来。他们一个个头顶一个黑色的水坛，在街上转来转去，一个个高声喊着："龙王爷下大雨，蒸上馍馍供祭你。"

张忠德的小洋楼下面，跪着几个恶祈雨的神汉，他们都光着上身，背上钉了一个钉子，嘴里也是念念有词："苍天啊，可怜可怜我们这些庄稼人吧……"

不知从哪条巷子里，飘来瞎德子的歌声：

> 春雨贵如油，
> 不到我地头，
> 老汉盼瞎了眼，
> 后生等白了头。

第四十九章

祈雨祭苍天

年馑人食人

蓝芸拿着一个挑菜铲子，在河边挖那些刚刚吐芽的河篦梳和钱串子、蒲公英，野菜也越来越少。她抬头看看天，连一点点云彩也没有，五月了，都没有见过一点雨，地里的种子都旱死了，这河湾的水也流得越来越小，河床越来越窄，但这条河仍然流着流着，不知道流到了哪里。河边还能挖到野菜，老天爷呀，再不下雨，野菜也干枯了。蓝芸挖了半篮子菜，看看挂在半空的太阳，影儿也快正了，衣服也都快晾晒干了，真是有懒人没懒天。她用手挣着略带潮湿的衣服，叠得整整齐齐，一个骨瘦如柴的孩子跑来。他边跑边上气不接下气地喊着："妈妈，我爹叫你赶快回去。"

"宝娃，你不在家里哄着弟弟，满街乱跑啥？"

"弟弟不哭了，爹让我叫你。"

蓝芸给儿子擦了擦鼻涕，又把他的头按进水里，把儿子的头发、脸颊、脖颈都洗得干干净净。"快把衣服也脱下来，妈妈给你洗洗，一会儿晒干了。"

"妈妈，我爹叫你赶紧回家。"

蓝芸站起身，胳膊弯夹着衣服包包，领着儿子向家走。

母子俩走过西门口，走过马桥街，只见两个治保队押着两个盗墓贼从大东街走过来，两人都戴着高帽子，一人手里敲着一面锣。这是父子俩，父亲问："儿子呀，你因为什么？"儿子说："我是盗墓贼。"

儿子又反过来问老子："你是因为什么?"父亲说："我也是盗墓贼。"

"当当当……"

"把锣敲得再响点。"押着他们的治保员一巴掌扇在父亲那张皱纹纵横的脸上,灰白的面色顿时泛起几个红色的指头印。

儿子哭丧着脸央求道："别打他了,你打我吧,我们实在是没有办法啊。"

"没办法也不能和死人过不去啊。"治保员恶狠狠地说。

"我们只想盗几件死人的衣服典当几个铜钱,给奶奶换一口充饥的口粮。"

"唉……打我吧,我反正是一把老骨头了,只是家里还有个老母亲,快要饿死了……"他停住脚步不走了,双腿扑通一下倒在地上。头上的高帽子也摔在地上。"爹……爹……"儿子见父亲倒地,哭喊起来:"他已经三四天没有吃饭了,好心人,给他吃一口饭吧?"

"自古以来,盗墓是要受到刑法惩治的。"两个治保员把他从地上拉起来,继续游街示众。

这年头,死人躺在棺材里也不能安宁。街上的粮店都没有开张,几家京货铺更没有人光顾,稀粥馆子还有粥喝,一碗稀粥二分钱,买粥的人排队有二里长。宝娃拽住妈妈的衣襟:"妈呀,我饿……我想喝稀粥。"儿子眼睛瞅着饭馆门前那口冒着热气的大锅,不想挪动脚步了。"走吧,回去了我给你熬河篦梳糊糊喝。"

往日繁华的马桥也变得冷冷清清,各大铺面的门前,都放着一口大瓮,瓮里插着一根柳条,还做了各种颜色的龙头,龙头的嘴里不住地往外喷水,水珠喷得很高,预示着龙王在行云布雨。陈德隆从稀粥馆子里走出来,他手里拿着一个面口袋,向他们母子俩走过来:"把这几斤米拿上,回去给孩子熬口粥喝。"

蓝芸望着日渐老去的父亲,心里酸酸的,难过地说:"您也不容易。"

自从西月父亲死后,陈德隆大包大揽给打发出去以后,就给巧莲姊姊甩下一句话:"女儿是我的,你给我奶大,我付了你奶钱,咱们两不相欠。想让她做你家的媳妇,就不要再打这主意了。"陈德隆把女儿领回家，再不容许她登奶妈的家门。

后来，陈德隆自作主张和裕德厚掌柜的儿子定了亲。裕德厚在隆盛庄开京货铺，铺面不大，但经营齐全，绸缎、布匹、衣帽、鞋袜、针头线脑、儿子也和父亲一起开京货铺。但蓝芸一心一意想着奶哥，死活不嫁，她哭哭啼啼地对父亲说，这辈子除了奶哥西月，她谁也不会嫁。陈德隆犯难了，他也不敢硬逼，大女儿死了，二女儿跑了，如果三女儿再死了，他也无法活下去了。陈德隆气得扇了女儿一个大巴掌，茹仙对陈德隆说："婚姻是天注定，她想嫁谁就嫁去吧！"茹仙想昙芸更思念紫芸，她跑出去也不知道到了哪儿？几年了杳无音讯。她已经是心力憔悴，昙芸的死让她一夜白了头发，紫芸的走又让她的耳朵变得迟聪，她再也不能经受任何打击了。好在身边还有两个双胞胎女儿，看着她们一天天长大，她心里总是想，走了一个昙芸，上苍又给了她两个女儿，她把对昙芸的思念全部倾注在引弟和招娣身上。陈德隆看着整天病歪歪的女人，也只能摇摇头叹着气说："随她去吧。"他又托小红鞋去巧莲婶婶家提亲。

西月离开德隆行以后，一直跟着老画匠学手艺。老画匠无儿无女，一直把西月当儿子看待，西月也把老画匠当作自己的父亲。后来，老画匠病逝后，西月就撑起了门户，他把老画匠留下的两间门脸房重新装修了一下，打出了"西月画匠铺"字号的幌子。门脸房不算大，紧挨着三岔口，他当画匠，油漆裱糊，样样都会，他做纸折、画窗花、油墙围、画中堂炕屏、画棺材。他手艺好，人缘好，在隆盛庄画匠行业当中，很有威望。陈德隆也没有给女儿大操办，嫁妆也没有像昙芸那么多，他让蓝芸和西月定了亲，就马上举办了婚礼，生怕夜长梦多，再出现他想不到的一些事。紫芸的离家出走，他没有想到，他只知道和银旺一起走了，但他一直也不和王闻虎说话，更不去打听他儿子的下落。有一次，陈德隆和王闻虎在街上碰面了，王闻虎主动过去和他说话："亲家，近日可好？"

"好着哩，一下死不了。"

"亲家……"王闻虎想安慰陈德隆几句，但不知道该说什么话更合适。他张了张嘴，一个字也吐不出来。

陈德隆没有再和王闻虎说话，他也是不知道该说什么，就这样，两人默默地对望了片刻，就默默地各自走开了。

蓝芸和西月结婚后，日子虽然不富裕也不贫穷。画匠手艺再好，遇上这大年馑，活人还没饭吃，谁还能顾得了死人。

蓝芸还是接了米袋，她没有和父亲多说什么，就领着宝娃急急匆匆朝家走去。

巷子里，几个毛女子在掏水道，门里面的女人大声问："掏通了没有？"大门外的女人大声回答："掏通了。"看来，隆盛庄的人都出动了，用尽各种办法求神祈雨，但天上仍然没有一丝云。

蓝芸推开大门，就听到儿子狗娃的哭声。她顾不了许多，匆匆忙忙走进西房，儿子躺在灶前，两眼紧闭，浑身沾满了乌黑的煤灰。蓝芸抱起孩子，"狗娃，狗娃……"孩子头耷拉着，哭声越来越低，"狗娃，狗娃，妈妈和庙里的奶奶许了愿，让你爹给奶奶做最漂亮的满家鞋，给奶奶挂一件最漂亮的袍子。"

狗娃始终没有睁开眼，自从得麻疹那天起，孩子的眼睛就一直闭着，蓝芸抱着高烧不退的儿子，整整几天都未合眼。叫来黄二先生，他说这孩子已经没救了，儿子还是命大，终于活过来了，但昏迷了几天，当再次醒来的时候，眼睛已经完全失明。这怎么办？孩子没有了双眼，长大了怎么办？西月却说，一切都是天命注定，孩子活了，但以后怎样活？

孩子到底没有活下来，她摸着那瘦嶙嶙的身体，泪水一滴一滴浸湿了那件红色的小肚兜。

西月从外面拿进一个箩筐："把孩子给我吧。"

"不，你到底把他饿死了。"蓝芸怒视着丈夫。

"哎，这年头，就是大人也保不住啥时候就饿死了，何况一个小孩子。"

"哇——"蓝芸的哭声撕心裂肺，"我的儿子呀……"

孩子的身体渐渐冰凉。蓝芸仍然抱着不放，她蘸着泪水轻轻地给孩子擦洗着小脸蛋……这是她失去的第二个孩子。蓝芸和她妈妈一样，过了门不到四年生了三个儿子，宝娃的哥哥活到三岁，得了抽风病死了。孩子抽风的时候，她执意要给孩子喂抱龙丸，但西月却拦住不让喂。"你也不看看，街上抱龙丸吃愣的有多少，你要个愣孩子，还不是害了他一辈子。"她眼睁睁地看着儿子抽风死了。西月说："该是你的孩子就是你的，不该是你的孩子也莫强求。只是借你的肚腹生了他，天生的短命鬼。"他顺手从锅底上抹了一把黑，抹在孩子脸上。这是转生记，脸上有记，再转生记就在屁股上，如果抹在屁股上，转生的孩子胎记就在脸上。西月精通阴阳八卦，哪个孩子出世，他都能算见这个孩子的前世今生和来世。生下来就死了的，原本就不属于这个世界的人，能在这个世上存留的，其实也只是暂居。世间是一个庞大的躯壳，人置身在这个壳里也只是一个动物。

西月从蓝芸手里夺过孩子，狗娃的尸体卷曲在箩筐里。蓝芸用一块白粗布把孩子裹起来，西月挎着箩筐，蓝芸跟在后面，他们一前一后向东门外走去。

走到巷子尽头，走过三角城，远远地看见了台墩，台墩前一片荒芜的坟地，这是韩参将的墓，道光十三年的时候，他死在了隆盛庄。他是朝廷派遣来驻守边关的参将，他来到隆盛庄，就在东门外安营扎寨。他在这个台墩里，住了许多年，台墩里上下楼阁，楼下住着守护边关的将士，楼上住着他的夫人和孩子。他死后葬在台墩前。自从朝廷把军马场撤到上都的金莲花草原，台墩四周就一片荒芜。草场逐年被开垦耕种，如今什么也没有了。有人说，韩参将死后，台墩里再无人居住，但关于台墩的传说却很多，西月不信神鬼，他是一个凭手艺吃饭的画匠，做的就是伺候死人的营生，做纸折，画棺材，铺子里的纸折要是卖不出去，西月总是拿起墙上挂的那杆马鞭，轻轻地抽着驾辕的马："快走吧，走吧，你不能老赖在这里不动啊。"他用笤帚在那几个童男女、老少人的身上轻轻扫扫，"把你们都打扮得干干净净了，该去伺候新主人了。"隔不了两天，这些纸折就都被人买走了，但这年头，活人过不下，谁还去顾及死人，哪家死了人，草草掩埋，天不下雨，整个镇里的人都要遭殃。

蓝芸把孩子从箩筐里抱出来，放在那块乱坟滩里。她想给孩子挖个坑，西月拦住她，孩子狼叼狗啃才能转生。蓝芸已经哭不出声，她

只是呆呆地坐在孩子身边，直到流不出眼泪，哭不出声音。

蓝芸被男人搀扶着，一步一回头，一声声号哭在原野回荡。

狗娃没有被狗啃了，这年头，狗早就被人打死吃了，一伙蓬头垢面、疯疯癫癫的乞丐哈哈狂笑着，他们把狗娃抢走了。台墩下，一堆燃起的篝火烧得正旺。这伙乞丐翻烤着狗娃，狗娃的尸体被烤了七分熟就全部进了他们的肚子。

蓝芸不放心孩子，第二天早晨，天刚麻麻雾，她就来到了东门外，在台墩前，呈现在眼前的是一堆骨头，还有狗娃的那个红兜兜。狗娃，狗娃……她昏倒在地上……

那伙乞丐又围了过来，他们哈哈大笑着，张着一口血红的嘴向蓝芸扑去。

一根大棒向他们头上劈过来，这群乞丐眼睛血红，舌头耷拉得很长，一个个都弯下腰，像狗一样汪汪叫着扑过来。不好了，他们是吃了疯狗肉了，西月多少也懂一点医术，知道狂犬病是一种非常可怕的传染病，只要被咬了，必死无疑。他一边挥舞大棒，一边大喊："救命哪，救命哪！"

护城的几个治保队员从东阁迅速跑下来，他们朝天放了一枪，这些疯人嚎叫着，都跑进了台墩。

西月扶着蓝芸的头，用拇指狠狠掐她的人中。蓝芸醒过来了，她有气无力地说："孩子他爹，咱狗娃被他们吃掉了。"

西月满脸惊恐，都不敢告诉蓝芸，你刚才也差点被吃掉了。

镇长在四个城门口都张贴了告示："告知大家，近来，狂犬病蔓延，有疯狗疯人到处食人，请大家不要擅自出城。"

镇长就给治保队下了死命令，一定要把台墩里藏着的几个吃人的乞丐除灭掉，不然，狂犬病会蔓延到镇里的，答应并给他们一个人发五斤小米。

一听给发小米，饿急眼的治保队队员一个个都有了力气，在队长谢三的带领下，都出城围到了台墩前，一个人各把守一个洞，只要出来，就开枪打死，但大家在洞口守了整整一天一夜，也没有看见个鬼影。谢三又命令人们去地里拾荒草树枝，放火烧，烟雾腾腾，台墩的六个窗洞都在往外冒烟，靠火熏看来是不顶事，大家站在洞口朝里面喊话："出来吧，给你们准备了好饭吃。"

一点动静也没有，谢三攀到洞口，正要跳下去，突然听到洞里传来一声恐怖的哀号，谢三的头发根都竖起来了。这些疯人在相互撕咬了。

他们一个个如惊弓之鸟撒腿就往东门里面跑去。

第五十章

官锁卖老婆

缘尽谁来怜

夜里，院里传来一阵啼哭，是祥芸的声音："我不走，孩子不能没有父亲啊。"

蓝芸要出去，西月一把拉住她。

蓝芸挣脱了西月的手："她是我妹妹，我总不能看着她被官锁给卖了。"

"走一个活一个。"西月一脸平静，这场厄运在数难逃，他平静地对蓝芸说，"孩子他妈，你带着宝娃也去关南逃活命吧。"

"你也要把我卖了？"

"家无隔夜粮，做纸折连个打糨糊的面都没有了。"

"我要不走呢？"

"年馑黄浩浩的，你不走，难道等死吗？"

"我死也不会走。"蓝芸甩下这句话推门向隔壁院里跑去。

"祥芸……"蓝芸一边跑一边喊，"你不能走，我找爹去。"

祥芸从轿车里面探出头："姐姐，不要告诉爹。我留下了也是饿死，官锁把房子都卖掉了，我跟上他，讨吃要饭连个立棍的地方都没有了。"

"你肚里已经有孩子啦。"

"就是为了这个孩子，我才走。你千万不要告诉爹，他会气死的。"

"大姐死了，二姐走了，你又走了……"蓝芸双手扶着车辕，已经泣不成声。

"这就是命啊,官锁抽上了洋烟,这是填不满的枯井,爹就算把德隆行给了他,也不够他挥霍。"祥芸放下了轿车帘子,洒泪和蓝芸告别,"三姐,回去吧,就当我死了。"

轿车的轱辘从坎坷的土路上碾过,吱扭吱扭的声音,划破夜的寂静,消逝在老财巷的尽头。头戴烂毡帽、身穿白粗布衣服的车官,扬着手里的鞭子,嘴里低哼着一曲悲凉的歌:

> 走过黄花梁,
>
> 两眼泪汪汪,
>
> 走到雁门关,
>
> 才知道回关南。

"梆梆梆!"清脆的打更声惊醒了安静的夜,树上,一只猫头鹰"呱呱呱"地叫着。

祥芸的婆家在隆盛庄也是数得起来的大户人家,有地有房,公公还有做酱的手艺。酱坊虽然不算大但生意很兴隆,隆盛庄家家户户都喜欢吃广晟源的黑酱、黄酱和豆瓣酱。酱坊老板四十多岁才得一儿子,全家人都宠爱这个孩子,含在嘴里怕化了,顶在头上怕摔着,孩子长到十几岁,父母就给他和陈德隆的四女儿定了亲,也算门当户对。但祥芸过门不久,公公就去世了,官锁从小衣来伸手饭来张口,和隆盛庄一伙游手好闲的子弟混在一起,父亲这么一死,他失去了靠山,酿制酱的家传手艺也没有传承给他,没办法,他只好把酱坊盘了出去。手里有点钱,他就天天出入恒顺烟馆和麻将馆,没几天钱就挥霍完了。后来,烟瘾来了,就开始拆卖房子,先拆东房,后拆南房,先卖椽檩,后卖砖瓦,最后,卖得只剩一间小正房。

婆婆和祥芸住在一起,丈夫的早逝,儿子的不成器,让一个家顷刻之间毁于一旦,几年时间就把偌大的一个家业败光了。婆婆气得患了臌症,四肢浮肿,肚子鼓得不能进水饭。病入膏肓了,她竟然连一个请医生的钱都没有,于是,摘下手上戴的那枚金戒指,递给儿子,让他去当铺当了钱给她去请一下医生。

当铺紧挨着周老板的钱庄，官锁拿着戒指推开烟火色的屏门，一堵漆皮斑驳脱落的木头拦柜很高，挡住了来人的视线，官锁拿着戒指，踮起脚尖，向拦柜里探着头。他看不见里面的人，便大声喊着："当，当!"从高大的拦柜里面伸出一个瓜壳帽子，紧接着是一副挂在耳边的金丝眼镜，还有一张长年不见阳光的苍白色的脸："当什么？拿上来!"官锁把手里的戒指送进拦柜里，当铺老板把戒指在手上掂了掂，又"当"的一声放进那架天平上："三块洋钱。"

"这是赤金的，怎么才当三块钱?"官锁的话还没有说完，老板就把戒指递给他，"不当，拿走。"

"当，当，当……"官锁赶紧把戒指再次递给老板，"三块就三块，当了。"

"别算不过账来，当的少，赎也省钱呀。"说着，三块钱压着毛笔草书的当票，从拦柜上头递出来。官锁拿上钱，从当铺出来又匆匆忙忙走进了烟馆。他母亲眼巴巴地盼着儿子，从早晨盼到晌午，也没见儿子的踪影，眼看要咽气了，祥芸跑到烟馆找见了官锁，她推了推躺在那盘大炕上正在眯着眼吸洋烟的官锁，着急地说："妈叫你呢。"

官锁用鼻子哼了一声，仍然一个接着一个吸烟泡。

"妈不行了。"祥芸使劲儿推了他一把。

"等一等。"他又吸了一个烟泡才睁开了眼。

"妈要死了。"祥芸大声喊了一声。

"不着急。"他慢腾腾地从炕上爬起来。

等他回了家，母亲已经咽了气。

从此，"不着急"成了官锁的绰号。他凡事不着急，唯有到烟馆走得着急。

祥芸吃不开饭的时候，就回娘家住些日子。母女见面哭哭啼啼，陈德隆看着女婿变成一个洋烟鬼，气得大骂赵恒顺，这个阴人，把隆盛庄人害苦了。他一个人喝闷酒，生意也是惨淡经营。茹仙被几个女儿折腾得身体一天不如一天，耳朵也越来越聋，好在身边还有锦芸、招娣和引弟。

清晨，蓝芸急急忙忙推开娘家的大门："妈，祥芸被官锁卖了。"

陈德隆正在端着碗拌炒面，一听这话，"啪"的一下，把碗撂在桌上，赶紧跳下炕穿鞋向外走去。茹仙听不见女儿说了什么，她一看陈德隆的神色不对劲儿，就大声问蓝芸："出啥事了？"

"祥芸被官锁卖了。"蓝芸把嘴对着妈妈的耳朵大声说。

茹仙一下瘫坐在炕上，流着泪喃喃念叨："祥芸……祥芸……"

陈德隆急急匆匆从家出来，直奔恒顺烟馆去找女婿官锁。恒顺烟馆虽然和陈德隆的稀粥馆子是门对门，但陈德隆从来没有登过烟馆的门。他认为，大凡出入这两家馆子的人，都是爬场鬼，进稀粥馆子的都是街上那些讨吃要饭的，进烟馆的都是富家大子弟，如果从烟馆出来的人再进稀粥馆的，都是抽洋烟倾家荡产的，无论什么人有钱没钱，只要走进稀粥馆子，都会喝上一碗热乎乎的小米稀粥，俗话说，冬天喝一碗热粥，好比穿了一件棉腰子，三村五里的流浪人，没吃没喝的时候，就都会到稀粥馆子喝一碗粥。

但烟馆就不一样了，没钱就别想踏进那高高的门槛。陈德隆和赵恒顺两人各自取之不同。陈德隆从内心看不起那些从烟馆出来的人，无论是风流倜傥的花花公子，还是吃喝玩乐的纨绔子弟，他都不用正眼看他们，他对赵恒顺也有一种从骨头里的憎恨，两人见面也很少搭话，照陈德隆的话：他们不是一条船上的人。

陈德隆推开烟馆的门。前堂的后生满脸堆笑向他迎过来："陈掌柜，稀罕啊，今天太阳从西边出来了，您早早就来光顾我们的生意？"陈德隆"嘿嘿"干笑两声，推开后生的手臂，一直向院里走去。东西南北的灰砖瓦房，一间挨着一间，从外表看不出有什么不同，但房内的格局和设施还是分三六九等，有钱的就进一等房，有人伺候，给点烟端茶倒水，钱少的就进次等房，一盘大炕，十几个料面鬼守着一盏洋烟灯。陈德隆站在当院，大声喊着："杨官锁，你给我出来。"他的喊声惊动了整个烟馆，房间的门都打开了，一个料面鬼嘴里还哼着小调："大兄哥，大兄哥，你快上炕，给你一个羊腿棒，抽上几锅再商量……"

"杨官锁，你出来。"陈德隆提高了声音。

官锁推开枕头边的洋烟灯，慢慢从炕上爬起来，他趿拉着一双没

后跟的鞋，从屋里出来，看见岳父大人，伸了个懒腰，打了个哈欠："您老找我有事吗？"

"你把我女儿卖了？"陈德隆看着这个面色浮肿、目光无神的女婿，他上前"啪啪"抽了他两个大耳光，"你还是个男人吗？"又是一阵脚踢拳打。

官锁被大巴掌扇得倒在了地上，骨瘦如柴的身子哪禁得住老岳父的暴打。他挣扎着从地上爬起来："祥芸是个好女人，我是让她和孩子逃条活命啊。"话音刚落，又见他鼻涕长流，口吐白沫，倒在地上四肢抽搐。烟瘾让他生不如死，陈德隆一看这种情形，长叹一声："洋烟，洋烟，害人不浅啊。赵恒顺，你这个王八蛋，害惨了多少隆盛庄人啊。"他回到店里，叫了几个后生，把官锁抬到了稀粥馆子，他毕竟是自己的女婿，他可以管他吃喝，但不能管他继续抽洋烟。官锁躺在稀粥馆子里，烟瘾来了，就用头撞墙壁，用手挖炕洞，两只手血淋淋的，身体瘦成皮包骨。夜里，从房梁上窜出数不清的老鼠，向他包围过来，他已经无力抗拒这些小动物的啃噬，任它们在身上爬来爬去，直到他的眼睛、鼻子、嘴巴都变得血肉模糊……

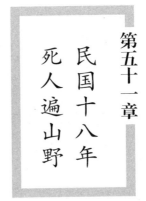

第五十一章

民国十八年

死人遍山野

赵恒顺突然来到了陈德隆的粮店。

"赵掌柜，稀罕啊，别来无恙。"陈德隆口气不冷不热。

"陈掌柜，还有粮食米面出售吗？"

"你难道没看见？我的粮店已经停业很久了。"赵恒顺的突然登门，陈德隆感觉到是黄鼠狼给鸡拜年。

"嘿嘿，咱们两人还没有在生意上合作过。"赵恒顺露着一嘴黑牙齿，嘿嘿干笑两声。

"龙走蛇窜，各有各的盘算啊。"陈德隆手里转着一串六道木佛珠。这串佛珠是北庙住持赠送他的，此刻，他又想起住持告诉他的那些话："佛珠上的每颗珠子都有六道天然形成的纹路，它的六条白线代表着文殊菩萨的六把智慧剑，可以斩断你内心的烦恼，六条纹路也象征着六字真言，可以用来辟邪。六道木也就是杨家将中沉香穆桂英大破天门阵用的那个降龙木，带着它可以辟邪保平安。"

"发财的生意，陈掌柜不会拒绝吧？"

"君子爱财取之有道，脏良心的生意我饿死也不会做的。"陈德隆仍然在专心一意地转佛珠。

"哈哈哈……这年馑黄浩浩的，能活下来就是好汉。"赵恒顺直截了当地说："我用银圆兑换你的粮食，十斤米给你一块银圆怎样？"

"你是想乘机垄断隆盛庄的粮行吧？还是老老实实做好你的烟土

生意吧。"

"大烟不能充饥啊。"

"粮仓剩余的米，我留着开稀粥馆子呀，给穷人喝一碗粥还能积点阴德。"说心里话，德隆行的所有粮仓眼看就都空了，三年未见收成，罕见的大饥荒蔓延晋察冀地区，他就是打扫粮仓也不忍心关掉稀粥馆子，那是穷人的救命稀粥。如今，他手里就算有银子，也买不到粮食，沿路土匪成群劫道，见粮就抢，外地的粮食也难以运进庄里。他仍然没有正眼看赵恒顺，送了他六个字"嗡嘛呢呗咪吽"。

赵恒顺也听不明白他嘴里念叨的是什么，更不明白这是六字大明咒。他讨了个没趣，怏怏不快地从德隆行走出来，第一次感觉自己不再财大气粗了，一个人慢慢向马桥街走去。街上的铺面只有几家京货铺虽然开着门，但不见人进出。当街那些拴牲口的石桩前，骡马牛羊的交易市场换成了卖儿卖女卖老婆的人贩子交易的场所，只见许多跪在地上的女人、孩子，他们一个个骨瘦如柴，蜡黄色的脸，绝望的眼神，背上插着一根干草，那是出卖自己的幌子，几个桥牙子和关南来的人贩子做交易，当那些女人、孩子被拉上马车的时候，马桥街上回荡着绝命的号哭和呜咽，街头，传来瞎德子悲凉的小调：

> 叫声二表哥，
> 我想卖老婆，
> 老婆跟我受可怜，
> 穷光景实难过。
> 大的七八岁，
> 小的两三岁，
> 谁要就给谁。
> 设法逃活命。

一行头戴柳条帽、赤着双脚的人从大北街走来，前面两个人异着一顶花轿缓缓向南庙走去，轿里供着从水泉寺请来的龙王爷的牌位。"龙王爷来了……龙王爷来了……"他们边走边喊，一直把轿子异进南庙。南庙里也有许多人早早地跪拜在地上，烧香烬纸，磕头祷告。

赵恒顺走进在理教会所，只见来聚会的人也寥寥无几。他和五麻子交代了几句，就匆匆忙忙向家里走去。就在那天夜里，一辆马车停在赵恒顺家大门前，从车上走下一个头罩白羊肚毛巾的男人，他背着一个黑色的毛线口袋，进门后，眼睛直勾勾地盯着哑女，然后，和赵恒顺点了点头，把毛线口袋放在地上。赵恒顺和这个男人打了个手势，随后，把一块毛巾捂在哑女的嘴上。哑女顿时昏迷了过去，他对这个男人说："一袋烟工夫她就醒了。"那男人把哑女扛在肩上，向大门外走去。翠娥有气无力地说："你把哑女卖了？"

"我是让她逃个活命。"

"你啥时候变得心善了？"翠娥摸索着想下地，眼睛里流出两行泪水，"也没有人要我这个瞎女人。"

"她不走，我们也都得饿死。你难道没听说，城门外人吃疯狗，人疯了吃人……"赵恒顺手里只存洋烟洋钱，没想到，这灾荒之年，洋钱洋烟是换不到粮食的。他用脚踢了踢地上那袋小米，脸上挂着一丝阴险的冷笑。

那天夜里，翠娥吞了洋烟，七窍流血，银娥看着姐姐惨叫着死了过去。

"你把我也卖掉吧。"赵恒顺并不在乎银娥的喊叫，他只是在盘算着，如何能活下去。他叫来五麻子，按照会所的礼仪把翠娥草草掩埋。

张忠德作为一镇之长，向丰镇县多次反映灾情，知县回话说丰镇也饿殍遍地，从春到夏，滴水未落。眼看着人们活生生都被饿死。看来只能直接向绥远省报告灾情了，镇里大街小巷里逃荒者牵衣顿足，日有哭声。逃荒要饭的成群结队，瞎德子沿街乞讨着，唱着：

> 民国十八年，
> 饥荒太可怜，
> 卖儿卖女卖老婆，
> 死人遍山野。

张忠德决定和老岳父去一趟省城直接找都统，看能不能给隆盛庄

调拨一批赈灾粮食。两人商量了一下，就坐着马车日夜兼程往绥远赶去。在绥远省都统公署，令子虚先去拜访了绥远省都统公署做文案的老同学任其。两人多年未见面，不免寒暄一番，他说明了来意，任其就领着他们去见都统潘矩楹。进入大门，是一条长廊，通向二门，门前站着两名护卫兵，看到任其，一齐立正行礼。任其领着两人直往里行，经一条"之"字朱栏的长廊。在一座画栋雕梁的大厅前，他停住了脚步，低声说："都统在房里批阅公事，请稍等，我先向都统报个信。"他叩了一下门，轻声道："属下任其晋见都统。"话声方落，只听里面传来一声："请进。"

一会儿，任其满面春风从房间出来，他和令子虚、张忠德招了招手："进来吧。"并低声和令子虚耳语，"都统为人很随和，你不要太拘束。"

他们一起走进一间摆设精致、十分宽敞的大客室。一张红木桌前，坐着一位身穿黑色制服的中年男人，他相貌威严，一双浓眉间流露出几分逼人的威仪。令子虚和张忠德上前做了个长揖，道："有幸面见都统大人，打扰了。"

都统从椅子上站起来，朝二人点点头，又招呼侍从上茶。他微笑着说："二位不可多礼，请坐。"他又招呼任其，"都坐吧。"

三人都坐定，侍从送上细瓷茗碗，给三人倒了茶水。

令子虚和张忠德对视了一下，然后，一边品茶一边细说着隆盛庄的灾情。连续三年大旱，人们连草根都吃完了，请求赈灾委员会给我们隆盛庄救济一批粮食，解决燃眉之急。

都统认真听完他的讲述，不慌不忙地说："旱情不仅仅是隆盛庄，整个晋察冀一带都是赤地千里，遭遇了罕见的大灾年，灾民流离失所，赈灾委员会已经从南方给灾区调运了一批粮食，只是眼下车皮紧缺，一下运不过来。我们也在和铁路局洽谈这件事。"

"潘都统，救人如救火，迟一天就不知道还会饿死多少人啊。"令子虚急切地说。

张忠德也讲了隆盛庄出现的因灾荒引起的各种瘟疫、传染病。

"隆盛庄，这是一个出人才的地方啊，铁路局局长班庭献就是你们隆盛庄人啊。"都统说，"他近日正在想方设法给抽调车皮，平绥铁路的货运车皮都被张作霖掳掠到了中东铁路，所以，延误了救济灾情。"

任其在一旁说："班庭献是隆盛庄人，他知道家乡的灾情，会想办法的，让都统再给庭献去一个电话就行了。"

令子虚欠欠身，道："我代表隆盛庄人谢谢都统。"

都统笑道："请你们放心，我尽快告诉赈灾委员会，让他们把救灾之事，作为当前的头等大事。"

张忠德也感激地欠身道："都统爱民之心，我们隆盛庄人会铭记在心。时间不早了，不打扰都统大人了。"说罢，三人都放下手中的茶杯，起身向外走去。

任其将二人一直送到将军府外。他带领二位又来到自己的住所。

令子虚和张忠德在任其的书房小坐漫谈，一张书案临窗而放，案头放置文房四宝和不少书籍，墙上挂着几幅李学曾字画。

令子虚道："任其在学府的时候就是第一个考上优贡的，到底还是进入了官场。"

"我一直不明白，你不在北京居住，怎么就想起回隆盛庄？"

"隆盛庄是小北京啊。再说我也喜欢清静，你什么时候公务不忙了，到我那里小住几日，看看隆盛庄的山山水水、街景小巷、庭院门楼，你也会迷恋那个地方的。"

"哈哈，进了官场，身不由己，哪有不忙的时候啊。"任其也有不能言说的无奈和苦衷。

两人谈了一阵，张忠德打断二位的谈话："时间差不多了，我们也该回去了。"

说罢，令子虚和任其抱拳告别。任其无论如何要留二人吃饭，就算是灾年，朋友上门也不能让饿着肚子走。他夫人已经把饭菜端上了桌，一壶温酒、几碟小炒、馒头小米粥，三人推杯换盏，回顾同窗的学校生活，也漫谈当前的军阀混战的不稳定局势。令子虚摸摸自己那根没有剪掉的辫子，长长叹了口气，他说自己只想在隆盛庄把学校办好，为隆盛庄培养一批有用之人，国家强盛教育是根本啊。任其说：

"办教育是正事，一个民族、一个地域如果没有文化，永远不会强大起来。现在，北京局势混乱，看来你回到隆盛庄也是有自己的打算，办学期间，遇到困难就提出来。我或许也能为你出一点绵薄之力。"

吃过饭，两人告别了任其，雇用了一辆马车，向隆盛庄赶去。沿路，一片荒凉，已经是立了夏的季节，但地里看不到一点绿色，遍地龟裂，一棵棵树都是光秃秃的，叶子早让饥饿的人们捋得充了饥。树皮都被剥光了，树根赤裸裸、白花花的。

"隆盛庄那几家大的粮行也都关门了。"张忠德和令子虚说。

"是啊，饥荒年，谁也无力抗拒。只有逆来顺受了。"他眼睛望着远处，"近来，学校里的情况怎样？食堂不能断了炊啊，哪怕一口稀粥也得给住校的学生熬一碗。"

"德隆行前些日子捐助了学校十担小米。"

"他的粮行能撑下来也不容易。隆盛庄一大批无家可归的人都依赖他的稀粥馆子活命。"张忠德又说："眼下，让章儿就在学校里帮助您打理工作吧，他从北京回来后，心情一直很低落。"

"我让他给学生代时事政治课，等情绪稳定一些，还是让他回北京吧。"

"自从秦素死后，章儿已经再没有回北京的意念了。"张忠德长叹了一口气，"他不打算走，就得在隆盛庄成家立业娶妻生子，张家不能断了后啊。"

"人不能复活，但活着的人总还是要活下去。陈德隆的大女儿死了，二女儿跑了，他不也得活吗？"令子虚也长吁短叹地说。

"前几天，祥芸被卖到了关南，官锁也死在了稀粥馆子，不知道还有多少人卖女卖儿卖老婆呢。"

两人一路说着话，马车不知不觉进了老哇咀。他们在一家车马店打尖，歇息了一会儿，继续坐车往隆盛庄赶。

第五十二章
送赈粮遇匪
莅貅策马来

　　南京政府成立了"全国赈灾委员会"，北洋政府的内阁总理许世英任主席。六月，赈灾委员会将第一批粮食，调运到了大同。卢百运接到了阎锡山的命令，让他负责把这批粮食安全护送到丰镇县知府下属各乡镇。卢百运和他的护卫任方圆自然选择了隆盛庄。

　　"明天回隆盛庄。"卢百运告诉护卫任方圆。

　　任方圆愣住了，好一会儿才说："要打仗吗？"

　　"执行特殊任务。"卢百运回答得很冷静。

　　"我……我不回去行吗？"任方圆吞吞吐吐地嘟哝着。

　　"你说什么？"

　　"我不想回去。"

　　"这是去执行任务，你是军人，明白吗？"卢百运把枪挎在肩上待命出发，"顺便看看你爹妈，也是千载难逢的机会。"

　　"我没有爹妈。"任方圆大声说。

　　"那你是从石头缝里钻出来的？"卢百运从墙上摘下那把大刀"嗖——"的一下扔在任方圆面前，"拿好这把刀，出发。"

　　突然要到隆盛庄，任方圆没想到，连卢百运都没有想到。这几年，他一直在寻找复仇的机会，但机会来了，反倒不知该怎么办？去杀了赵恒顺这条狗，是易如反掌的事，但他现在是堂堂的军人，在战场上杀人是军人的天职，如果仅仅为了个人恩怨明目张胆去杀人，似

乎不大符合自己的身份。现在，他急于想知道荁狱和孩子的下落，是男孩还是女孩？细细算计，孩子要是活着，也该满十岁了，那次失手是卢百运一生的耻辱，他恨不得把赵恒顺千刀万剐，但他已经修炼得和过去的他不可同日而语，他知道应该怎样来克制自己的情绪，应该怎样来成就一番大业。戎马生涯，似乎更适合他。能走到今天，他倒很感谢九宫道那位疯狂的道长。

部队出发了，其实，三十八军补训班一个营的兵力，阎锡山只让他带一个排来护送粮食。千吨粮食从大同车站搬运到一辆又一辆马车上，运粮的马车前面看不到头，后面见不到尾，四个班的兵力实在有点顾头不顾尾。卢百运骑着马不停地前后巡逻，他是做镖行的，对要送货物还是非常有经验的。临行的前一天，阎锡山亲自召见他，郑重其事地说："这千百吨粮食是国民政府赈灾委员会直接调拨给晋察冀地区的灾民，国难当头，国民政府能给绥远灾区调拨一批粮食，实在是不容易。但沿路匪徒都在虎视眈眈瞅着这批粮食，如果粮食送不到丰镇县和隆盛庄镇，你就提着脑袋来见我。"他又说，"这批粮食从南方调拨过来，多亏了铁路总局局长班庭献，为了发运这批粮食，他把张作霖往东北调运货物的车皮，直接调拨到京绥铁路。张作霖知道这事后，差点去铁路总局要了班庭献的脑袋。"

卢百运在阎锡山面前立下了军令状，千吨粮食少一粒，请司令拿他的脑袋来问。

每辆车都用篷布包得严严实实，严防走漏风声，都是夜里赶路。卢百运知道，灾区的人都饿疯了，出现了人吃人的现象，到处流传着："外甥登舅舅家的门，有去无回，不是被卖掉就是被吃掉。"不要说沿路的土匪杀人放火，就是饿疯了的人，成群结伙地过来抢劫粮食，他们都难以挡驾。车队行走在无声无息的夜色里。任方圆也不敢再胡思乱想了，他左肩挎着一杆步枪，右肩挎着卢团长的那把大刀，走得很吃力。虽然他不情愿回隆盛庄，但救灾如救火，想到挣扎在饥饿中的奶奶和母亲，他不由得加快了脚步。

天上，几颗流星划过茫茫夜空，星星都隐退在云层后面，远处，传来一声"呼隆隆"的雷声，霎时间，有几点雨飘来，但这雨好像是专门和那些盼雨的人作对，响了几声雷，飘了几个雨点，就再没有声息了。粮车走过了孤山，眼看就要到丰镇县城里了，粮食在丰镇差不多能卸下一多半，卢百运那颗悬着的心，就不会太紧张了。突然，路边窜出许多黑影，不好，卢百运撸起枪，照着黑影扫过去，他大声喊："各就各位。"他知道，土匪惯用调虎离山计，把所有的兵力吸引过来，目的是抢劫粮车，这时候，粮车的前后都有士兵把守，土匪的调虎离山计并没有使卢百运乱了方寸。他指挥粮车停靠在山洼里，然后，静观动静，土匪也隐藏在暗处，不敢妄动，双方都在黑暗中僵持着。天色渐渐发白，卢百运意识到，一场恶战就要开始了，他警觉地伏在粮车前面，一边往枪里推子弹，一边和任方圆挥手比画着，示意他把那把大刀递给他。他刚刚把大刀拿在手里，只见一群土匪就一拥而上，开始撕篷布，想把粮食麻袋扛走，卢百运百发百中的枪法，把这些土匪都一个个撂倒。两个骑马的人从远处跑来，他边跑边开枪扫射，卢百运很清楚，这是迎接粮车的土匪。他不慌不忙，瞄准马腿，"当当"，随着枪声，那人从马上栽下来，他们几个持枪将过去，将那人团团围住。他大概是栽晕了，很久没有爬起来，任方圆上前把他摁倒在地上。

　　任方圆把土匪押到卢百运面前，大家都稍稍松了一口气。卢百运上前把土匪的白羊肚子毛巾从头上拽下来，顿时乌发披肩，卢百运傻眼了，原来是个女匪："这大饥荒年，女人也出来抢粮食。"

　　"你们的粮车走不出孤山。"她一扬头发，露出一张白皙的脸。

　　就在这时候，卢百运手里的大刀"当啷"一声掉在地上。他上前一把扶起这个女人，双手死死抓住她的肩膀，大声呼喊着："莁貅，莁貅，你看我是谁？"女人的一双眼睛像电火一样穿透卢百运的心，随即，他的心脏猛烈地跳动起来，他不动声色地凝视着她的那张脸，空气似乎凝固了一样。女人的眼睛就像两口被挖掘的深井，喷出磷光闪烁的地狱之光，他还在怔怔地望着她，想寻找那曾经属于他的那道温柔可人的爱之光。他们就这样僵持着，突然，远处传来一阵阵马蹄声，女人猛地挣脱卢百运的手臂，直挺挺地站在他面前："你们走不了啦，除非把这些粮车留下。"

“这是救命粮啊。丰镇、隆盛庄几万快要饿死的人，眼巴巴盼着这一批粮。”卢百运被眼前这个女人的举动搞懵懂了，这是茳貅吗？难道自己认错了人。他怎么也不能把眼前这个女人和十年前的茳貅重叠在一起。

“你们能把这批粮食都送到老百姓手里吗？”女人的眼睛没有离开过卢百运的脸。

“这是民国政府赈灾委员会直接下发到民众手里的粮食，任何人都不得擅自调拨私藏。”

“老百姓天天都有饿死的，你知道吗？”女人的声音就是十年前自己熟悉的那个声音，这张面孔也是十年前自己深爱着的那张脸庞，但她的举动却不能让卢百运相信。这难道是梦吗？但他还是大声喊着：“茳貅，茳貅，你难道真的不认识我了吗？”卢百运心急如焚，但脸上的表情却异常冷静，手里的枪始终没有离开女人的胸口窝。

“嗒嗒嗒……”马蹄声越来越近，霎时间，黑压压的马队向粮车包抄过来，卢百运就算有浑身的招数，也是寡不敌众，但他马上意识到，必须先发制人，于是，用手枪逼着女人的胸口。他也感觉到女人的身子在向他逼近，眼睛里透出的光像一根根刺，直戳他的心窝，他还想大声喊：“茳貅，茳貅……”但嗓子里始终没有发出声音。

女人的眼睛直勾勾地望着他，眼里有一丝亮晶晶的东西在闪烁。

一场恶仗就要开始，在这千钧一发的时刻，女人猛地掏出手枪，“叭叭叭……”朝天连发三枪，所有围拢过来的土匪都停止了进攻。一位头戴烂毡帽的人策马飞来，卢百运也趁势把女人一把推开，指挥他的部队开始抵抗，但就在这时候，骑马人一把将女人拉上马，向路边的密林奔驰而去。

“怎么回事？为什么鸣枪让弟兄们撤退。”他把女人从马上扔下来：“我们空手回去怎样向大掌柜交代。”

“这批粮食我们一颗也不能动。”女人从地上爬起来，“不用你交代，一切由我来向当家的交代。”

“到手的粮食就这样白白放走吗？你是什么意思？眼看着弟兄们饿的连枪都扛不动了。”二掌柜上前，“啪啪”抽了女人几个耳光。

"你应该选择自己的路了。"女人掏出枪对准他的头。

"二当家的，看着到手的粮食不抢，你让我们弟兄跟着你喝西北风？"一群小喽啰瞪着眼睛叫嚣。

"咱们不能再听这个娘们儿摆布了。"二当家的掉转马头，向车队冲去。女人照着他的马屁股放了一枪，只见马蹄腾空，向前打了一个趔趄，倒在地上，二当家的也从马背上栽下来，骚动的匪徒顿时安静了。

夜色将尽，东边的天空已泛起一片鱼肚白，旷野里静悄悄的。运粮的车队开始上路了，车轴吱吱地响，山路上碾压下两道深深的沟，路上仍然一片安静，只有几声清脆的鸟啼。几缕阳光射在卢百运的脸上，他习惯地喊了一声任方圆，任方圆也知道卢百运是要洗脸了，但哪里还有水，现在别说洗脸，就是喝的水，葫芦里也倒不出一滴了。昨夜和土匪的对峙，任方圆的心都紧张得快从嘴里跳出来了，他更加钦佩卢营长的胆识，但他始终不明白，那个女人是谁？是一个厉鬼变的女妖精，还是一个恶贯满盈的女土匪？他在回想着每一个细节，回想着女人那张脸，回想着卢营长一直呼喊的那个名字，莅貅是谁？他想问一下卢百运，但他被他那张毫无表情的脸镇住了，他连大气也不敢出，只是默默地跟在他身后，远远地看见了高耸的薛刚山，浩浩荡荡的运粮车队走进了丰镇县，车队在饮马河边打尖，士兵们开始饮马喂料，卢百运带领一个班的兵力，向丰镇县走去，他按照配单上的数量，向丰镇县知府交接了手续，卸下了全部粮食。打发那些空车离去后，他带着车队继续向着隆盛庄走去。

"当，当，当……"薛三敲着铜锣从每一条小巷走过，他一边走一边喊，"各家各户派人到商务会领救灾粮了……"大街小巷能走能动的人都拿着口袋，向商务会大院走去，排队的人宛如长龙从商务会一直排到马桥街，又从马桥街排到恒隆店，讨吃要饭的也都拿着布袋排起了长队。瞎德子头戴烂毡帽，腰系烂草绳，脚蹬一双趿拉跟鞋，那身长年四季不换的衣服已经被油腻抹擦得看不出原色，他手里的竹板呱嗒呱嗒响，嘴里的声音低得如同蚊子叫："十八年大年馑，人吃人来狗吃狗，鸦儿雀儿吃石头，老鼠饿得没法走……"排队的人突

然饿昏在地上，那些饿得走不动的就爬着去排队领粮食，连爬的气力都没有了，就瘫软地倒在路上。

太阳黄灿灿的，许多天，人们都不敢抬头看那瓦蓝瓦蓝的天和红彤彤的太阳，一抬头眼睛里就冒金花儿，瘦骨嶙峋的身体能被大风刮跑。有人领了麦子，肩膀上扛着口袋，边走边往肚里吞，多少天不进食，麦子在肚里膨胀起来，肚子突然变得像个皮球，撑得嗷嗷大叫，最后背着粮口袋猝死在街头。那些祈雨的汉子，也不再把铡草刀扛在肩上汗流满面地跪拜在街心了。人们想尽了办法去求雨，也没有求来一点雨，龙王爷也不再显灵了。

这批赈灾粮食宛如及时雨，使死气沉沉的隆盛庄又有了生气，买卖字号吆喝声也嘹亮了，男男女女在大街小巷又开始走动了。就是那些担挑子的货郎担又开始走街串巷地吆喝起来。张忠德和黄金柱两人有条不紊地给各家各户配发粮食。庄里庄外许许多多双眼睛都在瞅着这些粮食。五麻子天天来和镇长要粮食，领了一份还不行，说自己肚子大，一份不够吃，护送粮车的队伍还没有走，他们每天给维持秩序。这天，五麻子又来领麦子，一进商务会大门就开始骂骂咧咧，他骂镇长窝藏赈灾粮，骂会长分配不公平。这时候，在一边帮助记账的张章实在忍不住了，就站起身对那些维护秩序的治保队说："把他轰出去。"少爷下了命令，治保队的人一拥而上，架起五麻子的胳膊，把他推出商务会门外。

五麻子破口大骂："姓张的，隆盛庄你们父子一手遮天，咱们走着瞧。"

第五十三章
蹉跎风雨路
一笑为红颜

一辆轿车停在商务会门前，从车里钻出一个女人，还有一个小男孩。他们慢慢推开大门，院子里那些排队领粮的人们，把目光齐刷刷地集中在这个女人身上，她穿一件鲜嫩而素雅的阴丹士林蓝旗袍，纤纤细腰曲线优美，窄而短的衣袖下露出珠腕玉臂，一头乌发在后脑盘起一个发髻，两鬓梳得整整齐齐。那个小男孩也是穿了一件深蓝色的袍子，女人的穿戴不像本地人，庄子的人出出进进大家都认识。这个女人是谁家的媳妇？大家都在猜度。她大大方方地和治保队的人说她要见卢百运。

她推开房门，正在和任方圆下象棋的卢百运，被眼前出现的女人惊呆了："荭猷，荭猷……你真的是荭猷吗？"荭猷扑通跪倒在卢百运面前，顿时泪流满面。她拉了一下男孩的手："快叫爹爹，他是你的亲爹啊。"卢百运上前慌忙把荭猷扶起来，然后，把母子二人紧紧抱在怀里："荭猷，荭猷，我终于找到你了……"

任方圆愣愣地站在旁边，他怎么端详，眼前这个女人就是那个抢劫粮食的女土匪，但怎么又是卢营长的女人呢？他感到事情有点蹊跷，但看到他们一家子团聚的情景，不由得想起自己的奶奶和母亲，他悄悄地推开门。

荭猷从卢百运怀里挣脱了出来，又对儿子说："隆晟，这就是你的亲爹。"

隆晟瞪着一双怯生生的眼睛望着卢百运，又瞅瞅妈妈。

卢百运听了荭猕的述说，恨不得马上去杀了赵恒顺。荭猕说："你现在是军人，决不能鲁莽行事。你把孩子带走，我不能跟你走。"荭猕的口气很坚决。

"为什么？为什么？"卢百运口气咄咄逼人。

"你是孩子的亲生父亲。"荭猕平静地回答。

"你难道不是孩子的母亲吗？"卢百运双手摇晃着荭猕的双肩。

"我要跟你走，孩子就得留下。"荭猕抬起头眼睛里满含泪水，"你只能选择其一。"

"我不会让你们母子分开的，也不会丢下你的。"卢百运不容荭猕反驳，口气中没有商量的余地。

"当年，你不也是把我们丢下了吗？孤飞侠收留了我，我不能这么绝情地离他而去。"

"看来，你是决心要做他的压寨夫人了。"

"他救了我和儿子的命。"

"你是来向我道别的？"卢百运近似怒吼。

"我是来给你送儿子的，把隆晟送到北京念书去。"荭猕不在乎卢百运的固执，她只是摸着儿子的头，"以后，要听爹爹的话。好好读书，妈妈会去看你的。"

"妈妈……"隆晟是个懂事的孩子，他点点头，然后朝卢百运微微一笑，甜甜地叫了一声，"爹爹！"

卢百运把儿子抱在怀里，父子之情是一种天性。荭猕看着他们父子亲密相依，她的脸上洋溢着幸福的微笑。

"你不让我走，你会后悔的。"

"你是我的老婆吗？"

"我已经嫁给了孤飞侠，就不能再做你的老婆。"

"放肆，是孤飞侠抢夺了我的老婆。"卢占魁发怒了，拳头敲得桌子上的茶杯乱跳。

"我是自愿的。没有他，也没有我和儿子。"

"既然你来见我，我就不会再让你离开我，除非我死了。"

"犯不着为我死，况且这几年你也没有为我死过，我被卖进三义店，儿子被抢走了，你在哪里？我眼巴巴盼着你来救我，可多少年连你的踪影都打问不到。我受苦受难的时候，你在哪里？孤飞侠就算是十恶不赦的土匪，但他宠着我，宠着儿子。如今，儿子长大了，他又让我把儿子还给你，也还了你这份情。从今以后，咱们扯平了。"

"你是隆晟的母亲啊，你就这么绝情把儿子扔下？"

"他需要读书，留在我身边反倒毁了他。"苬貅再次亲亲隆晟的脸蛋，"好好读书，妈妈会去看你的。"

隆晟很听话地点点头，他还是怯生生地望着卢百运，哭唧唧地说："我要跟妈妈走。"

苬貅决绝地甩开儿子的手，和卢百运告别。

"妈妈……妈妈……我要妈妈。"隆晟的哭喊声被关在了门里。

卢百运送苬貅出门。院子里闹哄哄的，只见昨天被打出去的那个汉子又出现在院子里。他向他走过去："你是想多要点粮食吗？"

五麻子一抬头，看见一个军人站在他面前，咧着嘴巴嘿嘿干笑几声，又拍拍肚子，说："这是国民政府给的救济粮，我有权利享受啊。"

"昨天你不是领过了？"卢百运上前一把揪住他的衣领。

"昨天的粮食昨天就吃完了。长官，你高抬贵手，可怜可怜我们这些穷苦人。"

"你睁大眼睛看看我是谁？"

五麻子定睛一看，突然将嘴巴张大，半晌才说："不不不，镇长的儿子仗势欺人，光天化日之下打了我，我今天来和他讨个公道。"

"那你和我卢爷讨这个公道吧。"说着，扬起手臂，朝他的头上狠狠砸下去，五麻子的头上顿时开了一个血口子，他像一头被宰杀的猪，嗷嗷地嗥叫起来，连滚带爬向外跑去。

苬貅走出商务会大门，上了一辆轿车。这辆轿车在门口已经等待她许久，车上坐着孤飞侠，他一把握住了苬貅那双冰凉的手："你到底还是回来了。"苬貅没有说话，只是把头伏在孤飞侠身上，任泪水打湿他的衣衫。车子颠簸前行。

"我答应过你，要在北京给你买一处四合院，等隆晟有了着落你就去北京居住。"

荭猇还是没有说话，好一会儿，她才说："以后，我是你的压寨夫人，我哪里也不会去的。"

"我孤飞侠甘心为夫人拉马坠镫。"

荭猇的泪水唰唰地流下来。车子停在了郊外，孤飞侠从车里钻出来，荭猇还坐在车内没有动。只见几百号土匪骑着马向他围过来，孤飞侠一挥手，他们都齐刷刷地排列成队。二掌柜问："今夜还攻打隆盛庄吗？"

"全部向丰镇县开拔。"孤飞侠斩钉截铁地挥了挥手。

"那批粮食眼看就分光了。"二掌柜气急败坏地看了一眼荭猇，"当家的，弟兄们的性命都系在这批粮食上。"

"有我孤飞侠在，就饿不死一个弟兄。"

孤飞侠的队伍开始向丰镇开拔，隆盛庄避免了一场恶战。

狗蛋慢慢向棺材铺走去，大街上依然是一片萧条，铺面开门的不多，就连稀粥馆子也关门了。路上的行人稀稀拉拉，人们仍然在饥饿的恐慌中。他向大北街走去，但再也看不到棺材铺和铁匠铺的幌子，也听不到哧呼哧呼拉大锯的声音和叮叮当当打铁的声音，一个生锈的大铁锁挂在门上，他从门缝里什么也没有眈见，于是，又返到铁匠铺，这是他小时候经常来玩耍的地方，门前那两根拴马桩还在，但铺面的门窗都砌着土坯。他在两个铺子前走来走去，一个行人走过来，他上前询问："这棺材铺的人呢？"

"三年前老板娘就死了。"

"怎么会死了呢？"他自言自语地说，奶奶死了，这个世界上他连一个亲人也没有了。

他不由得泪水从眼眶涌出来，他又慢慢向大南街走去，自从铁匠铺从大北街搬走以后，他一直没有去看过妈妈，也不知道这个铁匠铺具体在哪里。他边走边打听，终于，听到了叮叮当当的打铁声音，他停住了脚步，推开一家铁匠铺的门，但呈现在眼前的都是几个陌生的面孔，当他说要找弘铁匠的时候，那个抡大锤的铁匠告诉他："到阎王殿找去吧。"他又问起二铁匠的下落，那人说，他领上弘铁匠的女人，上东山种地去了。他突然想起拉骆驼人说，他妈妈要喝四口井的水，看来真的应验了。他不由得抬头望望那连绵起伏的东山，不知道母亲在哪道沟、哪道洼，他这辈子还能见到母亲吗？想到这里，对母亲再也恨不起来了，他倒突然想见到母亲，想告诉他，狗蛋回来了，儿不嫌母丑、狗不嫌家穷。眼睛开始泛潮，酸酸地难受，他抬手揉了揉，又慢慢向商务会大院走去。

一进门，他看见一个小男孩正偎依在卢营长的怀里："这个孩子不是刚才那个女人领来的吗？"女人呢？他的目光在屋里扫来扫去，然后，目光又盯在孩子的脸上。孩子还在呜呜咽咽地哭："我要妈妈……要妈妈……"再看卢营长，一边用大手给孩子擦眼泪，一边不住地说："爹爹送你到北京念书去，妈妈不是已经答应你了，会去北京看你的。"随后，他又对任方圆说："这几天，你的任务就是陪隆晟好好玩。"任方圆点点头，他搞不明白，那个女人怎么这么狠心扔下儿子走了呢？他想起自己的母亲，当年不是也一样扔下自己走了吗？也许，这个女人也是跟了其他男人，她不想让孩子当带墩儿。看来，这个孩子和他有一样的遭遇，但人家还有个父亲，自己呢？连父亲的面都没有见过，想到这些，他又开始憎恨自己的母亲了。

卢百运忽地一下从地上站起来，并低头和孩子说："你就跟着这个哥哥，哪里也不要乱跑。"他也不住叮嘱任方圆："我出去办点事。"说罢，他起身向外走去。

五麻子满脸是血，顾不上到普济那里包扎，就直接跑到老财巷。他敲开了赵恒顺的门。

"赵爷，不好了……"他一边用衣袖揩脸上的血一边大喊着。

赵恒顺半躺在炕上，守着洋烟灯，正在一个接一个地吸着洋烟泡，抽足了洋烟，他开始喝茶。银娥给他送上盖碗茶，赵恒顺接过来，用左手托起茶碗，右手拈起茶盖，荡了几下茶汤，低头呷了一口，深吸口气，茶香沁入五脏。

五麻子血头鸡似的跑进来，他马上从炕上跳下地："出什么事啦？"

"卢百运回来了。"五麻子上气不接下气地说，"还有那个女人和

孩子……赵爷，你快逃命吧，来者不善，善者不来。"

"他还能把我的蛋骗了?"他脸上露出一丝阴笑，咬紧牙关说出这句话。

"怕不是骗蛋的事了，他是要老爷的命了。"五麻子被卢百运打得鼻青脸肿，满口流血。

"九宫道这个李道长，他黑吃黑，收了我的钱，又放虎归山。"

"我看赵爷还是躲一躲为好，他卢百运是履行送粮公事，也不会在隆盛庄长久待下去，风头过后你再回来。强龙压不倒地头蛇，好汉不吃眼前亏。"

赵恒顺觉得五麻子的话也有理，他忽地一下从椅子上站起来："走，到在理教会所去。"

赵恒顺前脚刚走，卢百运带了十几个护兵后脚就来了。他抬手敲门，开门的仍然是银娥："你?"她望着这位身穿军装的男人，一眼就认出是卢百运，顿时满脸的喜色，"是哪股风把你吹来了，这么多年，一直没有听到你的音信，我还以为……"

"你以为我死了吧?"卢百运抢过话头，没和银娥礼让，就带着弟兄们穿过灰砖照壁进了院。

"你……你……"银娥吃惊地望着他身后这些带枪的士兵，不知道发生了什么事，但一看卢百运的脸色，知道来头不善，再不敢多言语了。

卢百运直冲冲地向正房走去。这个院子他是熟悉的。他一脚踢开正厅的房门，只见桌上的茶水还冒着热气，"啪!"他把杯子摔在地上，又一脚踢开下西房的门，这是赵恒顺熬制洋烟的作坊，地上堆放的那些割洋烟的家具，又勾起了卢百运那段封存在记忆中的往事，一股怒火直冲脑门，他朝身后的士兵一挥手，"给我搜!"护兵们一哄而进，把整个院子都搜了一遍，没有发现赵恒顺的影子。

"这个阴人，跑了和尚跑不了庙，就是钻进地缝里，我也要把他揪出来。"

"卢大人，究竟发生了什么事?"银娥小心翼翼地望着卢百运那张杀气腾腾的脸，"不管怎样，是他当年把你从难中解救出来……"

"哈哈……当年，他明修栈道暗度陈仓，下了迷药抢劫了我的货，还嫁祸于九宫道。把我的女人卖到三义店，抢走我的儿子。我要不和他清算这笔账，把他的脑袋割下来当夜壶，就枉做了一回男人。"

"双全是你的儿子？"银娥惊讶地问。

"难道还是他赵恒顺的？"

卢百运没时间和银娥多费口舌，也没有来得及和银娥絮叨其他事，他急急匆匆向外走去，对身边护兵说："到烟馆去。"

银娥泪汪汪地望着走出大门的卢百运，心里似乎有一些话想和他说，但卢百运却头也没有回一下。她悲伤地长叹一声，这个世界上好男人很多，但不是属于她的，看来，她这朵鲜花只能插在牛粪上了。

百年不遇的大年馑，赵恒顺把哑女卖给了人贩子，换了一口袋小米，姐姐气得上吊自尽，她就一个人守着这座深宫大院。陪伴她的是无尽头的孤独和悲伤，自从生了那个没屁眼的孩子后，银娥好似一株枯干的花，一天天变得憔悴不堪。她常常思念赵恒顺给抱养回来的那个男孩双全，虽然和她在一起待了不到三年，她还是打心眼里喜欢这个聪明伶俐的孩子。那年四月八庙会双全被人抱走之后，她差点急疯了，但后来一想，终归不是自己的孩子，银钱儿女天注定，命中没有莫强求。没想到赵恒顺是抢了卢百运的孩子，这世间的事，真是人在做天在看啊。想到这些，她对赵恒顺的憎恨更深了，她恨不得赶快离开这个阴人，也盼望卢百运来惩治这个恶人。

卢百运领着士兵走进烟馆，他一声命令："给我砸！"掌柜的一看情况不妙，也不敢阻拦。顷刻间，烟馆的门窗玻璃，都被砸了个稀巴烂，那些正在抽洋烟的人也一个个抱头鼠窜，掌柜的哭丧着脸央求道："长官长官，手下留情啊。要多少钱，您开个价。"卢百运嘿嘿冷笑一声："我要赵恒顺的人头。"掌柜的一听这话，浑身哆嗦，卢百运用枪筒子指着掌柜的脊梁骨，大声呵斥："赵恒顺去了哪里？""长官，他今天就没有来烟馆。""你要不说真话，我就毙了你。"卢百运又命令士兵把搜查出的洋烟、洋烟灯、烟枪，统统都搬运到门口，他又从对面陈德隆的稀粥馆子搬过一口大锅，把洋烟都放进锅里，又浇了煤油，一把火熊熊燃起。陈德隆站在稀粥馆子门前，手里

拿着一串念珠，脸上挂着一丝幸灾乐祸的冷笑，心里暗暗念道：善有善报，恶有恶报，不是不报，时辰不到。这个烟馆害惨了隆盛庄多少人家啊，他不由得想起惨死的女婿，想起被卖到关南的不知去向的祥云，一阵揪心的思念之情不由得袭上心头。隆盛庄的人都围在烟馆门口看热闹，一个个大骂赵恒顺是头顶生疮，脚底流脓，坏到底了。洋烟害得多少人卖儿卖女卖老婆，妻离子散，家破人亡。肛门队二板头的老爹听说烟馆被砸了，拄着一根拐棍颤巍巍地走了过来，他那双塌陷的眼睛里流出一行老泪，大张着没有牙齿的嘴巴哭喊着儿子："儿子呀，你死得冤枉啊！"他的拐棍把烧烟锅敲得梆梆响。多年给赵恒顺贩卖洋烟的肛门队，一个个一脸木然，有的甚至还大骂卢百运，断了他们挣钱的路，以后靠肛门挣钱的机会也没有了，人穷志短马瘦毛长，你是个当兵的，明天一走了事，我们吃啥喝啥，赵恒顺再坏，他还有洋烟靠我们的肛门往北京运，烟馆砸了，洋烟全部烧了这等于砸了我们的饭碗。我们以后怎么办？这些肛门队的人都拦住卢百运向他问个所以然。原来，卢百运总是为隆盛庄办了一件打黑惩恶的事，没想到，惹了一身臊。他心头窝的那团火又被这群肛门队燃起来了，他大声斥责："你们这些人是不是除了靠肛门吃饭就没有其他本事了？"

"我们有本事还用得着当肛门队吗？"

"真是狗改不了吃屎！"

"你凭什么骂人？你当年不也是肛门队的吗？往大境门送洋烟的难道不是你吗？"

"是我，我是关公夜走麦城。"

"你以为走麦城的就你一个人吗？我们要是不走麦城，也不会当这下三烂的肛门队。就是北庙里供奉的关老爷，也知道我们的难处，也保佑着我们的平安。"

这群人像从阎罗殿回来的一样，形容枯槁、衣服褴褛、蓬头垢面，围着卢百运不肯离去。

"你们撒泡尿好好照照自己，看看自己的模样，让赵恒顺的洋烟害得你们人不像人，鬼不像鬼。"

"这世道，谁还把我们当人？我们是人嫌狗不爱，阎王爷都不肯收留的人。"

"是你们自己把自己折磨成现在这个样子。"

"你给我们指条生路，我们也想展油活水地过那好日子。"

卢百运被这些人缠磨得脱不了身，气得七窍生烟。正当为难的时候，张章拨开人群走过来，他朝那伙肛门队大喊一声："镇长让我告诉你们，都到商务会领粮食去。"

大家一听让他们领粮食去，一个个来了精神，甩开卢百运，向商务会涌去。卢百运趁势又带领士兵到了在理教会，教会的两扇大门紧闭着。卢百运用力拍打着狮头门栓，大门终于呀开一道缝，他一脚把门踢开，领着士兵闯进去。教会里冷冷清清，讲道的大堂也空无一人，老者走过来，嘴里念念叨叨："如此清静，渐入真道；既入真道，名为得道，虽名得道，实无所得；为化众生，名为得道；能悟之者，可传圣道。"老者的箴言突然让他冷静下来，他想起在尽头沟李道长让他修炼的种种磨砺，于是，朝士兵挥了挥手，大声说："撤。"

那天晚上，他突然接到阎锡山的命令，让他带兵火速返回大同。他不能违抗军令，决定离开隆盛庄，但就在离开的前夜，坚守在北城门的治保队遭到了偷袭，北门眼看被攻破。"土匪进庄了，土匪进庄了……"街上乱糟糟的，马尔达听到喊声，立即召集手下向北门冲去。卢百运义不容辞，带着两个班的兵力冲到了北门。他指挥士兵，向城外匪群扫过一梭子子弹，只听一个匪首大声呐喊："活捉卢百运，赏大洋一千块。"卢百运纳闷了，看来这场恶战是冲着他来的。他冲到城门顶上，居高临下，一阵狂扫，土匪终于被击退了，一个大腿受伤的土匪被活捉回来，审问后，卢百运才知道，这是赵恒顺搬来的几股散匪，出一千大洋的赏钱，要取卢百运的性命。卢百运听了这个匪徒的口供，哈哈大笑，我的身价也值钱了，看来，赵恒顺是贴上血本来取我人头。山不转路转，路不转水转，我卢百运会奉陪到底的。

第五十四章
人亡两相知
一见意缠绵

　　隆盛庄的六月二十四迫在眉睫，张忠德到商务会找到会长黄金柱，问他筹备的情况。黄金柱说，会做纸折的画匠都集中在南庙里开始裱糊大架子了。他又返到庙里，要亲自看看活儿做得怎样？

　　每年六月二十四庙会，是隆盛庄画匠们大显身手的时候，郝来相、郝二娃、金焕、刘福海、李青山、疤宝娃、侯红这些画匠都聚集在南庙，日以继夜地裱糊二十四台大架子。西月设计每一台大架子的构图，先由木匠把主体支撑起来，然后是铁匠把每一个支撑点都用铁箍固定好，尤其是支撑孩子们上架子的铁箍，不能有一点点含糊。木匠、铁匠把往年用过的架子都搬出来，重新整修、改造。他们的活儿做完了，画匠们就开始动手在架子上裱糊一层又一层白麻纸，麻纸都干好了，西月用毛笔往白麻纸上甩颜料，黄山、黑山、双锁山、水帘洞……山上的各种花草、动物都描绘得栩栩如生。

　　他看见张忠德进来就停住了手里的营生。

　　"缺什么材料，你们尽管说话，今年虽然是个大灾年，但这六月二十四一定要办得不能寒碜了。"

　　卢西月说："感恩镇长，让隆盛庄人度过了饥荒。"

　　镇长摆摆手，说："这是咱们隆盛庄人的福气。"

　　六月二十四是隆盛庄的盛大节日。节日前的十几天，家家户户都忙开了，打扫房子，往年，还要压粉条，蒸馍馍，迎接远道的客人来赶庙会。如今大灾年，也没有那么排场了。卢西月在庙里整整赶了一个月活儿，直到六月二十，玩意儿队要开始踩街了，他才夹着行李卷回到家里。他回家第二天，突然病了，那天夜里，他听见街门外面有人喊他："卢西月，卢西月……"他一骨碌从炕上爬起来，边穿衣服边答应："听见了，等一下。"蓝芸被他的声音惊醒："怎么啦？""门外有人叫我呢。"他着急地跳下炕推门。外面漆黑一片，刚刚过了午时，他拉开街门插管，没有看见一个人影儿。一阵风吹过，一个旋风在他的脚下转来转去，他朝着旋风吐了口唾液，旋风消失了，只见一张票子落在他脚下。他弯腰捡起来，感觉这事有点诡异，画匠的行道就是侍奉神鬼的，他慢慢推门回去，蓝芸已经点着灯："谁叫你呢？""大概是城隍庙的老爷来请我啊，还送来一百元定钱。"他手里揣摩着那张纸币，心里却是忐忑不安。

上了炕，怎么也睡不着了，蓝芸吹灭煤油灯，他还是翻来覆去睡不着。五更天，他听到外面传来一声声鸡叫，这声音怪怪的，不对呀，他推了一把身边的蓝芸："你听，是鸡叫吗？"

"咱们家没有喂公鸡，怎么会打鸣呢？"她的话音还没有落，又传来几声鸡叫。

"是咱们家鸡窝里传出来的。"西月竖起耳朵仔细听着。

"不会吧，咱们家养的都是母鸡。"蓝芸还是不相信。

"母鸡叫鸣，家宅不宁。你赶快去鸡窝把那只打鸣的鸡抓来，我把它的头剁了。"

"母鸡正是下蛋的时候，杀了干啥呀，你不要疑神疑鬼了。"蓝芸不理睬西月，"明天六月二十四了，我得起来蒸糕，地上的亲戚都要过来了，晚上，我们一起去看戏。今年是水上漂的戏班子，我怎么也得看一场。"

西月神色疲惫，无精打采地躺在炕上，他张着干裂的嘴唇说："你把那个草鸡的头给剁了。"

"正下蛋时候，剁了干啥？"

"我让你剁了就剁了，听它叫鸣我心烦。"

蓝芸早早起来，蹲在院里新砌的灶上给西月煎药，天气真热。她

戴着草帽，光着脖子，一边往灶里添炭，一边撩起那块油腻腻的围巾，一把一把地擦着汗。煎好药，她给西月端到嘴边："喝吧，黄先生说你是积劳成疾，吃几副中药就没事了。"

"蓝芸，你记得今天是什么日子吗？"西月接过药碗，屏住气一口喝下去。

"记得，今天是咱俩拜天地的日子。"

"你嫁给我也受苦了。"

"我心甘情愿。"

"今天咱们吃糕吧。我在南庙干活挣了几斤黄米，一家人够吃一顿糕。一会儿对月来了，让他和你推碾子碾黄米去。"

"一点胡麻油也没有，吃素糕吧。"

"能吃上素糕就不错了，不是这批赈灾粮，隆盛庄还不知道要饿死多少人呢。"

蓝芸昨晚上就淘出了黄米，她把粉好的黄米装进一个面袋子里。正好对月和巧莲婶婶推门进来。西月就和对月说："和你嫂嫂碾黄米去。"

"咱们还是自己用铁钵子捣吧，到赵恒顺的碾坊碾米，还得给他留箩底硌糁，几斤黄米沾了碾子，留了硌糁，还能剩下多少？"巧莲婶婶边说边把竹篮里的豆腐给捞在一个黑瓷盆里。

"用铁钵子多会儿能捣完，咱们多推一会儿碾子，没有硌糁了他赵恒顺总不能和咱们要黄米面吧？"对月一边说一边从橱柜里取出锅铲。

对月和蓝芸是含着巧莲婶婶奶头同时长大的，两人如同亲姐弟。对月天生内向，不爱多说话，是个闷葫芦，他传承了父亲磨豆腐的手艺，卤水点的豆腐鲜嫩又筋道，他也不多做，每天磨一锅豆腐。儿子做豆腐，巧莲婶婶卖豆腐，小日子还过得去。只是对月还没有找上媳妇，这也成了巧莲婶婶的一块心病，她也托小红鞋给介绍过几个姑娘，但对月一直摇头不同意。他妈妈着急，西月却对母亲说："您这是皇帝不急太监急，婚姻不到，急也无用。"这么一说，巧莲婶婶也不着急了，她只是帮衬着和儿子磨豆腐，此刻，她也对儿子说："去和你嫂子碾黄米去。"对月点点头："知道了。"

对月手里提着黄米袋子，蓝芸拿着锅铲、笤帚、箩子，两人一前一后向赵恒顺院里走去，巷子里只有赵恒顺院里有碾坊，但来这里碾米碾面，都得把剩下的硌糁留给他。赵恒顺真是铁猫过来也要扭一个耳朵的老财，人们暗地骂他，一点米硌糁也要扣剥，但骂归骂，碾黄米的时候，还得进人家的大门。

对月早就听说银娥是隆盛庄出了名的漂亮女人，他还记得瞎德子唱的那句口歌子："出门运气高，遇见银娥嫂。"看来他今天是运气高，银娥开了门，看到一个身材魁梧的小伙子站在门外，后面跟着陈德隆的三姑娘蓝芸，就笑盈盈地问："还不到二十四，就吃糕了？"

那时候，平常人家一年也最多吃三顿糕，过年、过八月十五，然后就是六月二十四，平时，能吃得起糕的是富裕人家了。尤其是刚刚遭了年馑，能吃糕更是稀罕得了不得。

"我家西月给庙会上做营生，挣了几斤黄米。"蓝芸又指了指身后的对月说："他是我小叔子对月。"

"几年没见，都变得认不出来啦。西窑村的对月豆腐就是你磨的吧？以后，把你的豆腐也给我家送一些，也让我尝个新鲜。"

对月点点头，眼睛仍然盯着银娥那张脸。

银娥笑盈盈地望着对月，蓝芸先用铲子、笤帚把石碾打扫干净，再将金灿灿的黄米慢慢倒在石碾上，用手均匀地摊开："对月，推碾子呀。"

对月有点心不在焉，他慌忙将双手托在碾杆上，用力推动那石碾。银娥将身子倚在碾坊的门框上，看着对月从自己身边走过，石碾一圈一圈地碾轧，蓝芸跟在后面，不时用笤帚扫那溢出碾盘的黄米，再用锅铲铲进箩子里，碎了的黄米被箩了一遍又一遍，碾道很暗，对月力气大，一个人推着碾杆，碾子在石盘上骨碌碌地转来转去，银娥的眼睛也一直没有离开对月的身影。一会儿工夫，黄米碾好了，蓝芸把米硌糁扫在一起，倒进箩子里，双手不住咔嗒着箩框，实在箩不出面了，就把硌糁倒在碾盘上，随后，对银娥说："你把硌糁收了。"

"快拿走吧，乡里乡亲的计较这把硌糁就见外了。"银娥不好意思地推让着，眼睛又从对月的脸上扫过。

　　蓝芸让对月拎着面袋子，她手里拿着笤帚、笸子和锅铲跟在小叔子身后，两人一前一后走出大院。银娥给他们拉开大门的插管，她又在吩咐对月："记得给我家送豆腐啊。"对月点点头。他感觉到自己的后脑勺似乎被那道火辣辣的目光击穿了，一副少魂忘事的样子。

　　蓝芸看到对月这副模样，就逗他说："你可不要被这个狐狸精勾走魂啊。赵恒顺可不是好惹的茬儿。"

　　"一朵鲜花插在牛粪上了，一棵嫩白菜让猪拱了。"这个没嘴的葫芦今儿也会说话了。

　　"你没听说，好男无好妻，烂汉娶花妻。她还不到十五岁就让赵恒顺糟蹋了，生了个孩子还没屁眼。"

　　"那是赵恒顺损德的报应。"

　　两人边说话边走回家。蓝芸还是旁敲侧击地和对月说："你可不能招惹这个女人。"

　　"嘿嘿，"对月笑了："她是我见过的最漂亮的女人。"

　　"那只能远远地看看，千万不能动心念。隆盛庄漂亮女人很多啊，等你哥的病好了，让他去找小红鞋给你保媒。"她吩咐对月，"你先回去，我去官才巷和我妈借一小碗胡麻油。今儿是我和你哥拜天地的日子，说啥也得吃一顿油炸糕。"

　　蓝芸好久了也没有回过娘家，她说西月病了想吃顿炸糕，家里没有油。

　　茹仙一听女儿的话就明白她的意思，她从一个竹油篓里给女儿舀了一碗油。这几年，女儿的日子不好过，她暗中也时不时接济一些。女儿说是和娘家借，也只是有借无还。招娣和引弟听说姐姐家要吃糕，顿时缠着她吵嚷起来："三姐，麻油不用还了，给我们送来糕就行了。"蓝芸摸摸两个妹妹的辫子，笑盈盈地说："我一会儿就给你们送糕来。"几年工夫，两个妹妹都长大了，她们长得那眉眼和昙芸一模一样，妈妈常说这是昙芸转世。陈德隆也觉得，这两个女儿来得蹊跷，她们出生后没几天，昙芸就去世了，细算起来，昙芸已经走了整整十二年了，母亲和父亲守着两个老女儿才从悲恸中渐渐走出来。陈德隆也让二阴阳给下阴卜卦，二阴阳说："人来世的时候，都是先造生后造死，这两个女儿是昙芸为报答父母之恩，又投胎转世来了你们家。走了一个女儿，还你两个，这是老天爷对你念佛行善给予的回报。她们两个会将你养老送终。"听了二阴阳这些话，从此以后，茹仙死了那份再生儿子的心，陈德隆也把全部的爱倾注在两个女儿身上。两个妹妹的衣服穿戴都一模一样，蓝芸都认不出来哪个是招娣哪个是引弟，她们乐颠颠地送姐姐走出大门。

蓝芸端着一碗油从官才巷回来的时候，屋里，巧莲婶婶开始和糕面、蒸糕。蓝芸昨天就做好了豆馅，她用筷子夹了一点馅子给婆婆："您尝尝味道怎样？"

巧莲婶婶伸出二指拈了一小点放进嘴里，闭着眼睛品尝了一下，然后点头说道："甜着哩，扁豆馅子，三年了，也没有吃上一顿油炸糕。"她把盆里按好的糕搓成一个个小剂头，在板子上、笼屉里都抹了胡麻油，把包了馅的糕都放在笼里。全家人都动手包糕，真是小家子吃糕，小死一遭。

"油不多，能炸几个算几个，剩下的吃素糕吧。"

开始炸糕了，蓝芸把胡麻油倒进锅里，又对躺在炕上的西月说："你出去吧，看着了干锅的。"

"不怕，没有那么娇贵。"西月也不想挪动身子，他在南庙整整做了四十天营生，确实也劳累了。他浑身酥软，只想好好地躺在炕上美美地睡一觉。

"糕炸好啰！"巧莲婶婶先给西月夹了一个黄灿灿的脆糕，西月一口气吃了四五个，还没有解馋。蓝芸往大海碗里放了十几个糕，自己顾不上尝一个油炸脆糕，就急急忙忙给妈妈和妹妹送糕去。巧莲婶婶给做大烩菜，自己家压的粉条、磨的豆腐，一家人围着桌子吃起来。这是西月的生日，也是多少年家里人给他过的最排场的一次生日，但谁也没有想到，这也是西月最后一次过生日。

六月二十四这天，方圆百里的庄稼人都来赶会。把一条十字街挤得水泄不通。踢拳卖艺的、耍猴变戏法瞧西洋镜的、卖茶水香烟的、水果糖块的，山货百货干货的，高高低低的吆喝声此起彼伏、不绝于耳。南庙钟磬齐鸣、香火袅袅，一条从南到北的十里长街已是人山人

海，路两旁的屋顶上也站满了人，等待观看各种丰富多彩的玩意儿。玩意儿队伍中最拿手的绝活儿是抬阁、单阁。《水淹金山寺》《劈山救母》《天仙配》《昭君出塞》《十八相送》《天仙配》《赵匡胤千里送京娘》……二十四台戏都活灵活现地展示在二十四架抬阁中，也叫大架子。营造出一个个生动感人、富有韵味的故事和戏文。祥芸和锦芸上了《双锁山》这台架子，她们姊妹俩一个扮演刘金定，一个扮演樊梨花，身披金甲，手舞长矛，威风凛凛地站在架子上。"五鬼闹判官"将一个公正无私的阎罗形象刻画得淋漓尽致；扮演张飞的马尔达骑着一匹浑身漆黑的高头大马，满脸涂抹着黑油彩从南庙跑出来，飞马扬鞭，高声呐喊，人们自动让开一条道，张飞三次巡街后，玩意儿队就开始出动了，庞大的阵容浩浩荡荡，壮观无比。人们也随着那欢乐的乐队在呼喊、喝彩……鞭炮齐鸣，鼓声阵阵，走在最前面的是銮驾队和威风凛凛的对子马，第一匹马是红棕色，无人骑，由一男童牵着，这是关云长的坐骑，看似无人，那马却累得大汗淋漓，人们都说关老爷始终骑在马上。马队后面是五鬼闹判官，秋千架、滑稽的假面大头人表演、单阁、抬阁……脑阁极具民间风情，身强力壮的汉子肩膀上扛着一根铁杆，杆上站着一个扮演各种角色的孩子，壮汉跑起八字步，杆上的孩子尽情地挥臂欢扭，令人眼花缭乱、煞是好看。

　　今年的戏台子是个活动的，先是搭在南庙旁边，戏场子很大，人们都搬着小板凳去看戏，有的干脆搬两块砖头，台子也很简陋，一道幕布，把前后台隔开了。请来的是水上漂的戏，唱的是《劈山救母》，蓝芸和婆婆领着宝娃去看戏，出门时候，蓝芸还大声喊着对月："走吧，看戏去。"

　　对月磨磨蹭蹭，支支吾吾地说："你们先走，我随后就去。"说这话的时候，他有点心不在焉，心里仍然在想着银娥，不知道她会不会看戏去？对月想找个理由去看看这个女人，让她和自己一起看戏去，但找什么理由呢？突然想起她让自己给她送豆腐，他看见黑瓷盆里还有几块豆腐没有吃完，于是，就捞在竹篮里，瞒着哥嫂向赵恒顺院里走去。

对月轻轻敲门。好一会儿，门开了，银娥惊讶地望着他。

"我给你送豆腐来了。"

"哎呀呀，我顺口说的一句话，你倒当真了，快进家。"

对月不说话，只是站在门口不敢迈步。院子里，那条狗汪汪地叫起来。

"进来呀，这条狗只会叫，不咬人的。"

对月小心翼翼向屋里走去。

对月把竹篮递给银娥："今晚上你去看戏吗？"

"看呀，洋烟鬼说今晚上是水上漂唱的拿手戏《劈山救母》。"

"你怎不和赵财主一起去看戏？"对月突然觉得眼前这个女人很可怜，一个人住一处大院，孤零零的，男人据说是个烂龟头，不能使用。

银娥朝他嫣然一笑："那洋烟鬼是个老戏迷，他忙着买彩票包场子，哪还顾上领我看戏。"

"咱们一起去看戏吧。"对月鼓起勇气，终于说出这句话。

银娥迟疑了一下，还是答应了对月："你等下，我换换衣服。"

银娥推门出来，再次站在对月面前时，衣服从头到脚焕然一新。对月望着这个美人儿，两眼发亮，惊愕得连一句话也说不出来。

"走吧，你看啥呀？"银娥上前推了他一把。

"你怎嫁了这么一个洋烟鬼、烂龟头？"对月话语有点愤愤不平。

"身不由己啊，我那爱钱如命的爹把我换了三十亩洋烟地。我就像地里的洋烟花，任那个洋烟鬼切割。"

"那你就一辈子甘心让他切割你？"

"唉……"银娥长长叹口气，"不说那烦心事了，看戏去。"

两人一前一后向南庙戏场走去。场子里人头攒动、摩肩接踵。隆盛庄那些头面人们都坐在前几排，他们一边看戏一边大把地买彩票，相互赌彩票，也包场子。卖香烟的疤零哥，腰弯得像虾米，胸前挎着一个放香烟的大木盒，掉了牙的嘴巴里，不时发出几声沙哑的吆喝声："香烟……香烟……一分钱一根……"几个治保队员手里拿着一根木棒儿，横眉竖眼地在人群中走来走去，给维持秩序。台上，挂着

两盏煤气灯，把整个场子照得雪亮雪亮。对月和银娥往人堆里挤，两人挨着站在一起，对月悄悄拉住银娥的手，银娥也把身子一点点向对月靠近。两人也不知道台子上唱了什么戏，突然，对月用有力的胳膊搂住了银娥的细腰，银娥感觉到一个坚硬的东西顶在她的腰间，她把手伸到后面，抓住了这个勃起的肉棍儿。对月突然感觉浑身燥热，他实在受不了啦，拉起银娥的手就向外走去，他们两人躲过人群，直奔西河湾，河水哗啦啦流着，夜色美极了。他们走出很远，直到听不见戏场里的锣鼓声和人们的嘈杂声，四周温柔静怡，两人躺在一片草丛里。天上没有月亮，西河湾的水静静地流着，淙淙的水流声漫过他们的耳膜，银娥上前解开了对月的上衣扣子，也把自己的那件红丝绸衬衫脱掉，将一对丰满的奶子贴在对月的胸口上，对月顿时感觉自己的心脏猛烈地跳动起来，鸡巴直挺挺地朝天竖起来，他迫不及待地揪下银娥的裤子，把身子重重地向她的身上压过去。银娥把舌头伸进对月的嘴里，用手抓着那个坚硬的肉棒棒，塞进了它该去的地方。十五岁情窦初开的她嫁给赵恒顺后，从来没有感受过一点点做女人的滋味和快感。对月使她得到充分的满足和滋润，让她激动得嘤嘤大哭泪流满面，她在他身下颤抖、战栗、痉挛、呻吟……对月也是童男子，第一次和女人接触，第一次进入这个温馨温柔，让他魂牵梦绕、腾云驾雾的洞穴，他飘飘欲仙，死去活来……一次又一次，他那柔软的海绵体就自动充血膨胀。他那帽檐便形成一道粗壮坚硬的肉埂张开，被她紧紧裹住，使得她一惊、一悸、一颤、一动、一抖、一纵，阵阵战栗……逐渐不断地呻吟起来，泪流满面，翘起下巴，张开嘴巴，在对月的肩膀上啃咬起来。他们两人在草坪上滚着，银娥像一头大蟒蛇，那柔软温热的裸体，似乎有一种强大的吸力，要把对月浑身的精气都吸干吸尽似的，直到他瘫软地趴在她身上，再也动弹不了……

不到戏散场的时候，蓝芸就回了家，西月有气无力地问："这么早就回来了？"

"戏场被五麻子砸了。一出《劈山救母》唱得好好的，他却要改唱《讨吃子拾金》，水上漂执意不改唱，他就把半头砖扔到台上，一个戏子被打破了头。班主水上漂被激怒了，脱掉戏装，领着戏子们跳下台和五麻子一伙赖皮打了起来。"

"这个泥头不死，终究是隆盛庄的祸根儿。"西月说，"去年，他把千二红的戏班子怼出一里路，千二红发誓再不来隆盛庄唱了。"

正说着，巧莲婶婶也推门走了进来，她脚跟还没站稳就问："对月呢？"

"没看见他。"

"他没和你们一起去看戏？"西月问蓝芸。

蓝芸摇摇头。巧莲婶婶心焦地说："戏场子被砸了，谁知道他跑到哪里？这么晚了还不回来。"巧莲婶婶虽然年龄还不到六十岁，但多年守寡，操心劳神的日子，让她的面貌比实际年龄苍老了许多，走路佝偻着腰，一双长年泡在水里的手，关节都变形了。豆腐坊虽然在隆盛庄也有点名气，但常言道，没土打不起墙，家底子薄，单凭磨豆腐挣来挣去也是挣个糊口钱，对月眼看就是二十四五的人了，一直也娶不起个媳妇，当妈的心里免不了要着急。尤其对月是个无嘴的闷葫芦，整天沉默寡言，只知道埋头干活，认准的事九头牛也拉不回来，不像西月脑子灵活。巧莲婶婶就这么胡思乱想着，不知几时，对月推门进来，悄悄地站在地中央。

"你怎才回来？"巧莲婶婶问。

"才散了戏。"这句话一出口，蓝芸就知道他根本没去看戏，就直截了当地问，"你是不是和对门院那个女人一起去看戏了？"

对月脸上挂着一丝不易被人察觉的微笑，他从水缸里舀起半瓢冷水，正要喝，蓝芸上前抢了过来："铜壶里有热水。"她给他倒了一大海碗。

对月咕咕地一口气喝下去。

"谁不知道赵恒顺是隆盛庄一霸，你勾引人家老婆，这是在太岁头上动土啊。"

对月是个牛皮灯笼，无论蓝芸说什么，他只是低头不吭声。

人常说，不叫唤的猫抓大老鼠。西月也醒了，翻了翻身挣扎着爬起来："六月二十四已经过了，明天和妈一起回西窑去，好好磨你的豆腐。我身体稍好一点，去让小红鞋给你保媒，隆盛庄好姑娘有的是。"

"不用了，我除了银娥谁也不娶。"

对月突然冒出这句话，全家人都愣住了。

"你要娶银娥？"蓝芸拨亮煤油灯，仔细瞅着对月那张脸，目光落在他那件被绿草涂染的白粗布衬衫上。

对月又是点了点头，低头喝水。

"银娥是赵恒顺的老婆，你这不是找死吗？再说，这女人比你年龄大，镇里谁不知道她生了一个没屁眼的孩子。"西月说话了。

"我不嫌她年龄大，生没屁眼的孩子也不是她的过错。"

巧莲婶婶耳朵聋，听不清楚两个孩子在争论什么，蓝芸在一边插话了："赵恒顺一旦知道了，这是人命关天的事啊。你没听说，前几天印海子上门给银娥打了几个金戒指，镶了一颗金牙，赵恒顺看见了，要说印海子勾搭他老婆，差点把印海子的腿打断。"

"这个烂龟头，迟早让天胞疮打了鼻子。"对月闷声闷气地说。

人常说，劝赌不劝嫖，对月的耳朵里根本没有听进去哥哥嫂嫂的话，他倒头睡在后炕，满脑子都是银娥的影子。

半夜里，突然被一声声凄惨的哭喊惊醒，哭喊声是从赵恒顺的圆拱门里传出来的，对月一骨碌从炕上爬起来，不由分说，穿上衣服要推门出去。

"你干啥去？"西月挣扎着爬起来，想拉住弟弟。

"我出去看看。"他头也不回，大步向外走去。

对月翻墙跳进圆拱大门，一脚踢开赵恒顺的家门。只见赵恒顺手里拿着一根水蘸麻绳在抽打银娥："你和谁看戏了？看了什么戏？"他的另一只手里拿着那根鞭杆，狠狠地捅进银娥的阴道。一声接一声尖利的叫声，赵恒顺嘿嘿冷笑几声："我就是爱听你叫唤。这鞭杆还不过瘾吗？"

门"砰"的一声开了，对月上前一把夺下他手里的麻绳："你这个烂龟头，她和我看戏了。"

"哈哈，我倒要看看，你两人唱的是哪出戏？"

赵恒顺阴笑一声，话还没有说完，对月上前一把拽住他的衣领，把他从地上揪起来，像甩一团狗屎，胳膊一扬，狠狠摔在地上。赵恒顺面朝下一个狗吃屎躺在地上哼哼呀呀动弹不了啦。

"你瞪大眼睛看着。"他用那根麻绳把他绑在地上的高桌腿上。然后，把银娥抱起来，轻轻放在炕上，他用舌头舔了舔她嘴角的血迹，她的舌头冷冰冰地伸进了对月的嘴里，他紧紧含着吮吸着，就像小时候吮吸妈妈的奶头一样，直至她快要窒息了。她的双手紧紧搂着他粗壮的腰杆，指甲都嵌进他的肉里，对月的血液似乎冻结了，银娥呻吟着，声音刺疼赵恒顺的每一根神经，他的嗓子里发出狼一样的哀号，院子里，那条狗也汪汪地叫起来。对月拨开银娥的手臂，从她身上爬起来，系好了裤子，从橱柜里取出一把菜刀，奔到院子里，只听得狗凄惨地嗥叫一声，再没了动静。门开了，对月把一颗血淋淋的狗头扔在赵恒顺面前："看好了，你再动她一个指头，这就是你的下场。"

他又在银娥耳边低语了一句："我会娶你的，一定等我回来。"

他的身影消失在黑暗中……

赵恒顺望着那颗血淋淋的狗头，再看看炕上通体赤裸的银娥，他发狂地阴笑一声，气昏了过去。当他再醒来的时候，两条胳膊钻心的疼痛。他极力回想着刚才发生的事情，最后，把恶狠狠的目光盯在银娥的脸上。他认了，看来，这辈子这口软饭是吃定了，当龟不认龟，吃的是莜面打块垒①；当龟认了龟，吃的是油旋儿糖锅盔。我赵恒顺财大气粗，看来也得当王八。

对月一走没回头，西月发现弟弟走了，知道是出了大事。他心里又惊又怕，病情一天天加重，不久，就离开了人世。他走得很仓促，没有眼泪，也没有说什么多余的话，只是抓着儿子宝娃的手，似乎想对蓝芸说什么，但蠕动的嘴唇却没有发出一点声音。西月的死很突然，也很蹊跷，有的说是让鹰抓走了，西月是隆盛庄有名的画匠，给宗发祥字号雕塑了一只鹰，栩栩如生、惟妙惟肖，远看宛如真鹰落在了宗发祥字号的门楼顶。过往路人都难辨真假，这也是西月的绝活儿，世上许多事情做绝了也折寿。蓝芸说他是让五道庙的老爷请走了。三十岁英年早逝。蓝芸请来镇上的画匠给西月裱画了棺材，做了

① 隆盛庄的家常小吃。

全套纸折，砖瓦房四合院、童男女、摇钱树、金元宝、老少人、轿车子……棺材是用掺了细灰的猪血把里外刷了好几遍，棺材全部用金粉画的贴金图案。出殡时候，镇上的画匠们都来吊孝，他们跪在灵前烧香、烬纸、磕头，宝娃也披麻戴孝，声声呜咽催人泪下。蓝芸拍着棺材欲哭无泪，她不知道以后的日子该怎样过，那是一种天塌的感觉，悲恸号哭，使天呜咽地哭泣。

蓝芸一个人撑起了家。毅然捧起岁月的尘埃，在失去丈夫的空间里，她决心为宝娃寻找一份由自己双手创建的一个温暖的家。她让宝娃开始学画匠手艺，继承父业立起了卢家画匠的门户。

整整守了三年孝的蓝芸，把多少苦水咽进了肚里，又把多少泪水流进了西河湾，她不让儿子受委屈，更不愿意让外人看到她日子的恓惶和不如意。她给老财人家拆洗衣服，磨山药粉，在凉水里浸得手指都变形了，秋天到四美庄、富家乡捡山药，来回徒步几十里路，一双小脚满是血泡。她是一个干净要样儿的女人，头发梳理得一丝不乱，衣服没有一个脏点。

巧莲婶婶多次劝说媳妇："有合适的男人就改嫁了吧。"

蓝芸说，我和奶哥是吃着您的奶水长大的，奶爹走了，您不是也一样一个人过日子吗？

巧莲婶婶离开西窑村，到隆盛庄和蓝芸住在一起，她说，一定要帮衬着，把宝娃拉扯大，这孩子也命苦，小小年纪就失去了爹爹。

第五十五章

天算人不知

葬身锅底坑

　　贵娃决定要走草地了。锦芸听了他这话，把正在吃奶的儿子从奶头上拽下来，一把扔在炕上。"你走了，孩子怎么办？家里的大大小小事情谁来管？一年四季不在家，我可不当那活寡妇。"儿子被摔疼了头，哇哇地哭个不停。

　　"你也不看看，那走草地的人回来，一个比一个有钱，都富得流油，我守在镇子里，靠这手艺，熬不熟煮不烂。你也不能一辈子和我过这穷日子。"

　　"我不嫌你穷，只是你走了，我怎么办？"

　　"隆盛庄多少走草地的人，女人们还不是一个人在家里守着孩子过日子。"

　　"看来，你是王八吃秤砣铁心了。"

　　"男人们做事，总得有个主心骨，看人家达爷，前几年还是个甩袖子的桥牙，仅仅几年工夫就发得压不住了。现在过的是啥光景，骡马成群，牛羊满圈，四合瓦房院，在小北街也称得起一霸啊。"

　　"隆盛庄有几个人能比上达爷的，你爹和二叔走着走着就和人家差下了。"

　　"我爹要不是患了那痨病，吐血死了，也早就发家了。"

　　"你怎么就不继承你爹的手艺，而是学了毡匠呢？"

　　"我爹死活不让我学铁匠，他说，我大爷是打铁累死了，他又是

累死了。他临死时候，对我二叔千叮万嘱，哪怕到山里种地，也不让我学铁匠。"

自从大瘟疫那年，弘铁匠染上伤寒死后，二铁匠把他和哥哥这几年积攒的一笔钱，在东山买了地。他带着嫂嫂和孩子离开了隆盛庄。三叔从小就亲他，妙兰也是怕嫁了外人孩子被后爹虐待，于是，索性就嫁给了小叔子。灵剑铁匠的手艺到他这代，就算失传了，二铁匠把红运铁匠铺盘给了他人，他带着嫂嫂和侄儿，开始过起了田园生活。贵娃十几岁的时候，二叔送他去一个老毡匠门下学手艺，自己毕竟是手艺人出身，总认为手艺在身就不愁没饭吃。从此，贵娃跟上毡匠师傅学了三年，出徒后，又谢师三年，才自己撑起了门户。毡匠是吃香的手艺，隆盛庄家家户户，都要铺满炕大毡，就是穷人家，炕上也得铺块条毡。贵娃先是在镇子里走街串巷给人们擀毡子，弘毡匠的名字代替了贵娃。他擀毡子，也擀毛靴鞋，贵娃挣了钱，二铁匠就在聚财巷买了一处院落，庄稼都归了仓，他就带着嫂子回隆盛庄住一个冬天，开春种地的时候，他们就回九华岭打理那十几亩薄地。贵娃娶了陈德隆的五姑娘后，他心满意足，头一年结婚，第二年媳妇就给生了一个大胖小子，小日子过得很滋润。贵娃手艺好，听说毡匠在后草地非常吃香的，每顶蒙古包都是用毡子围起来的，连马背上，都要搭一块条毡，有牛羊的地方，就有毡匠。

"你没听说，在草地擀一顶蒙古包的毡子就能挣好几十只羊，毡靴鞋，毡帽子，地上铺的毡子，马上披的毡子，蒙古包用的毡子，一个毡匠走一年草地，不费吹灰之力就能挣个百十头牛羊。"

"再说，跟达爷走，我二叔也放心。他知道达爷的为人，他们是灵剑结拜四兄弟。"

"你没听人说达爷走的是鬼道啊。"

那是人们在传说，不过，他身上佩带的那把刀能辟邪。妖魔鬼怪都不能靠近他的身。那年，隆盛庄流行瘟疫，庄里死了许多人，达爷却不怕死，他和老回回在一起，打扫街道，铺洒石灰水，掩埋尸体，都没有传染上瘟疫。贵娃对达爷佩服得五体投地。他说，跟上达爷走一趟草地，就算不挣钱，也开了眼界。

达爷的家在小北街，小北街的几条巷子都是回民居住的地方。小北街有清真寺，但贵娃从来没有进过寺里，只是远远地望着那个昼夜发光的月牙想象着。有时候，路过清真寺的时候，他也会在那两扇紧闭的朱红色大门前驻足，清真寺总是给他一种神秘威严的感觉。锦芸和贵娃走进达爷家里的时候，达爷正在院子里喂鸽子，见他两人进来，一群鸽子"咕嘟咕嘟"叫着落到了飞檐上。

"四叔好"，按照灵剑四结义的排行，马尔达排行老四。马尔达一时还没有认出来人的身份："你是？"

"四叔，我是弘铁匠的儿子。"

"噢——多年不见，都长成大后生了。"

"我二叔说，在隆盛庄遇到点事就让我找您呢。"

"我们是在关老爷塑像前拜过把子的生死弟兄啊，自从你爹去世后，和你叔叔也多年不见。"

马尔达把他们迎进屋里："水儿，来客人了。"

水儿从里屋出来，起身给锦芸倒了一杯热茶。锦芸知道回民人家的规矩，也不敢去端杯子。

锦芸先开口说话了："四叔，贵娃想跟您走草地。"

达爷没有吭声，锦芸以为他没有听到，又重复了一遍："四叔，贵娃想跟您……"

下边一句话还没说完，四叔慢吞吞地吐出一句话："我知道了。"

"您愿意领他走？"

"我得和你叔叔商量一下，弘家就你这根独苗，走草地风险大，一旦有个闪失，我对不起你爹，也没法和你叔叔交代。"马尔达端起盖茶喝了一口："年轻人出去走走也好，在家里守着老婆一辈子能有什么出息？"

"那您不带着贵元也走走草地？"锦芸反问道。

"这不，你四婶就不让我领贵元，为这事刚才还和我吵架呢。"

"都走了，家里总得有个男人给顶门立户，再说，贵元正在念书啊。我们这辈子没有识多少字，总不能让儿子也当睁眼瞎。"四婶口气很硬。

　　马尔达也赞同水儿的想法，马家是该供一个念书人了，看人家张忠德，儿子是京师大学堂毕业的学生，隆盛庄人谁不另眼高看："让贵元留在家里好好读书，让贵娃跟我走草地，就这么定了。"四叔也是一个说话干脆的人。他虽然家大业大，但在隆盛庄走草地的行道里，他只是一个小领房，和一里路的陈领房、五福屯的老国泰相比，他领的二十几辆车实在不足一提，但既然是领房，麻雀虽小五脏俱全，铁匠、木匠、皮匠、毡匠、毛毛匠，这些匠人都得有，车上拉的东西也样样俱全。贵娃是毡匠，手艺不是很高，但在草地伺候蒙古人还能应付下来。既然四叔吐口要领贵娃，锦芸也不好反驳。达爷和贵娃爹是灵剑结拜四兄弟，跟着他走草地，自然不会出差错。

　　毡匠走草地没有铁匠那么烦琐，铁匠要提前炸兰炭，还得凑够一盘铁匠炉的人，掌钳的、抡大锤的、拉风箱的，凑齐了人能拧成一股绳，才能一起走草地。贵娃拿着擀毛毡的工具就行了，二月二刚过，他就跟上达爷开始走草地，他们这队车马，走的是温都尔庙这条线，从隆盛庄出发的时候，有百十辆车，但越往后走，就各走各的路线。第一次走草地，贵娃感觉啥都新鲜，看见蒙古营子就住下不想走了，达领房到各个营子去承揽营生，揽回营生，他就开始做。有时候，达爷也带他下营子，草原很大，十里八里才有一家蒙古包，春天，一望无际的草原，一层薄薄的积雪覆盖着枯黄的小草，早晨，太阳似乎升起的很好，霞光映红了整个天空，没遮没拦的太阳，不知道从哪里就一下冒了出来，这种景色在隆盛庄是看不到的。他突然思念家乡，思念媳妇锦芸，更思念那条长长的西河湾，他都有点后悔了，自己在家里也能养家糊口，何必远天远地来这草原，也许是镇子里走草地的人多了，每年腊月回来，一个个神气十足，耀武扬威，一副财大气粗的样子，而且，走了草地的男人才是汉子。草地也没有那些人描述的那么凶险可怕，他都感觉还不如在镇里走街串巷当他的毡匠。

　　达领房说到了温都尔庙才是终点，他们天天都往草原深处走，无边无际的大漠原野，一眼望不到头啊。突然，一道刺眼的亮光迎面射来，他抬头一看，一头高大的骆驼正朝着自己奔跑而来。骆驼的眼睛上罩着一副玻璃眼罩，眼罩在太阳的照射下，反着刺眼的白光，骆驼跑起来，原来这么快，四条长腿飞奔着，而且是直奔自己而来。"快跑啊，骆驼发情了，把衣服脱掉了赶快跑。"达领房骑着一匹快马追赶过来，他大声呼喊着，贵娃被喊声惊醒。他听那些走草地的人讲过，看见发情骆驼，一定要丢一件衣服，不然，被骆驼追上来，会把你压死的，贵娃身上只有一件皮袄，他边跑边解腰带，把皮袄朝着骆驼跑来的方向丢去，只见骆驼那高大的身躯顿时倾倒在地，把皮袄压在身下。贵娃倒吸了一口冷气，好危险啊，要不是达爷赶过来，他今天必死无疑，达爷骑马飞奔过来，一把将他拉上马背，"你知道吗，二月三月正是骆驼发情期，不知道有多少人被疯骆驼压死了，去年，咱镇里走草地的梁二娃就是被疯骆驼惊吓疯的。"

听了四叔的话，贵娃不由得倒吸了一口冷气。

"走草地，不是你想象的那么容易就能挣到钱，看不见的凶险随时随地都会发生。你第一次出来，千万要小心行事。"

这几年，马尔达几乎年年要走草地，他经见的事多，鬼打墙、狼搭背。许多死在草地的孤魂野鬼也常常坐他的车，他照样和他们答话拉呱，他们还让他捎话给家里人，他也捎了，都是讨要生前人们欠他的钱，人们都以为他会下阴，其实，他什么也不会，只是一个胆子大、爱冒险的人，他来到隆盛庄的时候，什么也没有，只是一个人一把刀，后来，他娶了水儿，但他依然忘不了那个死在旷野的风娇。她给他留下了天女，因为天女，他才开始走草地。他几乎年年要来白音淖尔一趟，天女也年年和金旺回隆盛庄一趟。她不习惯在隆盛庄居住，也不习惯在他家里居住，她是属于草原的。

天女就是他的得力助手，她在白音淖尔草地建起了牧场，马尔达和金旺从库伦、朱日和、东苏旗贩过来的成群的牛马羊，都集中到白音淖尔，由她和哈斯牧养，直到冬天他们返回隆盛庄的时候，才各自赶着羊马牛群回去。这时候，天女就跟着金旺回到隆盛庄小住几日，金旺什么时候走，她就随着他回来。马尔达牵挂天女，自然也走上了这条路。几年来，走的也顺当，没出过什么大差错，这要感恩一个人。他记得最初走草地的时候，走到乌兰哈达火山口的时候，突然看见这里烟雾缭绕，火光熊熊，许多铁匠在那里打铁，那场景和他四十

年前置身的兵器坊一模一样。他怎么也想不到，能在这里看到这些铁匠，他们不是一个个都死了吗？怎么能跑到这火山口旁边打铁呢？一个老者走过来，告诉他火山口有取之不完、用之不竭的铁矿，他们年年要给天庭打造大批的兵器，你最好不要惊动他们，走路的时候，一定要绕过这里，那火山口有进路无退路。他记住了老者的话，他也感觉自己这辈子大概是欠他们许多，于是，他们总是缠着让他给家里人捎话，有时候，他也怀疑自己已经是两世人，怎么总是和这些孤魂野鬼搅和在一起。每年老者都会坐他的车走一段，他要到哪里也从来没有告诉过他，他从哪里来，马尔达也不清楚。

火山口是一个锅底坑，这个坑很深，是哪年哪月发生的火山爆发，谁也不知道。他第一年走草地就路经这里，后来，他曾经也想下去看看，但车上这位陌生的老人却拦住了他。人鬼不能同语，他很想问问老者，你是人还是鬼。老者长须飘飘，笑而不答，也许老者是神仙。

达爷总是想冒一次险，既然锅底坑里有取之不尽的铁矿和金矿，那我们已经走到了锅边，为什么就不能下去看看呢。到底看看那些打铁的是人还是鬼。次日早晨，达爷打定主意，准备从乌兰哈达的锅底坑走过，然后绕土牧尔台、温都尔庙、朱日和，最后到大库伦。达爷和众人商量规划这条要走的路线。

"达爷，使不得，那条路许多年了，都没有人敢走。"

"我们所走的路，几十年前不是也没有人敢走吗？还不是我们这些走草地的人一步一步走出来的。"

"达爷，你是领房，我们的身家性命都在你身上，你可要谨慎行事啊。"

"达爷我什么时候退缩过，有身上这把刀在，我的人就在，你们也在。"他一拍胸脯大声说。

大家都不吭声了，领房既然有这个把握，那就只能唯命是从了。

一百多号人、二十多辆车，缓缓向火山口走去，远远望去，这个山，宛如一口黑锅。据说是隔不了多少年，这个大锅里就会往外冒一次火，火光之后，这方圆百里的土地上就被一层厚厚的火山灰覆盖着，没有人来这里种地，也没有人来居住，这片土地就这么荒着。达爷每次走过这里就要抓起一把黑土，放在鼻子下面嗅嗅，要是把这块土地开垦了种粮食，收成一定赖不了。但没有人来开垦，因为，谁也想不到，这锅底坑啥时候突然又会冒出火来。

车队渐渐开始盘山了，坡不算陡峭，达爷脸上露出自信的微笑，他为自己又蹚出一条路而得意。车队爬上了斜坡，开始向下滑行，每辆车子都拽紧了磨杆，吱扭吱扭的声音在空旷的山谷回荡。达爷停下车，要看看这锅底坑到底有什么值钱的矿石，他大声把几个铁匠喊过来，弯腰捡起一块石头，"你们看看，这些里头都有什么宝贝。"铁匠们也捡起地上的石头，对着太阳照照，然后，又把大锤拿过来，开始敲打这些石头："哐哐——哐——"顿时，回音震耳欲聋，萦绕在锅底坑的上空。

"达爷，是铁矿石啊，咱们不妨就地取材，把这些铁矿冶炼了，拉上毛铁进草地。"

"对，咱们还从来没有见过这么多的矿石。"

"你们看看，不仅有铁矿，还有黄铜啊。"一个铁匠拿起一块石头，用大锤敲打碎，"这是黄铜矿石啊。"

"有黄铜矿石就会有金矿石。"

大家开始在锅底坑到处寻找、挖掘。一个个喜出望外，还没等达爷说话，就开始卸车支炉灶，准备炼铁炼铜。正在这时候，达爷的眼前似乎又出现了那些铁匠，他们一个个光着膀子，汗流满面，打铁的、拉风箱的，他感觉脚底的土地在一点点往下沉陷，地下似乎有两只手在使劲拽他的双腿，他动不了啦，再看所有的车马也都在往下沉陷。"不好了，赶快离开。"但他这句话还没有喊出来，锅底坑就越陷越深，随之是一片哭爹喊娘的哀号，一个个双手向上抓着，眼巴巴看着自己陷进坑里。锅底坑又恢复了平静，什么痕迹也没有留下，达爷的车队就这样销声匿迹。

　　贵娃走草地以后，家里的事就是锦芸一个人操持，入春后，婆家人都回东山种地，但锦芸说什么也不跟他们回去。聚财巷一处院子就留下她一个人也不敢住。于是，陈德隆就在洋堂巷给女儿租赁了一间正房。院子里什么都好，就是没有井。隆盛庄家家户户院里都有水井，但这家院里的井却用石条封死了，听说房东是一个非常厉害的老婆婆，两年前，媳妇受不了她的欺负跳井死了。她的尸体从井里打捞上来的时候，浑身被井水泡得白白的，长头发都披散着。媳妇死了以后，娘家人来和婆婆算账，整整闹腾了七七四十九天，娘家人天天来海吃，婆婆也躲到山里不敢回来，等出殡了媳妇，家里也被折腾得一贫如洗，老太太只靠出租房子维持日子。锦芸住的这间房子，正是那跳井的媳妇住过的。当几个邻居和她说了这件事以后，锦芸才感到非常害怕，尤其是到了晚上，家里总有响动，有开门的吱吱扭扭的声音，有敲窗户的声音，她总是搂着娃儿大气也不敢出。白天还好过，晚上难熬啊，院里的水井不能用，吃水只好到隔壁院里去提。贵娃怕她一个人提不动，就给她箍了一个小木桶，她天天到龙兴院里提水。

　　这处院子不大，东西南北的房子围出一个方方正正的小院，茅房、厕所分别盖在下西房和下东房的角落处，当院铺满了青灰色的方砖，大门前有一堵灰砖砌成的影壁。龙兴在镇子里也算一个小老财，是清隆店的掌柜，关南人。他有一个儿子，叫龙行雨，相貌英俊，身材魁梧，家里虽然钱不多，投胎的不是富贵之家，但他却只想做个吃喝玩乐、逍遥自在的纨绔子弟，读书天天逃校，学手艺三天打鱼两天晒网。眼看到了成家立业的年龄，文不成武不就。他天生伶牙俐齿，会忽悠人，也会叨书，能把没影的事说得有根有叶，于是，聚拢了一伙游手好闲的人，天天站在马桥叨书，得一绰号：站街大王。街上正经人家的姑娘，是不会嫁给这个游手好闲的人，龙兴着急了，就用两麻袋红枣，给他从大石头沟定了一门亲。龙行雨去相亲的时候，姑娘脸朝墙坐着，穿一件黑底红花衣服，最让龙行雨看上的，是她那两条又粗又长的辫子，姑娘害羞，始终没有返过头。但看后背影很顺眼，窈窕的身材，黑油油的辫子，他点头默认了，但娶进门，入了洞房，当他撩起盖头的时候，他拍着大腿气得直跺脚，把红盖头摔在地上，扭头跑到父亲清和店的下夜房，再也没有进媳妇的房间。原来，媳妇是个疤子，从此以后，疤翠花就是他的媳妇。龙行雨这么一个风流倜傥的花花公子，怎能和一个疤女人共枕鸳鸯、长相厮守呢。他仍然天天站在街头，给人们叨故事。他现编现说，把隆盛庄所有的人都编到了故事里，一个个都是能上天入地的侠客，这样，天长日久，站街大王也有了名气。他四处云游，给人们讲隆盛庄的故事，父亲看着这个不成器的儿子，整天唉声叹气。

锦芸天天来井房提水，龙行雨从玻璃窗瞅着她那俏丽的背影，那一走三摇晃的杨柳腰，让他心生爱慕，再看看自己的媳妇疤翠花，越看越不顺眼。他一心一意盯上了锦芸，有一天，锦芸又提着水桶到井房打水，他也担起水桶，到了井房。锦芸双手抓着辘轳把，吃力地绞着水，兜绳一圈一圈缠绕在辘轳上，柳条水兜慢慢从井里爬出来，龙行雨伸过一只手，帮她把水兜里的水倒进桶里。锦芸抬头朝龙行雨笑笑，桶里的水满了，他架起扁担，帮她挑回了家。就在那天夜里，他悄悄跳过墙头，两家院墙只有一人高，他两条长腿一跃就翻过了墙，到了锦芸的窗台下面，敲开了她家的门。

锦芸多日不见男人，站在自己面前的又是这么一个英俊美男，自然就和他睡在了一起。

龙行雨和疤翠花结婚三年了，也没有孩子。龙兴急了，催督婆姨

去问问媳妇，疤翠花却说，再好的地没人种，也长不出庄稼。婆婆被媳妇呛得说不出话。和公公私下商量，咱们儿子是不是有毛病，龙兴白了婆婆一眼说，有啥毛病，整天游出去晃进来，他红火的白明黑夜不着家，到哪里有儿子。婆婆多了个心眼，倒是要看看儿子天天夜里和媳妇干不干那事，于是，开始听儿子的房，这一听房才发现，儿子原来夜夜都跳墙头走了。这事还不能张扬，但婆婆也不是善茬，生性彪悍，天生一副男人相，巷子里的人叫她大灰毛驴。她开始天天站在墙头上指桑骂槐。锦芸明知道是骂自己也不敢吭声，但她再骂，也管不住儿子，龙行雨照样天天跳墙头。后来，锦芸的肚子鼓起来了，怎么办？贵娃回来怎么也得过了八月十五，那时候，肚里的孩子也快五个月了，怀胎五月，孩子出怀。锦芸和龙行雨说自己有了孩子，怎办呀？龙行雨摸摸她那白生生的肚子，说话连眉毛都没抖一下，干巴利索："生下来，这是我龙行雨的孩子。"

"贵娃回来怎么交代？"

"交代什么？他一年不回家，地总不能荒了，他不撒种我来撒。"

"那疤翠花正好想要个孩子，我爹妈也急着想抱孙子，这不正好称心如意了。"

"这事怕闹出人命来的，贵娃是个闷葫芦啊。"

"咱们两人一起走吧。"锦芸突然想起了二姐紫芸，于是，也起了远走他乡的意念。

走，龙行雨还真没有想到过要走，到哪里呢？他手不能提篮，肩不能挑担，日子就是靠他老子开店挣下的钱供养他，真要让他自己撑起一个家，他还真不知道怎样过日子。

"到哪里呢？走出去怎生活呢？"

"平时看你生气十足，那张嘴能把死人都说活了，关键时候，你就不如银旺，人家领着我二姐说走就走了，天大地大，还怕没有你生存的地方？"

"你二姐一个人，你呢，前拉后拽的。"他瞅了瞅睡着的孩子，"带个孩子怎么办？"

"说来说去，你是嫌弃我儿子？"

"不是嫌弃,我是怕孩子跟上我们受罪。"

"你要不领我走,那我就找老娘婆打胎去。"

"不要着急,我想想办法,这孩子千万不能打掉。"

纸里包不住火,龙行雨和母亲明着摊牌了。大灰毛驴盯着儿子惊讶得半天合不拢嘴。怎么办?贵娃回来要出人命啊,谁不知道那是个闷葫芦,天啊,她也一时没了主意,于是,就到清德店找老头子商量。一听这事,龙兴差点惊得背过气。他骂儿子不争气,骂老婆不会教子,骂自己脏了八辈子良心,养下这个没德行的儿子,一辈子能打会算,针尖上都要削铁,铁猫过来也要拗个耳朵。但无论他怎样挣钱,总得有个花钱的人,龙行雨也不管他老子怎样吝啬,他是只管花钱不问来路。

疤翠花是家里的佣人,大灰毛驴也不当个媳妇去看待。疤翠花也明明知道男人和锦芸搭伙计,但男人跳墙头她也拽不住腿。再闹腾,龙行雨就说:"看我休了你的。"一听龙行雨说这话,她就万事顺应。

就在他们面对这件事,理不出头绪的时候,后草地突然传来了噩耗,达爷的车队全部掉进锅底坑了。

二十个房子的老婆孩子,都一起涌到了达爷家。达爷所有的家当一夜之间被搬了个精光。老婆和儿子都住进一间破败的小东房里。二铁匠和妙兰听说贵娃掉到了锅底坑,就连夜从东山下来,妙兰哭得死去活来。锦芸那鼓起的肚子、变粗的腰,瞒不住叔公和婆婆的眼睛,二铁匠捶胸跺足地后悔当初不该叫贵娃走草地,妙兰手指着儿媳妇的眼睛破口大骂:"男人还没回来,你肚子倒先大了,你这个不守本分的女人,我儿子瞎了眼,娶了你。"锦芸最初还觉得自己对不起那死去的贵娃,一听婆婆骂自己,不由得气从心来:"这是你们家的门风不正,我再不守本分,也不会抱老公公的粗腿。"人常说,骂人别揭短,打人别打脸。锦芸的话戳到了妙兰的疼处,她气得直翻白眼。

"不要刚刚从良就骂婊子,咱俩人黑老鸦不要嫌猪黑。"

"你还要不要脸?"

"我再不要脸,这孩子生下来了,也不会把爹当成爷爷来叫。"

"别吵了。"二铁匠过来为两个女人劝架,"从此以后,你再不是

我们弘家的媳妇。"说完这句话,就去和陈德隆做了交代。

陈德隆看着女儿做出这种丢人的事,也羞愧难言。他只说了一句:"嫁出去的女,泼出去的水。"他也告诉锦芸,从此以后再不要登陈家的门,他陈德隆就当没有生养过她这个女儿。二铁匠和陈德隆交涉完,把聚财巷的那处院子的门窗用土坯封起来,又到五道庙给贵娃供了牌位,领了尸,还做了一个小棺材,然后,他们领着三岁的小孙儿,坐着牛板车,离开隆盛庄。

车子走到马桥,二铁匠突然想起,要到小北街达爷的家看看,听说家里能搬走的东西已经让那些跟他一起走草地的家属抢走了,贵元和他娘也不知道怎过那余下的日子。二铁匠敬重马尔达是一条汉子,他们是生死相依的灵剑四兄弟,如今,老大卢百运投奔了阎锡山的队伍,一走没有回头。大哥弘铁匠英年早逝;老四达爷也葬身草地,死不见尸,四兄弟只剩下他自己一人。他慢慢走过大南街,那盘出去的铁匠炉还开着,叮叮当当的打铁的声音让他又想起当年走进隆盛庄的情景,那时候,他年轻好胜,以为凭自己的手艺能在隆盛庄闯出个名堂,多少年过去了,他仍然过着熬不熟煮不烂的穷日子,在东山种几亩薄地,也只能苟且度日。他越想越伤心难过。走进马尔达的院里,看见夫人和儿子贵元蹲在院里正在用铁铲敲打砖上的泥土,女人头上罩一块黑色头巾,身穿一身黑衣服,脸色苍白,看见二铁匠进来,站起来没等他开口,就呜呜咽咽哭起来。二铁匠嗓子里也像堵了团棉花,长叹一声说:"弟妹,和我们一起上东山吧,有我们吃的,你们娘两个就不会受饿。"水儿摇摇头,拒绝了二铁匠的好意,她说:"自从嫁了达爷那天起,自己就是一个信仰穆斯林的女人了,一切都由真主安排。自己的命是达爷给的,如今达爷走了,我就守着贵元过日子,再苦再累也得把贵元供养成人。"二铁匠把身上仅有的几块银圆留给水儿。然后,和妙兰抱着孙子上了东山。

水儿把自己的一切都交给了安拉,贵元也是她唯一的安慰。她每天除了到清真寺做礼拜,就是给街上买卖字号里的人拆洗缝补衣服,能挣几个油盐酱醋钱。她心里明白,贵元想成才,必须念书。于是,她去求令子虚,能不能让贵元到外地学府去读书,令子虚惊讶地望着这个女人，刚刚死去男人，但从外表看不出一点恓惶可怜的寒酸模样，她说达爷就留下这么一个根儿，我就是沿街讨吃要饭也要把他培养成人。令子虚听了此话，不由得对水儿肃然起敬，他说，一定尽力推荐，等贵元读完六年小学，就推荐他到绥远省立第一师范学院读书。水儿千恩万谢。令子虚说，不必多礼，贵元是个好孩子，聪明好学，也知书识礼。贵元也跪下给校长叩头作揖。

为了供贵元念书，水儿把身上所戴的金银首饰全部送进了当铺，贵元也争气，几年后，终于考进了绥远省师范大学。水儿卖掉了最后居住的一间房子，给儿子凑足了上学的费用。又回到了洋堂巷和母亲住在一起，开始做起了卖下水的小本生意。天色蒙蒙亮，水儿就到清真屠宰场去接羊下水、牛下水和生牛肉，回家煮熟了，再拿到街上去卖。每天晚上或者清晨，在隆盛庄的大街小巷就会听到一个卖咸牛肉的女人的吆喝声："咸牛肉，羊下水、牛下水……"她挎着一个小竹篮，竹篮上面盖着一块白布，那煮熟的牛肉香味从白布下散发出来，人们听到她的吆喝声，都会围过来买她的咸牛肉和下水。人们也常常会说，世事难料啊，当年，达爷耀武扬威，一条小北街都是他的铺面，六月二十四庙会百十头对子马都是达爷提前给饲养着。谁知道，人死财散，女人还得沿街卖下水和咸牛肉供养孩子念书。但水儿却不亢不卑，也有人说，这个女人是大姑娘讨吃，死心眼儿，凭那漂亮的人模样儿，也享不完的荣华富贵，真是红颜命薄啊。水儿仍然是听之任之，年年如一日在街上卖咸牛肉卖羊下水。

第五十七章

奸情出人命

一念了断情

　　和达爷一起走草地的人都死了，唯独贵娃活了下来。他从锅底坑的边缘走出来的那一刻，突然有种恐惧感向他袭来，他浑身不由自主打了个冷战。他虽然是弘铁匠的儿子，但身上却没有铁匠后裔的铮铮铁骨，他呆呆地坐在草甸上，反复问自己，为什么要跟着达爷走草地，这草地走的，险些让他丢了性命。也是老天爷开眼，救了他一命，他把拨大弓的牛皮拨子落在营子里了，执意要返回去取这把拨子，达爷不高兴了，说一把拨子也值得你回来跑路，再做一把不就行了，但贵娃却说，这把弹毛的拨子，是师傅送给他的，用起来得心应手。他不顾达爷阻拦，把大弓和竹卷帘放在牛车上，自己又返到营子里，当他再次顺着车轱辘印追回来的时候，车辙在锅底坑边消失了，"达爷——达爷——"人的命天注定，达爷就这么无声无息地走了。如今，他孤零零地站在这茫茫无边的大草原上，不知该怎么办？回家吧，他手里紧紧握着这把救了他命的牛皮拨子，一个人跌跌撞撞行走在草原上。

　　其实，贵娃的毡匠手艺很不错，隆盛庄鞋匠铺做的毡靴子，全部用他擀的毛毡，毡子结实又暖和，鞋匠两口子都是大同人，这是隆盛庄唯一的一家鞋铺。贵娃去给他们送毡子，在鞋铺遇见了锦芸，锦芸长着一双丹凤眼，也是勾魂眼，男人遇到这种女人十有九会被迷住。那天，两人在鞋匠铺见面后，他忘记了是锦芸先看的他还是他先看的锦芸，总之，他被这双眼睛迷住了。后来，他和鞋匠一打听，知道是陈德隆的五姑娘，鞋匠说："你是不是看上这姑娘了？"

贵娃点点头："这姑娘，那眼睛勾魂。"

"我给你问问陈德隆，看人家愿意不愿意把女儿嫁给你。"

贵娃感谢不尽，三天两头往鞋匠那里跑，每次去都给毡匠把东山上的莜面和山药给鞋匠拿一些，吃人的嘴短，拿人的手软，鞋匠吃了贵娃的莜面山药，就开始给贵娃当起了媒人。陈德隆一听是个毡匠，不大愿意，又嫌妙兰的名声不好听，但鞋匠却说，摘果子还管人家的树，弘铁匠是个正派人，根正梁就歪不了。就这么，锦芸和贵娃的婚事，鞋匠硬是给撮合成了。婚后，小两口儿甜甜蜜蜜、恩恩爱爱，一年后，有了儿子。贵娃凭毡匠的手艺，小日子过得比上不足比下有余。但半夜想起个朝南睡，突然要走草地。这不，钱没挣下，差点丢了性命。此刻，他最思念的是锦芸和儿子，也思念母亲和二叔，他得赶快回去看望他们。或许，他们都以为自己死了，想到这里，他挣扎着从地上爬起来，向回家的路上走去。

贵娃死里逃生，一个人日夜兼程，总算回到了隆盛庄，他跌跌撞撞走进聚财巷，院子里黑灯瞎火的，他敲敲门，没响动，伸手一摸，门闩上吊着一把冰冷的铁锁，院墙不高，他翻墙跳进去，只见一排正房的门窗都用土坯封起来了。这是怎么回事？他一阵纳闷，锦芸和孩子呢？家里究竟发生了什么事？他在院子里走来走去，大脑一片杂乱，巷子里寂静无声，他的脚步声惊动了隔壁院里的那条大狗："汪汪汪……"随着狗叫声，邻居家的屋里亮起了灯，贵娃趴在墙头上，大声喊起来："如意婶婶，我是贵娃！"

屋里的灯马上熄灭了，四周又是一片黑暗。

"如意婶婶，我是贵娃啊，我问下锦芸到了哪里？"

屋里的灯又亮起来了，如意婶婶吓得头发根都竖起来了，她拉开窗帘，玻璃上映出一张惊恐的脸。

"给我开开门，我是贵娃啊。"

"你是人还是鬼？"如意婶婶战战兢兢地问。

"我是人啊，你要不相信就出来看看，鬼是没有下巴颏啊。"贵

娃的声音近似哭腔。

街上传来了打更声，梆梆梆……已经是五更天了，天色也渐渐微亮。贵娃蹲在墙角，双手抱着头，难道锦芸出了什么意外？会不会因为听到他死了而轻生自尽？锦芸那张笑脸又浮现在眼前，唉——他情不自禁地叹了口气，都是自己扒拉过火找灰，自讨苦吃，放着好好的小日子不过，却要去走草地，都怨自己经不住那些走草地人的诱惑，别看他们回到隆盛庄，一个个威风凛凛，趾高气扬，人们却不知道，走草地人遭受的种种磨砺和苦难。他也由衷地佩服敬重那些一辈子走草地的领房人，他们才是铁骨铮铮的男子汉，凭两条腿一张嘴，就走出一个属于自己的新天地。他也想不明白，隆盛庄人为什么都要走草地，庞大的走草地队伍支撑着隆盛庄的命运，但为这些男人支撑着另一半的是那些女人，就像锦芸一样。想到这里，他恨不得马上见到妻子，于是，顾不得多想，起身正要到德隆行，只见墙头那边冒出个人头："贵娃，贵娃，真的是你回来了，镇上人都说达爷的房子全部掉进锅底坑了，前些日子，你二叔和你妈来北庙给你报了庙，还领了尸，摆了供，他们才回到了东山。"

"我是命大，那天没有随达爷一起走，才逃出条活命。"

"达爷活着时候风风光光，死了连个囫囵尸首都没有落下，人财两空啊。"

"锦芸呢？"贵娃终于知道了事情的原委。

如意婶婶吞吞吐吐，好一会儿才说："听说她搬到了洋堂巷黄三娃院里了，详细情况我也不知道。你二叔和你妈带着孩子走了。"

如意婶婶让他进家，给他端了水，几天着急忙慌赶路，嘴唇上都起了一个个大燎泡。脚底板也是燎泡，贵娃在如意婶婶家里喝了一口水，就着急地向洋堂巷走去，怎么锦芸没有和儿子在一起呢，越想越心急，脚步也越走越快。黄三娃老婆端着尿盆子正好出来，一开大门，和贵娃撞了个满怀，她顿时惊得丢下尿盆子就往家里跑。

"锦芸，锦芸，我是贵娃……"贵娃在敲打着玻璃窗。

屋里，锦芸和龙行雨正搂抱着睡回轮觉，以前两人在一起还提心吊胆，怕镇里的人说长论短，自从贵娃死后，两人就明铺夜盖，锦芸也对龙行雨说："这辈子我就是你的人了，但你得把我明媒正娶、八抬大轿把我娶回家，我不能做你的小老婆。"

这事难住了龙行雨，他真心爱锦芸，贵娃的死，再次证明他和锦芸的婚姻是天注定的一对。他和父母亲商量着娶锦芸进门的事，但父母亲却说："疤翠花怎么办？"龙行雨很果断地说："我休了她不就行了。"母亲毕竟是过来的人，说："怕是难休她啊。"

龙行雨和疤翠花摊牌了，疤翠花从风箱板下面刷地抽出一把切菜刀，往龙行雨面前一扔："你休了我也行，咱俩白刀子进去红刀子出来。"疤翠花将粗壮的胳膊一挥，"我把你的命根子剁了先喂了猫。"

龙行雨傻眼了，他知道疤翠花能做出来。自己夜夜跳墙头和锦芸在一起，疤翠花一直是睁一眼闭一眼，满脸疤让她在龙行雨面前自卑得抬不起头，龙行雨从来不正眼看她，她也不怪怨，谁叫自己是个疤女人呢，这辈子能嫁了人就不错了，于是，她也不奢望龙行雨爱她，但她的七情六欲还是健全的，也奢望爱，奢望龙行雨能和她一起共度鸳鸯，哪怕只和她睡一夜，她也心满意足，不枉做一回女人。但龙行雨却连看都不想看她一眼，她不是一个没心没肺的傻女人，她常常一个人暗自流泪，夜静人定的时候，一个人也常常想那些男女寻欢的事，她还是处女啊。她不知道和男人在一起是怎样的感觉，也不知道男人怎样来摆弄女人，她只是想得到男人的抚爱，想疯了，就不由得把头埋在被窝里呜呜咽咽地痛哭一场。婆婆大灰毛驴也很同情媳妇，多次劝说儿子，儿子摇摇头，你当我是头拉磨的驴，戴个眼罩在碾道里瞎转就行了，我是人啊，我看见那张脸就恶心。大灰毛驴也不敢多言语了。她长叹一声，就当家里雇来个佣人。但现在疤翠花连当个佣人的资格也没有了，龙行雨正式提出来要娶锦芸做老婆，这不得不让她使出最后的杀手锏，她说："我是你大车大马娶回来的，当初你没相没看，炕沿边没站？"她二话没说，撂下一把刀就走了。龙行雨被疤翠花的话唬住了，他说这是豆腐掉进灰里了，吹不能吹，打不能打，来硬的怕闹出人命。他又和锦芸商量，锦芸说："你娶我进门，让我给你当小老婆，让我每天看着那张疤脸过日子？"龙行雨说："我哪能让心爱的媳妇受委屈呢？"但眼看着锦芸的肚子一天天大起

来，心里也着急，大灰毛驴和龙兴倒不急，两人暗暗窃喜："娶不娶她进门，那孩子也是咱们龙家的后代。"

咚咚咚的敲门声，把龙行雨和锦芸从美梦中惊醒。

"锦芸，开门了，开门了。"

两人一骨碌从被窝里爬起来："谁呀？"龙行雨问。

锦芸马上捂住他的嘴，她大声朝着门外大喊："你是谁呀？你是人还是鬼？"

"我是贵娃，快开门呀。"贵娃等不及了开始用力推门了。

"你不是掉进锅底坑了？"锦芸终于听清楚了，门外是贵娃的声音。

龙行雨也乱了方寸，他着急地穿衣服，跳下地要去开门。

锦芸上前拉住他，低声说："你先躲避一下。"

这么小的一间房，往哪里躲藏，龙行雨又怕又急，额头冒出点点汗珠。锦芸急中生智，揭开了地上摆的大红柜盖。让龙行雨躺在柜里。她把柜盖呀了一条缝，然后，才去开门。

"贵娃，真的是你回来了？"她看着站在眼前活生生的贵娃，满脸惊恐。

贵娃一进门，就闻到一股烟丝味道，再看炕上的被褥，地上的鞋子，他马上感觉家里有人，但贵娃不动声色地把手里那个弹毛的拨子扔在炕上，第一句话就问："咱们儿子呢？"

"二叔和母亲从东山下来，安顿完丧事，就领着儿子回山里了。"

"哈哈哈，我倒忘记了，自己已经是死过的人了，你们已经把我出殡了？"他瞅着眼前锦芸，"我死了，你也不给我戴一丝孝？"他不由想起《黄爱玉上坟》那出戏，爱玉为其亡夫上坟时，内穿红衣，哭声不哀。他大声说，"我的七七还没有过呢，你是不是着急改嫁了？我可不让你拿着扇子到坟头去扇啊。"

贵娃手拍柜盖，一跃身坐在大红柜上，他又和锦芸说："你还记得站街大王给叨的那段故事吗？庄子得道归来，看到一美妇，身着缟素，对着一个新坟哭啊哭，一边哭一边扇扇子。他很奇怪，就问：'美女，你干吗要扇扇子呢？'这个美女回答她：'没看见老娘正忙吗？老娘当年吃饱了撑着，答应这个死鬼老公如果他死了我不再嫁人。我老公心眼好，说你可以嫁人，不过要嫁人得等我坟头土干了。我这不正扇扇子等把坟头扇干吗？'庄子哈哈一笑，施法把坟头弄干了。漂亮的小寡妇开心地改嫁去了。"贵娃讲完这个段子，又对锦芸说："你想嫁人，不用等我的坟头干。"

锦芸的脸唰地一下变白了，她知道，藏在柜里的龙行雨一会儿就会被憋死的，但贵娃就是坐在柜上纹丝不动，絮絮叨叨、不紧不慢地给她讲故事。

"贵娃，贵娃……都是我不好，你上炕慢慢说话。"

"我今天就想坐这大红柜。"贵娃瞅着锦芸那鼓出来的肚子。

"贵娃，你回来了，我们一样好好过日子。我们只以为你走了。"她心里为柜子里的龙行雨着急。

贵娃也在算计着时间。柜子里有响动了，龙行雨用头去撞柜盖，贵娃的屁股沉沉地压在柜盖上："咱们家里的耗子这么厉害？"

"贵娃，都是我不好。你饶了他吧。"锦芸上前想把贵娃从柜上拉下来。哪知道，贵娃一把将她推开："我不是还没死吗？你总不能在我活着的时候就嫁人吧？"

锦芸也放了泼，突然大哭起来："你妈都给你供起了牌位，全镇人都说你死了，我改嫁难道错了？"

"你改嫁没错，但肚子里的孩子大概不是在我死了才怀上的吧？"

"贵娃……"锦芸扑通跪倒在他面前，"你不能这样啊？当初走草地的时候，我不让你走，但我拦不住劝不住你，你想过我一个人过日子的难处吗？"

"隆盛庄走草地的男人多了，留下的女人也很多，有几个像你？"

"我怎么啦？"

"你很好，一会儿，和我一起回聚财巷。我一天没写休书，你就是我的老婆。"

锦芸不顾一切去拉他，他从柜上跳下来，"咣咣咣……"扇了锦芸几个耳光，锦芸放声大哭。这时候，只见柜盖哗啦一声开了，龙行雨从柜里钻出来，他脸色发青，头发湿淋淋的，一副虚脱的样子：

"你不要打她!"

"哈哈,你还活着,老子没把你憋死,便宜了你。"贵娃向龙行雨扑去。两人顿时拳头横飞,厮打在一起,贵娃用那双弹毛的大手死死掐住龙行雨的脖颈,龙行雨面色由红变紫,由紫变黑。

"放开他,放开他……"锦芸大声呼喊着,但急红了眼的贵娃哪里能听得进去她的叫喊,龙行雨眼睛翻白,两条瘦腿抽搐着,锦芸急了,从橱柜里拿出一根擀面棒,用力向贵娃的脑袋砸去,梆梆梆……贵娃的身子像一个面口袋,沉重地倒在龙行雨身上,锦芸上前把龙行雨从他身下面拉出来,龙行雨无力地睁开了眼睛,挣扎着爬起来,再看贵娃,嘴角流出一股黏稠的血,后脑勺也在冒血。锦芸一摸鼻孔,没气了,她顿时脸色惨白,昏厥过去。

锦芸和龙行雨都被镇里的治保队押送到丰镇县。

妙兰和二铁匠从东山下来,给贵娃收尸。妙兰哭得死去活来,草草掩埋了儿子。没几天,丰镇县城传来消息,锦芸被判了死刑,龙行雨判了无期徒刑,但锦芸是怀孕的人,等生下孩子才能执行。陈德隆听到这一消息,情绪完全崩溃了,嘴里不住地念念有词,发出一连串诘问:"我的五姑娘怎么会杀人呢?这不可能,不可能!"他始终不能承认这个事实。茹仙也变得疯疯癫癫,要寻死上吊,引弟和招娣日夜守护在妈妈身边,又过了两个月,大灰毛驴从丰镇监狱抱回一个瘦弱的男孩,疤翠花名正言顺当了孩子的妈妈。

锦芸的公审会在隆盛庄马桥召开的,那天,隆盛庄万人空巷,马桥街人山人海,三村五里的人从四路八下赶到隆盛庄,看公审大会。真是好事不出门,坏事传千里。一辆马车把锦芸和龙行雨由丰镇警察局的专人押送回隆盛庄,从监狱提出来的时候,女狱警问她有什么要求和要说的话。她说,死前只想穿她结婚时候的衣服,还想见见她的两个儿子。妙兰领着孙子和锦芸见了一面,随后,是大灰毛驴也抱着孙子来了,茹仙让蓝芸给女儿送去了一身她结婚时候穿的装新衣服,红色的什锦缎棉袄、棉裤,锦芸在镇公所换了衣服,蓝芸又拿出一把木梳,给她梳理着头发。小时候,她就是这样天天给妹妹梳头,锦芸面色苍白,一句话也没有说,任姐姐给她梳妆打扮。狱警来提她走的时候，她紧紧地拽住蓝芸的手不松开。

锦芸和龙行雨被五花大绑拉到马桥街的石桩前，丰镇县的审判官宣读了两人的罪行后，一把生死招牌插在锦芸的脖子上。锦芸披头散发，目光痴呆，她的两条腿瘫软得站立不住，两个法警一直夹着她的胳膊，龙行雨也一样瘫软得站不起来。牛车拉着他们穿过人流，向西河湾走去。枪声响了，收尸的乞丐把锦芸的尸体装进了棺材里。陪刑的龙行雨在枪响的那一刻，昏厥过去，当执行官把他拖回监狱的时候，他昏睡了两天两夜，当再次醒来的时候，他发疯地吃屎喝尿，一年以后，被保外就医释放了。从此，在隆盛庄街头，出现了一个疯人，他口里一直在念叨着："锦芸，你等等我……"他赤着脚，从大东街走到大北街，再从大北街走到大南街，最后，僵直地站在马桥的石桩前，他变成了真正的站街大王。

第五十八章
立志办学堂
热血染丹心

　　马贵元从南泉子走出来，顺着一条小路直接上了西梁头。本来，他沿着那条牛板车压踩的路就直接进了隆盛庄镇里，但他想去西梁头看看，看看西河湾的水的源头到底是从南泉的泉眼流出的，还是从东八号海流过来的。他虽然出生在隆盛庄，但一直没有仔细想过，西河湾的水为什么会倒流？直到在绥远省立第一师范读书的时候，人们问他是哪里人，他说是隆盛庄，于是，同学都惊讶地说："隆盛庄，倒流水人厉害。你没听说倒流水出人才，不出将军便出匪。"也许是他学习成绩出人头地，很受同学的尊敬和爱戴。马贵元自幼聪明过人，能考得上这座晋绥两省出名的师范学院，也不容易，留在绥远省在任何一所私塾任教也是易如反掌的事。但他还是拒绝了许多私塾学堂的应聘，与其教书，还不如回家乡任教，身为五尺男儿，即使是满腹经纶，不为实际所用，还不是空谈一场。

　　父亲马尔达在世的时候，母亲就送他到令子虚的私塾房读书，那所私塾为隆盛庄往外输送了许多人才，镇里有了小学后，他又从私塾考进了隆盛庄第一小学。父亲去世后，家道中落，是母亲沿街卖咸牛肉、卖下水供他念书。如今，他从绥远省师范学院毕业了，母亲总觉得熬出了头，但一听说儿子要回到镇里当教书匠，她心里想不通，人常说，人往高处走，水往低处流。但马贵元却说："西河湾的水是往高处流的。我这样做，实际也是在做一件让隆盛庄人往高处走的大事。"母亲无语。儿子是文化人，想得比她高，看得也远。

马贵元回来后，第一个去看望的是令子虚，见面后，他给老校长深深地鞠了一躬。

令子虚老了，走路也颤颤巍巍的，那根辫子仍然吊在脑后，只是变得更白更细了，一顶黑缎瓜壳帽遮住了亮堂堂的秃顶头。他在学校里也不讲课了，校长的位置也让贤给他人，但他还是天天来学校看看，一个人拄着拐杖，在那新盖起来的一排排教室面前，踏着清脆的朗朗书声，慢慢踱步。回想着从这所学校走出去的一批又一批优秀的学子，他的心里总是充满了欢悦。

马贵元的出现，让他喜出望外："你回来的正是时候，现在，咱们隆盛庄就是需要你们这些年轻的文化人。"

马贵元上前握住老师的手，激动地说："从小老师就谆谆告诫我，修身先修心，做人先立德。我回来只想为家乡人做点实际的事。"

"那好哇，我也老了，但隆盛庄的教育不能后继无人。来学校任教吧。"令子虚用手指了指身后那一排排会砖瓦房，那平展展的操场，"咱们这所学校，无论是师资水平还是学校的设施，在丰镇县也是数一数二的。"

马贵元低头沉思着，没有回答令子虚的话。

"怎么？你看不上教书这一行？"

马贵元摇摇头："我只是想办一所回民小学。"

他的话一出口，令子虚开始对马贵元刮目相看了："人常说，'青出于蓝而胜于蓝'啊，这话是箴言。"令子虚哈哈大笑起来："咱们隆盛庄的回民区应该建立一所学校，你想到了，老夫全力支持，需要我帮助的尽管说话。"

"您是咱们隆盛庄办学堂的老前辈，我自然少不了麻烦老师。"

"走，我和你一起找张章去，他现在是新任的镇长，办法多。"

两人一前一后，向镇公所走去。

在镇公所，他见到了新上任的镇长张章。两人见面后，也没有太多寒暄。张章为马贵元沏上一杯上等的好茶。一边喝茶一边闲聊。马贵元对张章一直是非常敬重的，他也不遮掩，开门见山地说出了自己

的打算。听了他的话，张章从椅子上站起来，上前握住马贵元的手："太好了，隆盛庄要想前景辉煌，必须走办学这条路。回民应该有一所自己的学校。"

两人一拍即合，但谈到具体问题，都犯难了，地点设哪里？资金哪里来？

马贵元说："眼下刚开始办学，估计学生也不会有多少，我找一下老阿訇，看能不能暂时设在俱进会院内。那里僻静，也是回民集中居住的地方。"

"老师嘛，先从一校让姥爷给暂借调几位。"

"一校这几年已经培养出一大批文化人了，就镇子里的男男女女也不愁选拔一些代课老师。"令子虚很自信地说，"你打算先开哪些课？需要哪些老师，随时告诉我就行了。"

"老师不用发愁，学校办起来，我和丰镇教育局申请要人。现在主要是确定校址。"张章胸有成竹地说，"我们分头行动，你去找老阿訇，我去找我父亲和姨夫，让商务会给抽调一部分钱。"

马贵元和令子虚、张章告别，从镇公所出来，向清真寺走去。

老阿訇看见一位面目清秀的年轻人推门进来，他放下手里的经书，起身迎接。

"你是？"老阿訇的目光在他身上扫来扫去。

"您不认识我了？"马贵元主动上前打招呼。

老阿訇摇摇头。

"我是马尔达的儿子，贵元啊。"

"是贵元啊。"老阿訇乐呵呵地迎上去，抓住了他的双手，"是不是念书毕业了？这几年，你妈妈供你念书真不容易。"老阿訇眯着眼，上下打量着马贵元，"你爹爹年轻时候，就是你这个样子，活脱脱的父子啊。可惜他早早走了。"老阿訇叹了口气说。

提起父亲，马贵元心里也一阵难过。老阿訇也讲起隆盛庄大瘟疫时候，他和马尔达一起清扫街道的那些陈年往事，他说："你父亲是一条仗义的汉子，一生光明磊落，敢作敢为，没想到丧命锅底坑……"

马贵元打断老阿訇的话："我想和您商量一件事。"

"怎么？是不是也想像你父亲一样，找个汉民女子结婚？"

马贵元笑笑说："您不是常说'回汉一条心，黄土变成金'。要是有合适的汉民姑娘，我就娶了她。"

"哈哈哈……"老阿訇大笑着："不愧是马尔达的儿子。"老阿訇再次爱抚地拍拍马贵元的头、

"我是想办一所回民小学。"马贵元把自己办学的想法又详细和老阿訇说了一遍。

"好啊，咱们回民的孩子是应该有一所学校去念书。这么多年虽然清真寺里附设经学堂，那只是为了培养讲经的阿訇设立的，不能普及更广泛的文化。"

当马贵元提出校址想设在俱进会院内，老阿訇爽快地答应了。

从清真寺出来，马贵元的情绪非常激动。他一个人从小北街走过，他的双脚伫立在自己曾经住过的那所大院，不禁想起父亲，想起少年时候的许多趣事，和父亲在院里骑马马的情景又浮现在眼前。他的眼睛湿润了，一对姑娘手牵手从他的身边走过，俏丽的身影，长长的辫子，让马贵元眼睛一亮。她们也返头望着他，这是谁家的姑娘，宛若天仙，他目送着她们一直消失在小巷的尽头……

推开院门，只见母亲正蹲在石槽前，她的双手浸泡在冷水里，在淘洗羊下水："饭在锅里热着呢。"

"妈，以后你就不用再卖下水了，等我办起学堂，怎么也能挣下个米面钱。"

"你说什么？"水儿停住了手里的活儿问儿子。

"我要办一所回民学校。"儿子的回答不卑不亢。

水儿一听儿子要办个学校，心里犯嘀咕了，她摇摇头说："办学校那得多少钱。人常说：'有多大的头戴多大的帽子。'就凭咱们这点家底，恐怕是难以办成。"

"妈，这所学校一定要办的，回民在隆盛庄有自己的清真寺，大家围寺居住，虽然清真寺附设经学堂，但开设的课程也只有阿拉伯文和伊斯兰教的基础知识，现在，我们要开设一所艺徒学校。"

儿子说的话在理，水儿默默地点点头。

张章送走姥爷，正要起身去商务会找姨夫黄金柱，只见一个姑娘悄然无声地推门走了进来。

"你是?"张章站起身先开口问。

"章哥，我是陈德隆的六姑娘，陈梦丽。"

"哦！是小引弟还是招娣?"

"我是招娣，七妹叫梦莹。"招娣笑盈盈地说。

"梦丽妹妹，在街上见了面可真不敢认你了。"

张章的记忆中，招娣和引弟是一对黑又瘦的小姑娘，没想到，几年没见，真是女大十八变啊。他仔细端详着眼前这个姑娘，清清秀秀，大大方方，那眉眼、嘴巴、鼻子和紫芸相似。她说自幼喜欢画画，她也想和姐姐一样，到外地去念书，不知道考哪里的美术学校更好一些。说着，她从一个绣花书包里，取出一叠宣纸展示在张章面前。

一幅幅飞天仕女惟妙惟肖，造型独特，飘带飞舞，红白缠绕，婀娜多姿，仪态万千。张章被这些画迷住了，即使是受过专业美术课的也画不出这么生动的画。此刻，她望着张章，很认真地说："你看，我凭这些画能去考美术学校吗?"

这些画的风格和秦素的画风太相似了，他的眼前不由得又浮现出秦素的身影，她的一颦一笑都镂刻在他的心里，今生今世不能忘记。

"听三姐说，我二姐是去北京找秦素姐姐了，但许多年都没有音讯。"她边说边拿出一副国画，"这幅画是我二姐画的，我前几天从炕柜里翻腾出来。你看，她画的是咱们西河湾吧?"

"是，是……"张章点点头，嗓子哽咽了。他没有告诉陈梦丽秦素牺牲的消息，更没有说紫芸和银旺参加革命的事。

招娣说："我二姐和银旺一走未回头，我爹也常常思念他们，希望在有生之年再见他们一面。"

"该回来的时候，他们就回来了。现在，国难当头，我们首先想到的是国家的存亡，你姐姐和姐夫他们是好样的，是隆盛庄走出去的革命人。"

招娣突然问张章："秦素姐姐还好吗？她怎么没有和你一起回咱们隆盛庄。"

张章很平静地和她讲述了秦素牺牲的经过。

那年，他和秦素回到北京后，北京已经爆发了大规模抗日救国运动，他们一起参加了晋绥旅京同学抗日联合会。在北京连续不断举行的抗日救国示威游行中，他们振臂高呼着"援助绥远抗战，各党派联合起来"的口号，抗议国民党妥协投降政策。他们走过长安街，走过金水桥，在那次游行示威中，他和秦素、银旺、紫芸被军警抓捕。时隔不久，北京党的地下组织营救他们出狱，他们一起又历经千辛万苦，直奔革命圣地延安。在中央党校学习。后来，根据革命需要，他和秦素都返回了北京，组织了抗日救国会。那时候，两人已经结婚，由于叛徒出卖，秦素被捕，他又受到党组织的派遣，回家乡宣传抗日。在他离开北京不久，就传来了秦素牺牲的消息。

"章哥，我不该问你这些。"招娣的眼睛泪花花的。

"逝者长已矣，生者如斯夫。未来的路还很长，死去的人已经离我们而去，活着的人要坚强地好好地活下去，让死者在天堂也能够安息。"

在恒隆巷口，招娣和他挥挥手，她的全身笼罩在一片夜色中。四周很安静，张章抬头望望那满天星辰，一轮大大的月亮，从双台山下跃出来，整个庄子都在银白的月色中变得朦朦胧胧，他思念秦素的那无法言表的心绪，又一次在心中陡然翻腾起来。远处，不知道谁家的狗在汪汪地叫个不止，月亮钻进了云层，他望着黑沉沉的天，在心里暗暗地和秦素说："我知道你没有走，也始终没有离开我。"他摸了摸那块装在贴身衣袋里的丝帛，眼前，一只美丽的孔雀向远处飞去……

第五十九章
黑云城欲摧
惊雷于无声

　　1937 年 9 月，日本军队以骑兵数百人，火炮数门进攻丰镇城。从阳高、丰镇县逃亡过来的难民一下涌到了隆盛庄。一封从丰镇县捎来的日本人写的信，放在镇长的办公桌上，"三天之内备足粮草，否则，炸平隆盛庄"。

　　三天，紧张的三天，要粮食一百担，这可不是小数目。怎么办？

　　张章犯难了，望着这封信，彻夜无眠。

　　在紫云阁，张章召集全镇的头面人物出谋划策，商量对付日本人的办法。

　　镇里的老财们都来了，八大行的买卖人也来了，大家围坐在一起，一个个面面相觑。

　　商务会会长黄金柱先说话了："日本人眼看就要进庄，大家说怎么办？这一百担粮食交不交？"

　　"给日本人交粮食，那不是向日本人投降吗？"

　　"不投降，我们就必须抵抗。"

　　"抵抗？国民党绥东区丰镇城防司令张诚义奉命抵抗，激战了整整一昼夜，张诚义和七十八名守城志士全部阵亡，丰镇失守。我们拿什么抵抗？"张忠德说话了。

　　"丰镇城防司令张诚义都没有抵挡住日军，隆盛庄就几个治保队能守得住镇子吗？"

"誓死不做亡国奴，这样的口号谁都可以喊，但现在不是喊口号的时候，我们要想一个万全之策。"

"火烧眉毛了，最要紧的是保护全镇人的性命和财产。"张章用手指了指楼下，"大家看看，街上出现了这么多难民，他们就是从阳高、丰镇逃难过来的。如果不来个缓兵之计，隆盛庄的父老乡亲的性命危在旦夕。"

令子虚拄着拐棍从楼下上来："章儿，你是一镇之长，为了全镇老百姓的安全，还是退一步为好，先交了他这些粮食再说。"

大家一致表决先交粮，先保证镇里的人不受日本人的屠杀。

薛三敲着铜锣满大街转来转去："交米了，日本人要进城了。"全镇一片恐慌，家家户户都要上交五升米，为保护全镇人的性命，只能走这下策。和日本人出面交涉。

"给日本人交米？老子还饿得前胸贴后背，让镇里那些大户老财交粮吧。"

"日本人进来了，我们全镇人都要遭殃的。"

日本人从丰镇过来，把大炮支在了西梁头，翻译官举着大喇叭喊话："投降吧。"

张章决定以镇长的身份出面和日本人商谈。

张忠德不同意："要谈判，我去谈，谈和了，你承担的罪名是什么？想过吗？"

"眼看隆盛庄毁于一旦，不能坐以待毙。也不能看着全镇的人都遭殃。我自己承担多大的罪名，或者被多少人不理解，都不重要。只要隆盛庄在，庄里的老百姓不受伤害，我不在乎后人的评价，更不在乎个人名声的得失。"张章的话说得决绝，他不顾父亲的阻拦，迎着日本人的大炮走去。

日本人没有进庄，绕西河湾直接向集宁开拔。几天之后，一辆大汽车拉了一车日本兵，从老哇咀返到了隆盛庄，他们住进了老财巷的樊氏大院。樊老财大院成了日本大队长中村盘踞的老窝。

赵恒顺住在隔壁院，和中村一墙之隔，为了出入方便讨好日本人，他在院墙上掏了一个门，这样，就自然成了"皇军"的座上客，

没几天，就被任命为保长，负责当地的治安秩序、税务催缴、招收兵役等等。镇长张章完全被他这个保长架空了。

来年刚开春，中村给保长下达了命令，在隆盛庄大力推广种罂粟，公开买卖洋烟。赵恒顺洋烟馆的生意一下又火爆起来，他又开始到处购买土地种罂粟。隆盛庄各家各户院子里的角角落落，地头的边边沿沿、圪垯畔畔，都种了洋烟。赵恒顺带着各条巷子选出来的甲长，挨门挨户查看，地里种了庄稼，就拉上犍牛套上犁，把地重新翻耕了。这天，他带着一伙人闯进小红鞋的院子里，小红鞋正在井口上绞辘轳，那个柳条水斗上来下去，她再把水斗里的水倒进大石槽里，石槽里的水满了，再用瓢舀到水渠里，水顺渠流进菜畦。她看见这伙人走进来，并没有停下手里的活儿，仍然在浇她的菜地。

赵恒顺走到她身边，用文明棍敲打着石槽："你没有看到街上张贴的告示吗？"

"我不识字。"小红鞋还在不停地舀水浇菜地。

"你不认识字，难道还不认识我赵恒顺吗？"赵恒顺那张让天疱疮打了鼻子的脸上，戴着一个脏兮兮的口罩，变成了一个囊鼻子。

"都是一个隆盛庄人，本乡本土的，赵爷就是死了骨头化成灰，我也认识。"

"那你就规规矩矩地在院子里种洋烟。"

"我就会种蔓菁、黄瓜、水萝卜……"

赵恒顺打断她的话："洋烟比蔓菁值钱啊。你这榆木脑袋怎么不开这个窍？"

小红鞋嘴一撇："我就是乐意种这些不值钱的菜，种菜心里舒心，吃到肚里也不会黑心。说心里话，我还想积点德多活几年呢。"

赵恒顺被小红鞋呛得直翻白眼，他挥了挥手对五麻子和几个治保队员说："把菜都给我拔了喂猪去。"

小红鞋也不急不慌，她放下手里的水桶，向狗窝走去。她抱住那条黑狗的头，解开了狗脖子上的铁链子，大黑狗也不叫一声，忽地一下从狗窝蹿出来，一口咬住了赵恒顺的裤裆，随着他的一声惨叫，所有的人顿时都吓得魂飞魄散，一个个喊爹叫娘地向外逃跑。

隆盛庄家家户户都开始种洋烟了，唯独陈德隆的那大片的地里，仍然种了莜麦和山药。这天，赵恒顺领着中村和他的东洋狗，走进德隆行，他走路一瘸一拐，裤裆被小红鞋的黑狗咬了一口，差点把蛋子儿咬掉，他拄了一根文明棍，头戴黑色礼帽，身穿一件黑色的长袍，在马桥街走来走去，耀武扬威地端起了保长的架子。

德隆行院里的狗汪汪汪地叫个不停。陈德隆知道来了陌生人，他也不想出去应承。自从五姑娘锦芸被枪崩后，一夜之间，他的头发胡子全白了，人也变得痴痴呆呆，手里整天转着那串念珠，嘴里反反复复念着心经："观自在菩萨，行深般若波罗蜜多时，照见五蕴皆空，渡一切苦厄……"他在加工厂后院专门设了佛堂，每天就在佛堂念经，稀粥馆子还开着，他说，稀粥馆子什么时候也不能关，那是他普济穷人的救命粥，那口大锅，那一摞摞粗笨的海碗，那一排排磨得掉了漆皮的宽板凳，那个腌着苣子白、黄萝卜烂腌菜的酸菜缸，记录着已过的岁月，他说自己积点德不为今生只为来世。后院的磨坊里，几头毛驴，眼睛上蒙着一块黑色的布条，没明没夜地沿着碾道转来转去，那闷倒驴的酒也曾经为许多被枪崩的人壮胆送行，一瓢葫芦酒香飘一道街，也醉倒过无数好汉，他唯独没有给锦芸喝，也没有给龙行雨喝……那天，他心里想着给女儿端一瓢葫芦酒，但两条腿却哆嗦得走不到那辆刑车前。他一扬手，把酒洒在门前，那一刻，他似乎经历了比女儿还残酷的酷刑，双手举着那串念珠向苍天呼喊："老天爷啊，我陈家哪辈子得罪了你？"当他听到西河湾传来的枪声时，昏倒在地上。

赵恒顺带着中村走进了德隆行，中村望着银须飘飘的陈德隆，用生硬的中国话说："你的种罂粟，大大地良民，不种罂粟，死啦死啦的。"陈德隆双目微闭，仍然在转动手里的念珠。

赵恒顺说："陈掌柜，中村队长和你说话呢。"

陈德隆仍然不吭声。

"种罂粟，日本皇军会大大地奖赏你的。"赵恒顺把脸凑近陈德隆面前。"你那几百亩叶青地总不能荒了。"

一口黏稠的痰吐在他脸上："我的地，我就愿意荒了。"

　　"你敬酒不吃吃罚酒，给你面子你不要，那就不要怪我不客气了。"赵恒顺囊鼻子里发出难听的声音。

　　中村如猫头鹰似的，咯咯咯阴笑几声，手一挥："你的，死啦死啦的!"

　　陈德隆被日本兵五花大绑，拉到了马桥街，把他绑在石桩上。

　　薛三敲着那面铜锣，大北街走到大南街："开会了，男女老少一起到马桥开会了。"

　　王闻虎喝了一碗稀粥，穿了棉袄就向外走去。他刚刚走到街心，双腿就哆嗦得迈不开步了，他看见了石桩上的陈德隆，他想上去问个缘由，但日本人的刺刀明晃晃地横在他面前。

　　赵恒顺让治保队的谢三把日本人的太阳旗挂在当街的旗杆上。

　　随后，赵恒顺打起囊鼻腔："今天，日本中村队长要训话，大家都打起精神，不要一个个像霜打了似的，耷拉着脑袋。"

　　他吩咐谢三："你把秩序维持好，出殡号丧的都不能从当街过。要饭讨吃的也不准在街上游窜，让我赵恒顺看见，休怪我手下不留情。"

　　"他就是不种罂粟的下场。"中村指着石桩上的陈德隆，"隆盛庄所有的土地，统统地种罂粟。"

　　陈德隆抬起头，看了一眼街上的人，他大声说："我陈德隆就是死了，也不会种洋烟。"

　　中村手一扬，那条洋狗忽地一下扑到石桩上，咬住了陈德隆的脖颈，一声惨叫划破长空，血染红了石桩……

　　中村带着他的东洋狗离开了马桥街。赵恒顺望着围观的人，大声说："看见了吧? 胳膊拧不过大腿，放着发财的路不走，非要找死。"

　　"爹，爹……"蓝芸、招娣、引弟都跑过去，陈德隆瞪着两只眼睛，用最后的力气抓着女儿的手……

　　德隆行的几个后生把陈德隆抬回家，茹仙和三个女儿一边哭一边给陈德隆用闷倒驴酒擦洗全身、换上老衣，用一块白纱布裹住脖颈上的伤口。入殓后，隆盛庄的和尚、道士都来为他念经，超度他的灵魂早日升天。灵棚搭在门前的稀粥馆子旁边。街上讨吃要饭的都来给他吊唁，在棺材前给他烧香、焌纸、磕头。童男女、摇钱树、金银元宝各种纸折放满了德隆行的整个院子。瞎德子也赶来给陈德隆烧纸，他是稀粥馆子的常客，自然要恭恭敬敬给陈德隆磕几个响头。他张开那掉得没一颗牙齿的嘴巴，一手打着莲花落，一手拿着打狗棍，在马桥街唱起来：

> 隆庄有个陈善人，
> 稀粥馆子养穷人，
> 吃斋念经修德行，
> 宁死不把洋烟种……

那天夜里，马桥街鞋匠铺的丁二睡到半夜，突然听见铺面的门"吱扭"响了一声，他赤身露体跳下地，从里屋走出来，只见门呀开一道缝，睡觉时候，明明是插上了门闩，怎么会开了呢，他正在纳闷，不由回头一看，柜台上缫鞋的大插针不见了，麻绳也少了一团，这是怎么回事？他又把铺面的门呀大一些，只见马桥的石桩前，有几个人影在晃动？半夜三更，谁在那里呢？自从日本人进庄后，天一黑，家家户户都门窗紧闭，街上行人更是寥寥无几。夜里，除了打更的薛三瘸着腿沿街窜巷走来走去，没有人敢随便行走，石桩前的几个人是谁呢，他想看个明白，突然，"梆梆梆……"打更的声音从大南街传来，这些人也散去了。他回到屋里，刚刚躺下，又听见门"吱扭"一声，他再次点亮煤油灯，把鞋匠铺四面照照，只见那个高桌上，放着那根缫鞋的大插针和一团细麻绳。他的头皮一阵冷麻，难道是自己看花了眼？

三天开光的时候，陈德隆的三个女儿又用新棉花蘸着酒，给父亲洗脸，突然发现他的脖子上的伤口用细麻绳缝合得好好的。茹仙惊讶地问女儿："谁给你爹把这伤口缝好了？"三个女儿也感觉莫名其妙，是谁用麻绳儿给爹爹缝好了伤口呢？

过了没多久，鞋匠也突然患病死亡。

次日，中村挎着东洋刀，带着他的东洋狗，从樊家大院走出来，他的后面跟着赵恒顺，翻译官还有五麻子，他们先进了镇公所，然后就带着张章直接来到了小学，教室里传来学生的读书声："从善如

登，从恶如崩……"

"停！皇军要训话。"赵恒顺一脚踢开教室的门，大声吆喝着。

学生、老师都集中在南庙门前那一块空场地。中村叽里咕噜说了一大堆日本话，旁边的翻译官说："从今以后，隆盛庄无论私塾房还是公立学校，都必须统统开设日语课，按照大日本推行的教育方法授课。"

张章第一个站出来说话了："中华民族的文化是老祖宗留下的宝贵遗产，我们不能丢弃，也不会改变。"

当翻译官把张章的话告诉中村的时候，他仰头哈哈一笑，叽里咕噜对翻译官说："我们踏上这块土地，就是来改变你们这些东亚病夫的生存状态和文化教育的。这里的天是我们的，河流山川是我们的，你的只有服从。"

张章仍然镇定自若用中国话回答中村："文化是我们的根，我们的灵魂，你想把文化移植嫁接成你们日本的文化，在中国这片土地上是不可能的。"张章的口气非常坚决，没有一点含糊之意。

中村被张章的话激怒了，他脸上的神色在急促地变化着，两撮人丹小胡子抖动了几下，手里挥动着东洋刀，比画了一个杀头的动作："八格牙路，在我们大日本皇军的眼里，没有不可能的事。"

跟在日本人后面的五麻子走上前，"啪啪啪……"伸手向张章的脸上扇过去，"你敢和皇军顶嘴？"

"败类！"张章把一口血吐在他脸上。

正在这时候，令子虚拄着拐杖走进来，他扬起拐杖，照着五麻子的脑袋敲下去，只听得咔嚓一声，拐棍儿断了，五麻子的天灵盖开了花。

"太君，放洋狗！"五麻子抱着脑袋歇斯底里惨叫着。

中村嘿嘿阴笑一声，对五麻子竖起了大拇指："你的大大的良民。"随后，东洋刀一挥，嚓一下割掉了令子虚的辫子，"八格牙路，猪尾巴！"他拉着洋狗从张章面前走过去，"从今天起，校门要挂日本国旗。学生要学习日本语，不执行者，统统死啦死啦的。"他把一面太阳旗放在桌上，扬长而去。

割掉令子虚的辫子，比要了他的命还厉害，他望着那条伴随他一生的辫子，顿时昏厥过去。"姥爷，姥爷……"张章上前用大拇指掐住姥爷的人中穴位，"赶快叫普济大夫"。

大家把令子虚抬到学校传达室。他脸色灰白，双目紧闭，张章一直在呼喊着："姥爷，您醒醒……"

普济大夫赶来后，用听诊器听听令子虚的心率，又伸手摸摸脉搏，然后，把听诊器放进出诊箱里："安顿后事吧。"

令子虚死于民国二十六年，享年七十六岁。他一生从事教育事业，用毕生精力给隆盛庄创办了学校，培养了许多优秀杰出的人才。他民国元年离开北京回到隆盛庄，民国二年在隆盛庄创办第一所公办学校，任教二十五年，一生以校为家，殚思竭虑，苦心经营，亦得到同仁广泛称赞。他身兼多职，校长—学监—教员，他不慕名利，不计得失，一心育人，此等情怀，非一般心胸所能有也！

这段文字刻在了一块石碑上。这是令子虚的墓志铭！

"辫子在我就在。"这是令子虚常常说的一句话。这条又细又白的辫子仍然平平展展地放在令子虚的身边。他就这样走了，走得很突然，多少学生来为他送葬。马贵元双膝跪倒在棺椁前，为老师守灵："无论何时何地学生不会忘恩师教诲，宁愿关闭学校也不能开设日本课。"

张章也说："日本人强迫咱们中国人学日语，这就是文化侵略。文化能够同化一个民族，文化侵略是不流血的侵略，文化侵略一旦成功，受侵略者不仅会淡忘被侵略的痛苦，甚至还会对侵略者言听计从，也就是日本人所希望的：若干年以后，这个世界上就从来没有中国，更没有什么中国人，有的只是日本人，就像吸鸦片，一旦吸了，就渗入骨髓血液，渗入灵魂。看来，我们必须行动了。"

马贵元望着张章，不知道他说的行动是什么意思。

"回民小学被砸了，让我给孩子们授日语课。"马贵元义愤填膺地说，"就是死，也不能给孩子们去灌输日本文化，日本人野心不小啊，他们要用洋烟来摧垮国人的身体，用文化来掳掠国人的灵魂。"

"语言在一定程度上决定了一个人对某国文化的认可度，这是日本人长期统治中国的需要，中国人假如都会日语了，日本人不用一枪一

炮中国人就变成亡国奴了，悲哀啊。我们唯一的出路是走出去。"

"到哪里？"马贵元一脸迷茫。

"章儿，日本人已经占领了大半个中国，到处实行杀光、烧光、抢光的'三光政策'，长城内外都设了封锁线，你能走到哪里？"

"爹，我再也不是当年被请'财神'的章儿了。您放心。只要走出隆盛庄，过封锁线的时候，银旺和紫芸会接应我们的。"

"这两个孩子，走了一直没有回来，看来他们也都出息了。"

张章胸有成竹地说："我们去晋察冀抗日根据地，投奔聂荣臻司令，抗日救国。"

"隆盛庄四个城门都被日本人把守着，天天严查抗日共党，你们就怕连城门也出不去。"张忠德还是为儿子担心。

"您还记得咱们隆盛庄那个做豆腐的对月吗？"

"画匠卢西月的弟弟，听说他当了土匪。"

"那是人们的传闻而已。"张章没有再详细说什么，他只让马贵元做好随时走的准备。

白色恐怖笼罩在隆盛庄的上空，全镇人如惊弓之鸟，能逃的能躲的都走了。街面上，买卖字号也都关了门。隆盛庄的四个城门日本人都在严防死守，看见可疑的人就拉到西河湾成了他们练刺刀的活靶子。赵恒顺带着一帮人，天天在街上巡视，遵照中村的命令严查抗日共党，连讨吃要饭的都不放过。有一天，从西巷口又进来一队日本人，他们押着几个人，来到了西河湾那片小树林旁边，日本人把这几个人绑在树上，用黑布蒙住了他们的眼睛，先是让狼狗咬，一声声撕心裂肺的叫喊，令人毛骨悚然。他们昏死过去了，日本人就举着刺刀，在他们身上练刺杀，一刀一刀，刺进了他们的躯体。血染红了河水，染红了草坪。从此，女人们再不敢到河边洗衣服了，孩子们也再不敢到河里抓青蛙捞小鱼了。

那年夏天，突然山洪暴发，洪水无情地卷走了那片小树林。但就在那河畔上，枪决了一个无辜的生意人。他从阳高过来贩卖红枣，赵恒顺为了领赏，就把他抓到了乡公所。他头罩白羊肚毛巾，一身藏青色粗布衣服，脚蹬一双家做黑布鞋。他个子不高，再仔细看，原来是个驼背。中村杀红了眼，向赵恒顺挥了挥手："西河湾，统统地枪毙。"

一听要拉到西河湾，几个人马上把矬子五花大绑。矬子也知道事态不妙，声嘶力竭地呼喊："长官，我是从繁峙来的生意人啊，我不是共党的探子，冤枉啊。"

刚刚喊了一声冤枉，嘴就被一团麻纸堵住了，可怜的矬子被扔上了院里的牛板车上。

牛车绕马桥街走一圈，走到陈德隆缸房停下来，自从陈德隆死后，德隆行的生意处于关门状态，账房先生从缸房端出满满一瓢葫芦闷倒驴酒，这是惯例，无论犯了什么罪，临上刑场的时候，都要来这里喝最后一碗酒。矬子嘴里的麻纸被掏出来后，也顾不上喝酒，刚喊了句冤枉啊，保安队的几个人把酒灌进他嘴里，他呛得眼珠子发白，目光发直，眼泪哗哗直流。牛车经过了西巷口，站街大王龙行雨两眼痴呆呆地望着这个矬子，嘴里念念有词："早走早转生，辈辈活年轻……"他的一双黑脚丫趿拉着没后跟鞋，长长的头发披散在满是污垢的脸上。他疯疯癫癫跟在牛车后面，一直向西河湾走去。

枪声响了，一股血腥味弥漫在西河湾。龙行雨猛地从地上爬起来，只见几个衣衫褴褛的要饭人，都围上去，有一个手里拿着一把刀，正在开膛掏心，龙行雨望着那颗刚刚掏出来的心。第一次亲眼目睹，人心是那么的血淋淋，他恶心地开始呕吐，一口接一口吐着痰。吐完了，他突然感觉脑子清醒了许多，心里似乎也一下子明亮了。他跌跌撞撞跑到河边，只见那条清澈的河里伸出一颗人头，这是谁？他摸摸自己的脑袋，河里的人也在摸着，他揪揪那一绺一绺脏脏的长头发，河里那个人也在不停地揪，他感觉到头皮隐隐作痛。他慢慢地一点一点捋着满脑子杂乱的思绪，好像经历了许多年，他从一个陌生的地方又回来了，这是隆盛庄，是他的家。这几年，他在哪里啊？他把两只黑脚丫伸进水里，弯下腰捧起一捧清凉的河水，慢慢洗着脸上的污垢，洗着那双又黑又脏的脚，最后，把目光飘向遥远的一直向北流去的河水的尽头，双脚慢慢地跟着流水向北走去。

第六十章
罂粟花开时
冰雹漫天来

　　隆盛庄家家户户都种了洋烟，盛夏，洋烟开花了，整个庄子隐匿在一片花海中。那一朵朵香气浓郁的花朵，繁复的花瓣还有浓重的色彩，给人一种妖艳的感觉，有红、黄、白、粉红、紫等色，花谢了，一个个洋烟蛋蛋从凋谢的花儿下面渐渐长大，眼看就要到了割洋烟的季节，中村在镇里又张贴了告示，洋烟不得外运。这样的禁令一下，那些肛门队又活跃起来了，他们准备把洋烟再带到北京，那里的价格要比当地日本人给的价格高好几倍。日本人是明目张胆地掠夺啊，老百姓心里都有一本账，也都愿意把自己的洋烟卖个好价钱，一种引领人走向毁灭的诱惑，正一步步向人们逼近。

　　洋烟蛋蛋开始弯了头，人们一看洋烟蛋蛋长势宛如担杖勾，就知道开始割洋烟了。但人算不如天算，就在人们窃喜在地里准备割洋烟的时候，一场大冰雹从天而降。

　　"轰隆隆……咔嚓……"一个响雷劈来，在这雷声的呐喊下，天门大开，雪白的冰雹顷刻洒向大地。那是从未见过的大冰雹，倾盆而下。

　　"老天爷呀……"人们跪在洋烟地里哆嗦着双手捧起一大把冷蛋子，面对天空大声绝望地呼喊着。洋烟蛋蛋被冰雹打得七零八落，洋烟秆儿也东倒西歪，奄奄一息地趴在地上。这是天意，天意啊！二阴阳站在当院，手里捏着一张黄表纸，静静地观看天象，乌云密布，雷鸣闪电中，一条龙穿过云层，在隆盛庄的上空饶了一圈，然后顺着那条北流的河水，隐匿在云端……

冰雹之后，在樊老财的那块坟地里，发现了赵恒顺的尸体。他像一头乌龟似的，脸朝下，缩着头，弓着腰，赤着脚，上身穿了一件白洋布衬衫，下半身裸露着。两条干瘦的腿八叉开，形成一个乌龟爬行的姿势。他怎么会爬到樊老财的坟地呢？又是怎样死的呢？浑身似乎没有发现任何伤痕，是冷蛋子打死的？头上身上也没有一个疙瘩瘤子，更没有红青黑伤。他就那么趴着。太阳出来了，热辣辣的阳光融化了落在他身边的冰雹，也照耀着他的两个宛如倭瓜似的屁股。

赵恒顺死后没几天，五麻子也跳了茅坑。他怎么选择了这种遗臭万年的死法呢？有人说是令子虚那一拐杖打得正中他的天灵盖，泥头一下变成了烂头，人也一下愣得不知道东西南北。也有人说，赵恒顺死了，也没有人再给他洋烟抽，他正好去茅房撒尿，烟瘾发作，一头栽进茅坑里。还有人说，坏事干得多了，老天爷看见了，让他的死尸去喂蛆虫。当人们把他从茅坑里捞上来的时候，浑身爬满了蛆虫，鼻子里嘴巴也满了蛆虫，死尸在西巷口暴尸三天，臭气熏天，尸虫遍地，后来，王闻虎买了一副棺材，雇了两个讨吃要饭的人，才把他入殓了草草埋葬。瞎德子打着莲花落，沿街唱起了口歌子：

> 五麻子不务正
> 仗着日本人害良民
> 令子虚拐杖硬
> 打得天灵盖满堂红
> 吃喝嫖赌抽洋烟
> 自行了断跳茅坑
> 跳茅坑臭烘烘
> 抱着泥头喂蛆虫
> 跳茅坑死了个惨，
> 臭气满天熏死人。

几天以后，一行送葬的车队从赵恒顺的圆拱门出来，几个大汉抬

着棺材，一直抬到老财巷口，他们将棺材放在一辆牛车上。牛车从马桥街走过。瞎红利和肖友才的鼓匠在前面开路，吹奏的是一曲《喜临门》。这破例吹奏的曲子把庄子里的人都吸引过来，大家都从巷子里跑出，跟在鼓匠后面，向马桥走去。庄子里能连挂上的亲戚都来给赵恒顺送灵。死者为大，盖棺定论，人们似乎忘记了他生前所做的那些恶事，只是叹息道："这个没屁眼老财，临死攥了两个空拳头。"

"家财万贯也不知道好过了哪个有福的人？"

"人做事，天在看……"

张章、马贵元、张忠德、王闻虎都出现在送葬的行列里。他们每人的袖口上都挂着一条白布条，头上戴一顶白孝帽。银娥坐在一辆轿车里，她挺着一个大肚子，一件葱绿色旗袍把身子裹得紧紧的，肥大的孝衫像斗篷似的，披在肩上。她的手腕上戴满了各种镯子，一抬手，发出叮铃咣当的响声。她美目流转，略施粉黛，看上去还是那么漂亮。她不时撩起车帘，眼睛望着前面那个骑着高头大马的男人。那男人也不时回头望着轿车。她始终没有说话，看她眼里那种古怪的神色，就能让人感觉到她内心那种抑制不住的喜悦。她身边坐着陈德隆的六姑娘招娣还有蓝芸，似乎也能看到她脸上绽开的灿烂的微笑。

送葬人走到东门时候，都停了下来，日本人的巡逻兵过来搜查，那个骑在马上的大个子男人上前打开了棺材，一股尸腐的臭味扑鼻而来，日本人捂住鼻子，示意打开城门。

送葬人走过赵恒顺的洋烟地，走过台墩，慢慢向双台山下走去，走到八台沟的时候，骑马男人把头上的大孝帽往地上一扔，然后，招呼一伙人把棺材盖子掀开，将尸体扔到沟里。

蓝芸走到那个高个子汉子面前，把一双黑千层底布鞋递到他手里："对月，你娶了银娥，这辈子就要好好和人家过日子。"

对月拉起银娥的手，双双跪倒在地，给嫂嫂磕了三个响头。

这时候，招娣从车子里出来，走到了张章的面前，马贵元也走了过来，蓝芸拉起招娣的手："见了二姐，告诉她咱爹是怎让日本人的儿狼狗咬死的？家里有我和引弟照顾妈，你们就放心在外面打日本鬼子吧。"

招娣眼里噙满泪水，姊妹俩抱头痛哭。

双台山隐匿在云层里，天色也渐渐暗淡下来，一轮大大的、浑圆的月亮从山后跃出来，月光下，那条蜿蜒北流的倒流水，泛着盈盈波光，张章、马贵元、招娣赤脚蹚过河水，一路向南走去……

完稿于 2019 年 7 月